Dierk Rohdenburg

Gesches Tochter

Originalausgabe – Erstdruck

Dierk Rohdenburg

Gesches Tochter

BREMEN-KRIMI

Schardt Verlag Oldenburg

Bibliographische Information der Deutschen Bibliothek:

Die Deutsche Bibliothek verzeichnet diese Publikation in *Der Deutschen Nationalbibliografie*; detaillierte bibliographische Daten sind im Internet über *http://dnb.ddb.de* abrufbar.

Umschlagphoto: Dierk Rohdenburg

2. Auflage März 2007
1. Auflage Februar 2007

Schardt Verlag
Uhlhornsweg 99a
26129 Oldenburg
Tel.: 0441-21779287
Fax: 0441-21779286
Email: schardtverlag@t-online.de
Herstellung: Fuldaer Verlagsanstalt

ISBN 3-89841-296-2
ISBN 978-3-89841-296-4

„Es war,
als wenn eine Stimme mir sagte,
ich müsse es thun.“

Gesche Gottfried, 17.3.1828

Die Handlung und die Personen dieser Geschichte sind frei erfunden. Jede Ähnlichkeit mit lebenden oder verstorbenen Personen ist unbeabsichtigt. Lediglich der Bericht von der Hinrichtung Gesche Gottfrieds entspricht der historischen Überlieferung.

Prolog

Der 21. April 1831, ein Donnerstag, versprach ein milder und sonniger Frühlingstag zu werden. Der Himmel über der Freien Hansestadt Bremen war nahezu wolkenlos. Auf der Weser zogen Lastkähne vorbei, und an der Schlachte, dem Handelszentrum der Stadt mit seinen Kränen und Winden, wurde wie gewöhnlich Tabak, Baumwolle und Kaffee von den Leichtern, kleinen, flachgehenden Schiffen, in die Packhäuser und Kontore verladen. Von hier starteten auch die Auswandererschiffe nach Amerika und Brasilien, beladen mit hoffnungsvollen Armen und Abenteurern, die sich ein neues und besseres Leben fernab ihrer verdreckten Behausungen im Stephaniviertel erträumten.

Doch weit weniger Bürger als üblich gingen zu dieser frühen Morgenstunde in der Stadt ihrem gewohnten Tagewerk nach. Statt dessen bewegte sich ein nicht endenwollender Zug von Menschen aus der Neustadt, aber auch aus dem nahen Umland, über die Weserbrücke in Richtung Marktplatz und mischte sich unter die vielen tausend Sensationslustigen, die sich bereits vor Stunden auf dem Domshof eingefunden hatten.

Es war sieben Uhr, und es war kühl, weil die Strahlen der Frühlingssonne durch Hochnebelschleier ihrer Kraft beraubt wurden. Die Bürger Bremens zogen sich ihre Gewänder fester um den Körper, suchten Schutz vor dem Wind, der seit Jahrhunderten zwischen Stadthaus und dem heiligen Dom zu St. Petri über das Pflaster strich. Die Menge, es mochten mittlerweile an die 35.000 Menschen sein, die sich am Dom, in den angrenzenden Straßen und den anliegenden Häusern versammelt hatten, zitterte jedoch nicht nur wegen der morgendlichen Kühle. Vielmehr sorgte das bevorstehende Ereignis für außerordentliche Spannung. Es galt Großes zu erleben, etwas, von dem die Stadt schon seit drei Jahren sprach, wie Kinder von der Bescherung am Heiligabend, und es mußte noch nicht einmal Geld dafür bezahlt werden, um an dem Geschehnis teilzunehmen.

Die Bühne für das Spektakel war seit geraumer Zeit bereitet. Schon am Vorabend hatten städtische Angestellte auf dem Domshof vor dem St. Petri-Waisenhaus ein elf Fuß hohes, schwarz bekleidetes Gerüst aufgebaut. Ihm gegenüber stand in etwa dreißig Meter Entfernung vor der Mitteltür des Stadthauses eine schwarz verhüllte Tribüne für die Richter.

Einige hundert Menschen hatten sich bereits bei diesen Verrichtungen auf dem Domshof versammelt. Da das Wetter gut zu bleiben versprach, hatten viele von ihnen beschlossen, über Nacht auszuharren, um sich für den anderen Morgen einen Platz in unmittelbarer Nähe des Schafotts zu sichern. Für Fensterplätze im Stadthaus hatte man von Staats wegen Karten ausgegeben, um das Schauspiel bequem betrachten zu können.

Ihre letzte Nacht hatte Gesche unter dem Einfluß eines beruhigenden Opiats vor sich hindämmernd im Bett verbracht. Um sieben Uhr kamen die Aufseherinnen, schnitten ihr das lange Kopfhaar ab und zogen ihr das Totenhemd über. Das alles geschah ohne ein Wort und so schnell, wie es die Verrichtungen und ein gewisser Anstand zuließen. Gegen halb acht Uhr trat Polizeikommissar Tonjes in die Zelle. Auch er sprach nur das Nötigste mit Gesche und führte sie dann hinunter zur Straße. Vor dem Gefängnishaus stand, umgeben von schützendem Militär zu Pferd, ein offener Wagen bereit, und die Straßen in Richtung Domshof waren durch ein Spalier aus Soldaten gesichert.

37 Monate und zwei Wochen hatten die Bremer auf diesen Augenblick warten müssen. Über drei Jahre, in denen Gesche hinter Schloß und Riegel im Untersuchungsgefängnis im Ostertor gesessen hatte, in denen die Zeitungen mit fetten Lettern über ihr geheimnisvolles Leben und ihre verabscheuungswürdigen Taten berichtet hatten. Um so größer war die Enttäuschung für die Bürger, daß sie jetzt kein verfinstertes, satanisches Höllenwesen erblickten, das durch die Gefängnistür trat, sondern eine kleine, bis auf das Skelett abgemagerte, mitleiderregende Frau.

Die Fahrt ging über die Ostertorstraße und Domsheide knapp einen Kilometer zum Stadthaus, vorbei an Tausenden von Schaulustigen, die auf dem völlig überfüllten Domshof und den angrenzenden Straßen keinen Platz mehr hatten finden können.

Es war acht Uhr, als die Delinquentin auf dem Domshof ankam. Das Gericht begab sich sofort auf die Tribüne. Senator Droste erklärte Gesche noch einmal, daß jetzt das gegen sie erlassene Urteil vollzogen werden sollte. Sodann hob er die Hand und sprach die Formel aus: „Der Stab ist gebrochen, das Urtheil ist gesprochen, Mensch, du mußt sterben. Scharfrichter, Ihnen übergebe ich jetzt die Delinquentin, um das Urtheil zu vollziehen.“

Nun wurde die Frau zum Schafott gebracht. Man band sie auf dem armen Sünderstuhl fest. Die Menge auf dem Platz verharrte atemlos, während ein Helfer Gesches Kopf hielt, dessen Lippen sich zum leisen Gebet bewegten. Sodann wurde der Schädel mit einem Streiche vom Körper getrennt, nach allen Seiten vom Schafott gezeigt und der Stuhl mitsamt dem Körper umgestoßen. Das Gericht zog sich zurück. Der Leichnam wurde in einen unter dem Schafott bereitgestellten Sarg gelegt und auf einem zweirädrigen Karren zum Gefängnis gebracht.

Das Volk zerstreute sich. Man unterhielt sich mit gesenkter Stimme, sichtlich ergriffen von dem Erlebten. Schon wenige Meter weiter boten Händler Stärkung an, die dankbar angenommen wurde.

Bremen hatte für Augenblicke den Atem angehalten. Es war die letzte öffentliche Hinrichtung, die in der Hansestadt vollstreckt worden war. Niemand zweifelte, daß sie zu Recht geschehen war. Zu grausam waren die Taten der Gesche gewesen. Zu viele Menschen, Frauen, Männer und Kinder, ja, selbst eigene Verwandte hatte sie auf dem Gewissen. Fünfzehn Todesopfer gab es zu beklagen.

Zwei Wochen nach der Hinrichtung setzte ein unbekannt gebliebener Steinsetzer an der Stelle, wo das Blutgerüst gestanden hatte, einen schwarzen Stein in den Boden, in den ein Kreuz gemeißelt ist. Er befindet sich noch heute auf dem Domshof und ist niemals ganz trocken, weil immer wieder Passanten ihre Spucke darauf hinterlassen.

1

Es waren die gleichen Handgriffe. Seit Jahren. Sie legte den Metallhebel mit dem schwarzen Knauf um, schob die Gartenpforte auf, trat hindurch und verschloß das Tor wieder. Sie rüttelte an der Pforte, um zu zeigen, daß sie ordentlich verschlossen war. Wie üblich wurde sie dabei beobachtet. Niemals hätte sie sonst diesen Aufwand betrieben an einem Tor, das man ohne Mühe übersteigen konnte.

Ihre 79jährige Mutter saß hinter der Gardine verborgen am Küchentisch. Seit über einer Stunde hatte sie darauf gelauert, daß der messingfarbene Zeiger der auf dem Küchenschrank stehenden Uhr umsprang. Bis um Punkt sechzehn Uhr hatte sie ungeduldig gewartet, heiser gelacht, als der dunkle Ton des Schlagwerks vier Mal und viel zu laut für die kleine Küche durch den Raum gehallt war. Dann hatte sie jede Sekunde Verspätung gezählt, die sie ihrer Tochter vorhalten konnte. Heute gab es 21 Minuten zu beklagen, ein Verzug, der sowohl ungewöhnlich groß als auch unentschuldbar war.

Die Tochter hingegen hielt die Verspätung für kaum der Rede wert angesichts der Tatsache, daß auf der Neuenlanderstraße zwei Lkw beim Abbiegen kollidiert waren und die Gleise der Straßenbahnlinie 8 in Richtung Huchting blockiert hatten. Der Rückstau war zu dieser Tageszeit auf der Hauptstrecke zum Güterverkehrszentrum enorm gewesen, und nur der Umstand, daß der Unfall bereits vor zwei Stunden passiert war und die Gleise kurz vor sechzehn Uhr komplett geräumt worden waren, hatte dafür gesorgt, daß die Verspätung so moderat ausfiel.

Doch davon wollte sie der Mutter nichts berichten. Die alte Frau würde es ohnehin nicht glauben, verbittert von fadenscheinigen Ausreden sprechen oder einfach nur die Lippen aufeinanderpressen. Nicht mal auf die eigene Tochter, die einzige verbliebene Verwandte, konnte man sich verlassen! Auf wen sollte sich eine alte und gebrochene Frau dann noch stützen können?

Die Tochter haßte ihre Mutter nicht nur für diese Vorhaltungen. Aber diese machten ihr die Abneigung immer wieder aufs Neue deutlich. Die Alte dachte nur noch an sich. Sie war jähzornig, geizig und herrisch. Und sie war verbittert, weil ihr die Jahre fast alles genommen hatten, was lebens- und begehrenswert war. Ihr, der Frau, die immer Stärke gezeigt, die sich nach dem Krieg durchgekämpft und jahrelang alleine den Hof geführt hatte. Warum habe ich diese Besuche nicht schon lange eingestellt? dachte die Tochter zum wiederholten Male. Meine Mutter schadet mir. Sie schwächt mich, macht mich krank. Dabei muß ich sorgfältig aufpassen, daß mein Leben und meine Gefühle im Gleichgewicht bleiben. Unbedingt.

Sie ging den gepflasterten Vorgartenweg hinauf. Einige Platten waren abgesackt. Die Beete zu beiden Seiten wirkten vernachlässigt. Trokkene Stengel mit braunem Laub standen zwischen unansehnlichen Bodendeckern. Die Dahlien hatten den Frost nicht überlebt, der vor wenigen Tagen über die Stadt gezogen war. In diesem Garten fehlte die Pflege. Möglicherweise war der junge Mann aus der Nachbarschaft verhindert gewesen. Vielleicht hatte die Mutter ihren jugendlichen Helfer aber auch endgültig vergrault. Vom Beginn seiner Tätigkeit im Frühjahr vergangenen Jahres an hatte sie sich immer wieder darüber beklagt, daß er seine Arbeit nicht ordentlich mache.

Heinrich und Ilse Bohlen stand auf dem Klingelschild, obwohl der Vater bereits vor dreizehn Jahren gestorben war. Klingeln war zwecklos. Es würde niemand öffnen. Die Mutter zog es vor, in der Küche sitzenzubleiben. Dort hielt sie sich die meiste Zeit des Tages auf. Es war der einzige Raum, der in der kalten Jahreszeit geheizt wurde.

Die Tochter schloß die Tür auf. Die Dielenbretter im Flur knarrten. Sie taten das schon seit über fünfzig Jahren an den gleichen Stellen. Merkwürdig, dachte sie. Ich weiß noch heute, wo ich hintreten muß, wenn ich keinen Laut verursachen will. Welch nutzloses Wissen man im Gedächtnis aufbewahrt.

„Gabriele, bist du es?“ hörte sie aus der Küche.

Die Tochter verharrte. Beim Klang der vertraut-gehaßten Stimme überlief sie wie immer eine Gänsehaut, wurde sie wieder klein und nutzlos. Sie versuchte, das Gefühl abzuschütteln, doch es klebte an ihr wie feine Spinnweben, an die man beim Betreten eines alten Speichers mit Händen und Gesicht gekommen ist. Warum befiel sie in diesem Haus immer wieder dieses Gefühl der Ohnmacht? Warum konnte sie der Erinnerung nicht entrinnen? Sie straffte ihre Glieder. Einen Moment betrachtete sie ihr Gesicht im Flurspiegel, die weichen Züge, die sie jünger als 48 Jahre aussehen ließen, die Nase, die für ihren Geschmack ein wenig zu spitz zulief, das halblange rötlich-braune Haar. Sie wußte, daß die Männer ihr nachsahen, und sie war peinlich darauf bedacht, so unnahbar wie nur möglich auf sie zu wirken. Sie hatte mit diesem Kapitel abgeschlossen.

„Wo bleibst du so lange?“

Die Tochter löste sich aus ihren Gedanken. Auch heute mußte sie wieder freundlich und hilfsbereit sein. Wie seit Jahren schon. Es fiel ihr zwar jeden Tag schwerer, aber noch war der Zeitpunkt der Vollstreckung nicht gekommen. Sie wartete auf ein Zeichen.

Ihre Mutter saß wie üblich auf dem Küchenstuhl mit der roten Kunstledersitzfläche und sah vorwurfsvoll auf die Uhr. „21 Minuten“, sagte sie ohne Begrüßung.

„Es ging nicht schneller.“

„Hast du mir etwas mitgebracht?“

„Eine Pflanze.“ Die Tochter zog das dünne Papier von einer rotblütigen Azalee in schwarzem Kunststofftopf. „Sie hält länger als Schnittblumen. Davon hast du den ganzen Winter etwas, wenn du die vertrockneten Blüten abschneidest und die Pflanze regelmäßig gießt.“

Sie hielt ihrer Mutter die Azalee vor die Augen, wartete auf ein zustimmendes Nicken, das kurz darauf kam, und suchte dann im Küchenschrank nach einem Übertopf. Doch weder in den vielen Fächern noch im Regal oder in dem kleinen Abstellraum, der vom Flur abging, fand sie einen geeigneten Behälter.

„Ich sehe gleich im Schuppen nach“, sagte die Tochter und stellte die Blume auf die Ablage neben der Spüle.

Die Mutter nickte nur. Sie war für Augenblicke weggetreten, wie es in letzter Zeit immer wieder mal geschah. Das Warten auf die Tochter und die Verärgerung über deren Verspätung hatten sie offenbar viel Kraft gekostet. Der Blick wurde glasig und verlor sich im Vorgarten, wo es bereits zu dämmern begann.

Die Tochter sah ebenfalls hinaus. Sie haßte diese Jahreszeit. Insbesondere den November. *Totenmonat.* Dunkel, feucht und kalt. Es war die Zeit, in der sie noch mehr als gewöhnlich dazu neigte, in Depressionen zu verfallen. Wozu leben, wenn alles so trostlos aussah und nichts auf eine positive Zukunft hindeutete?

Sie betrachtete das Gesicht ihrer Mutter. Die Augen der Alten lagen tief in ihren Höhlen. Es schien fast, als wanderten sie mit den Jahren immer weiter zurück in den Schädel. Als würden sie langsam eingesogen. Dagegen stach die Nase mit der dünnen, fast pergamentartigen Haut und den Altersflecken wie seit jeher spitz hervor und ließ ahnen, daß Ilse Bohlen einmal eine sehr energische Frau gewesen war, die keinen Widerspruch – schon gar nicht den ihres Kindes – geduldet hatte.

Die Tochter ließ ihren Blick über die einfache Kücheneinrichtung wandern, über die rot-weiß karierte Wachstuchdecke auf dem kleinen Tisch, die geflochtene Zeitungsrolle, die neben dem Kalender des Drogeriemarktes an der Wand hing. „Tiere unserer Heimat“. Für November zeigte das Bild zwei Eichhörnchen, eins aufgerichtet mit Haselnuß in der Pfote, das andere in einer Bewegung, die wohl den Sprung von einem Ast zum anderen darstellen sollte, von den Proportionen aber nicht ganz natürlich wirkte.

Sie und ihre Mutter hatten sich nicht viel zu sagen. Was sollte man sich jetzt noch erzählen, wo man sich ein Leben lang schon nichts mitzuteilen gehabt hatte? Ganz im Gegensatz zum Vater war die Mutter eine schweigsame Frau gewesen. Sie galt als ein Mensch der Tat. Sie redete nicht, sie handelte. Doch die Energie dazu war ihr genommen worden. Der letzte große Einschnitt in ihrem Leben wird gleichzeitig ihr Tod sein, dachte die Tochter. Bei diesem Gedanken fühlte sie keinen Schmerz. Der Tod ihrer Mutter war kein Verlust. Für niemanden. Höchstens für den Pflegedienst, der ihr aus dem Bett half und die Tabletten zuteilte. Es gibt nichts, was mich mit meiner Mutter zusammenhält, ging es ihr durch den Sinn, während sie Wasser in den Kessel füllte. Wir haben die Verbindung zueinander bereits vor vielen Jahren gekappt. Und eigentlich ist es ein Hohn des Lebens, daß wir beide alleine zurückgeblieben sind.

Wie üblich würden sie gleich gemeinsam einen Tee trinken. Wenn es Post gegeben hatte, würde sie diese durchsehen und alles bis auf Rechnungen wegwerfen. Danach würde sie die Teetassen ausspülen und wieder gehen. Wie immer. Sie stellte den Kessel auf die Ofenplatte, öffnete den Küchenschrank und entnahm ihm das Zuckertöpfchen. Es würde einige Minuten dauern, bis das Wasser kochte. Der Herd war altersschwach und verbrauchte zu viel Energie, aber für die Zubereitung von Tee reichte es noch. In der Zwischenzeit konnte sie im Schuppen nach einem Übertopf suchen.

„Ich gehe kurz rüber", sagte sie zu ihrer Mutter gewandt. Von der kam ein kaum vernehmbares Nicken. Sie hatte verstanden. Die Worte waren in Ilse Bohlens verschleierte Traumwelt hineingetröpfelt. Aber vermutlich hatten sie kaum eine Bedeutung mehr für die alte Frau. Wie lange wird das noch so weitergehen? Die Tochter durchquerte den kleinen Küchenvorraum, öffnete die Hoftür und trat ins Freie. In ihrer Kindheit war hier der gewöhnliche Eingang gewesen. Fremde kamen durch die Haustür, an der man läuten mußte. Aber Nachbarn, Freunde, der Postbote und sie als Kinder waren durch die Hoftür gegangen, hatten ihre Schuhe in das Holzregal gestellt, sich ihre Pantoffeln übergestreift, in dem großen Emaillebecken die Hände gewaschen, sich mit dem harten Frotteehandtuch abgetrocknet und dann die Küche betreten, wo die Mutter oft vor dem Herd stand, inmitten von Wasserdampf und Gerüchen.

Der Wind pfiff eisig über den Hof. Sie versuchte, schnell in den Schutz des gegenüberliegenden Schuppens zu kommen, weil sie sich keine Jacke übergezogen hatte. Die hintere Tür war notdürftig verschlossen. Jemand hatte einen Holzkeil in den Boden gerammt, um sie am Aufschlagen zu hindern, doch es war zu ahnen, daß er nicht mehr lange Halt bieten würde. Sicher war in diesem Raum seit Jahren niemand mehr gewesen. Die Gartengeräte standen in einem anderen Bereich, dort, wo der Vater seine Werkbank gehabt hatte und die Fahrräder abgestellt worden waren. Hier, das ahnte man schon von außen, lagerte nur noch Gerümpel. Dennoch fühlte sich die Tochter von dem Verschlag angezogen. Sie öffnete die lose in den Angeln hängende Tür. Dicke Spinnwebpolster zerrissen, und auf dem Boden huschte eine Maus verängstigt hin und her, um schließlich in der Dunkelheit zu verschwinden.

Im vorderen Teil der Kammer standen in dreistöckigen Regalen unzählige Einweckgläser, allesamt mit einer dicken Staubschicht bedeckt. Es mochten Hunderte sein, und früher war jedes von ihnen mit Obst gefüllt gewesen. Zum Beispiel mit eingeweckten Birnen. Die hatten geschmeckt! Der Tochter lief bei der Erinnerung das Wasser im Munde zusammen. Sie hatten die Früchte gemeinsam vom Baum geholt. Mit einem Pflücker, der an einer langen Stange befestigt gewesen war. Und natürlich mit der Leiter, auf die, als sie noch klein gewesen war, aber nur der Vater hatte steigen dürfen. Williams Christbirnen. Ein wahrer Gaumenschmaus.

Sie hatten die Birnen geschält, entkernt und dann im großen Apparatspott eingekocht. Die Mutter hatte das heiße Obst in die Gläser gefüllt und oben eine Zimtstange in die Flüssigkeit gelegt. Dann wurden die Behälter mit den Deckeln und Einweckgummis verschlossen. Im Winter gab es kaum etwas Schöneres, als in der gut geheizten Küche zu sitzen, eines der Gläser auf den Tisch mit der Wachstuchdecke zu stellen und sich mit dem Löffel die Süße des Sommers in Erinnerung zu rufen. Vergangenheit. Ebenso, wie die vielen Stunden, die sie hier gehockt hatte. In dem kleinen Verschlag hinter dem letzten Regal, von dem wahrscheinlich nur sie und ihre Mutter wußten. Dort hatte sie auf einem Stapel Obstkisten gesessen und sich verborgen und in Sicherheit gefühlt. Hierhin war sie geflüchtet, wenn es Ärger mit der Mutter gegeben hatte. Und dann – da war sie fünfzehn Jahre alt gewesen ... *Nein!* Sie spürte, wie sich ihr Magen umstülpte, der Brechreiz stieg wie ein dicker Kloß in ihrem Hals hoch, auf ihrer Zunge sammelte sich saure Flüssigkeit, sie schmeckte bitteren Gallensaft. Gleichzeitig brach ihr der Schweiß aus und ihre Hände begannen zu zittern. *Nein!* Nichts von dem war vorbei. Alles war so unmittelbar. Als wäre es gestern gewesen. *Seine blauen Augen, klar, tief, rein. Seine Hände auf ihrer Brust. Die weiche Stimme umschmeichelt sie, lockt. Seine spröden Lippen fordern, seine Zunge an ihren Schneidezähne, tiefer, tiefer, sein harter Unterleib, der sie innen stößt, es schmerzt wie nie zuvor. Dann der Bruch, Leere, Ohnmacht.*

Sie mußte dagegen angehen. Gegen diesen Wahn, der in ihrem Kopf herumspukte, der sie quälte, gerade im November. Aber wie?

Später hatte sie gedacht, daß es ein Wink des Himmels gewesen war. Als sie auf der Suche nach einem Blumenübertopf eine halb verrostete Dose zur Seite geschoben hatte, hatte sie das weiße Pulver bemerkt. Offenbar war es durch die Ritze eines darüberliegenden Regalbrettes gerieselt. Weiß wie Schnee. Oder wie ... Sie hatte sich aufgerichtet und die Tür eines Holzschränkchens geöffnet. Dort stand eine Flasche mit einer durchsichtigen Flüssigkeit und eine weitere Dose. Sie sah das Etikett mit dem Totenkopf und der schwarzen Aufschrift auf weißem Grund. *Ratten-Tod.* Darunter stand in kleineren Buchstaben: *Unter Verwendung von Arsenik. Wirkt zuverlässig und schnell.*

Wie kam so etwas in den Schuppen? Arsenik war doch bereits seit vielen Jahrzehnten verboten. Und dennoch war diese Dose fast bis zum Rand gefüllt. Auf der Rückseite der Flasche befand sich ein Etikett. Auch darauf war ein Totenkopf abgebildet und das Wort *Parathion*, das ihr nichts sagte.

Die Tochter hatte den Schrank geschlossen, Dose und Flasche in ihren Händen betrachtet. Minutenlang hatte sie regungslos auf den Obstkisten gesessen. Ihr Kopf war vollkommen leer gewesen. Aber dann hatte sie zu denken begonnen. Alles war ganz deutlich geworden. *Das ist das Zeichen.* Sie hatte plötzlich gewußt, daß sie nicht vergebens gewartet hatte. Nun sollte ihr Leiden beendet sein. *Ich selbst werde es beenden.* Jetzt hatte sie einen Auftrag, und man hatte ihr das Werkzeug in die Hand gegeben. Mit bisher nicht gekannter Intensität spürte sie die Verwandtschaft zur Gesche. Sie hatte alles getan, um zu überleben und ihr Glück zu finden. *Vielleicht ist sie verrückt gewesen*, wie ich es bin, hatte die Tochter gedacht und dabei gelächelt. Die Bremer haben sie gefaßt.

Man hat sie verhöhnt, erniedrigt und unter Jubel enthauptet. Aber ihre Seele konnten sie nicht töten. *Sie ist bei mir.*

„Gesche, ich werde auch für dich siegen“, sprach sie die Worte aus, wie einen Schwur. „Mich werden sie nicht erwischen. Ich bin klüger als sie. Sie werden leiden, und ich werde uns beide befreien.“

Die Tochter kehrte in die Küche zurück. Die Fensterscheibe war beschlagen, aus dem Kessel quoll Wasserdampf, an der Dunstabzugshaube hatten sich dicke Tropfen gebildet. Ilse Bohlen schreckte hoch, konnte aber nichts sehen, da ihre Brille beschlagen war.

„Alles in Ordnung.“ Die Tochter verlieh ihrer Stimme einen beruhigenden Ton und nahm schnell den Kessel vom Herd. „Ich habe nur nach einem Übertopf für die Azalee gesucht. Das hat einen Moment länger gedauert.“

„Du hast keinen gefunden, nicht wahr?“ Die Mutter nahm die Brille von der Nase und trocknete sie an ihrer Kittelschürze ab.

„Nein, ich weiß auch nicht, wo sie alle geblieben sind.“

„Vermutlich hat der junge Mann sie gestohlen.“

„Mutter, das behauptest du immer, wenn du irgend etwas nicht findest.“

„Aber er hat ...“

„Ist doch nicht so wichtig“, unterbrach die Tochter. „Jetzt trinken wir gemütlich Tee. Hast du eigentlich Post bekommen?“

Die Mutter zuckte mit den Schultern. „Sieh im Wohnzimmer nach. Frau Baumeister legt sie immer dort hin.“

Die Tochter nickte. Sie zog die Teebeutel aus der Kanne und setzte den Deckel auf. Dann ging sie nach nebenan, um zwei Tassen aus dem Schrank zu holen. Vorsichtig schüttete sie ein wenig von dem weißen Pulver und etwas Flüssigkeit in die eine Tasse. Wie harmlos das aussieht, dachte sie. Wie ein wenig Zucker, der in Wasser aufgelöst ist. Ob diese Menge genügte? Und wie schnell würde der Tod eintreten?

Sie kehrte in die Küche zurück. Ihre Hand zitterte, als sie den Tee über das Pulver goß. Sofort stiegen Blasen auf, und auf der Oberfläche bildete sich ein öliger Film. Die Tochter rührte schnell um. Hoffentlich vermischten sich die Flüssigkeiten, sonst würde die Mutter Verdacht schöpfen. Doch sie brauchte sich keine Sorgen zu machen. Das Pulver löste sich auf, und der Tee sah kurz darauf aus wie gewöhnlich. Sie stellte ihrer Mutter die Tasse hin. Anschließend schenkte sie sich selbst ein.

Unsicherheit erfüllte sie. Sollte sie sich hinsetzen? Beobachten, was die Mutter tat? Nur mühsam konnte sie ihre Aufregung verbergen. Das war der Augenblick, den sie seit Jahren herbeigesehnt hatte. Es war so unglaublich, daß es jetzt so weit sein sollte. Unsere Wege werden sich nun trennen, dachte sie mit einem kurzen Blick auf die Mutter, die ihre Hände um die heiße Tasse gelegt hatte, und spürte den schnellen Schlag ihres Herzens.

Weil sie die Spannung nicht mehr aushielt, ging sie in den Wohnraum, um nachzusehen, ob dort Post lag. Neben mehreren Werbeprospekten fand sie nur einen Brief der Telekom. Vermutlich die monatliche Rechnung, auf der kaum ein Posten aufgeführt war. Gewöhnlich zahlte die Mutter nur die Grundgebühr und für wenige Telephonate, die sie mit ihrer Tochter geführt hatte.

Sie ging zurück in die Küche. Ihre Mutter hatte noch nichts getrunken. In der Regel ließ die alte Frau den Tee abkühlen und trank dann in großen Schlucken, als ob sie es eilig hätte und schnell wieder zur Hausarbeit zurückkehren müßte.

Es konnte ihr nur recht sein. Um so heftiger würde das Gift wirken. Hoffentlich. Hoffentlich war es schnell zu Ende. In ihrem Inneren spürte sie die Erregung. Sie kannte das Gefühl. Es lag tief verschüttet, doch nun kehrte es aus einem jahrzehntelang verschlossenen Keller zurück, drängte mit Macht an die Oberfläche. Die Erwartung, die Spannung vor dem, was sie nicht kannte. *Die Verheißung.* Nur mit Mühe gelang es ihr, die Kontrolle zu behalten. Sie riß den Umschlag der Rechnung auf, zog das Papier heraus, las die Summe.

„17,20 Euro mußt du für das Telephon bezahlen. Ich werde morgen die Überweisung fertigmachen.“

Die Mutter nickte und hob die Teetasse, dann kam der Satz, den sie jedesmal sagte, wenn die neue Rechnung da war. „Es ist wichtig, das Telephon zu haben, falls etwas passiert. Dann kann ich schnell anrufen.“

„Natürlich“, sagte die Tochter und sah gebannt, wie die Mutter nun die Tasse zum Mund führte. Es war wie immer. Sie trank in großen Schlucken, sah dann auf. „Der Tee schmeckt merkwürdig heute“, stellte sie fest.

„Findest du?“ Die Tochter nahm ebenfalls einen Schluck. „Nein, er schmeckt wie immer.“

Die Mutter nippte noch einmal und schüttelte den Kopf. „Da ist etwas in der Tasse, irgend etwas Weißes, was kann das sein?“

„Keine Ahnung“, gab sich die Tochter unschuldig, in ihr brauste jedoch die Angst auf. Sofort durchdrang sie die Erinnerung. *Die Mutter bedrohlich vor ihr, wenn sie etwas ausgefressen hatte: „Ich weiß, daß du es getan hast. Gib es lieber gleich zu. Sonst wird es nur noch schlimmer.“* Die Strafen waren oft hart gewesen, oft ungerecht. Aber es gab keine Diskussionen. Die Mutter war unfehlbar.

„Gibst du mir bitte dic Tassc?“

Die alte Frau reichte das Trinkgefäß herüber. Die Tochter sah hinein. „Merkwürdig“, sagte sie mit mühsam beherrschter Stimme. „Ich denke, wir nehmen eine neue Tasse.“

Doch sie brauchte ihrer Ankündigung keine Tat mehr folgen zu lassen. Unvermittelt bäumte sich der schmächtige Körper der Alten vor ihr auf. Der Stuhl krachte nach hinten gegen die Heizung, während die Mutter zuckend über dem Tisch zusammenbrach. Sie krallte sich an der Tischdecke fest und rang nach Luft. Stück für Stück sank sie zurück, fand jedoch keinen Halt und stürzte auf den umgekippten Stuhl.

„Mist“, zischte die Tochter. Jetzt nur keine Verletzungen, dachte sie. Dann wird jeder Arzt sofort aufmerksam. Glücklicherweise sank der Kopf der Mutter gegen das Sitzpolster des Stuhles. Ihre Augen waren geschlossen. Sie wimmerte, ihr Gesicht war aschfahl. Dann schnappte sie wieder nach Luft wie eine Ertrinkende. „Was hast du in den Tee getan?“ keuchte sie mit letzter Kraft und griff sich an die Kehle.

„Nichts“, entgegnete die Tochter und bereute es sofort. Das war die Chance, ihrer Mutter alles heimzuzahlen, was sie ihr im Laufe des Lebens angetan hatte. Jetzt konnte sie ihr entgegnen, daß sic kcin nichtsnutziges Mädchen war, keine Schmarotzerin, keine Nutte.

Aber alles Reden war nur noch Zeitvergeudung. Die Alte nahm die letzte Lüge mit in den Tod. Ein Zittern fuhr durch ihren Körper, der Atem verflachte, und die Hand sank kraftlos zu Boden. Es herrschte Stille, nur die Küchenuhr tickte wie gewöhnlich. Es war 17.17 Uhr.

Die Tochter sah auf ihre Mutter hinunter und spürte keinen Schmerz. Nein, der Tod dieser Frau war kein Verlust. Sie hatte ihr Leben gelebt.

Jetzt bin ich an der Reihe, ging es ihr durch den Kopf. In dem Moment, in dem du gestorben bist, wurde ich neu geboren.

Sie setzte sich auf den gegenüberstehenden Stuhl und blickte auf das Gesicht der Frau, das seltsam friedlich wirkte. Als hätte die Mutter ihre ersehnte Ruhe gefunden.

Sie bekommt ein schönes Begräbnis, dachte die Tochter. Zuvor aber mußte sie dafür sorgen, daß nichts auf einen ungewöhnlichen Tod hindeutete. Sie überlegte, was zu tun sei und spürte dabei eine tiefe Ruhe. Alles lief nach einem Plan, den sie schon oft in Gedanken durchgespielt hatte. Sie stand auf und zog die alte Frau vorsichtig in Richtung Schlafzimmer. Der Körper war leicht zu bewegen, so daß sie den Leichnam problemlos ins Bett schaffen konnte. Dort zog sie ihre Mutter aus und kleidete sie in das Nachtgewand. Sie nahm ihr das Gebiß aus dem Mund und legte es im Bad in ein Glas mit Wasser. Sogar eine Reinigungstablette ließ sie hineingleiten. Als die Tochter aus dem Schlafzimmer trat, sah alles so aus, als sei Ilse Bohlen im Schlaf verschieden.

Anschließend räumte sie die Küche auf und spülte die Tassen. Sie stellte die Azalee auf die rote Wachstuchdecke, nahm die Dose mit Arsenik, die Flasche mit Parathion, Wäschebeutel und Telephonrechnung und zog die Tür hinter sich zu.

Der erste Schritt auf dem Weg zur Freiheit, dachte sie. Weitere Schritte würden folgen. Niemand würde sie aufhalten. Am liebsten hätte sie vor Glück geweint.

2

Die Sicht war schlecht. Es regnete in Strömen. Die abgenutzten Scheibenwischer des Smart hinterließen breite Schlieren auf der Windschutzscheibe, so daß das Scheinwerferlicht der entgegenkommenden Autos blendete.

Silke Baumeister verringerte das Tempo auf der Bundesstraße 75. Hier ging es ein kleines Stück abwärts, bevor die Straße erneut zur Hochstraße wurde. Kurz vor der tiefsten Stelle war ein Geschwindigkeitsmeßgerät installiert, das, wie letztens in der Zeitung gestanden hatte, dem Staat unverhofft hohe Einnahmen verschaffte. Etwa fünfzig Meter hinter dem Starenkasten mußte sie sich rechts einordnen und in die Straße nach Grolland abbiegen. Die Räder rutschten weg. Gerade bei dieser kühl-feuchten Witterung entpuppte sich der Kleinwagen des Pflegedienstes als Schleudersitz.

Aber auch ohne das schlechte Wetter kostete es Baumeister einige Mühe, sich auf das Lenken zu konzentrieren. Zu viele Gedanken gingen ihr gleichzeitig durch den Kopf. In der vergangenen Nacht hatte sie kaum geschlafen. Den Abend über hatte sie vergeblich versucht, Martin telephonisch zu erreichen. Über das Festnetz hatte sich jedoch nur der Anrufbeantworter gemeldet, und auch mobil hatte sie ihn nicht erwischen können. Weder über sein privates Handy noch über sein Diensthandy. Nicht mal die Mailbox war angesprungen. Er hatte es einfach klingeln lassen.

Vielleicht wollte er nicht mit ihr sprechen nach dem Streit am Morgen. Wegen dieser lächerlichen Sache. Eine Meinungsverschiedenheit, die sich hochgeschaukelt hatte, weil sie beide gereizt gewesen waren. Ehe sie reagieren konnte, war er aus der Wohnung gestürmt, die Treppe runter und weg. Dabei hatten sie in aller Ruhe zusammen frühstücken wollen. Das letzte Mal, bevor ihre Frühschicht wieder begann.

Am Abend hatte sie sich Sorgen gemacht, als sie ihn telephonisch nicht hatte erreichen können. Sie hatte sogar überlegt, ob sie noch bei seiner Wohnung vorbeigucken sollte, um zu prüfen, ob dort Licht brannte. Aber dann war ihr das kindisch vorgekommen. Was sollte schon Schlimmes passiert sein? Vielleicht mußte er lediglich länger arbeiten.

Erneut wurde der Wagen von einer Sturmbö geschüttelt. Der Regen knallte gegen die Windschutzscheibe, wie im Hauptgang der Autowaschanlage. Silke Baumeister setzte den Blinker, bog ab und fuhr über holpriges Kopfsteinpflaster. Um 7.38 Uhr parkte sie auf dem Seitenstreifen. Im Scheinwerferstrahl prasselten die Regentropfen nieder, auf dem Autodach steigerte sich der Trommelwirbel noch einmal um ein Vielfaches.

Sie haßte es, bei Schietwetter und Dunkelheit durch die Stadt zu fahren. Das waren die Tage, an denen sie sich fragte, ob sie wirklich ein Leben lang als Altenpflegerin arbeiten wollte. Sicher nicht. Schon deshalb, weil sie die körperliche Belastung nicht aushalten würde. Bereits mit 36 Jahren spürte sie immer öfter Verspannungen in der Schulter. Verschleiß. Doch wo war die Alternative? Der Frühdienst war die einzige Chance, genug Geld zu verdienen und dennoch Zeit für Lea zu haben. Wie gut war es, daß sie ihre Tochter morgens bei der Oma abliefern konnte. Ohne deren Hilfe wäre sie völlig aufgeschmissen.

Baumeister griff entschlossen nach der Tasche auf dem Beifahrersitz. Keine Zeit für trübe Gedanken. Es regnete nicht mehr ganz so heftig. Sie stieß die Tür auf, trat vorsichtig auf die Straße, damit sie nicht gleich mit den Schuhen in einer Pfütze landete. Mit wenigen Schritten war sie bei der Gartenpforte, legte den Hebel um und suchte, während sie den Vorgartenweg hinaufging, nach dem Haustürschlüssel. Merkwürdig, dachte sie, als sie kurz zum dunklen Schlafzimmerfenster schaute. Frau Bohlen schien noch zu schlafen.

Einerseits hatte sie volles Verständnis dafür, daß die alte Dame noch nicht aufstehen wollte. Andererseits bedeutete es, daß schon bei der zweiten Patientin Verzögerungen auftreten würden. Kein guter Start in die Frühschicht, denn jede Minute, die sie später dieses Haus verließ, führte dazu, daß sie die Zeit bei der nächsten Patientin einsparen mußte. Ein Teufelskreis zu Lasten der alten Menschen. Aber auf die, so hatte sie das Gefühl, wurde ohnehin kaum geachtet. Ambulante Pflege bemaß sich nach Zeiteinheiten, die man für die Tablettengabe, für Waschen oder Essensgabe benötigte. Da durfte kein Schluckauf dazwischenkommen, kein persönliches Problem, das der alte Mensch gerne besprochen hätte.

Baumeister schaltete das Flurlicht an. Sofort bemerkte sie, daß die Tür zum Bad offenstand. Warum das? Frau Bohlen achtete stets gewissenhaft darauf, daß keine Türen geöffnet blieben, sobald der Raum verlassen war. Aber auch die Küche war heute nicht verschlossen. Seltsam. Sie schob die Tür ganz auf, sah eine rot blühende Azalee auf dem Küchentisch. Vermutlich ein Geschenk der Tochter, die sich rührend um die alte Dame kümmerte. Alles war aufgeräumt wie jeden Morgen. Die Altenpflegerin zog die Tür wieder zu. *Was ist hier anders als sonst?* Sie verspürte eine ungewohnte Stimmung, fühlte sich wie ein unbefugter Eindringling. Einen Moment überlegte sie, dann rief sie laut: „Frau Bohlen? Hören Sie? Ich bin es, Frau Baumeister vom Pflegedienst." Keine Antwort.

Behutsam klopfte sie an die Tür des Schlafzimmers. Nichts regte sich, also drückte sie die Tür auf und knipste das Licht an. Es bot sich ihr ein friedliches Bild. Eine alte Frau im Bett, bis auf das Gesicht unter der Decke verborgen. Silke Baumeister sah sofort, daß ihre Patientin tot war. Es war nicht die erste Tote, die sie morgens im Bett vorfand. Sie griff nach dem Handgelenk der alten Frau. Die Haut war kalt, kein Puls.

Es war der 23. November 2004, 7.44 Uhr, als Silke Baumeister im Büro des Pflegedienstes anrief und darum bat, daß man Bohlens Hausarzt in das alte Siedlungshaus am Rande von Bremen schickte und die Verwandten benachrichtigte.

3

Haushaltssperre. Martin Brünner hatte es im Radio gehört und sich geärgert, daß die Journalisten es eher gewußt hatten als er und seine Polizeikollegen. Ungewöhnlich war das nicht. In Bremens Amtsstuben erfuhr man vieles inoffiziell oder durch den Flurfunk, bevor es per Dienstanweisung, Aktennotiz oder Pressemitteilung veröffentlicht wurde.

„Schon gehört?“ erkundigte sich Sebastian Büntemeyer, als Brünner in der kleinen Küche am Ende des Flures Wasser für seinen Tee holte. Der ältere Kollege war aus unerfindlichen Gründen schon am Morgen gut gelaunt und trug selbst bei dieser kühlen Novemberwitterung, die bis in die Diensträume kroch, ein T-Shirt, das sich mit der Aufschrift: *Mehr als Bremer sein kann man im Leben nicht erreichen* über Bauch und Brust spannte.

„In den Nachrichten“, erklärte Brünner. „Fragt sich nur, was das jetzt bedeuten soll. Für uns ganz konkret, meine ich. Es gibt doch kaum noch was einzusparen.“

Büntemeyer schlürfte die Sahne von seinem Capuccino. „Ich nehme an, daß wir ab jetzt Diebe auf dem Fahrrad verfolgen und beschlagnahmte Drogen auf dem Schwarzmarkt verkaufen. Die Kugelschreiber bringst du demnächst eben von zu Hause mit.“

„Da finde ich ja auch nie welche. Und wenn ich sie finde, dann sind die Minen leer.“

„Dein ganz privater Haushaltsnotstand?“

„Nee, das alltägliche Chaos.“

Büntemeyer grinste. „Ja, so sind wir Polizisten. In der Gesellschaft wollen wir für Recht und Ordnung sorgen, und in den eigenen vier Wänden scheitern wir bereits beim Abwasch.“

„Abwasch? Was ist das?“ erkundigte sich Brünner.

„Nicht so wichtig. Weiberkram.“ Büntemeyer beförderte einen weiteren Teelöffel Zucker in seine Tasse.

Brünner schmunzelte. Solche Chauvi-Sprüche waren hier an der Tagesordnung, wenn die Männer unter sich waren. Völlig harmlos. Gerade Büntemeyer war ein Mensch, der viel im Haushalt mitanpackte. Der Kollege hatte vor etwa einem Jahr die Frau seines Lebens gefunden und trug sie seitdem auf Händen. Stark genug war er dafür, denn seine kräftigen Arme rührten nicht nur von seinem beträchtlichen Leibesumfang her. Der Kollege ging regelmäßig ins Fitneßstudio.

Als Brünner über den Flur in Richtung seines Büros lief, spürte er wieder das heftige Pochen hinter seinen Schläfen. Die Schmerztabletten, die er nach dem Aufstehen genommen hatte, zeigten kaum Wirkung. Er hatte lediglich das Gefühl, daß seine Gedanken schlichen und seine Füße wie auf Watte gingen.

Die vergangene Nacht war kurz gewesen. Viel zu kurz, obwohl er normalerweise mit wenig Schlaf gut klarkam. Es gehörte zu seinem Job, daß er manchmal vierundzwanzig Stunden am Stück wach bleiben mußte. Bei komplizierten Einsätzen oder einfach, weil das Personal knapp war. Aber dann war kein Alkohol mit im Spiel. Gestern jedoch hatten Cord und er im Irish-Pub in der Neustadt einige Biere getrunken. Es war einer dieser Kneipenbesuche gewesen, die sie seit drei Jahren regelmäßig ansetzten. Mal war es der eine, dann der andere, der sich beim Freund ausweinen mußte oder gute Ratschläge holte oder einfach nur frei von der Leber weg reden wollte. Die Leber allerdings wurde bei beiden an solchen Abenden gleichermaßen geschädigt.

Cord war verlassen worden. Ein absolut seltenes Ereignis, denn normalerweise war er es, der aus seinen Beziehungen ausbrach und deshalb keinen Trauerbedarf hatte. Länger als ein halbes Jahr hatte es noch nie gedauert, bis die vor Monaten noch so heißbegehrte Frau langweilig geworden war. „Das prickelt nicht mehr“, war sein Spruch für diese Fälle, und den Frauen gestand er frei heraus, daß er sich in eine Neue verliebt hatte. Oft stimmte das sogar. Häufig aber war es nur ein Vorwand. „Eine Frau wirst du am besten wieder los, wenn du ihr sagst, daß du dich für eine Neue interessierst“, erklärte Cord und lächelte dabei dieses lausbübische Lächeln, das ihm die Frauen scharenweise zutrieb.

Martin Brünner mochte das nicht. Es war einer der wenigen Charakterzüge, die er an seinem Freund nicht schätzte. Frauen waren kein Spielzeug, man konnte sie nicht erobern und dann mit einer Lüge abschieben. Frauen hatten das Recht, von Männern ernstgenommen zu werden, ebenso wie Männer das von Frauen erwarten durften. Andererseits gab es offenbar auch Frauen, die keine Probleme damit hatten, kurze Beziehungen zu pflegen. Gerade am Wochenende hatte er bei Silke in der Zeitung unter Kontaktanzeigen gelesen: „Frau, 38 Jahre, hübsch, sucht Mann für dann und wann." Das hieß doch: Für bestimmte Gelegenheiten, oder?

„Für Seitensprünge", hatte Silke gesagt.

„Meinst du, die Frau ist verheiratet?"

„Hört sich so an. Verheiratet, zwei Kinder, unbefriedigt."

„Oder eine, die einfach nur ab und zu mit einem Mann zusammen sein will, um Sex zu haben", hatte er eingewandt.

Silke hatte ihn angesehen und diesen merkwürdigen Ausdruck im Blick gehabt. „Wieso liest du eigentlich Bekanntschaftsanzeigen?"

Besser nicht mehr daran denken. Das war der Anfang einer Reihe von Irritationen gewesen ... Brünner nahm einen großen Schluck Tee, merkte zu spät, daß das Gebräu noch deutlich zu heiß war. Seine Zunge würde sich rächen.

Er kam am Büro von Ronald Baumann vorbei und grüßte per Kopfnicken durch die Glasscheibe der Tür. Auf Baumanns Schreibtisch landeten alle, die in Bremen vermißt gemeldet wurden. Vierzehnjährige, die sich mit ihren Eltern gestritten hatten, ebenso wie Otto Normalbürger, der plötzlich aufgedunsen und stinkend im Unisee an der Wasseroberfläche trieb.

Brünner öffnete die Tür zu seinem Dienstzimmer. Er hängte das Sakko an die Garderobe und musterte sein Gesicht kritisch im Spiegel. Die steilen Falten auf der Stirn und im Mundwinkel schienen über Nacht tiefer geworden zu sein. Oder täuschte der heutige Anblick nur, war es die Momentaufnahme nach kurzem unruhigem Schlaf, zumal er auf die Rasur verzichtet hatte?

Auch an schlechten Tagen sah man dem Kriminalhauptkommissar das Alter von 38 Jahren kaum an. Er trug modisch-sportliche Kleidung, gerne auch in stärkeren Farbtönen, und liebte herb-männliche Eau de Toilettes. Die kurzgeschnittenen, mittelblonden Haare, die hellen, blauen Augen und die sehr schlanke, fast schon hagere Figur ließen ihn eher jungenhaft erscheinen. Frauen schätzten ihn oft auf Anfang dreißig. Eine Taxierung, die ihn manchmal freute, hatte er dadurch auch Chancen bei den Jüngeren. Manchmal aber wünschte er sich, reifer zu wirken und schon die ersten grauen Haare zu haben. Ein Mann, an den sich Frauen gerne anlehnen mochten, nicht der junge Liebhaber, der nur weichen Flaum auf Armen, Beinen und Brust zu bieten hatte.

Auf dem Schreibtisch stapelten sich mehrere Mappen, die Kollegen dort deponiert hatten. Er schob sie achtlos zur Seite. Vermutlich waren es die üblichen Delikte, die sich am Wochenende in großer Zahl sammelten. Das alte Spiel. Die Leute hatten frei und wußten mit ihrer Zeit nichts Besseres anzufangen, als sich die Köpfe einzuschlagen – in der Disko, auf offener Straße oder im heimischen Wohnzimmer, dazu Drogenhandel, Prostitution und Einbrüche. In Bremen gab es jährlich über fünfzig Tötungsdelikte. Bei den meisten handelte es sich um Körperverletzungen und Raub mit Todesfolge oder fahrlässige Tötung, zum Beispiel bei Ärztepfusch. Die Täter waren in der Regel bekannt. Bei lediglich zwanzig Prozent der Tötungsdelikte handelte es sich um Mord, somit um das Geschäft des K 31, dem er als Leiter vorstand.

Wie gut, daß Cord nicht zu Handgreiflichkeiten neigte. Er war zwar impulsiv, wie viele Menschen, in deren Adern südeuropäisches Blut strömte, aber Cord verabscheute Gewalt, und so war nicht zu erwarten, daß er seine abtrünnig gewordene Liebschaft mit Hieben traktierte.

Brünner versuchte, den Verlauf des gestrigen Abends zu rekonstruieren. Um 17.35 Uhr hatte Cord aus der Redaktion bei ihm angerufen. Das war ungewöhnlich früh, denn der Freund verließ seinen Arbeitsplatz selten vor 18.30 Uhr. Er war in einer kleinen Lokalredaktion im niedersächsischen Umland von Bremen beschäftigt und oft genug als Einzelkämpfer aktiv. Am gestrigen Tag hatte er sich offenbar so schnell wie möglich durch die Arbeit gequält und zeitig Feierabend gemacht. Zu tief saß die Enttäuschung über die Trennung in ihm.

Cord hatte geglaubt, endlich die Frau seines Lebens gefunden zu haben. Zumindest behauptete er das. Nun hatte sie ihm den Laufpaß gegeben. „Wir sind nicht füreinander bestimmt, hat sie gesagt“, klagte der Freund. „Wie kann sie so etwas behaupten? Nach wenigen Wochen.“ Er gestikulierte wild in der Luft herum. „Ja, es kann sein, daß ich manchmal nicht sensibel genug war. Was kann ich dafür, wenn ich kurzfristig

Abendtermine habe? Daß ich mal was vergesse, nicht immer auf Treffen mit Freunden verzichten möchte. Jeder muß schließlich seine Freiheit haben. Aber das ändert doch nichts daran, daß sie genau die Richtige ist."

Exakt das ist die Frage, dachte Brünner. Diese Frage danach, welche Frau die Richtige ist. Der Unterschied war allerdings, daß er nicht über Angela, sondern über Silke nachdachte, und Silke nicht der vorläufige Endpunkt einer ganzen Reihe von Liebschaften war, sondern die Frau, die er seit mehreren Monaten kannte und mit der er sich in bestimmten Situationen sogar vorstellen konnte, zusammenzuleben. Dann aber gab es auch die Momente, in denen er seine Unabhängigkeit genoß. Warum überhaupt wieder eine feste Beziehung? Warum zusammenziehen? Er lebte doch seit drei Jahren sehr gut in seiner kleinen Wohnung, in der ihn sein achtjähriger Sohn Kevin regelmäßig am Wochenende besuchte.

Wie sollte er Silke begreiflich machen, daß er sie liebte, aber dennoch seinen eigenen Raum brauchte? Seinen abgeschlossenen Bereich, in den nur derjenige dann und wann eindringen durfte, den er hineinließ. Er brauchte sein Arbeitszimmer, in dem er nicht aufräumen mußte, in dem er, wenn er wollte, bis spät in die Nacht Boxübertragungen gucken konnte, im Sommer stundenlang die Tour de France laufen ließ oder beim Fußball mitfieberte. Er brauchte einen Flur davor, auf dem er auf dem Weg zur Küche niemandem begegnete. Er wollte sich keiner Person gegenüber verantworten, allein Kevin am Wochenende.

Silke hatte dafür viel Verständnis. Aber sie fand, daß er auch in einer großen gemeinsamen Wohnung all diese Rechte genießen könnte. „Wir können uns nur dann schneller und unkomplizierter sehen, wenn wir Lust haben", meinte sie.

Das stimmte auch. Aber wenn er irgendwann feststellen mußte, daß sie nicht die Frau für die kommenden Jahre oder Jahrzehnte war? Nicht wieder dieses Trennungstheater. Auf keinen Fall. Er knabberte noch jetzt manchmal an dem Desaster, das er und Bettina vor drei Jahren erlebt hatten.

Das Telephon riß Brünner aus seinen Gedanken. Er nahm unwillig ab und wurde mit voller Wucht in den Alltag einer Großstadt geschleudert. Rainer Lange, ein junger Kollege aus dem K 31, war dran. „Schlechte Nachrichten. Brandanschlag auf ein Nachtlokal am Herdentorsteinweg", sagte er.

„Wann?“ fragte Brünner.
„Vor fünf Minuten. Die Feuerwehr ist schon da.“
„Verletzte oder Tote?“
„Noch ist nichts bekannt.“
„Dann sollten wir uns schleunigst auf den Weg machen.“

Etwa zehn Minuten später waren Martin Brünner und Rainer Lange mit dem Wagen im Bahnhofsviertel angekommen. Der Einsatzort war schon von weitem zu sehen gewesen, weil eine dunkle Qualmwolke am Himmel stand. Lange lief zu den uniformierten Kollegen der Schutzpolizei, während Brünner zum Einsatzleiter der Feuerwehr eilte. Der hatte bereits Zeit, zwei Journalisten Auskünfte zu geben. Offenbar war der Brand schon gelöscht.

Als Hauptbrandmeister Bernd Mentzel Brünner kommen sah, beendete er das Gespräch und lief ihm entgegen. Die Journalisten folgten ihm aufdringlich. Brünner kannte sie. Der eine war Holger Möhle von der BAZ, der andere Rainer Schneider vom Kurier. Insbesondere Möhle konnte schnell lästig werden, zumal er es manchmal mit den Fakten nicht so genau nahm, wenn die große Story lockte.

„Nun macht mal Pause“, forderte Brünner die beiden barsch auf. „Ihr erfahrt alles noch früh genug.“ Ohne eine Antwort abzuwarten, wandte er sich mit Mentzel ab, den er seit einigen Jahren von diversen Einsätzen kannte. Sie begrüßten sich freundschaftlich und wechselten ein paar Worte darüber, daß sie trotz der Haushaltssperre noch im Dienst waren, dann kam Mentzel zur Sache. „Der Einsatzbefehl kam um 9.55 Uhr“, berichtete er knapp. „Sechs meiner Leute sind unter vollem Atemschutz ins Innere. Die Tür war bereits aufgebrochen. Es sah so aus, als hätte sich jemand gewaltsam Zutritt verschafft, in dem er die Scheibe eingeschlagen hat.“

„Technischer Defekt ausgeschlossen?“

„Wenn Sie mich fragen, ja. Vorne ist nur Gastronomie. Wir können ja mal hineingehen.“

Die beiden wateten durch die Löschwasserpfützen. Moulin Rouge hieß das Etablissement. Die Schaufensterscheibe, auf der sich vormals die Abbildung einer leichtbekleideten Frau befunden hatte, lag zerbrochen auf dem Gehsteig. Im Innenraum war verkohltes Mobiliar zu erkennen. Auf dem Fußweg vor dem Lokal hockte der Photograph der

BAZ und wechselte sein Objektiv. „Moin, Herr Brünner“, grüßte er leichthin, erhielt aber nur ein Kopfnicken als Antwort, denn Brünner hatte bereits mehrmals unliebsame Bekanntschaft mit dem Mann gemacht. Dort, wo für seriöse Tageszeitungen die journalistische Arbeit beendet war, fing sie für diesen Photographen erst an. Seine Spezialität waren Leichen, die, in Stücke gerissen, aus Kraftfahrzeugen hingen, Tote mit Messer in der Brust, gespaltene Schädel nach Betriebsunfällen.

Der etwa fünfzig Quadratmeter große Gastraum wurde an der Längsseite von einem großen rotweißlackierten Tresen dominiert. An den Wänden hingen erotische Photos. Viel Leder, Haut, lange Zungen und gespreizte Schenkel. Brünners Blick wanderte weiter über eine Spiegelwand, die durch die Hitze an einigen Stellen blind geworden war, über verkohlte Stühle und Tische. In den Löschwasserpfützen lagen Scherben. Wenn jemand tatsächlich die Tür aufgebrochen und dann einen Brandsatz in das Lokal geschleudert hatte, war es wahrscheinlich, daß die explosive Mischung gegen den Tresen geprallt war.

Brünner hockte sich hin, um die Scherben genauer zu betrachten. Im gleichen Moment hörte er das Klicken der Reporterkamera. Na bestens. Morgen würde sein verkatertes Gesicht die Zeitung schmücken. Er kannte das Spiel. Es war immer das Gleiche. Ein Photo vom Unglücksort als Gesamtansicht und dann entweder die Feuerwehr beim Löschen oder die Polizei bei der Ermittlungsarbeit. Manchmal gab es auch drei Motive – wenn noch Opfer zu photographieren waren. Er kümmerte sich nicht weiter um den Photographen. Blöde Sprüche wie „Ich mach hier nur meinen Job“ mußte er sich jetzt nicht anhören.

Lange trat kurz darauf in das Nachtlokal, ihm folgte eine Person, die kaum größer als 1,65 Meter war, von schmächtiger Gestalt, mit grauweißem Haupthaar und Schnurrbart. Der hagere Körper steckte in einem dunkelblauen Maßanzug, die Schuhe waren auf Hochglanz poliert. Brünner gab seinem Gegenuber die Hand und war verblüfft, wieviel Druck ihm entgegengebracht wurde.

„Hermann Brückner, Besitzer des Moulin Rouge“, sagt der Mann und sah sich um. „Können Sie mir erklären, was hier passiert ist?“

„Das wüßten wir auch gerne, Herr Brückner.“ Brünner deutete zur Tür. „Es sieht so aus, als hätte jemand etwas gegen Ihren Betrieb. Haben Sie eine Vermutung, wer das sein könnte?“

Der Nachtclubbesitzer zuckte mit den Schultern. „Sie meinen, hier hat jemand absichtlich Feuer gelegt?“

„Gut möglich“, sagte Brünner. „Oder haben Sie eine andere Idee, wie es zum Brand gekommen ist?“

Brückner dachte kurz nach und schüttelte den Kopf.

„Wir gehen am besten nach draußen, damit die Spurensicherung hier arbeiten kann.“ Brünner nickte Lange zu, daß er das Gebäude absperrte und die Kollegen verständigte. Als sie auf den Fußweg traten, hatte es erneut zu regnen begonnen. Schaulustige standen an der Absperrung, ein Fernsehteam hatte seine Kameras aufgebaut. Brünner zog sich die Kapuze über den Kopf, zückte sein kleines Notizbuch und wandte sich erneut an Brückner. „Wo waren Sie heute gegen neun Uhr?“

„Zu Hause am Frühstückstisch“, antwortete der und sah kurz auf seine Armbanduhr.

„Und wann waren Sie das letzte Mal hier?“

„Heute nacht um zwei Uhr. Ich habe das Lokal abgeschlossen.“

„Haben Sie keine Auffälligkeiten bemerkt?“

Brückner sah Brünner mißtrauisch an. „Soll das jetzt ein Verhör sein?“

„Nein, das nicht“, beschwichtigte der Kommissar. „Reine Routine.“

„Und was hat das mit dem Brand zu tun?“

„Die Fragen überlassen Sie mal lieber mir“, entgegnete Brünner mürrisch. Seine Laune war im Keller, sein Kopf schmerzte noch immer, und ein Nachtbarbesitzer, der seine Ermittlungsarbeit in Frage stellte, reizte ihn erst recht, unbeherrscht zu reagieren. Außerdem haßte er es, im Regen zu stehen, während ihm die Kälte an seinen Hosenbeinen hochkroch.

Am schnellsten kam er ins Warme, wenn er die Unterredung zügig beendete. Er fragte noch einmal nach möglichen Motiven, nach Feinden, geschäftlichen Konkurrenten. Doch Brückner wollte weder etwas von Streit noch von sonstigen Schwierigkeiten wissen. „Hier war alles in Ordnung. Wir sind ein anerkannter Nachtclub. Es hat nie Beschwerden gegeben.“

„Dann soll es das erstmal gewesen sein“, sagte Brünner und wies Lange an, abschließend die Personalien aufzunehmen. Er selbst verzog sich in den Eingangsbereich, der tunnelartig zu einer Haustür mit langer Klingelleiste führte. Hier war es ziemlich duster. Es roch nach Urin, auf dem Boden lag eine leere Schnapsflasche neben zwei Bierdosen und zahlreichen Zigarettenkippen. Brünner lehnte sich gegen die Wand und massierte mit den Zeigefingern die pochenden Schläfen. Sobald er im Büro war, würde er eine weitere Kopfschmerztablette einwerfen. Irgendwann mußten die Nervenbahnen ja mal so blockiert sein, daß die Schmerzmeldung nicht mehr zum Gehirn gelangte. Als er aufsah, fiel ihm eine Parole an der gegenüberliegenden Mauer auf. *Nieder mit dem Patriarchat. Gegen Ausbeutung und Sexismus* stand dort in blutroter Schrift. Moment mal. Hatte das mit dem Brand im Moulin Rouge zu tun?

Brünner eilte zu Lange, der sich gerade vom Lokalbesitzer verabschiedete.

„Warten Sie, Herr Brückner“, rief er. „Kommen Sie bitte eben mit, und sagen Sie mir, ob Ihnen dieser Spruch schon mal aufgefallen ist.“

„Welcher Spruch?“ reagierte Brückner gereizt, denn er war es leid, sich naßregnen zu lassen. Er folgte Brünner zum Eingang des Moulin Rouge, las, und in seinem Gesicht spiegelte sich Verärgerung. „Welches Ferkel hat das hier hingeschrieben?“ knurrte er. „Langsam reicht es mir mit diesen Verrückten.“

„Welche Verrückten?“ hakte Brünner nach.

Brückner sah ihn an, als hätte er einen Vollidioten vor sich. „Das können Sie sich doch wohl denken.“

Brünner zuckte mit den Schultern. Er konnte sich sehr wohl etwas denken, aber er wollte es vom Lokalbesitzer hören.

„Emanzen, Lesben, was weiß ich“, polterte der heraus. „Eben diese Frauen, die sich überall mißhandelt fühlen. Die meinen, daß alles besser wird, wenn es keine Männer mehr gibt. Spinnerinnen eben.“

„Kennen Sie solche Spinnerinnen?“ fragte Brünner.

„Ich? Wie meinen Sie das?“

„Nun ja“, Brünner lächelte. „Ich habe mich vielleicht nicht korrekt ausgedrückt. Mich würde interessieren, ob Sie in irgendeiner Form Kontakt zu diesen Frauen hatten. Vielleicht waren die ja mal bei Ihnen im Lokal ...“

„Das fehlte noch“, entgegnete Brückner.

„Gab es schon vorher Sprühereien?“

Brückner nickte. „Die gibt es hier fast täglich. Kaum haben Sie den einen Spruch übertüncht, ist der nächste da.“

„Immer so was mit ‚Patriarchat' und ‚Ausbeutung'?"

„Ab und zu schon."

Brünner zog die Hand aus der Jacke und bot sie Brückner an. „Das soll es jetzt gewesen sein. Wir melden uns, wenn wir noch Fragen haben."

„Sehen Sie zu, daß Sie diese Frauen erwischen", knurrte Brückner. „Die sollte man alle mal durchvögeln, damit sie zur Besinnung kommen."

Brünner tat so, als habe er das nicht gehört. Ihn stieß dieser Mann ab. Er war fest davon überzeugt, daß Brückner nach außen den smarten Geschäftsmann hervorkehrte. Wenn er aber unbeobachtet war, wenn er Macht ausüben konnte, zum Beispiel in seinem Lokal, dann war er vermutlich nicht nur fies und herrisch, sondern brutal und besitzergreifend. Von daher konnte er Frauen gut verstehen, die sich kritisch damit auseinandersetzten, daß andere Frauen barbusig für Männer auf dem Tisch tanzten, daß Huren für einen Hungerlohn die Beine breit machen mußten, weil Männer die Macht hatten. Er konnte auch gut verstehen, daß Etablissements, wie dieses Nachtlokal, immer wieder Zielscheibe von Frauengruppen wurden. Aber was nützte es, ein Lokal anzuzünden, wenn nebenan ein Dutzend von ihnen weiterhin geöffnet war? Was nützte der Kampf gegen Frauenausbeutung, wenn es offenbar viele Männer gab, die Frauen nur als Objekte verstanden, die man sich nehmen, die man begrapschen konnte? Ändern, richtig ändern, da war sich Brünner sicher, konnte man Einstellungen und Handlungen nur, wenn man die Ursachen behandelte. Wenn Kinder andere Erfahrungen machten. Wenn sie lernten, daß jeder Mensch wertvoll ist. Aber wie sollten Kinder so etwas lernen, wenn der Vater die Mutter anschrie und verprügelte? Wenn der Onkel in der Nacht ins Kinderzimmer schlich und sich an den Nichten oder Neffen verging? Wenn die Mutter bereits in der Frühe zur Flasche griff, wenn die Schüler schon in der dritten Klasse auf dem Schulhof rauchten und sich in der vierten Klasse gegenseitig das Taschengeld abpreßten?

Ihm war klar, daß diese Gedanken zu nichts führten. Es gab da diesen Punkt, an dem er jedesmal spürte, daß sich nichts ändern würde, weil man die Menschen nicht auswechseln konnte. Der Karren war schon zu weit in den Dreck gefahren, und es ging nur noch darum, wenigstens seinen eigenen Kindern Werte beizubringen, die sie zu denkenden, reflektierenden und toleranten Menschen machten. Aber gelang ihm das überhaupt bei seinem eigenen Kind?

Um diese dunklen Gedanken abzuschütteln, trat Brünner aus dem Gang heraus auf die Straße. Mit wenigen Blicken sah er, daß die Spurensicherung den Innenbereich des Moulin Rouge abgesperrt hatte. Michael Gerds, einer der besten Männer des K 123, hockte auf dem Boden und sammelte Gegenstände in Plastikbeutel. Sie würden nachher telephonieren.

Als Brünner am frühen Abend nach Hause kam, hatte er den Brandanschlag, denn darum handelte es sich nach den Untersuchungen von Michael Gerds zweifellos, weitgehend abgehakt. Zwar war es selbstverständlich, daß sie in der Sache weiter ermittelten, aber die Chance, die Täter zu erwischen, war denkbar gering. Er hatte mit Yvonne Lentz gesprochen, einer jungen Kollegin, die in Kontakt zu autonomen Frauengruppen stand. Sie hielt es nicht für unwahrscheinlich, daß die Täter diesem Kreis zuzurechnen waren. „Aber selbst, wenn es so ist, haben wir schlechte Karten, sie zu finden", sagte sie. „Der harte und militante Kern dieser Frauengruppen ist so geschlossen, daß Anschlagspläne niemals weitergeplaudert werden."

Brünner trug sein Fahrrad die Kellertreppe hinunter und stellte es im Gemeinschaftsraum ab. Nebenan rumpelte eine Waschmaschine und erinnerte ihn daran, daß in seinem Flur oben ein stattlicher Wäscheberg wartete. Im Briefkasten steckte ein Brief ohne Absender. Dazu der grell bunte Prospekt eines Pizzabringdienstes und ein Brief der Organisation, bei der er und Kevin ein Patenkind in Nepal unterstützten. Vor wenigen Monaten hatten sie die Patenschaft übernommen. Es war ihm wichtig, dem Jungen zu zeigen, daß Kinder in anderen Teilen der Erde deutlich schlechtere Lebensbedingungen hatten als in Deutschland.

Oben in der Küche öffnete er zuerst den Brief aus Nepal. Rahul hieß der Kleine, und seine Schrift sah aus wie Kleinkindergekrakel. Merkwürdig, daß das alles Buchstaben waren. Links neben seinem Brief hatte der Junge, offenbar mit Filzstiften, eine Blume mit orangener Blüte gemalt. Die englische Übersetzung lag bei. Der andere Brief sorgte für eine Überraschung. Er kam von Sascha Butzin, einem ehemaligen Klassenkameraden, den er seit über zehn Jahren nicht mehr gesehen hatte.

Liebe Leute, stand in dem Schreiben. *Es wird höchste Zeit, daß wir uns mal wiedersehen. Da unser guter alter Lehrer Werner Rösner vor wenigen Monaten seinen siebzigsten Geburtstag gefeiert hat, sollten wir ihn nachträglich noch einmal hochleben lassen. Wer Lust hat, kommt am 27. Dezember in die Weserterrassen. Ich hoffe doch, daß Ihr in der Weihnachtszeit alle im heimischen Bremen seid. Bitte um Rückruf oder Email, damit ich weiß, wer kommt.*

Weihnachten. Es waren nur noch knapp fünf Wochen bis dahin, und er hatte noch nicht mit Bettina geklärt, an welchen Tagen Kevin bei ihm sein würde.

Brünner heftete die Einladung zum Klassentreffen an die Pinwand in der Küche. Natürlich würde er hingehen. Hoffentlich hatte er an diesem und am folgenden Tag keinen Dienst, damit er mit den ehemaligen Schulkameraden und Werner Rösner bis in die Nacht zusammensitzen konnte. Ob er noch alle Namen der Mitschüler zusammenbekommen würde? Wohl kaum. Sein Namengedächtnis war katastrophal löchrig. Auch Gesichter behielt er oft nur schemenhaft in Erinnerung. Beste Voraussetzungen also, um als erfolgreicher Kriminalhauptkommissar zu arbeiten. Ich muß nur aufpassen, daß es niemandem auffällt, dachte er und mußte schmunzeln. Dann griff er zum Telephonhörer, um bei Silke anzurufen. Es nahm niemand ab. Na gut, dachte er, mache ich eben einen Spaziergang zu ihrer Wohnung. Eventuell ist sie ja doch zu Hause.

Vielleicht ist es gar nicht schlecht für eine Beziehung, wenn man ab und zu mal streitet, dachte Martin Brünner. Das reinigt die Luft wie nach einem Gewitter. Silke und ihm hatte der Streit, nein, eher war es eine Meinungsverschiedenheit, jedenfalls gut getan. Schon, als sie sich vorhin im Flur umarmt hatten, hatte er gespürt, daß Silke mehr für ihn war, als eine nette Bekanntschaft. Er hatte ihren vertrauten Körpergeruch eingeatmet. Er hatte ihrer Stimme gelauscht, die in sein Ohr flüsterte: „Schön, daß du da bist. Ich habe dich vermißt“, und er hatte sich gleich zu Hause gefühlt, obwohl er in Silkes Wohnung natürlich nur Gast war. Aber einer, der jederzeit kommen und bleiben durfte.

Jetzt räkelte sich Martin Brünner auf dem Sofa und ließ seine Blicke über die Wohnzimmereinrichtung wandern. Über die Pinienholzanrichte, auf der zwei Karaffen, eine mit Sherry und eine mit Whisky, standen. Rechts davor das Regal mit der Stereoanlage und Büchern. Silke war gerade in einer Krimiphase. Seit einigen Wochen beackerte sie Donna Leons Brunetti-Romane, die in Venedig spielten. Der elfte Band lag aufgeschlagen auf dem Tischchen neben dem Sofa. Brünner griff nach dem Buch, las die ersten Seiten, legte es dann aber wieder weg. Ihm reichten Mord und Totschlag während der Dienstzeit. Da mußte er sich nicht noch nach Feierabend mit so was beschäftigen. Außerdem begann er beim Lesen schnell, die Arbeitsweise des venezianischen Kommissars mit seiner eigenen zu vergleichen. Hoffnungslos. Die Polizeistrukturen waren überhaupt nicht zu übertragen. Außerdem war es undenkbar, daß man bereits am Vormittag ein Gläschen Wein zu sich nahm, und daß man hier in Bremen als Kommissar für zwei Stunden zum Mittagessen zu Hause einkehrte, als Aperitif einen Sherry oder Grappa genoß und dann wieder zur Arbeit ging. Er selbst aß zumeist geschmierte Brote am Arbeitsplatz oder bestellte mit Kollegen beim Italiener eine Pizza und trank ein Mineralwasser.

Aus dem Kinderzimmer hörte er Stimmen. Wie jeden Abend hatte Lea auch heute darauf bestanden, daß Silke eine Geschichte vorlas. Brünner konnte das gut verstehen. Kevin hatte das früher ebenso eingefordert, und er selbst hatte es genossen, noch eine halbe Stunde am Bett seines Sohnes zu sitzen. Leider war das wegen des Schichtdienstes und diverser Sondereinsätze viel zu selten vorgekommen. Das war auch ein Grund dafür gewesen, warum er nicht nur Kevin oft nur noch schlafend gesehen hatte. Auch die Entfremdung von Bettina war größer geworden. Er seufzte und fuhr sich mit der Hand über die Stirn. Sie hatten es einfach nicht geschafft, ihre wenige gemeinsame Zeit gut zu nutzen. Einer von beiden war meistens schon erschöpft und müde, wenn der andere nach Hause kam und über seine Erlebnisse und Sorgen berichten wollte. Wie oft war er heimgekehrt, und Bettina war bereits im Badezimmer gewesen, um sich die Zähne zu putzen und dann ins Bett zu gehen?

„Nein, noch nicht Schluß", rief Lea in ihrem Zimmer. „Ich will mehr hören."

„Von wegen", antwortete Silke resolut. „Jetzt wird geschlafen, sonst kommst du morgen nicht aus dem Bett."

Brünner stand auf, um Lea gute Nacht zu sagen. Gleichzeitig spürte er Beklemmungen, weil er an Kevin dachte. Der Junge ging vier Tage in der Woche ins Bett, ohne seinen Vater gesehen zu haben. Ob er seinen Papa manchmal vermißte?

Lea sah ihm erwartungsvoll aus ihrem Bett entgegen. „Du kannst mir ja noch was vorlesen, wenn Mama nicht mehr will."

„Nichts da", fuhr Silke dazwischen. „Martin und ich möchten uns jetzt in Ruhe unterhalten."

„Aber ich bin noch gar nicht müde."

„Trotzdem sage ich dir jetzt gute Nacht." Brünner hockte sich neben das Bett. Lea streckte ihre Arme nach vorne, ein feuchter Kuß landete auf Brünners Wange. „Ich hab dich lieb", sagte sie mit ernster Miene.

Der so Geehrte errötete leicht und sah zu Leas Mutter hoch. Sie lächelte und zuckte die Schultern, als wollte sie zu ihm sagen: Das hast du dir selbst eingebrockt, wenn du dich so intensiv um sie kümmerst.

„Ich habe dich auch lieb", antwortete Brünner und stupste Lea mit dem Mittelfinger die Nase.

Wenig später saßen sie auf dem weichen Gabehteppich in Silkes Wohnzimmer und tranken Tee. Beide hingen ihren eigenen Gedanken nach. Martin Brünner versuchte, zwei Gefühle miteinander in Einklang zu bringen. Da war zum einen der Stolz darüber, daß Lea ihm so deutlich ihre Zuneigung zeigte. Zum anderen hatte er Kevin gegenüber ein ungutes Gefühl. Es war ein wenig so etwas wie schlechtes Gewissen, das sich in ihm regte, weil er viele Abende mit Silke und Lea verbrachte, während Kevin notgedrungen auf ihn verzichten mußte.

Unvermittelt riß ihn Silke aus diesen Gedanken. „Frau Bohlen ist gestorben."

„Wie bitte?" Er tauchte wie aus einem Traum an die Oberfläche.

„Frau Bohlen ist tot", wiederholte sie.

Einen Moment dauerte es, bis er den Namen einer Person zuordnen konnte, von der Silke schon mehrmals erzählt hatte. Ilse Bohlen. Das war die alleinstehende alte Dame, die auf dem Hof in Bremen-Grolland lebte und sich weigerte, in ein Seniorenheim zu ziehen, obwohl sie pflegebedürftig war.

„Ich habe sie heute morgen gefunden. Sie lag im Bett. Erst habe ich gedacht, sie hätte verschlafen, aber dann stellte ich fest, daß sie tot war. Ihr Körper war bereits kalt."

Brünner blickte sie prüfend an. Doch Silke machte nicht den Eindruck, als würde sie dieses Erlebnis besonders belasten. „Wie alt ist sie geworden?"

„79 Jahre."

„Kein ungewöhnliches Alter zum Sterben“, sagte Brünner. „Oder glaubst du, daß es ein unnatürlicher Tod war.“

Silke lächelte. „Bin ich Kriminalkommissar oder Arzt?“

„Nein, aber du hast eine gute Menschenkenntnis.“

„Danke für das Kompliment.“ Sie trank ihre Teetasse aus und stand auf. „Ich brauch jetzt einen Schluck Wein. Möchtest du auch?“

„Gerne“, sagte er und leerte ebenfalls seine Tasse.

Als Silke eine Flasche Merlot entkorkt hatte und den Wein in die Gläser einschenkte, spürte Brünner, daß der Tod der alten Dame für sie noch nicht abgeschlossen war. Er griff nach ihrer Hand und sah sie offen an. „Was war mit der Frau?“

„Offenbar nichts“, antwortete sie. „Der Arzt hat einen normalen Totenschein ausgestellt. Sie ist an Herzversagen gestorben.“

„Aber?“

„Na ja, ich habe darüber nachgedacht, wie es ist, wenn man jahrelang allein lebt und auch in der letzten Stunde seines Lebens niemanden hat, der sich um einen kümmert, der mit einem spricht, einem die Hand hält, wenn es zu Ende geht.“

Brünner meinte sich zu erinnern, daß Silke mal von einer Tochter der alten Frau erzählt hatte. Auf seine Nachfrage nickte sie: „Die ist regelmäßig zu Besuch gekommen und war wohl auch noch am Vortag da. Ich habe sie heute morgen nur kurz gesehen. Sie machte einen gefaßten Eindruck und erzählte, daß ihre Mutter schon gestern sehr schwächlich gewirkt hatte. Aber offenbar hatte sie es abgelehnt, daß ein Arzt kommt.“

„Vielleicht wollte die Alte sterben und nicht, daß ein Mediziner ihr Leben künstlich verlängert.“

„Ja, vielleicht. Es wäre ihr zuzutrauen, so stur, wie sie manchmal war, was Ärzte betraf.“ Silke hob das Glas und prostete ihm zu. Dann sagte sie nachdenklich. „Es ist immer wieder ein merkwürdiges Gefühl, einen Menschen tot zu sehen, den man monatelang oder sogar jahrelang gepflegt hat. Ich kann mich einfach nicht daran gewöhnen.“

Brünner dachte daran, wie viele Tote ihm schon begegnet waren. Es waren so viele, daß er sie nur schwer aus dem Gedächtnis zusammen bekommen würde. Aber jedesmal bereitete es ihm Schwierigkeiten, einen Verstorbenen zu berühren, zumal oft vor dem Tod viel Blut geflossen war. Die Menschen, die friedlich in ihrem Bett starben, waren so gut wie nie seine Fälle, eher lagen die Opfer auf dem Küchenboden oder in der Badewanne oder wie vor zwei Jahren in einem völlig ausgebrannten Appartement.

„Ich werde wohl zur Beerdigung gehen“, sagte Silke. „Vielleicht ist das für die Tochter ein Trost. Es wird schließlich sonst kaum jemand da sein.“

„Gibt es keine weiteren Angehörigen?“

„Nicht, daß ich wüßte. In unseren Unterlagen war nur die Tochter verzeichnet. Sie ist verheiratet und lebt im Steintor.“

„Was die wohl mit dem alten Hof machen wird?“ überlegte Brünner. Er war schon mehrmals mit Silke in der Gegend spazierengegangen und kannte auch das Grundstück von Ilse Bohlen. Sie hatten es von der Straße aus betrachtet, und er hatte sich gewünscht, irgendwann ein solches Stück Land sein Eigen nennen zu dürfen, um dort ein Haus zu bauen oder ein altes Siedlungshaus umzugestalten.

„Ich glaube kaum, daß sie dort einziehen wird“, sagte Silke. „Die Tochter ist auch schon um die Fünfzig. Die wird sich bestimmt nicht solch einen Klotz ans Bein binden.“

„Wenn sie verkauft, bekommt sie sicher gutes Geld.“ Brünner ahnte, zu welchen Preisen derartige Grundstücke in Stadtnähe gehandelt wurden. Unter 200.000 Euro war da nichts zu machen, auch wenn ein abbruchreifes Gebäude das Gelände verschandelte. Mit Bedauern mußte er feststellen, daß derartige Summen seine finanziellen Möglichkeiten um ein Vielfaches überstiegen. Wie sollte er so etwas bezahlen neben seiner Miete und dem Unterhaltsgeld für Kevin? Völlig ausgeschlossen.

„Wir haben übrigens jetzt eine Haushaltssperre“, fiel ihm plötzlich ein.

„Ich habe es im Radio gehört“, sagte Silke. „Und was heißt das?“

„Daß der Senator pleite ist“, antwortete Brünner. Er schenkte sich sein Glas erneut voll, rückte zu Silke hinüber und strich mit den Fingern durch ihre leicht gewellten, braunen Haare, die jetzt im Kerzenlicht rötlich schimmerten.

„Pleite?“ fragte sie verständnislos.

„Na ja, mein Gehalt werde ich weiter bekommen. Aber alle Ausgaben, die nicht unbedingt erforderlich sind, um den Betrieb aufrechtzuhalten, sind gesperrt und müssen noch einmal geprüft werden.“

„Irgendwann ist dieses Bundesland völlig am Ende“, seufzte sie.

„Niemals“, sagte er. „Es wird weitergehen. Mit neuen Schulden. Dafür finden sich immer noch ein paar Banken. Der Staat kann schließlich nicht Konkurs anmelden.“

4

Am nächsten Tag war es bereits in der Frühe kaum noch zu ignorieren, daß sich in Bremen Großes ankündigte. Im Radio gab es nur ein richtig wichtiges Thema: Fußball. Am Abend sollte es zum Spiel des Jahres kommen. Inter Mailand wurde als Gast im heimischen Weserstadion erwartet, und ein Sieg von Werder Bremen bedeutete, daß die Mannschaft ins Achtelfinale der Champions League einziehen würde. Ein Erfolg, von dem die fußballbegeisterten Hanseaten nur zu träumen gewagt hatten, als im Sommer die schwere Gruppe mit Mailand, Anderlecht und Valencia zusammengelost worden war.

„Wenn wir Glück haben, werden wir in der Vorrunde Dritter und dürfen im UEFA-Cup weiterspielen“, hatte Büntemeyer damals behauptet, und Martin Brünner hatte zustimmend genickt. Wie sollte die kleine Werder-Mannschaft auf internationaler Bühne mehr erreichen können?

Der Kommissar erinnerte sich gerne an die turbulenten Wochen im Frühsommer, als Werder überzeugend den Meistertitel gewonnen und dann noch im Pokalfinale gesiegt hatte. Die ganze Stadt war im Ausnahmezustand gewesen. Überall wurde gefeiert. Er selbst hatte sich zum entscheidenden Meisterschaftsspiel gegen Bayern München mit Freunden auf dem Domshof zur Live-Übertragung auf Großleinwand getroffen. Nach dem Schlußpfiff waren sie bei herrlichem Sonnenschein an die Schlachte gepilgert, um dort in einem der zahlreichen Biergärten an der Weser den Titel zu feiern. Abends waren sie zum Flughafen geeilt, wo das Werderteam mit einem kleinen Privatjet gelandet war. Als Trainer Thomas Schaaf durch die Luke des Flugzeugs hoch über den Fans die Werderfahne geschwenkt hatte, hatte sich ein unglaubliches Gemeinschaftsgefühl ausgebreitet. Sie hatten gesungen „Werder Bremen, lebenslang Grün-Weiß“, und alle waren stolz darauf gewesen, Hanseaten zu sein.

Das war lange vorbei. Der Alltag hatte Martin Brünner mit aller Deutlichkeit klargemacht, daß es viele Bremer gab, mit denen er bei nüchterner Betrachtung keineswegs ein Gemeinschaftsgefühl entwickeln konnte.

Der Sommer war vergangen, und in der Bundesliga war vom Glanz der Meistermannschaft nicht mehr viel geblieben. Sie dümpelte im Mittelfeld herum und hatte am Wochenende erneut verloren. Allein im internationalen Wettbewerb wußte das Team noch zu überzeugen. Hoffentlich auch heute abend.

Im Polizeipräsidium herrschte die übliche Geschäftigkeit. Jeder hatte viel zu tun, doch Brünner kam es so vor, als schlage die trübe Novemberwitterung allen aufs Gemüt. Wenn er zum Fenster hinausschaute, konnte er den feinen Nieselregen vor grauem Himmel wirbeln sehen, die Bäume standen blattlos im Hof, und selbst zur Mittagszeit hatten die meisten Autofahrer ihre Scheinwerfer eingeschaltet.

Auf seinem Tisch lag die schriftliche Bestätigung von Michael Gerds, daß beim Anschlag auf das Moulin Rouge zwei Brandsätze in den Gastraum geschleudert worden waren. Es waren einfache Bausätze gewesen, wie sie in bestimmten Kreisen gerne genutzt wurden. Eine brennbare Flüssigkeit in einer Flasche. Die Spurensicherung hatte nichts Auffälliges gefunden, was bei der Suche nach den Tätern helfen konnte. Auch die Zeugenaussagen, die nun in schriftlicher Form vorlagen, waren zu vage, als daß man damit viel anfangen konnte.

Brünner lief durch den Flur zur Pressestelle, weil ihn die Berichterstattung über den Anschlag interessierte. Bei den Kollegen wurden alle Bremer Zeitungen gesichtet und Artikel, die polizeiliche Ermittlungen betrafen, archiviert. Als der Kommissar in das Büro von Anne Schmidt und Bernd Sagemann trat, die intern auch als die SvD, die Schnibbler vom Dienst bezeichnet wurden, sah die Kollegin gleich auf und applaudierte. „Welche Ehre. Unser Pin-up-Mann des Tages kommt uns besuchen.“

„Hat dir heute morgen jemand was in den Kaffee gemischt?“ fragte Brünner amüsiert.

„Nee, aber schon beim Kaffeetrinken durften wir dich heute in voller Schönheit bewundern“, grinste Schmidt und zog die BAZ von einem Stapel. „Hier. Seite fünf. Wenn das mal nichts ist.“ Sie reichte das Blatt zu Brünner, der es schon mit einem mulmigen Gefühl aufschlug. In fetten Lettern verkündete die Aufmacherzeile *Anschlag auf Nachtbar – Waren es radikale Feministinnen?* Das fast halbseitige Photo zeigte Brünner inmitten des verkohlten Lokals, wie er eine der Glasscherben genauer in Augenschein nahm, die rußgeschwärzte Gebäudefront des Moulin Rouge war nur klein am rechten Bildrand eingeklinkt.

Brünner schlug die Zeitung zu. Sein Interesse daran, daß sein Konterfei in zehntausendfacher Auflage an Kiosken, in Zügen und Restaurants betrachtet wurde, war äußerst gering. Glücklicherweise vergaßen die Leser derartige Photos sehr schnell, so daß ihn mit großer Sicherheit nur diejenigen darauf ansprechen würden, die ihn ohnehin kannten. Immerhin sah man auf dem Bild nicht, wie verkatert er gestern gewesen war.

„Haben wir auch noch seriöse Berichterstattung?" fragte er und gab Anne Schmidt die Boulevardzeitung zurück.

„Ja, aber die haben nicht so schöne Photos – zumindest nicht von dir", sagte sie mit einem Ausdruck des Bedauerns, so als müsse sie Brünner schonend darauf vorbereiten, daß noch keine Fanpost für ihn eingetroffen sei.

Der Kommissar las sich die Texte der anderen Lokalzeitungen durch, die eher nachrichtlich abgehalten und deutlich kleiner waren, als die Berichterstattung in der BAZ. So war ihm Journalismus am liebsten, zumindest dann, wenn es um polizeiliche Belange ging. Hysterie war meistens völlig fehl am Platz, und es war nicht zu erwarten, daß nun in nächster Zukunft überall in der Stadt die Nachtlokale brannten, nur weil irgendwelche Chaoten einen Molotowcocktail in einen dieser Schuppen geworfen hatten.

Keine Viertelstunde später kamen Brünner allerdings gehörige Zweifel an der Friedlichkeit der Bremer. Er saß an seinem Schreibtisch und blätterte die Vermerke über eine Messerstecherei durch, die die Kollegen am Wochenende im Bahnhofsviertel in Atem gehalten hatte. Zuerst hatte es in einer Discothek Ärger gegeben. Der Besitzer hatte die Polizei gerufen, der es aber nicht gelungen war, die Ursache des Streits zwischen zwei türkischen Gruppen herauszufinden. Etwa eine halbe Stunde später waren einige der Beteiligten am Breitenweg erneut aufeinander losgegangen. Diesmal waren Messer mit im Spiel gewesen, und eine Person mußte mit schweren Stichverletzungen im Magen, eine andere mit Schnittwunden im Gesicht ins Krankenhaus eingeliefert werden. Der

Grund für die Streitigkeiten war noch immer nicht klar. Es ging offenbar um eine Familienfehde, aber wie so oft hielten die Beteiligten dicht. Und demnächst, dachte Brünner, werden sie wieder übereinander herfallen, vermutlich aber mit schärferen Waffen.

Am Abend saßen Brünner und Cord Kramer bei ihrem Stammitaliener in der Neustadt. Glücklicherweise hatten sie Plätze reserviert, denn bereits um zwanzig Uhr drängelten sich so viele Gäste vor der Großbildleinwand, daß jeder, der sich von draußen kommend einen Platz erobern wollte, gleich wieder rausgebuht wurde.

Cord war heute in bester Stimmung. Nichts war mehr zu spüren von der Trübsal der vergangenen Tage. Brünner sah, wie sich sein Blick schon wieder mit dem anderer Frauen traf. „Laß dir Zeit“, mahnte er seinen Freund mit spöttischem Unterton.

„Womit?“ fragte der verwundert zurück.

„Mit der Damenwelt.“

„Ach so“, grinste Cord. „Mach dir keine Sorgen, Martin. Davon bin ich erstmal geheilt. In meinem Herzen ist ein Riß, den so schnell keine Frau kitten kann“, fuhr er theatralisch fort.

Wer's glaubt, wird selig, dachte Brünner und konzentrierte sich aufs Fußballspiel. Nach neunzig eher spannungsarmen Minuten stand es 1:1. Werder war zwar durch einen Strafstoß von Valerien Ismaël in Führung gegangen, aber schon sechs Minuten später hatten die Mailänder ausgeglichen. Nichts war es also mit einem vorzeitigen Einzug ins Achtelfinale der Champions League. Die Entscheidung würde in zwei Wochen in Valencia fallen müssen.

Ein echtes Gruppenfinale, dachte Brünner, als er nach drei großen Bieren weder durstig noch nüchtern nach Hause lief. In vierzehn Tagen würde er wieder beim Italiener sitzen und beim Fußball mitfiebern. Wie hätte er auch ahnen sollen, daß bis dahin in vielen Bremer Gaststätten nichts mehr so sein würde, wie bisher und daß vor ihm die schwierigsten Ermittlungen seiner Karriere lagen.

5

Der Tochter ging es wesentlich besser, seitdem sie das Haus ihrer Mutter verlassen hatte. Eine tiefe Ruhe hatte sie erfüllt, als die Tür hinter ihr zugefallen war. Eine Ruhe, die sie seit Jahrzehnten nicht mehr gekannt hatte, nach der sie sich aber gesehnt hatte, wie manche Frauen nach einer Schwangerschaft, die auch nach jahrelangem Wunsch ausbleibt. *Nun habe ich mein kleines Kind geboren – es ist noch zart, aber es wird wachsen. Aus dem Tod der Mutter wird mein neues Leben emporsprießen. Wir, liebe Gesche, werden stark und unabhängig sein.*

Alles war so geschehen, wie sie es schon unzählige Male im Traum erlebt hatte. Ja, auch dort hatte ihre Mutter leblos dagelegen, so daß sie sie nur ins Bett verfrachten mußte. Das Töten selbst hatte sie nie geträumt. Aber sie war sich immer sicher gewesen, daß ihr das Werkzeug dazu in die Hand gegeben werden würde. *Vielleicht habe ich deshalb so routiniert gehandelt, weil ich genau wußte, was zu tun ist. Die Träume sind Trainingseinheiten gewesen. Sie haben mir deutlich gemacht, daß ich diesen einen entscheidenden Schritt gehen muß und daß er richtig ist.*

Aber ihre Träume waren damit nicht zu Ende. Es gab andere Träume. Sie kehrten im Schlaf wieder und wieder. Männer der Vergangenheit. Männer, die sie quälten. Männer, die sterben sollten. *Weil sie mein bisheriges Leben zerstört haben.* Der Tod ihrer Mutter war nur der Auftakt, so etwas wie ein Prolog gewesen. Weitere Opfer mußten folgen, bis sie ans Ziel, ihre vollkommene Freiheit, gelangen würde. Erst dann war auch gerächt, was sie Gesche angetan hatten. *Ein guter Anfang ist gemacht.* Sie trank einen Schluck Darjeeling aus der zierlichen weißen Porzellantasse, die ihr die Bedienung vor wenigen Minuten auf den Tisch gestellt hatte. Seit dem Tod der Mutter lebte sie in einer neuen Zeit. Vorbei war die Phase des Verharrens, des Abwartens, der Unsicherheit. Sie wurde nun nicht mehr im Strom des Lebens ziellos von einer seichten Stelle zur anderen getrieben, in Untiefen gezogen, über Kies geschleift und an felsiges Ufer geworfen. Es gab nun einen Weg, und sie kannte die Stationen, die sie ganz eigenständig abgehen konnte.

Nachdem sie am Montagnachmittag das Elternhaus verlassen hatte, war sie wie gewöhnlich mit der Straßenbahn in die Innenstadt zurückgefahren. Dort hatte sie einen kurzen Abstecher zum Dom gemacht, um *ih-*

ren Schicksalsplatz zu besuchen. Sie hatte das große Eingangsportal des Backsteingotikgebäudes rechts liegengelassen, auf dessen Stufen auch bei dieser feuchten Kälte Obdachlose und Bettler herumlungerten, und war an den mächtigen Mauern entlang in Richtung Domshof gelaufen, bis sie zu dem Stein gelangt war, der den Standort des Blutgerüstes markierte.

Natürlich war er auch heute wieder bedeckt von schleimiger Spucke. Widerlich. Menschenverachtend. Sie hatte ein Papiertaschentuch hervorgezogen und den Stein mit dem eingemeißelten Kreuz trockengewischt. Einige Männer, die in der Nähe Buden für den Weihnachtsmarkt aufgebaut hatten, hatten neugierig zu ihr herübergesehen. Sie hatten gelacht. Aber das hatte sie nur in der Gewißheit bestätigt, daß sie sich richtig verhielt. Diese Stadt war verdorben. Die Männer hier waren es nicht wert, daß man sie beachtete. Sie hatte das Taschentuch nach vollbrachter Tat in einen Mülleimer geworfen und war nach Hause gelaufen.

Ihr Ehemann Max war nur kurz auf den Flur getreten, als sie die Tür aufgeschlossen hatte. Er hatte sich erkundigt, ob bei der Mutter alles in Ordnung war. Sie hatte genickt und war an ihm vorbei in ihr spirituelles Zimmer geeilt. Der Raum war in warmen Erdtönen gestrichen. In jeder Ecke befand sich ein Regal, auf dem ihre Lebenskristalle standen. Ein rosa Karneol, der Stein der bedingungslosen Liebe. Dann der blaue Lapislazuli, der ihr gegen Migräne half, und das Tigerauge, das ihr Selbstbewußtsein stärkte. Der wichtigste Stein aber war ein Rosenquarz, den sie oft bei sich trug. Der rund geschliffene Stein half, Seelenverwandte aufzuspüren.

Sie hatte die Vorhänge zugezogen, Kerzen angezündet und sich auf den ockerfarbenen Wolltepich gesetzt. Als sie sich innerlich völlig ruhig fühlte, hatte sie eine Tarotkarte aus dem verdeckten Stapel gezogen. Es war die Mäßigkeit, eine engelsgleiche Frau, die am Rande eines Gewässers steht und eine Flüssigkeit von einem Kelch in einen anderen gießt. *Ich stehe am Ufer. Ich werde mein Leben ändern, in einen neuen Kelch gießen.* Aber beim Betrachten der Karte kamen ihr noch andere Assoziationen. War sie nicht wie ein Erzengel, der über Leben und Tod entschied? Und es konnte kein Zufall sein – denn es gab beim Tarot, dem Spiel des Lebens, keinen Zufall –, daß hier Flüssigkeit ein ganz wesentliches Element war. Giftige Flüssigkeit, die sie sich gemischt hatte, die sie gezielt einsetzen würde. Im Hintergrund des Bildes sah sie die aufgehende Sonne, sah sie einen Weg, der sich dem Horizont entgegenschlängelte. Auf diesem Wege würde sie gehen. Wieder erfüllte sie die Gewißheit, alles richtig zu machen. Sie beschloß, ab jetzt, bevor sie einen weiteren Schicksalsschritt machte, immer eine Karte zu ziehen.

Später dann war ihre Stimmung umgeschlagen, wie das Wetter an einem schwülen Sommerabend. Dunkle Wolken hatten sich am Himmel aufgetürmt, grollend war der Donner nähergerollt. Sie war in der Wohnung umhergelaufen, hatte keine Ruhe finden können. Max war mehrmals aus seinem Zimmer gekommen, hatte sie gefragt, ob er ihr helfen könnte. Sie hatte nur abweisend geantwortet, worauf er wieder in sein Arbeitszimmer verschwunden war. Es gehörte zu ihrer nun bald fünfzehnjährigen Ehe, daß sie phasenweise nicht miteinander reden konnten. Miteinander geschlafen hatten sie ohnehin nur wenige Male. Es war mehr eine Pflichterfüllung gewesen, und Max hatte nicht mehr von ihr gewollt. Zumindest hatte er es nicht signalisiert. Überhaupt waren sie zu keinem Zeitpunkt ihres Ehelebens ein Liebespaar gewesen. Er war froh darüber, im Alter eine Frau bei sich zu haben, die sich um ihn kümmern würde. Sie genoß die finanzielle Unabhängigkeit, die seine Pension ihnen beiden erlaubte. Außerdem verzieh er ihr alles, auch dann, wenn sie in ihrer Aufgeregtheit Fenster zerschlug oder Mobiliar zertrümmerte.

Das Gewitter in ihr war vorübergezogen. Nach nur wenigen Stunden Schlaf war sie am nächsten Morgen vom Telephonklingeln geweckt worden. Es war der Pflegedienst. Niemand hatte einen Verdacht geschöpft, als die Mutter tot im Bett gelegen hatte. Sie war eine alte Frau gewesen, und bei alten Frauen fragte keiner mehr nach Ursachen für das Sterben.

Irgendwo hatte sie mal gelesen, daß viele Morde in Deutschland gar nicht entdeckt wurden, weil sich niemand die Mühe machte, die Leiche genauer zu untersuchen. Wenn für jeden Ermordeten oder Getöteten eine Lampe auf dem Grab leuchten würde, so hieß es, wäre der Friedhof in der Nacht taghell erleuchtet.

Im Falle ihrer Mutter war es ihr nur recht gewesen, daß der Arzt einen natürlichen Tod durch Herzversagen feststellte.

Als ihr der Pflegedienst den Tod der Mutter mitgeteilt hatte, war es ihr nicht schwer gefallen, Betroffenheit in ihre Stimme zu legen. Auch später, als sie gemeinsam mit Max in ihrem Elternhaus angekommen war, hatte sie das Entsetzen perfekt spielen können. Sogar Tränen waren ihr gekommen, als sie in das Schlafzimmer ihrer Mutter getreten war. Die alte Frau hatte mit geschlossenen Augen in ihrem Bett gelegen – wie gestern, als die Tochter die Tür hinter sich zugezogen hatte.

„Ich glaube, sie ist friedlich eingeschlafen“, hatte die Altenpflegerin leise gesagt.

„Ja, ich wünsche es ihr“, hatte die Tochter geantwortet, dann hatte sie geschluchzt und sich abgewandt. Max hatte sie beim Hinausgehen gestützt. „Sie war eine tapfere, gute alte Frau“, hatte er gesagt und damit erneut ihre Einschätzung bestätigt, daß er ein emotionaler Krüppel war, nicht in der Lage, tiefe Gefühle auszuloten und schon gar nicht fähig zu erahnen, daß seine Frau die Verzweiflung nur spielte.

Für kommenden Montag war die Beerdigung geplant. *Es wird nicht die letzte sein, bei der ich dabei bin.* Es würde kein Begräbnis geben, ohne daß nicht schon der nächste Tote bereitlag.

Sie lächelte, als sie die Kellnerin herbeiwinkte. Es war ein junges Ding, sehr dünn, hellblonde glatte Haare, die zu einem Pferdeschwanz zusammengebunden waren. Ihre Gesichtshaut war blaß, man konnte an ihrer Stirn und unter den Augen die Äderchen durchschimmern sehen. Wie aus Porzellan. So wie ich damals, dachte die Tochter. Männer mögen so etwas. Zarte Pflanzen, die man beschützen kann, die man vom Stiel schneidet, um sie zu Hause in der Vase zu bewundern. Bis sie welken und man sie entsorgen muß.

„Sie wünschen?“

„Zahlen bitte.“

Das Mädchen nickte, nahm das Teekännchen mit und brachte es zur Durchreiche hinter dem Tresen. Kurz darauf trat sie wieder an ihren Tisch. Die Tochter bezahlte und schlüpfte in ihren dunkelblauen Wollmantel, der ihre weiblichen Formen gut verbarg. Sie hatte eine schlanke Figur, ein schmales Becken, in dem nie ein Kind gelegen hatte. Viele Männer fanden sie attraktiv. Keiner verstand, daß sie mit einem wesentlich älteren und nach vorherrschender Meinung nicht gerade gutaussehenden Mann verheiratet war. Aber sie scherte sich nicht um die Ansichten von anderen. Ihr Blick glitt über die Tische an der Fensterfront. Auf jedem stand ein Zuckerstreuer. In jeden dieser Streuer könnte man unauffällig eine kleine Menge Arsenik füllen. Niemand würde es merken ... Sie wandte sich ab. Noch war es dafür zu früh. Keiner würde die Bedeutung begreifen, die Glut war noch nicht angefacht.

Sie nickte der Bedienung zum Abschied zu und trat ins Freie. Auf dem Fußsteig neben der Tür lag ein Junkie mit seinem Hund. Der Mann trug ein vor Dreck starrendes grau-schwarzes Holzfällerhemd. Sein Kopf war im Schlaf zur Seite gesackt, aus dem Mundwinkel rann der Speichel. Der Hund sah zu ihr hoch. Es war eine Schäferhundmischung mit traurigem Blick. Sein Fell war ungepflegt, anstelle eines Halsbandes trug er ein zusammengedrehtes, blaues Baumwolltuch.

Die Tochter wandte sich ab und lief über den Ziegenmarkt. An dem kleinen Denkmal, das eine Ziege darstellen sollte, lehnten zwei Blumengebinde als Zeichen der Trauer für einen Junkie, der sein Leben der Droge geopfert hatte. Die Stadt war an dieser Stelle, im sogenannten Viertel, besonders dreckig. Auf den Straßen zeigte sie zu jeder Jahreszeit ihr größtes Elend. Gestrandete Menschen, am Ende ihrer Sehnsüchte. Welch ein Gegensatz zu den gepflegten repräsentativen Fassaden der Bremer Bürgerhäuser, die hier standen. Weißgetünchte Säulen, Stuckverzierungen, schmucke Wintergärten. Ganze Straßenzüge waren im Krieg unversehrt geblieben. Während auf dem Pflaster junge Menschen lagen, die von Freiheit und Bewußtseinserweiterung oder vielleicht auch nur von einer warmen Mahlzeit und dem nächsten Schuß träumten, wohnten in den Häusern gutverdienende Lehrer und Professoren.

Sollte sie noch einmal an seinem Haus vorbeigehen? Es bereitete ihr eine tiefe Befriedigung, vor der roten Backsteinfassade des Gebäudes zu stehen, auf die weißen Stuckverzierungen zu blicken, und zu wissen, daß das Leben hinter dem Hochparterrefenster bald zum Erliegen gekommen sein würde. *Wir dürfen nie darüber sprechen. Es ist unser kleines Geheimnis. Etwas, das uns immer verbinden wird.* Werner Rösner, dachte sie. Ich habe dich nicht vergessen, auch wenn du dich nicht mehr an mich erinnern möchtest. Wir bleiben miteinander verbunden, bis in den Tod. In zwei Tagen werden wir uns wiedersehen.

6

Die Tür des Arbeitszimmers fiel hinter Luise ins Schloß. Werner Rösner hörte, wie seine Frau kurz darauf die Kellertür öffnete und dann das Fahrrad über die auf den Treppenstufen montierte Schiene nach oben zum Gehsteig schob. Es war 9.30 Uhr, wie jeden Sonntag, wenn Luise das Haus verließ. Um zehn Uhr begann der Gottesdienst, und danach blieb sie gerne noch zum Kirchenkaffee. Erst gegen zwölf Uhr würde sie zurück sein. Er hatte also zweieinhalb Stunden ganz für sich allein. Ein herrliches Gefühl.

Es war ihm zwar nicht unangenehm, wenn Luise zu Hause war. Im Gegenteil, er mochte ihre Nähe. Aber die Gewißheit, für eine bestimmte Zeit ganz allein zu sein, gehörte für ihn zu einem perfekten Sonntagvormittag. Es erinnerte ihn an seine langen Junggesellenjahre. An die Nächte, in denen er selten eine Frau mit zu sich nach Hause genommen hatte, weil er es nicht mochte, wenn jemand am nächsten Morgen in seinem Bett aufwachte, an seinem Küchentisch saß oder die Büchertitel in seinem Regal studierte.

An diesen Sonntagvormittagen konnte er ziellos durch die großen hellen Räume mit den hohen weißen Stuckdecken und dem honigfarben lackierten Parkett schlendern, ein Lied vor sich hin summen, sich in der Küche einen Tee aufgießen und – was ihm das Wichtigste war – völlig ungestört an seinem Schreibtisch sitzen, in Büchern studieren und an seinem eigenen Werk schreiben. Eine Dokumentation, die, wie er hoffte, für einiges Aufsehen in wissenschaftlichen Kreisen sorgen würde. Später würden Luise und er sich am Mittagstisch treffen. Luise würde erzählen, was es in der Kirchengemeinde Neues gab, und er würde berichten, ob er mit seinem Buch weitergekommen war.

Diesmal, da war er sich ganz sicher, würde er ihr Fortschritte präsentieren können. Endlich. Ob es der Durchbruch war, wußte er noch nicht, aber immerhin hatte er eine weitere Quelle gefunden, die sein noch dünnes wissenschaftliches Rinnsal über das Leben Hinrich Schmelens und im Speziellen sein missionarisches Wirken in Namibia, zu einem intellektuellen Fluß verstärken würde.

Glück hat nur derjenige, der es verdient. Das war sein Lebensmotto. Bisher hatte es sich immer wieder bestätigt. Doch der letzte Glücksfall setzte seinen bisherigen Erfahrungen von positiven Schicksalsfügungen die Krone auf. Wie durch ein Wunder war er vor zwei Tagen im Staatsarchiv auf eine Art Tagebuch gestoßen, das erst einige Jahre nach dem Mauerfall 1989 nach Bremen gekommen war. Vorher hatte es Jahrzehnte auf einem Dachboden in Erfurt gelegen. Der Enkel eines gewissen Robert Bauer, der über frühere Vorfahren in Bremen verfügte, hatte es dort mit anderen Büchern in einem alten Bananenkarton entdeckt und es im Rahmen eines privaten Besuches beim Staatsarchiv abgegeben. In der wissenschaftlichen Abteilung hatte man den Karton wegen großer personeller Engpässe erst vor wenigen Monaten ausgewertet und das Tagebuch eines Mannes namens Hans-Christian Knudsen auf Mikrofilm aufgezeichnet, ohne diese Person in Bezug zu Bremer Geschichte setzen zu können.

Werner Rösner lächelte still vor sich hin. Diese Ahnungslosen. Knudsen war zwar kein Bremer gewesen, aber er hatte ab 1841 gut ein Jahr bei Hinrich Schmelen auf der Missionsstation in Kommagas gelebt. Schmelen selbst kam aus der Nähe von Bremen. Geboren wurde er 1778 in Kassebruch, einem Dorf im Bremischen. Und kenntnisreiche Historiker wußten, daß Schmelen als Urvater aller Missionare in Namibia galt. Über seine letzten Jahre vor dem Tod in Kommagas gab es jedoch kaum Aufzeichnungen.

Rösner ließ den Blick über die Regalwand streifen. Über die deutsche Kolonialzeit in Namibia waren zahlreiche Werke veröffentlicht worden. Vom Leben Schmelens handelten jedoch immer nur kurze Kapitel. Das war deutlich zu wenig. Schon deshalb plante er, ein umfassendes Werk über den herausragenden hanseatischen Missionar herauszugeben, der 1811 in Kapstadt das erste Mal afrikanischen Boden betreten hatte und im Alter von 71 Jahren, im Jahre 1848, verstorben war.

Rösner ging nach oben in die Küche und setzte den Wasserkessel auf die Gasflamme. Ein Kräutertee würde ihm jetzt gut tun. Mit Pfefferminze und Kamille, die er selbst im Sommer im Garten gepflückt hatte. Der Tee beruhigte seinen nervösen Magen. Du bist ein alter Mann geworden, dachte er, während er die Blätter in ein Netz bröselte und dieses in die Kanne hängte. Früher konntest du literweise Kaffee trinken, doch jetzt verursachen dir die zwei Tassen zum Frühstück schon Sodbrennen.

Mit seinem Becher Tee in der Hand kehrte er ins Arbeitszimmer zurück. Er zog ein Photoalbum aus dem Regal und setzte sich an seinen Schreibtisch. Vor zwei Jahren waren er und Luise in Bethanien gewesen, dort, wo Schmelen gelebt hatte. Seit geraumer Zeit diente das Wohnhaus des Missionars als Museum. Immerhin, es war noch da, während viele alte Gebäude im Laufe der Zeit Opfer von Flammen und Verfall geworden oder einfach versandet waren. Niemand machte sich die Mühe, sie wieder herzurichten.

Gerne dachte Rösner an den Afrika-Aufenthalt zurück. Die Landschaft am Konkiep River, an dem Bethanien lag, war phantastisch gewesen. Wunderschön in ihrer Farbenvielfalt, aber gleichzeitig eine unglaubliche Einöde. Dort zu arbeiten, noch dazu vor fast zweihundert Jahren, war wohl nur etwas für ganz harte Menschen gewesen. Entsprechend waren es wohl vor allem Diamantenhunger, nackte Not oder, wie im Fall von Schmelen, der Glaube und Bekehrungswille, der die Leute dorthin trieb.

Solche Menschen faszinierten Rösner. Vermutlich auch deshalb, weil er selbst in seinem Leben nicht allzuviel Abenteuerliches unternommen hatte. Eigentlich hast du mehr in den Orten der Bücher gelebt, die du gelesen hast, dachte er. Du hast deine Heimatstadt selten verlassen und wenn, dann bist du in der Regel nach wenigen Tagen zurückgekehrt. Viele Freunde waren ins Ausland gereist, hatten dort sogar für mehrere Jahre gewohnt, aber er war immer in Bremen geblieben. Sicher, weil er diese alte Stadt an der Weser liebte. Immer, wenn er über den Marktplatz mit dem wunderschönen Renaissancerathaus und dem steinernen Roland mit den spitzen Knien ging und dann in die Böttcherstraße einbog, über deren Eingangstor der goldene Erzengel Gabriel den Drachen tötete, spürte er, daß er hier zu Hause war. In einer Stadt mit weit über tausendjähriger Tradition. Einer Stadt der Handwerker und Händler, die mehr war, als nur sein Geburtsort. In dieser Stadt hatte er Tausende Schüler auf ihrem Weg ins Erwachsenendasein begleitet. Manche eher mit Widerwillen, die meisten aber sehr gerne, weil sie lernwillig waren und sich für Geschichte und für die Schönheit der deutschen Sprache begeisterten. Er konnte kaum durch die Innenstadt gehen, ohne wenigstens einen der Menschen zu treffen, die einmal seine Schüler gewesen waren. Manche erkannte er nicht auf Anhieb wieder, von vielen war ihm der Name entfallen. Aber wenn er angesprochen wurde und in die Gesichter der ehemaligen Schutzbefohlenen sah, dann erinnerte er sich schnell an die Schüler von damals, konnte sich sogar oft noch entsinnen, auf welchem Platz sie in ihrem Klassenraum gesessen hatten.

Er legte das Photoalbum zur Seite. Genug der Erinnerungen. Es war immer das Gleiche. Wenn er die alten Aufnahmen betrachtete, entglitten ihm die Gedanken, und er schweifte vom Wesentlichen ab. Er griff nach den Kopien von Knudsens Tagebuch. Gleichzeitig glaubte er, ein Geräusch vor der Haustür zu hören. Ob Luise schon wieder zurück war? Er sah auf den Wecker, der auf seinem Schreibtisch stand. 9.55 Uhr. Nein, der Gottesdienst würde gleich erst beginnen. Durch die Gardinen sah er auf die Straße. Gegenüber steckte ein Zeitungsjunge das sonntägliche Anzeigenblatt in den Briefkasten. Daher kam wohl das Geräusch an der Eingangstür.

Er wandte sich Knudsens Aufzeichnungen zu. Die Handschrift war sehr schwer zu lesen. Dazu kam, daß das Tagebuch auf dem Dachboden stark gelitten hatte. Offenbar waren zahlreiche Seiten irgendwann mal feucht geworden, so daß die Schrift verblichen war. Rösner griff zur Lupe, übertrug jedes Wort, das er entzifferte, sorgfältig in eine Kladde, die er sich extra für diesen Zweck gekauft hatte. Ein wohliges Gefühl der Genugtuung durchströmte seinen Körper. Eins war gewiß: Er würde der erste Mensch sein, der Knudsens Aufzeichnungen einer staunenden Öffentlichkeit präsentieren konnte. Im gleichen Augenblick läutete im Hausflur die Glocke.

7

In dem Moment, als sie die Klingel drückte, war sie so ruhig, wie schon seit langer Zeit nicht mehr. Mit der linken Hand tastete sie noch einmal in der Manteltasche nach der Pralinentüte und nach dem Tablettenröhrchen, in das sie das weiße Pulver abgefüllt hatte. Es waren exakt 3,5 Gramm. Schon eine Dosis von weniger als 0,3 Gramm, wenig mehr als eine Messerspitze, wirkte absolut tödlich, und sie wollte keinen Zweifel daran haben, daß sie die Haustür in spätestens einer Stunde hinter einem leblosen Körper schließen würde.

Bestimmt war er zu Hause. Seine Frau hatte vor fünfundzwanzig Minuten die Wohnung verlassen, und bisher war er am Sonntagvormittag immer daheim geblieben. Seit vielen Jahren hatte sie sein Leben nahezu lückenlos kontrolliert. Natürlich hatte sie nicht jeden Tag vor dem Haus gestanden. Das war auch nicht nötig, denn regelmäßige Stichproben hatten über die lange Zeit ein exaktes Koordinatensystem ergeben, in dem sich Werner Rösner bewegte. Dazu gehörten auch die Besuche des Oberstudienrates in einschlägigen Lokalen. Luise würde sich wundern.

Die Tochter sah erwartungsvoll durch die Fensterscheibe der Tür, konnte jedoch nicht erkennen, ob sich auf dem Flur jemand näherte, weil eine zweite Tür mit getönter Glasscheibe den Einblick verwehrte. Erneut drückte sie auf die Klingel, diesmal stärker und länger. Er hatte kein Recht, sie hier draußen stehenzulassen. Immerhin hatte sie fast 35 Jahre auf diesen Augenblick gewartet.

Nun sah sie ihn näherkommen. Die erste Tür wurde geöffnet. Ein Mann, etwa 1,80 Meter groß und mit breitem Kreuz, trat in den Windfang. Er trug eine braune Kordhose, dazu ein blauweiß kariertes Hemd und eine graue Strickjacke mit dunkelbraunen, blankpolierten Holzknöpfen. Die Jahre hatten seinen Rücken ein wenig gebeugt, das Haar war weiß, aber kaum schütter geworden, und tiefe Falten zogen sich durch sein Gesicht. Die blauen Augen blitzten junggeblieben unter den buschigen weißen Augenbrauen und hinter der randlosen Brille mit kreisrunden Gläsern hervor. Er blickte zu ihr hinaus, als würde er aus einer fremden Welt in die Realität zurückkehren. Offensichtlich erkannte er sie nicht und zögerte, ob er die Haustür öffnen sollte.

Die Tochter lächelte ihm zu und winkte, um ihm ihre guten Absichten zu signalisieren. Zeugen Jehovas brachten keine Präsente und nervenraubende Vertreter liefen nicht am Sonntag durch die Gegend. Das schien ihn zu überzeugen. Er zog die Haustür auf, und sofort witterte sie den vertrauten Geruch, der von seinem Körper ausdünstete, diese Mischung aus männlichem Schweiß und einem Rasierwasser, das er schon damals benutzt hatte. Es schnürte ihr den Magen zu, sie spürte den Brechreiz, der sie viele Jahre verfolgt hatte. *Aber das ist gleich vorbei. Du wirst mir nicht mehr lange Schmerzen zufügen.*

„Werner Rösner?“ fragte sie mühsam ihre Aufregung unterdrückend.

„Ja, der bin ich.“

„Oberstudienrat Rösner?“

„Genau.“

„Dann bin ich bei Ihnen richtig“, sagte sie schnell, so als ob sie befürchtete, daß der Mann die Tür zuschlagen würde. „Eine Freundin hat mir den Hinweis gegeben, wo Sie wohnen. Ich bin auf der Durchreise, müssen Sie wissen. Morgen geht es zurück in die Vereinigten Staaten. Aber vorher wollte ich meinen Lehrer aus der Volksschule treffen, um wenigstens einmal guten Tag zu sagen.“

„Entschuldigen Sie, aber ..." Werner Rösner hielt noch immer die Tür in der Hand, weil sie sonst zuzufallen drohte. „Ich kann ..."

„Sie erkennen mich nicht, stimmt's?" rief die Frau und lachte. „Na ja, ist das ein Wunder nach über dreißig Jahren? Ich habe ein altes Klassenphoto dabei. Da werden Sie sich wieder erinnern. Lina Muth. Warten Sie." Sie griff in die Innentasche ihrer Jacke, zog ein zusammengefaltetes Papier heraus. „Nein, das ist es nicht. Aber ich habe es ... Moment, vielleicht doch woanders. Es muß hier ..." Mit nervösem Lächeln sah sie auf und traf mit ihrem Blick genau in die Augen ihres Gegenübers.

Werner Rösner spürte, wie blitzartig eine Erinnerung an diese Augen in ihm aufzuckte. Ja, er kannte diesen Blick irgendwoher. Doch der Name Lina Muth sagte ihm nichts. Vielleicht war es nicht ihr Mädchenname. Sicher hatte sie geheiratet, und Schülerinnen mit dem Vornamen Lina hatte er einige unterrichtet. Gewiß würde er sich entsinnen, sobald er das alte Klassenphoto betrachten konnte. Im selben Moment wurde ihm die Unmöglichkeit der Situation bewußt. Er konnte diese ehemalige Schülerin schließlich nicht ewig vor der Tür stehenlassen. Auch wenn er ein wenig verstimmt darüber war, nun nicht am Tagebuch von Knudsen weiterarbeiten zu können, war es eine Pflicht, die Frau, er schätzte sie auf Anfang fünfzig, für einen Moment in sein Haus zu bitten. „Kommen Sie doch herein, und suchen Sie in Ruhe nach dem Photo", sagte er und zog die Tür ein wenig weiter auf.

„Sehr freundlich von Ihnen." Sie lächelte unsicher. „Ich hoffe, ich machen Ihnen nicht allzu viele Umstände. Es ist nur, weil ich so schnell nicht wieder nach Deutschland kommen werde. Und jetzt hatte ich einen Tag Luft, weil eine Verabredung geplatzt war, und da dachte ich, daß ..."

„Machen Sie sich keine Gedanken", beruhigte Rösner sie und fühlte sich geehrt, daß die ehemalige Schülerin an einen Besuch ihres früheren Lehrers gedacht hatte, wo es bei einem kurzen Deutschlandaufenthalt sicher interessantere und wichtigere Unternehmungen gab. Er nahm der Frau den Mantel ab und hängte ihn an den Garderobenhaken. Als er sie in sein Arbeitszimmer geleiten wollte, rief sie unvermittelt: „Ach, ich bin doch ein Schaf! Beinahe hätte ich vergessen, daß ich Ihnen eine Kleinigkeit geben sollte. Von einer weiteren ehemaligen Schülerin." Sie zog ein Klarsichtbeutelchen aus der Manteltasche und hielt es ihm entgegen. „Selbstgemachte Pralinen als kleiner Dank."

„Dank? Wofür?“

„Zum Beispiel für eine schöne und interessante Schulzeit.“

„Zu lieb von Ihnen.“

„Nicht von mir“, entgegnete sie.

„Ja, aber. Von wem denn?“

Ihr Blick nahm einen verschwörerischen Ausdruck an. „Einen Moment noch. Ich werde es Ihnen gleich verraten. Sobald ich das Photo gefunden habe.“

Rösner begann das Spielchen mittlerweile Spaß zu machen. So etwas hatte er bisher noch nie erlebt, daß unvermittelt eine ehemalige Schülerin in seine Wohnung hereinschneite und dann noch Pralinen von einer rätselhaften Mitschülerin mitbrachte. „Möchten Sie vielleicht einen Tee oder Kaffee?“ fragte er, als er sie in sein Arbeitszimmer führte.

Sie schüttelte den Kopf. „Nein, ich bleibe nur kurz und will keine Umstände machen. Aber das Photo möchte ich Ihnen doch eben zeigen.“

Er bot ihr einen Platz an und sah amüsiert zu, wie sie ihre Umhängetasche auf der Suche nach der historischen Aufnahme durchwühlte. Offenbar erfolglos, denn sie blickte kurz auf, zuckte mit den Schultern, wie um sich für die Unordnung ihrer persönlichen Dinge zu entschuldigen, und dann lächelte sie ihn verbindlich an. „Sie müssen unbedingt kosten.“

„Wie bitte?“

„Probieren Sie die Pralinen. Ein Hochgenuß.“

„Nein, das ist nicht die richtige Zeit für süße Sachen. Nachher zu Kaffee und Kuchen ist es besser.“

„Ach, springen Sie einfach über Ihren Schatten. Tun Sie es mir zuliebe. Was soll ich sonst sagen, wenn sich jemand erkundigt, ob Ihnen die Pralinen geschmeckt haben?“

„Wer wird Sie denn eventuell fragen?“ hakte er noch einmal neugierig nach, während er die kleine Schleife am oberen Ende des Folientütchens löste.

„Erst probieren“, beharrte sie.

„Sie sind wirklich hartnäckig“, stöhnt er wie unter großem Zwang, doch er spielte ihr kleines Spielchen mit und zog mit spitzen Fingern eine Rumkugel aus dem Tütchen. Die Praline war in Schokostreusel gewälzt und sah sehr lecker aus. Wie von einem Konditor gefertigt. Möglicherweise hatte ja eine seiner ehemaligen Schülerinnen dieses Handwerk erlernt. Er steckte die Kugel in den Mund und genoß den sahnigen Kakaogeschmack, der sich auf seiner Zunge verteilte.

„Deliziös", sagte Werner Rösner. Es war eins seiner Lieblingswörter, und diese Praline war wirklich von sehr feinem Geschmack.

„Sie müssen auch eine der Weißen probieren", ermunterte die Frau ihn zu einer weiteren Kostprobe. „Das ist etwas ganz Besonderes. Ich habe noch nie so etwas Gutes gegessen."

„Möchten Sie auch?" fragte er, während er sich eine Kugel angelte, die mit heller Schokolade überzogen war.

„Nein, die sind ausschließlich für Sie", sagte die Frau, und als er sich die zweite Praline schmecken ließ, zog sie eine vergilbte Photographie aus der Tasche. „Na endlich, nun können wir das Rätsel gemeinsam auflösen."

Da bin ich aber gespannt, dachte Rösner überrascht darüber, daß es tatsächlich eine Photographie gab. Im gleichen Augenblick begann es in seinem Mund heftig zu brennen. Plötzlich sammelten sich große Mengen von Speichel, die er kaum herunterzuschlucken vermochte, weil es so viel war. Was ist das? fragte er sich überrascht und versuchte sich zu beruhigen: Es geht bestimmt gleich vorüber. Vielleicht sollte ich ein Glas Wasser trinken.

„Ist Ihnen nicht wohl?" fragte die Frau und sah ihn erschrocken an.

„Nein, doch. Es ist nur eine kleine ... Unpäßlichkeit. Ich weiß auch nicht, woher." Rösner spürte, wie ihm der Schweiß auf die Stirn trat. Er schluckte mehrmals. Sein Herz schlug heftig gegen den Brustkorb, eine kalte Hand schien ihm die Kehle zudrücken zu wollen. „Wasser wäre jetzt gut", konnte er nur noch krächzen, und dankbar sah er, wie die Frau aufsprang und in den Nebenraum eilte. Die Zeit, bis sie zurück war, kam ihm schier endlos vor. Was ist mit dir? ging es ihm durch den Kopf. Liegt es an den Pralinen? Ist es ein Schlaganfall? Er kannte die Symptome kaum, aber er meinte sich zu erinnern, daß Atemnot und ein rasender Puls dazugehörten. Dann aber mußte er sofort einen Notarzt alarmieren! Jede Sekunde war wertvoll. Endlich kam die Frau mit einem Glas Wasser. Sie setzte sich neben ihn, hielt ihm das Glas an die Lippen, so daß er schlucken konnte. Wieso hatte sie noch immer ihre Handschuhe an?

„Trink ganz ruhig, Werner", sagte sie. „Damit sich alles gut in deinem Magen verteilt."

Er glaubte, sich verhört zu haben. Sprach sie ihn mit seinem Vornamen an? Was sollte sich verteilen? „Rufen Sie einen Notarzt“, keuchte er.

„Das werde ich nicht tun.“

„Verdammt, ich brauche Hilfe.“ Das Brennen auf seiner Zunge war unerträglich geworden, Speichel lief ihm aus den Mundwinkeln. Sein Magen schien sich umzustülpen. Vielleicht sollte er alles herausbrechen, damit es weg war! Doch die Frau drückte ihn zurück in den Sessel. „Du wirst dir jetzt das Photo ansehen, Werner“, sagte sie mit entschiedener Stimme.

„Nein!“ Er kniff die Augen zusammen, sah bunte Kringel auf sich zustürzen. Was sollte das alles? Was wollte sie von ihm?

„Diese Klasse hast du 1971 unterrichtet“, drangen ihm die Worte ins Bewußtsein. „Sieh dir die Schüler an.“

„Ich brauche einen Arzt“, keuchte er. Er versuchte die Frau wegzudrücken, doch er spürte seine Kräfte schwinden. Auch seine Augen waren schwach geworden, sein Atem ging schnell. Das Photo entglitt seinen Händen. Er wollte danach greifen, doch es war plötzlich verschwunden. Alles war so merkwürdig undeutlich, wie durch Nebel. Jetzt war die Frau ganz nah vor ihm, sah ihm in die Augen. In diesem Moment wußte er, wer sie war. Es kam wie ein Blitz aus dem Unterbewußtsein, und nun war das Bild klar. Diese hellen Sprenkel in der Iris, die hatte er schon einmal nah – ganz nah – vor sich gesehen. „Mein Gott! Du?“

„Ja, ich bin zurückgekehrt.“

Da wußte er, daß er nicht auf Hilfe hoffen konnte.

8

„Zu Hause haben wir einen Adventskranz mit vier Kerzen auf dem Tisch stehen. Aber erst am Sonntag dürfen wir die erste anzünden.“

„Also heute“, sagte Brünner und versuchte, die alten Wachsreste aus dem einzigen Kerzenhalter, den er besaß, herauszuprökeln. Das gute Stück war sicher schon über drei Jahre nicht mehr benutzt worden und stammte noch aus der Zeit, als Bettina und er ein Paar gewesen waren.

„Dann zündet bestimmt Doro heute die erste Kerze an“, überlegte Kevin.

„Oder Paul.“

„Nee, Doro hat schon vorher gesagt, daß sie die erste Kerze anmachen will.“

Brünner sah lächelnd zu seinem Sohn. Das waren die wichtigen Dinge des Lebens: Die Frage zu klären, wer das Adventslicht anstecken darf. Wie gut, daß er noch eine Kerze im Küchenschrank gefunden hatte, damit sie auch hier ein Licht anzünden konnten.

„Bei uns bist du der Erste“, sagte Brünner, schob die Wachsreste vom Küchentisch in die flache Hand und brachte sie zum Mülleimer.

„Ja, aber du hast keinen Adventskranz.“

„Stimmt. Müssen wir das ändern?“

Kevin guckte nachdenklich über den Küchentisch, auf dem ein Glas Nutella, Honig und Erdbeermarmelade neben zwei halbgefüllten Trinkbechern, einem Korb mit zwei Brötchen und Frühstücksbrettern standen. Nichts sah hier weihnachtlich aus. Aber bei seinem Vater war ohnehin nie Dekoration zu sehen, weder zu Ostern noch in der Adventszeit.

„Nee“, sagte er dann entschlossen und kratzte sich am Ohr. „Eine Kerze genügt schon.“

Na, Gott sei Dank, dachte Brünner. „Dann wollen wir das gute Stück mal anzünden, was?“

„Ich mach das.“

„Aber sei vorsichtig.“

„Ja, Papa. Ich kann das schon“, kam es leicht gereizt zurück. Der Achtjährige zog ein Streichholz aus der Schachtel und versuchte, es an der Reibefläche zu entzünden. Beim zweiten Mal klappte es, so daß Kevin das Holz zum Docht führen konnte.

Advent, Advent, ein Lichtlein brennt, ging es Brünner durch den Kopf. Als Kind hatte er diese magischen Stunden in der Vorweihnachtszeit geliebt. Zusammen mit seinen drei Geschwistern und seiner Mutter hatte er nachmittags am Wohnzimmertisch gesessen. Vor dem Fenster war es bereits dämmrig geworden, auf dem Tisch hatten der Adventskranz mit den brennenden Kerzen und zwei Blechdosen mit Keksen gestanden. In der einen waren Zimtsterne und Spekulatius, die seine Mutter gekauft hatte. In der anderen befanden sich selbstausgestochene und -gebackene Mürbeteigkekse. Einige waren mit Eidotter bestrichen und mit Mandelscheiben verziert, andere trugen bunte Perlen oder Streusel und waren besonders lecker.

Als Kevin noch klein gewesen war, hatten Bettina und er manches Mal zusammen mit ihrem Sohn gemeinsam am Kaffeetisch gesessen. Sie hatten sogar zu Weihnachten einen Baum gehabt, natürlich mit richtigen Kerzen. Das war schön gewesen. Es hatte etwas Nostalgisches gehabt. Aber seit der Trennung hatte Brünner konsequent auf festlichen Schmuck verzichtet. Er hielt ihn für unnütz. Die meiste Zeit war er alleine in seiner Wohnung, so daß sich der Aufwand kaum lohnte.

Kevin hatte die Kerze entzündet und wartete nun, bis das Streichholz fast abgebrannt war. Dann pustete er es schnell aus. „Bei dir ist alles anders als bei Mama und Robert“, sagte er, während er in die Kerzenflamme blickte.

Sein Vater sah ihn überrascht an. Er spürte Unsicherheit. Was würde jetzt kommen? Der Wunsch, nicht mehr am Wochenende zu ihm gehen zu müssen, weil es ihm hier zu langweilig war? Mit seinen Halbgeschwistern hatte Kevin sicherlich mehr Spaß und Abwechslung als mit seinem Vater oder mit Silke und Lea.

Brünner schluckte trocken. „Was heißt anders?“

„Na, eben alles.“ Kevin sah hoch und lächelte. „Bei dir gibt's kein richtiges Weihnachten. Du bist nur ab und zu mit Silke zusammen. Und hier darf ich viel länger Computer spielen.“

Immerhin eine Sache, die bei mir besser ist, dachte Brünner. Allerdings war er sich gerade beim Thema Computerspiele gar nicht sicher, ob er sich richtig verhielt. Manchmal verbrachten Kevin und er bis zu zwei Stunden am Tag vor dem Bildschirm, weil sie ihren Helden durch phantastische und gefährliche Welten geleiten mußten. Wenn Bettina davon erfahren würde, wäre sie wahrscheinlich überhaupt nicht begeistert.

„Wir essen dann, wenn wir Hunger haben. Und bei dir darf ich zum Frühstück Hühnernudelsuppe haben“, fuhr Kevin in seiner Aufzählung fort. „Bei Bettina und Robert gibt es immer zur gleichen Zeit Essen. Außerdem gehen wir nie zum türkischen Imbiß oder zu McDonalds.“

Wenigstens etwas, dachte Brünner. Die Tatsache, daß ich zu faul zum Kochen bin, scheint durchaus für Pluspunkte bei meinem Sohn zu sorgen, auch wenn das ernährungswissenschaftlich natürlich fragwürdig ist. Er strich sich ein ernährungswissenschaftlich wertvolles Vollkornbrötchen und schmierte zuckersüßes Nutella darauf, während Kevin weiter aufzählte, was alles anders war bei seiner Werktagsfamilie. Dabei legte der Junge einen Brötchenkrumen neben den anderen. „Außerdem bist du der einzige, der sich für Fußball interessiert."

Sein Vater mußte lachen. „Das ist doch fast so viel wert wie ein Golden Goal, oder?"

„Na klar", grinste Kevin und schlang seine Arme um den Hals seines Vaters. „Aber das Golden Goal ist schon lange wieder abgeschafft. Wußtest du das nicht?"

„Ich habe davon gehört." Brünner wunderte sich, wo der Junge nur diesen Fachverstand herhatte. Bestimmt von seinem großartigen Vater, dachte er amüsiert. Aber es war wohl eher so, daß Kinder in diesem Alter alles Wissen, das sie bekommen konnten, in sich aufsogen wie ein Schwamm. Nur bei den Matheaufgaben klappte es nicht ganz so gut, doch dieses Defizit war Brünner aus seiner eigenen Jugendzeit nicht fremd.

„Ich gehe schon mal rüber", rief Kevin auf dem Weg ins Arbeitszimmer.

„Wieso?"

„Computer spielen."

„Erst räumst du dein Geschirr in die Spüle."

„Au Mann, Papa", murrte der Kleine, aber er kam noch einmal zurück, um seine Aufgabe zu erledigen.

Immerhin hört der Junge noch auf mich, dachte Brünner. Mal sehen, ob das in ein paar Jahren auch noch so gut klappt. „Nachher fahren wir mit Silke und Lea in den neuen Zoo", rief er, doch aus dem Nachbarzimmer kam keine Antwort. Statt dessen erklang die Anfangsmelodie des Computerspiels. Brünner stand vom Tisch auf und räumte das Frühstücksgeschirr in die Spüle. Er freute sich auf den kleinen Ausflug nach Bremerhaven, wo der alte Zoo am Meer zu einer modernen Anlage umgebaut worden war. Er hatte gelesen, daß man dort die Tiere sogar unter Wasser beobachten konnte. Das war doch eine ganz neue Perspektive.

Schon eine knappe Stunde später wußte Brünner jedoch, daß sich sein Wunsch nach einem ungestörten Sonntag nicht erfüllen würde. Fast zeitgleich mit dem Klingeln an der Tür und dem Eintreten von Silke und Lea klingelte auch sein Handy. Am anderen Ende war Sebastian Büntemeyer, der Kommissar vom Dienst. „Tut mir leid, Martin, daß ich dich am Wochenende störe“, begann er gleich. „Aber die Sache scheint mir so heiß zu sein, daß ich es dir zumindest erzählen muß.“

„Ich höre“, sagte Brünner, während er Lea und Silke zuwinkte und auf den Wohnraum deutete, wo Kevin gerade den Computer herunterfuhr.

„Wir haben einen Toten in der Feldstraße. Ein älterer Herr, der offenbar vergiftet wurde.“

„Gift? Woher wißt ihr das?“

„Petra Dijk ist bereits da. Sie hat einen Verdacht und meinte, daß ich dir Bescheid sagen soll.“

„Weiß sie schon Genaueres?“

„Das fragst du sie am besten selbst. Sie ist noch vor Ort.“

„Ist Selbstmord ausgeschlossen?“

„Petra ist sich nicht sicher. Sie findet, daß du dir das anschauen solltest.“

„Sonst noch was Wichtiges?“

„Ja, die Ehefrau hat den Mann vor gut einer Stunde gefunden. Als sie von der Kirche kam. Sie hat einen Schock erlitten, ist jetzt im Krankenhaus und offenbar nicht ansprechbar.“

Als Brünner nach der genauen Adresse fragte, sah er schon, wie Silke, im Türrahmen stehend, die Augen verdrehte. Er drückte das Handy aus und blickte sie an. „Ich hätte nicht rangehen sollen.“

„Es ist dein Job.“

„Ja, und ich habe mich für die Bereitschaft gemeldet.“

„Schade.“

Er ging auf sie zu und umarmte sie. „Hallo erstmal.“ Es war Silke anzusehen, wie enttäuscht sie war. Doch was konnte er dafür, wenn sich Leute Gift ins Essen mixten? So etwas war in dieser Stadt seit Jahren nicht mehr vorgekommen. Und auch, wenn sich dieser Mann in der Feldstraße selbst getötet hatte, war der Tag gelaufen. Für ihn gab es heute keinen Zoo am Meer.

„Papa, wir wollen los“, rief Kevin, der sich bereits die Jacke angezogen hatte. „Ich möchte die Eisbären sehen.“

„Ich auch“, antwortete Brünner. „Aber ich darf nicht.“

Sein Sohn sah ihn mit großen Augen an. „Hast du wieder einen Notfall?“

Brünner nickte und war gleichzeitig bedrückt, daß der Kleine sofort geahnt hatte, daß ein Einsatz dazwischengekommen war. Es war leider nicht das erste Mal, daß so etwas passierte. Aber wenigstens war Silke hier, und er mußte Kevin nicht durch die Gegend oder gar zu seiner Mutter kutschieren. Deren vorwurfsvollen Blick, der zu sagen schien, „so kümmerst du dich um deinen Sohn", den hätte er heute nicht ertragen.

„Wir fahren trotzdem", rief Silke kurzentschlossen und griff nach Kevins Hand. „Dein Papa fängt in Bremen Verbrecher, und wir jagen Eisbären."

„Genau, und Pinguine", freute sich Lea, denn auf die merkwürdigen schwarzweißen Vögel war sie am meisten gespannt.

Als Brünner im Auto saß, versuchte er den Gedanken an seinen verpaßten Sonntagsausflug zurückzudrängen. So konnte er nicht arbeiten. Es ging darum, sich voll auf das vor ihm Liegende zu konzentrieren, um ja nichts zu übersehen. Ein Giftmord. Eigentlich erschien ihm das unwahrscheinlich. Diese Todesursache war – salopp gesagt – aus der Mode gekommen. Es war eben kaum noch möglich, Menschen zu vergiften, ohne daß es den Gerichtsmedizinern auffiel. Und wenn man wußte, daß eine Vergiftung vorlag, ließ sich der Kreis der Verdächtigen relativ gut eingrenzen. Er konnte sich nicht erinnern, wann sie das letzte Mal einen Giftmord behandelt hatten. Vermutlich lag es sogar vor seiner Zeit als Kommissar. Andererseits war die Statistik trügerisch. Man nahm an, daß es eine hohe Dunkelziffer gab. Wie viele Menschen vergiftet worden waren, ohne daß ein Arzt Verdacht geschöpft hatte, wußte niemand. Möglicherweise waren es viel mehr, als man vermutete.

Es herrschte kaum Verkehr, so daß er schnell den Einsatzort erreichte. Das Haus Feldstraße 50 war ein rostroter Backsteinbau mit weißen Fensterrahmen und Stuckverzierungen. Das Gebäude sah sehr gepflegt aus und zeugte von wohlhabenden Besitzern. Hinter den Scheiben konnte Brünner Grünpflanzen und blühende Azaleen erkennen. Der Kommissar ging die Stufen zur Eingangstür hinauf. Es gab nur eine Klingel. Aber der Name auf dem Schild ließ ihm den Atem stocken. *Luise und Werner Rösner.* War es möglich, daß hier sein ehemaliger Lehrer wohnte, gewohnt hatte? War er das Opfer eines Giftmordes geworden?

Ein uniformierter Polizeibeamter öffnete. Sie gingen durch den Flur, an dessen Decke ein schwerer Kronleuchter hing, und traten, nachdem sich Brünner Schutzschuhe aus Plastik übergestreift hatte, in einen Raum, der dem Besitzer offenbar als Arbeitszimmer gedient hatte. An den Wänden standen hohe, mit Büchern gefüllte Regale, davor befand sich eine Sitzgruppe aus dunkelbraunen Ledermöbeln, und am Fenster stand ein wuchtiger Eichenholzschreibtisch. Die Gerichtsmedizinerin Petra Dijk blickte ihm entgegen, Rainer Lange war ebenfalls gekommen. Sie begrüßten sich und wechselten ein paar Worte, dann sah Brünner nach dem Toten. Er lag auf dem Sofa, die Beine angewinkelt, die Hände auf den Bauch gepreßt. Werner Rösner.

Brünner erkannte sofort, daß es sich um seinen ehemaligen Lehrer handelte. Er hatte den Mann zwar seit langer Zeit nicht mehr gesehen, doch Rösner schien kaum gealtert zu sein. Der Anblick war jedoch schockierend und so ganz anders als beim letzten Treffen. Rösners Augen waren weit aufgerissen, geplatzte Blutäderchen zogen sich über die Bindehaut. Der schmerzverzerrte Mund schien noch immer lautlos zu schreien, eine schleimige Flüssigkeit war aus dem rechten Mundwinkel gelaufen, hatte eine Spur auf dem Kinn hinterlassen und den blauweißkarierten Hemdkragen durchweicht. Nein, das war in der Tat kein gewöhnlicher Tod gewesen. Hier war ein Mann unter gräßlichen Schmerzen gestorben.

Plötzlich fühlte sich der Kommissar kraftlos. Verzweiflung stieg in ihm hoch, mischte sich mit Wut. Wer tötete einen siebzigjährigen Mann, der Zeit seines Lebens als die Korrektheit und Pflichtbewußtheit in Person gegolten hatte? So ein Mann konnte nur zufällig Opfer geworden sein, solch einen Mann suchte niemand gezielt aus. Oder hatte Rösner seinem Leben aus freien Stücken ein Ende gesetzt?

Brünner versuchte, sich zu genauer Analyse zu zwingen und das Bild des Zimmers wie ein Stilleben in sich aufzunehmen. Das war das Wichtigste: Erst einen Gesamteindruck gewinnen und forschen, welche Signale der Raum aussandte.

„Seine Frau hat sich um 12.23 Uhr telephonisch beim KvD gemeldet. Dann ist sie vermutlich zusammengebrochen. Der Notarzt hat sie bereits abgeholt“, erklärte Rainer Lange. Der Kriminalhauptkommissar war fünf Jahre jünger als Brünner. Sein Nachname war Programm. Er war hochaufgeschossen. Knapp über zwei Meter groß, so daß er jeden

Türrahmen gebückt durchqueren mußte. Brünner schätzte den Kollegen wegen seiner Fähigkeit zur exakten Analyse. Außerdem war er sehr belastbar, verbiß sich in verzwickte Fälle und mußte manchmal regelrecht gebremst werden, damit er zwischen zwei Schichten seine Frau und die zwei Kinder zu Gesicht bekam, Jungen im Alter von fünf und sieben Jahren, die sicherlich gerne mit ihrem Vater kickten oder den Zoo besuchten.

Brünner ging um einen der Sessel herum. „Rösner lag genau hier, als ihr gekommen seid?“

Dijk nickte. „Er ist auf dem Sofa gestorben. Vermutlich hat er kurz vor dem Tod etwas getrunken.“

„Suizid ist also nicht ausgeschlossen?“ Der Kommissar trat näher an die Leiche, jedoch ohne sie zu berühren.

„Nein. Aber wir haben hier und in den Räumen nichts gefunden, was auf einen Selbstmord hindeutet“, sagte Lange. „Kein Abschiedsbrief, keine leere Tablettenpackung.“

„Was ist denn das?“ fragte Brünner und deutete auf eine zusammengefaltete Zeitungsseite, die vor dem Toten auf dem Tisch lag.

Lange zuckte mit den Schultern. „Kleinanzeigen. Bars. Nachtclubs.“

Brünner nickte. „Merkwürdige Sonntagvormittagslektüre. Ist das K 123 schon benachrichtigt?“

„Nein, wir wollten warten, bis du da bist.“

„In Ordnung.“ Der Kommissar wandte sich ab. „Wir brauchen die Jungs, bevor wir hier weitermachen.“

Brünner nutzte die Gelegenheit, das Erdgeschoß zu erkunden, während Lange den KvD informierte und dann mit zwei Kollegen in der Nachbarschaft erste Erkundigungen einzog. Er öffnete eine der Türen, die vom Flur abgingen. Hinter der ersten verbarg sich eine breite Kellertreppe, die sogar mit Teppich ausgelegt war. Der Kommissar ging hinunter, lief durch Waschküche, Lagerraum und Fahrradkeller und kehrte nach oben zurück. Hinter einer weiteren Tür lag das Gäste-WC der Rösners mit Waschbecken und einer Dusche. Die letzte Tür führte in einen kleinen Raum mit Fensterblick zum Hof, in dem lediglich ein Schrank und ein Bett standen. Über dem Bett hing der Druck eines Ölgemäldes, der in dunklen Farben zeigte, wie Moses sein Volk durch das Meer aus der Gefangenschaft in Ägypten führte. Vermutlich wurden hier Gäste untergebracht, denn das Bett war nicht bezogen, und auch sonst sah das Zimmer nicht so aus, als würde es öfters genutzt.

Brünner trat zurück in den Flur, ging die Treppe in den ersten Stock hoch und kam in die Wohnküche der Rösners. Durch die Fensterfront blickte er in einen langgestreckten Garten. Es überraschte ihn immer wieder, wieviel Grün es hier im Viertel gab. Von der Straße aus war das nicht zu ahnen, es sei denn, man konnte durch eine Lücke der Wohnbebauung in die hinteren Bereiche blicken. Zum Haus gehörte eine Grünfläche von bestimmt zweihundert Quadratmetern. Am Zaun zum rechten Nachbargarten wuchs ein mächtiger Baum. Walnuß, dachte Brünner, ohne genau sagen zu können, warum er das vermutete. Vielleicht lag es an den schwarz verfärbten, großen Blättern und dunklen Früchten, die auf der Rasenfläche lagen. Der größte Teil des Gartens bestand aus einer ordentlich gemähten Rasenfläche, die von schmalen Beeten gesäumt war. Alles sah pflegeleicht aus. Im Alter von siebzig Jahren fiel die Gartenarbeit sicherlich etwas schwerer.

Brünners Blick wanderte durch die Küche, die sehr geschmackvoll und mit exklusiv aussehenden Möbeln aus rötlich lackiertem Kastanienholz eingerichtet war. Der Kühlschrank war gut gefüllt. Im unteren Fach lag auffällig viel Gemüse – Karotten, Gurken, Paprika und Fenchel. In der Spüle entdeckte er ein feuchtes mit Kräutern gefülltes Teenetz. Die Tür eines hohen Wandschranks mit milchigen Glasscheiben stand einen Spalt weit offen. Brünner zog sie mit dem Schuh weiter auf und sah hinein. Hier befanden sich Trinkgläser, unter anderem auch solche, wie das Glas, das neben dem Toten gestanden hatte. Der Kommissar schob die Tür zu und sah sich weiter um. Auf dem Gasherd standen zwei geschlossene Töpfe, aus denen es nach Essen roch. Daneben zwei weiße Porzellanschüsseln, die eine war mit kalten Kartoffeln gefüllt. Der Eßtisch war mit Tellern und Salatschälchen gedeckt. In der Mitte der Platte stand eine Glasschüssel mit Feldsalat. Alles war vorbereitet für das Mittagessen, das dann so ganz plötzlich hatte ausfallen müssen.

Brünner verzichtete auf eine weitere Untersuchung der Wohnräume. Das konnten die Kollegen nachher machen. Er stieg die Treppe hinunter und schlenderte zurück in das Arbeitszimmer. Dort bat er Petra Dijk um ein Paar Handschuhe und trat an den wuchtigen Eichenholzschreibtisch, auf dem mehrere Bücher und eine Kladde lagen. Auf der Heftklappe stand mit schwarzer Tinte geschrieben: Hinrich Schmelen. Brünner blätterte. Die ersten Seiten waren beschrieben. Es handelte sich um einen Lebenslauf. Mit Spiegelstrichen waren die Stationen von der Geburt bis zum Tod aufgeführt. Dann folgten nur noch weiße Seiten. Brünner klappte das Heft wieder zu und ging einen Stapel Papier durch, der daneben lag. Es waren offensichtlich Kopien eines Tagebuchs eines gewissen Hans-Christian Knudsen. Auf der ersten Seite prangte ein Stempel des Staatsarchivs Bremen.

Scheint seine neueste Forschungsarbeit zu sein, dachte Brünner und legte die Kopien zur Seite. Schon zu seiner Schulzeit war Rösner als Heimatforscher bekannt gewesen. In unregelmäßigen Abständen hatte der Regionalteil der Zeitung über seine Veröffentlichungen berichtet. Mal ging es um ein altes jüdisches Kaufhaus in Bremen, das im dritten Reich geschlossen worden war, dann um ehemalige heidnische Kultstätten im Bremer Süden. In seinem Geschichtsunterricht hatte der Lehrer sie immer wieder dazu angehalten, sich um die Regionalgeschichte zu kümmern. Interessiert euch dafür, was in eurem Ort vor hundert Jahren geschehen ist und wie sich die Siedlung bis heute entwickelt hat, hatte er ihnen geraten. Nur wer sich seiner Wurzeln bewußt ist, kann fest im Leben stehen. Sie hatten damals zustimmend genickt. Aber nur, wenn es um Noten in der Schule ging, hatten sie tatsächlich so geforscht, wie es sich der Lehrer gewünscht hatte.

Brünner ließ den Blick weiter über den Schreibtisch gleiten. Auch hier gab es nichts Auffälliges zu sehen. Nichts deutete darauf hin, daß Rösner seinem Leben freiwillig ein Ende setzen wollte. Außerdem war es kaum denkbar, daß er so etwas getan hätte, wenn er eine Forschung noch nicht abgeschlossen hatte.

Behutsam zog der Kommissar die oberste Schublade des Schreibtisches auf. Hier lagen Bögen mit aufgedrucktem Briefkopf. Unter dem Namen stand *Oberstudienrat a. D.* Ja, der Lehrer hatte immer Wert auf Etikette gelegt. Wie oft hatte er sie kritisiert, wenn sie mal wieder Wörter benutzt hatten, die er als vulgäre Gossensprache bezeichnete.

In der zweiten Schublade befanden sich – ordentlich nebeneinander aufgereiht – diverse Stifte, Radiergummi, Anspitzer und weitere Schreibutensilien. Auch in der dritten Schublade entdeckte Brünner nichts Außergewöhnliches. Dort lagerte eine kleine Geldkassette, in der sich neben Sammlermünzen zwei Sparbücher befanden. Der Kommissar schlug sie auf. Das eine war für einen Adrian Messner ausgeschrieben. Mit Beginn am 4. April 1998 waren hier zuerst Fünfzig-Mark-Beträge und ab dem 1. Januar 2002 jeweils monatlich 25,60 Euro ausgewiesen. Sieht aus wie ein Sparbuch für ein Enkelkind, dachte Brünner. Sein Vater hatte ein ähnliches auch für Kevin angelegt. Wenn er achtzehn Jahre alt wurde, durfte er frei über das Geld verfügen. Als Brünner das zweite Sparbuch aufschlug, sah er, daß es ungleich weniger Überweisungen aufwies. Dreimal, jeweils an einem 15. November, waren Beträge von 3000 Euro für eine Barbara ohne Nachnamen eingezahlt worden. Die letzte Eintragung war erst wenige Tage her.

Brünner notierte sich die Namen, klappte das Sparbuch zu und legte es wieder in die Schublade. Genau in diesem Moment kamen die Mitarbeiter von der Tatortgruppe: Robert Berger und Sabine Bode. „Was für ein beschissener Sonntag", stöhnte Bode und verdrehte die Augen.

„Kann man wohl behaupten." Brünner deutete auf den Toten. „Da liegt ein ehemaliger Lehrer von mir."

„Au Mensch, Martin. Das tut mir leid. Du kennst den Typen auch noch?"

„Kennen ist ein bißchen zuviel gesagt. Ich habe ihn seit Jahren nicht mehr gesehen."

„War er ein guter Lehrer?"

„Ein korrekter auf jeden Fall, und eigentlich", Brünner zögerte, „ja, er hat uns einiges beigebracht."

„Was man von heutigen Lehrern anscheinend nicht immer sagen kann, wenn ich mir die Situation in der Schule meines Sohnes angucke. Da hat man das Gefühl, daß die meisten Lehrer die Hälfte der Zeit krank sind. Und eine Vertretung gibt es auch nur in den seltensten Fällen." Berger hockte sich neben den Leichnam. Er streifte sich Handschuhe über und untersuchte den Körper routinemäßig auf Gewalteinwirkung. „Nichts Auffälliges", meinte er schon nach wenigen Minuten.

„Petra vermutet, daß er vergiftet wurde oder sich umgebracht hat."

„Klingt nicht unwahrscheinlich. Wollen wir doch mal sehen, was wir hier so finden."

Brünner wußte, was dieser Satz bedeutete. Die nächsten Stunden hatte niemand außer den Leuten von der Tatortgruppe etwas in der Nähe des Toten zu suchen. Das Zimmer und die Leiche würden photographiert und dokumentiert werden. Berger würde mit seinem Pinsel auf alle Stellen, auf denen er Fingerabdrücke zu hoffen fand, Ruß auftragen.

Nichts würde ihm entgehen. Dafür brauchte er aber absolute Ruhe und die Gewißheit, daß nichts von seiner ursprünglichen Stelle fortgeräumt wurde. Der Leichnam würde erst danach freigegeben und zur Gerichtsmedizin überstellt werden, wo mit Sicherheit noch eine Obduktion folgte.

Rösner hat sich gewiß nicht umgebracht, ging es Brünner durch den Kopf, als er sich im Flur die Jacke überzog, um zum Präsidium zu fahren. Er war nicht der Typ dafür. Aber was wußte er über die letzten Lebensjahre seines Lehrers? Und was hatte diese Zeitungsseite auf dem Tisch zu bedeuten? Die Bordellanzeigen waren nicht gerade die gewöhnliche Sonntagmorgenlektüre eines in Ehren ergrauten Oberstudienrates. Hatte es vielleicht einen Gast gegeben, der das Zeitungsblatt mitgebracht hatte? Die Tatortspezialisten würden darauf hoffentlich schon bald eine Antwort finden. Gleichzeitig war es unbedingt erforderlich, daß sie möglichst schnell Erkenntnisse aus der Nachbarschaft gewannen. Sie mußten wissen, ob es heute oder in den vergangenen Tagen Auffälligkeiten bei den Rösners gegeben hatte. Die Ermittlungsarbeit in den ersten zwölf Stunden war entscheidend, um einem Täter auf die Spur zu kommen. Wenn es denn einen Täter gab.

Es regnete Bindfäden. Brünner saß an seinem Schreibtisch und starrte trübsinnig durchs Fenster. Draußen dämmerte es bereits, dabei war es noch nicht mal sechzehn Uhr. Ob Silke mit Lea und Kevin schon aus Bremerhaven zurückgekehrt war? Bei diesem Schietwetter konnten sie sich ja kaum im Freigehege aufhalten, und das Innere des Zoos bot sicherlich nicht so viel Interessantes, um die Kinder stundenlang zu unterhalten.

Vor ihm lagen die ersten Sätze eines Berichts, den er dem KvD hinlegen wollte. Aber es war schwierig, die passenden Worte zu finden. Zum einen, weil er über den Tod seines ehemaligen Lehrers schrieb, den er erst in ein paar Wochen, und zwar lebendig, wiederzusehen gehofft hatte. Zum anderen, weil es keine Gewißheit gab, was im Hause Rösner geschehen war.

Mir bleibt nur die nüchterne Beschreibung, dachte er. Eine Aktennotiz. Entweder wird sie morgen weggeheftet und in die Statistik der Suizide eingehen, oder sie wird eins der ersten Blätter einer umfangreichen Untersuchung werden. Er wußte nicht, was ihm lieber war.

Vor wenigen Minuten hatte er mit dem Staatsanwalt gesprochen. Oliver Kutzop war kurz nach ihm am Tatort gewesen, um die Lage einzuschätzen. In ihrem Gespräch war es wie üblich um den Zeitpunkt der Obduktion gegangen und ob sie heute noch eine Pressekonferenz abhalten sollten. Auch über eine Belohnung für das Ergreifen eines eventuellen Täters hatten sie geredet. Sie hatten dann vereinbart, daß sie die Ergebnisse der gerichtsmedizinischen Untersuchung abwarten wollten. „Das alles sieht doch sehr nach einem Selbstmord aus“, hatte Kutzop vermutet. Brünner hatte nicht widersprochen. Sie hatten keine Gewißheit, waren deshalb zur Zeit mit zehn Leuten in der Nachbarschaft unterwegs, um die Anwohner zu befragen. Die Spurensicherung hatte bisher nichts gefunden, was auf einen Eindringling in die Wohnung schließen ließ. Die Frau von Rösner war noch nicht vernehmungsfähig, wie ein Arzt im Krankenhaus erklärt hatte. Also konnte Kutzop durchaus recht haben mit seiner Einschätzung.

Am nächsten Morgen um zehn Uhr rief Petra Dijk an. Sie hatte die Untersuchungsergebnisse über Rösners Tod vorliegen und faßte die Analysen für Brünner zusammen. „Wir haben einen wahren Giftcocktail in seinem Magen gefunden“, berichtete sie. „Offenbar hat der gute Mann Pralinen verzehrt, in denen sich Parathion und Arsentrioxid in hoher Konzentration befanden. Wir konnten diese Stoffe zusammen mit Schokolade und etwas Alkohol in seinem Rachen und im Magen nachweisen.“

„Im Laden gibt es diese Pralinen vermutlich nicht zu kaufen.“

„Nein, und mit Sicherheit auch nicht in der Apotheke“, behauptete Dijk. „Diese Zutatenliste klingt eher nach Schädlingsbekämpfung der sechziger Jahre.“

„Parathion kommt mir irgendwie bekannt vor“, sagte Brünner. „Hatte das Zeugs nicht noch einen anderen, deutlich geläufigeren Namen?“

„Genau“, antwortete die Medizinerin. „Vermutlich sagt dir die Abkürzung E 605 mehr, denn das ist der häufiger gebrauchte Begriff für Parathion. Der Stoff ist natürlich nicht genießbar und wirkt schon in kleinsten Dosen tödlich.“

„Wie kann man so was überhaupt schlucken?“

Dijk lachte am anderen Ende. „Wenn du nicht weißt, daß es Gift ist, ist das gar nicht so schwer, Martin. Arsenik und Parathion sind absolut geschmacklos, mußt du wissen. Du merkst überhaupt nicht, daß du vergiftet wirst, und die tödliche Dosis für den Menschen beträgt kaum mehr als fünf Milligramm auf ein Kilogramm Körpergewicht. Arsenik war früher besonders beliebt, weil man den Stoff im Körper nicht nachweisen konnte. Heute ist das aber kein Problem mehr. Selbst in exhumierten Leichen kannst du Arsenik als Absonderung in Nägeln und Haaren finden."

„Also sollte der Mord nicht unbedingt vertuscht werden", überlegte Brünner.

„Möglich. Oder der Mörder glaubte, daß wir die Stoffe nicht analysieren können." Petra Dijks Stimme klang spöttisch. „Es ist ja nicht jeder Täter hochintelligent." Sie machte eine kleine Pause, dann sagte sie: „Ich schick dir den Bericht nachher rüber. Nur die nackten Fakten. Aber es ist sicherlich wichtig für dich zu wissen, daß das Opfer vor seinem Tod Höllenqualen erlitten haben muß. Schlimmste Magenkrämpfe, als wenn dir einer alle Eingeweide nacheinander mit glühenden Zangen herausreißen würde. Dazu Atemnot und rasendes Herzklopfen."

„Wer tut so etwas?" fragte Brünner.

„Kein Selbstmörder", antwortete Dijk.

„Ja, aber selbst, wenn ich jemanden töten möchte, lasse ich ihn doch nicht so grausam sterben."

„Es sei denn, du bist Sadist oder rächst dich für vergangene Greueltaten. Viel Spaß bei den Ermittlungen", sagte Dijk trocken. „Ich bin den ganzen Tag im Labor zu erreichen, falls du noch Fragen hast."

Brünner legte den Hörer auf die Gabel und ließ das Gehörte nachwirken. Werner Rösner war ermordet worden. Das war kaum noch zu bestreiten, wenn man davon ausging, daß ein Suizidgefährdeter wohl kaum erst Pralinen anfertigen würde, um sich damit zu vergiften. Es sei denn, er wollte damit einen Suizid vertuschen und einen Mord vortäuschen. Aber selbst dann gab es andere Mittel, die den Tod deutlich schmerzfreier herbeiführten.

Warum aber mußte der ehemalige Lehrer sterben? Wo war der dunkle Fleck in seinem Leben, der einen Hinweis darauf gab, woher der Mörder kam? Der vermutlich wichtigste Mensch, der eine Antwort geben konnte, war Rösners Frau. Mit ihr mußte er sich unterhalten. Zuvor mußte er sich aber unbedingt mit den Kollegen zusammensetzen. Seine Aktennotiz von gestern war das erste Blatt einer Mordermittlungsakte geworden.

Sie trafen sich im kleinen Besprechungszimmer. Von der Pressestelle war Bernd Sagemann dabei. Rainer Lange und Sebastian Büntemeyer waren ebenso da wie Sabine Bode vom K 123 und Petra Dijk von der Gerichtsmedizin. Neben Meyer saß Staatsanwalt Kutzop, ein Mann in den Vierzigern mit kurzen, blonden Haaren, dunkler Hornbrille und einem Vollbart. Brünner mochte den Staatsanwalt nicht sonderlich. Sie beide waren grundverschiedene Typen. Er war ein Mann der Praxis und Kutzop ein Mann der Theorie, des Fachwissens, der exakten Rechtsauslegung. Es gab wenig, was Kutzop außerhalb der gesetzlichen Vorschriften zuließ. Vielleicht war das richtig, denn so stand er selten in der Kritik, und seine Entscheidungen waren unanfechtbar. Auf der anderen Seite hatten sie immer wieder genügend gewichtige Gründe für ungewöhnliche polizeiliche Ermittlungsmethoden, und die waren manchmal am Rande des Erlaubten. Bei Mord, so fand Brünner, mußte alles möglich sein, was half, den Täter zu finden. Für Kutzop allerdings war das völlig undenkbar. Deshalb begegneten sich die beiden immer wieder äußerst reserviert.

Die Sekretärin trat durch die Tür und stellte zwei Thermoskannen auf den Tisch. Eine mit Kaffee und eine mit Tee. Heiße Getränke fielen offenbar nicht unter die Haushaltssperre.

Während die Tassen gefüllt wurden, sah Brünner in die Runde. Wie oft hatte er diese Situation schon erlebt? Ein Mord. Das erste Treffen in diesem Büro, um alle mit den nötigen Informationen zu versorgen. Taktische Überlegungen, in welche Richtung ermittelt werden sollte, Erstellen einer Arbeitsthese, dann gezielte Auftragsvergabe.

Sie hatten im Laufe der Jahre ein neues Polizeipräsidium bekommen, waren von der Trutzburg am Wall mit seinen kleinen Zimmern, den verwinkelten Fluren und vielen Treppenaufgängen in die von Grund auf modernisierte Kaserne in die Vahr gezogen. Sie hatten neue zweckmäßig eingerichtete Zimmer mit klarem Zuschnitt bezogen, arbeiteten an Computern, verfügten über modernste Ermittlungsmethoden wie den genetischen Fingerabdruck oder automatische Autokennzeichen-Lesesysteme, aber die Situation war dennoch die gleiche wie vor Jahren. Was zählte, war die klare menschliche Analyse.

„Wir haben einen Mord", begann er. „Mit hoher Wahrscheinlichkeit wurde gestern in der Zeit von zehn bis zwölf Uhr der pensionierte Oberstudienrat Werner Rösner in der Feldstraße im Steintorviertel vergiftet. Seine Frau hat ihn gefunden und uns alarmiert." Er verstummte und sah zu Büntemeyer hinüber, der heute immerhin ein Hemd über dem T-Shirt trug.

Der KvD hatte als Hauptsachbearbeiter einen Laptop vor sich stehen, in dem er die Spuren eintippte. Nun sah er vom Bildschirm auf. „Der Notruf traf um 12.23 Uhr ein", führte er Brünners Bericht fort. „Eine Luise Rösner meldete, daß ihr Mann leblos auf dem Sofa liegen würde. Ihre Sätze wurden immer wieder durch Schluchzen unterbrochen. Als ich die Adresse hatte, fiel ihr der Hörer zu Boden." Er machte eine kurze Pause, so als ob er sich vor Augen führte, was in Rösners Haus vor sich gegangen war. Dann setzte er wieder an: „Ein Streifenwagen und ein Notarzt fuhren sofort hin. Als um 12.41 Uhr die Meldung kam, daß Rösner möglicherweise nicht eines natürlichen Todes gestorben sein könnte, habe ich die Mordkommission verständigt."

Bernd Sagemann schrieb eifrig mit, während Brünner das Wort wieder aufnahm. „Mittlerweile wissen wir, daß Rösner an einem Giftcocktail gestorben ist. Allerdings handelt es sich nicht um irgendwelche Schlafmittel oder geläufige Drogen."

„Nein, sicher nicht. Er wurde auf eine Weise umgebracht, wie man früher Ratten und anderen Schädlingen zu Leibe rückte", erklärte Dijk. „Arsenik und Parathion. Das Zeug war so hoch konzentriert, daß es nicht mal zu Erbrechen kam, sondern gleich Atemlähmung und Herzstillstand einsetzten. Offenbar wurde dem Opfer noch ein Glas Wasser gereicht. Möglicherweise hat es sich Rösner sogar selbst geholt. Obwohl das angesichts der Giftdosierung eher unwahrscheinlich ist."

„Es finden sich keine verdächtigen Fingerspuren auf dem Glas", ergänzte Sabine Bode. „Lediglich die Fingerabdrücke von Rösners Frau."

Rainer Lange hob die Hand. „Was ja auch verdächtig sein könnte."

„Richtig", gab Bode zu. „Ich möchte damit nur deutlich machen, daß sich die Fingerabdrücke von Werner und Luise Rösner überall in der Wohnung und natürlich auch am Tatort befinden. Auf dem Glas und auf einer auf dem Tisch liegenden Zeitungsseite haben wir keine weiteren

Spuren ermitteln können. Auch die Untersuchung mit dem Crimescope 400 hat nichts Auffälliges ergeben. Einige Fusseln unter UV-Licht. Wir haben sie sichergestellt und in die Datenbank aufgenommen. Die Kollegen gleichen die Fasern noch mit den Kleidungsstücken der Rösners ab."

„Am Toten selbst waren keine Zeichen von Gewalteinwirkung festzustellen. Keine Würgemale oder ähnliches."

„Zudem gibt es weder Aufbruchspuren an Türen, noch wurde nach ersten Erkenntnissen irgend etwas aus der Wohnung entwendet."

„Es ist sicherlich am besten, wenn wir so schnell wie möglich mit Rösners Frau sprechen", sagte Brünner.

Lange nickte. „Sie ist wieder zu Hause. Ein Verwandter, ich glaube, eine Nichte, kümmert sich um sie."

„Gut, dann werde ich mich nach der Besprechung auf den Weg machen." Brünner zog die gefaltete Zeitungsseite, die in einem Plastikbeutel auf dem Tisch lag, zu sich heran. „Das ist die Zeitung, die neben Rösner gefunden wurde. Nur diese eine Seite. Sie gehört zur Ausgabe vom Sonnabend, 27. November, ist also einen Tag vor Rösners Tod erschienen. Von dem Rest der Zeitung fehlt jede Spur."

„Die Bums- und Bordellseite", stellte Büntemeyer mit einem Blick fest.

„Herr Kollege, ich muß doch sehr um etwas mehr Respekt für das älteste Gewerbe der Welt bitten."

Gelächter erklang, dann konzentrierten sie sich wieder.

„Möglicherweise war Rösner regelmäßiger Besucher eines dieser Etablissements", überlegte Lange.

„Vielleicht. Aber dann bräuchte er diese Seite eigentlich nicht, um sich zu informieren", wandte Brünner ein.

„Er könnte ja was Neues gesucht haben, weil ihm das Alte zu langweilig geworden war."

„Am Sonntagvormittag?"

„Na ja, immerhin war seine Frau da für klar absehbare Zeit in der Kirche und Rösner sozusagen auf freier Wildbahn."

„Woher weißt du, daß er Jäger war?"

„Viele ältere Herren sind Jäger."

„Jüngere aber auch", sagte Yvonne Lentz und schien bei dieser Ansicht durchaus auf eigene Erfahrungen zurückgreifen zu können.

„Mir scheint es wahrscheinlicher, daß der Mörder diese eine Seite ganz gezielt mitgebracht hat“, wechselte Büntemeyer das Thema.

„Wenn ja, warum?“

„Vielleicht als Zeichen. Möglicherweise, weil er aus diesem Milieu kommt, und Rösner dort Geheimnisse hat. Geldschulden, Sadomaso, pädophile Neigungen, oder so.“

Oberstudienrat Rösner als Besucher verruchter Nachtbars? Als Teilnehmer bei exotischen Sexualpraktiken? Brünner konnte sich das nur schlecht vorstellen. Aber seine Einbildungskraft war kein Maßstab, wie er sehr wohl wußte. Wie oft schon hatte er bei seiner Tätigkeit erleben müssen, daß Menschen eine Doppelexistenz führten, ein Nachtleben hatten, das sie geschickt und erfolgreich vor interessierten Blicken zu verbergen suchten. Er seufzte. „Dann sollten wir uns mal schlau machen, ob unser Toter in der Szene bekannt ist.“

„Dafür brauchen wir ein Photo. Vermutlich hat sich Rösner da unter falschem Namen aufgehalten, wenn er denn überhaupt dort war“, wandte Lange ein.

„Ich werde versuchen, eins zu bekommen“, sagte Brünner. „Wichtiger ist jetzt erstmal, daß wir die Befragung in der Nachbarschaft fortsetzen. Vielleicht hat der Täter das Haus ausspioniert, oder es gibt Hinweise darauf, daß die Ehe der Rösners nicht so harmonisch war, wie es zunächst scheint.“

Staatsanwalt Kutzop nickte. „Informieren Sie mich bitte regelmäßig.“

„Und was ist mit Presse?“ fragte Sagemann.

„Wir sollten eine Meldung rausgeben. Ganz knapp. Aus ermittlungstaktischen Gründen“, sagte Brünner und sah zu Kutzop. Der nickte. „Wenn wir bis morgen nicht weitergekommen sind, können wir immer noch zu einem Gespräch einladen.“

Wenig später war das Treffen beendet. Sie verabredeten sich für den Nachmittag zu einer weiteren Besprechung, um die Ergebnisse zusammenzutragen. Brünner verteilte die Aufgaben, damit sie möglichst schnell alle Menschen aus der Nachbarschaft in der Feldstraße angesprochen hatten. Zudem sollte ermittelt werden, ob zu der Tatzeit Zeitungsboten in dem Gebiet unterwegs gewesen waren. Auch sie mußten befragt werden.

Von seinem Büro aus rief Brünner bei Luise Rösner an. Es meldete sich eine Frauenstimme – die Nichte, wie sich gleich darauf herausstellte. Auf die Ankündigung des Kommissars, daß er der Witwe einen Besuch abstatten wollte, reagierte sie wenig erfreut. „Meiner Tante geht es nicht so gut."

„Das verstehe ich", antwortete Brünner mit fester Stimme. „Dennoch muß ich mich unbedingt mit ihr unterhalten."

„Einen Augenblick bitte. Ich werde sie fragen", sagte die Nichte und legte den Hörer beiseite. Im Hintergrund vernahm Brünner Stimmen, ohne verstehen zu können, was sie sagten. Dann wurde der Hörer wieder aufgenommen. „Meine Tante erwartet Sie in einer halben Stunde."

Als Brünner wenig später in Richtung Steintorviertel unterwegs war, klingelte sein Diensthandy. Büntemeyer war dran. „Tut mir leid, daß ich schon wieder störe, Martin", begann er. „Aber wir haben einen Brandanschlag auf ein Nachtlokal im Bahnhofsviertel."

„Zum Teufel", fluchte Brünner. „Spielen die jetzt alle verrückt?"

„Scheint so", antwortete der Kollege. „Ich mach mich sofort auf den Weg. Rainer übernimmt jetzt mit Lubow, Behrend und Keller die Befragung der Nachbarn in der Feldstraße. Ich bin dann mit Yvonne Lentz und Rudi Möller vor Ort. Willst du auch hinkommen?"

„Nee, ihr kriegt das schon hin. Mir ist die Rösner jetzt wichtiger."

Die Parkplatzsuche war deutlich einfacher als gestern, weil offenbar viele Anwohner mit ihren Autos zur Arbeit gefahren waren. Wie am Vortag stand Brünner vor der dunklen Eichenholztür und betätigte die Klingel. Werner Rösner mußte seinen Mörder gekannt haben. Sonst hätte er ihm nicht geöffnet, ging es ihm durch den Kopf, als er in den leeren Vorraum blickte, der durch eine weitere Tür vom Flur abgetrennt war. Eine dunkel gekleidete Person kam näher und öffnete die erste Tür. Es war vermutlich die Nichte, eine attraktive Frau Mitte dreißig. Sie trug das lange, dunkelblonde Haar offen, so daß es ohne Pony zu beiden Seiten über die Schulter fiel. Ihre Gesichtsfarbe war gebräunt, als habe sie gerade einen Urlaub im Süden hinter sich. Am meisten faszinierten Brünner die dunkelbraunen Augen, die ihn durch das Glas der Eingangstür musterten. Es waren Augen, in die er sich auf der Stelle verlieben konnte.

„Guten Tag. Martin Brünner, Mordkommission", stellte er sich vor.

„Ein furchtbarer Beruf", antwortete sie ohne Begrüßung.

„Das hängt von der Situation ab", sagte er und wartete darauf, daß sie ihn einließ.

„Kann ich mir kaum vorstellen." Ihre Stimme klang verbittert. „Sie haben doch immer mit Leichen zu tun. Ständig müssen Sie Menschen suchen, die gemordet haben. Das ist schlimm."

„Noch schlimmer wäre es, wenn wir nicht suchen würden, die Täter frei herumlaufen und vielleicht noch mal morden. Ich bin hier, um den Tod ihres Onkels zu klären. Dazu", er legte Nachdruck in seine Stimme, „muß ich jetzt mit Ihrer Tante sprechen."

„Natürlich", sagte die Frau und trat zur Seite. „Kommen Sie rein. Ich zeigen Ihnen den Weg."

Eine merkwürdige Begrüßung, dachte Brünner. Als ob ich ihr etwas getan hätte oder sie mich für Rösners Tod verantwortlich machen will. Er folgte der Nichte durch den Flur. Sie stiegen die Treppe hinauf in den ersten Stock. Hier war es dunkel. Offenbar hielt es niemand für nötig, das Licht anzuknipsen. Der Flur war mit einem dicken Teppich ausgelegt. An der Wand zur Rechten stand eine Anrichte aus dunklem Holz. Ihr gegenüber hing ein großer Spiegel, dessen Rahmen sich wie belaubte Zweige um die Glasfläche rankte.

„Hier entlang", sagte die Frau und öffnete eine Tür. Licht drang in den Flur. Brünner trat ein und befand sich in einem großen Wohnraum, der deutlich heller war, als das Arbeitszimmer im Untergeschoß. Wie in alten Bremer Häusern üblich erstreckte sich der Raum von der Straßen- bis zur Gartenseite und war lediglich durch eine Schiebetür in der Mitte trennbar. Der Boden war aus feinem Parkett gefertigt, im zur Straße gelegenen Zimmer stand ein dunkler Eichenholzeßtisch mit fünf gepolsterten Stühlen. Im rückwärtigen Bereich lud eine helle Ledergarnitur zum Verweilen ein. Auf einem separaten Sessel saß Luise Rösner, ganz in schwarz gekleidet, und sah dem Gast entgegen. Sie war deutlich jünger als ihr Gatte. Brünner schätzte ihr Alter auf Anfang fünfzig. Vor zwanzig Jahren mochte sie eine bildhübsche Frau gewesen sein, nun aber hatten sich tiefe Falten in ihr Gesicht gegraben, die durch die Trauer in den Augen noch stärker wirkten. Das nach hinten gekämmte Haar verlieh ihr einen strengen Ausdruck.

Er ging zu ihr, weil sie keine Anstalten machte, zu ihm zu kommen. „Mein herzliches Beileid", sagte er.

„Danke“, antwortete sie mit von Leid geprägter Stimme und deutete ihm an, daß er sich setzen dürfe.

„Erlauben Sie mir ein persönliches Wort“, begann Brünner. „Ich habe Ihren Mann als herzensguten Menschen kennengelernt. Er war einige Jahre mein Lehrer in Deutsch und Geschichte, und wir haben ihn sehr geschätzt.“

„Danke“, sagte sie abermals, um dann hinzuzusetzen. „Darf ich Ihnen etwas zu trinken anbieten, Kaffee oder Tee?“

Brünner hob die Hände. „Machen Sie sich wegen mir keine Umstände. Ich werde Sie nicht lange stören. Doch Sie werden verstehen, daß ich mich mit Ihnen über das, was gestern vorgefallen ist, unterhalten muß.“

„Ja“, hauchte sie, und ein gequälter Zug huschte über ihr Gesicht.

Ein gebrochener Mensch, dachte Brünner. Wie oft habe ich das schon erleben müssen? Er haßte es, Personen gegenüberzutreten, die gerade das Wichtigste in ihrem Leben verloren hatten. Doch immer wieder hatte er auch festgestellt, daß es sinnvoll war, möglichst schnell nach dem Tod eines Verwandten mit den Angehörigen zu sprechen. Die Zeit veränderte die Wahrnehmungen. Viele Gefühle und Beobachtungen verloren sich, sobald Gelegenheit bestand, zur Besinnung zu kommen. Manches dabei war jedoch wichtig und half bei der polizeilichen Ermittlungstätigkeit. Brünner beugte sich nah zu Luise Rösner hinüber. Ihre Nichte verharrte unterdessen hinter dem Sessel der Tante, jederzeit bereit, wie es schien, einzugreifen, wenn der Kommissar unverschämte Fragen stellte.

„Schildern Sie mir bitte möglichst genau, was gestern geschehen ist.“

Luise Rösner hob ihren Kopf und starrte mit zusammengepreßten Lippen auf die gegenüberliegende Wand. Dann nickte sie, als hätte sie einen Beschluß gefaßt, in ihren Mundwinkeln zitterte es, und allmählich lösten sich die Worte. „Ich bin, wie jeden Sonntag, um 9.30 Uhr mit dem Fahrrad zum Gottesdienst in die Kirche gefahren.“

„In die Friedenskirche?“ erkundigte sich Brünner, weil er das nahe Gotteshaus kannte.

„Nein“, antwortete sie ungewohnt hart. „Ich bin bekennende Christin.“

„Aha“, sagte Brünner, ohne genau zu verstehen.

„Meine Kirche befindet sich in der Hohenlohestraße. Wir sind eine freie Gemeinde Gottes."

„Verstehe." Brünner nickte. „Haben Sie, als Sie das Haus verließen, irgend etwas Auffälliges bemerkt? Personen, die nicht in dieses Viertel gehören."

„Davon haben wir genug", sagte sie. „Drogenabhängige, Stadtstreicher, besoffene Fußballfans. Aber am Sonntagmorgen verschonen sie uns."

„Also niemand, der Ihnen aufgefallen ist."

„Nein."

„Und als Sie zurückgekehrt sind?"

„Da war da auch niemand. Ich bin gleich nach dem Gottesdienst nach Hause gefahren, weil ich leichte Kopfschmerzen hatte. Wie immer stellte ich mein Fahrrad im Keller ab." Ihre Stimme stockte. Brünner sah, wie sie sich die Geschehnisse ins Gedächtnis zurückrief. „Ich bin dann nach oben gegangen. Vor Werners Tür habe ich gerufen, daß ich wieder da bin. Er antwortete nicht, aber das ist nicht ungewöhnlich." Sie sah hoch. „Wenn er sehr in seine Arbeit vertieft ist, bemerkt er gar nicht, daß ich nach Hause komme."

„Er war immer sehr konzentriert", stimmte Brünner ihr zu, denn er konnte sich noch gut daran erinnern, daß der Lehrer im Unterricht jederzeit absolute Aufmerksamkeit eingefordert hatte. Wer nicht aufpaßte, bekam gerne mal ein Kreidestück an den Kopf geworfen

„Ja, das war er wohl." Ein kurzes Lächeln umspielte ihre Lippen, dann schneuzte sie in ein Taschentuch, das sie vorher in der rechten Hand geknetet hatte. „Um 12.15 Uhr habe ich ihn über unsere Haustelephonanlage angerufen. Wegen des Mittagessens. Er nahm nicht ab. Also bin ich zu ihm ins Arbeitszimmer gegangen, und dort ... er lag ... auf dem Sofa, es war so ..." Ihre Stimme erstarb. Sie schlug sich die Hände vor das Gesicht. Die Nichte eilte um den Sessel herum. Ihre schönen Augen schienen Giftpfeile auf den Kommissar abzuschießen, bevor sie sich um ihre schluchzende Tante kümmerte.

Brünner stand auf und entfernte sich ein wenig. Sie würden gleich weiterreden können. Doch es war gut, wenn er den beiden Frauen etwas Raum für ihre Trauer ließ. Sein Blick glitt über drei gerahmte Aquarelle, die an den Wänden hingen. Das mittlere Werk zeigte zerklüftete Felsen inmitten von Meeresbrandung, während die anderen beiden sommerliche Blumenwiesen unter blauem Himmel abbildeten. Bei allen dreien entdeckte er am unteren Rand die Buchstaben LR. Offenbar das Kürzel der Künstlerin Luise Rösner.

Er kehrte zu den Frauen zurück und ignorierte den warnenden Blick der Nichte. „Frau Rösner. Gibt es Personen, mit denen Ihr Mann Streit hatte? Jemand, der Ihren Mann schädigen wollte?“

Sie sah ihn mit geröteten Augen an. Einen Moment schien sie nachzudenken, dann kam die Antwort schnell und überzeugt: „Werner hatte keine Feinde.“

„Gab es möglicherweise Personen, die auf ihn neidisch waren. Auf Ihr schönes Haus, auf seinen beruflichen Erfolg ...“

„Nein, ich weiß davon nichts. Er hat mir nichts dergleichen erzählt.“

„Haben Sie bei Ihrem Mann in der letzten Zeit irgend etwas Auffälliges bemerkt? War er nervös oder ängstlich?“

Luise Rösner schüttelte den Kopf. „Werner war wie immer.“

Brünner nickte. Er glaubte der Frau. Warum sollte sie lügen? Er ging zwei Schritte auf sie zu und beugte sich dann zu der Sitzenden hinunter. „Es tut mir leid, Sie das fragen zu müssen, aber wir müssen jeder Spur nachgehen“, leitete er ein. „Besuchte Ihr Mann Nachtlokale?“

„Wie bitte?“ Luise Rösner rang hörbar nach Luft. „Wie kommen Sie darauf?“

„Hat er solche Lokale besucht?“

„Nein! Werner war die meisten Abende zu Hause. Warum hätte er auch ...?“

Brünner zog die Zeitungsseite aus seiner Jackentasche. „Diese Seite lag neben ihrem toten Mann. Sie ist aus der Tageszeitung und enthält ausschließlich Annoncen von Nachtlokalen und Frauen, die ihre Dienste anbieten.“

Mit angewidertem Gesichtsausdruck nahm Luise Rösner das Blatt in Empfang und hielt es mit spitzen Fingern hoch.

„Tante, du mußt dir das nicht bieten lassen“, rief die Nichte dazwischen. „Das alles hat doch nichts mit Onkel Werner zu tun.“

„Nein, mein Kind“, antwortete Luise Rösner. „Mach dir keine Sorgen.“ Sie blickte auf die Zeitungsseite, schien aber gar nicht richtig den Inhalt zu erfassen. „Dieses Blatt beziehen wir nicht.“

„Es ist eine Seite aus einer Bremer Tageszeitung.“

„Das mag sein“, antwortete Luise Rösner ruhig und fast schon ein wenig triumphierend. „Mein Mann und ich beziehen nur die Frankfurter Allgemeine Zeitung. Sie erscheint uns ein deutliches Stück seriöser. Und dieses Blatt“, sie deutete mit dem Finger auf die Seite, „stammt nicht aus der FAZ.“

„Lesen Sie und Ihr Mann keine lokalen Zeitungen?“

„Ich interessiere mich kaum dafür, was in dieser Stadt geschieht“, sagte sie. „Was Werner betrifft, so besucht“, sie stockte, „besuchte er fast täglich die Zentralbibliothek und studierte dort mehrere Zeitungen. Ich glaube aber kaum“, sagte sie, und ihre Stimme wurde dabei eine deutliche Spur härter, „daß er sich mit diesen Schmuddelseiten befaßt hat.“

„Danke“, antwortete Brünner und faltete die Seite wieder zusammen. „Das hat mir sehr weitergeholfen, denn ich muß gestehen, daß auch ich meinen verehrten Lehrer nicht mit diesen Etablissements in Verbindung bringen konnte. Allerdings stellt sich mir die Frage, warum nun gerade eine solche Seite neben ihm gelegen hat.“

Luise Rösners Gesicht zeigte ein gequältes Lächeln. „Das geht mir genauso“, sagte sie leise. „Ich würde mich freuen, wenn Sie es herausbekommen könnten.“

„Wir werden unser Bestes tun“, antwortete Brünner und steckte sein Notizbuch in die Tasche. „Eine letzte Frage bleibt mir noch: Hatten Sie in den vergangenen Tagen Besuch?“

„Besuch?“ Rösner sah ihn erstaunt an.

„Ja, Gäste, die möglicherweise Pralinen mitgebracht haben.“

„Ist es das, woran Werner ... Hat man ihn mit Pralinen vergiftet?“

„Es steht zu befürchten“, sagte Brünner. „Die Untersuchung hat ergeben, daß er hochgiftige Substanzen geschluckt hat. Vermutlich in Verbindung mit Schokolade und Alkohol.“

Die Frau sah ihn erschrocken an. „Mein Gott, wer tut so etwas?“ rief sie fassungslos.

Brünner schwieg. Diese Frage zu beantworten, war schließlich der Grund, warum er hierher gekommen war. Unauffällig sah er zu der Nichte, die seltsam starr neben ihrer Tante saß und offenbar genauso wenig fassen konnte, was sie da gehört hatte.

„Mußte er lange leiden?“ fragte Luise Rösner kaum hörbar.

Brünner sah sie direkt an. „Die Ärztin sagt, daß das Gift schnell gewirkt haben dürfte, in wenigen Sekunden."

Er wußte nicht, ob es sie erleichterte. Jedenfalls kam sie auf seine vorherige Frage zurück. „Nein, wir hatten keine Gäste, die Pralinen mitgebracht haben. Ich selbst esse kaum Süßigkeiten, und Werner nimmt höchstens zum Nachmittagstee etwas Süßes zu sich."

„Es ist also nicht normal, daß er am Vormittag bei der Arbeit Schokolade ißt."

„Nein, gewiß nicht", sagte sie und schloß für Sekunden die Augen. „Entschuldigen Sie", flüsterte Luise Rösner dann. „Ich fühle mich ein wenig abgespannt. Wenn es Ihnen nichts ausmacht, würde ich mich jetzt gerne hinlegen."

„Aber natürlich." Brünner erhob sich und bedankte sich für das Gespräch. Eigentlich hätte er sich gerne noch nach den Aufzeichnungen auf Rösners Schreibtisch und nach den Sparbüchern erkundigt, aber er sah ein, daß das etwas Zeit hatte. Gerade noch rechtzeitig, bevor er das Haus verließ, fiel ihm jedoch ein, daß er ein Photo von Werner Rösner benötigte.

„Darf ich fragen, wozu?" erkundigte sich seine Frau mißtrauisch.

„Nun ja", antwortete der Kommissar ausweichend. „Für die allgemeinen Ermittlungen. Es kommt immer wieder vor, daß man das Bild eines Opfers benötigt. Reine Routine."

„Aber nicht für die Zeitung, oder?" fragte Luise Rösner noch immer argwöhnisch.

„Nein, natürlich nicht", beteuerte Brünner. „Es dient lediglich ermittlungstechnischen Aufgaben." Daß diese möglicherweise auch ins Bremer Nachtleben reichten, mußte er ja nicht unbedingt erzählen.

Kurze Zeit später hatte er eine Portraitaufnahme seines ehemaligen Lehrers Werner Rösner in der Tasche, die anläßlich seines siebzigsten Geburtstages entstanden war, und verließ das Bremer Haus in der Feldstraße.

Das Puzzlespiel hatte begonnen. Doch diesmal schien es Brünner, als habe er eine besonders schwierige Ausgabe vor sich liegen. Ihm war, als ob er gerade mal fünf zusammenhängende Teile gefunden hatte und noch mindestens 245 weitere dazufügen mußte. Das Wichtigste ist der Rand, dachte er, als er an seinem Schreibtisch saß. Der Rahmen mußte gesteckt sein, denn sonst gab es kaum eine Möglichkeit, selbst die kleinsten zusammenhängenden Bereiche einander im Inneren zuzuordnen. Was ist wichtig? Was ist vorerst zu vernachlässigen? Wie viele Personen werden sich auf dem Bild zeigen, und wird man die Motive ihres Handelns erkennen können? Brünner wußte, daß sie viele nicht fertiggestellte Puzzles hier im Polizeipräsidium liegen hatten. Sie wanderten eingeheftet in Aktenordner oftmals für Jahre in Schränke und wurden dann wieder herausgezogen, wenn sie neue Erkenntnisse hatten. Es gab kaum Fälle, die ganz aufgegeben wurden und dann in Vergessenheit gerieten. Das erschien der Öffentlichkeit nur deshalb so, weil auf jeden Kriminalfall ein neuer Kriminalfall folgte, der den anderen aus den Schlagzeilen verdrängte. Die Detailarbeit interessierte die Medien kaum. Damit konnte man keinen Leser, Zuhörer oder Zuschauer gewinnen.

Doch es gab auch Puzzles, die jahrelang gelegen hatten und auf einen Schlag ganz neu zusammengesetzt werden mußten. Insbesondere dank der DNA-Analyse gerieten Sachverhalte in den Blickwinkel, die lange Zeit verborgen gewesen waren. Spermaspritzer, Blutflecken, Speichelreste oder Hautschuppen waren ideale Wegweiser zum Täter. Aber weder an Werner Rösners Kleidung, noch an dem Glas oder auf der Sitzgarnitur hatten sie Spuren gefunden, die für eine Auswertung reichten. Und selbst dann, wenn sie Sachbeweise ermittelten, mußte der Täter ja noch in einer Datei geführt werden, damit man ihn identifizieren konnte.

Vergiften, so hatte es Brünner in der Ausbildung gelernt, war eine typisch weibliche Handlungsweise. In achtzig Prozent aller Fälle töteten Frauen mit Gift. Schußwaffengebrauch oder Morde durch Erstechen oder Ersticken kamen dagegen eher selten vor, weil Frauen dazu neigten, diskret und still zu töten. War hier eine Frau am Werk gewesen? Dafür gab es bislang keine Hinweise, aber auch nicht dagegen.

Wenig später saßen sie mit den Kollegen erneut im Sitzungszimmer zusammen, um die jüngsten Entwicklungen zu besprechen. Reden, immer wieder Reden war das Wichtigste, was sie in solchen Situationen tun konnten. Sie mußten eine These erarbeiten, alle an einem Strang ziehen, schnell und zielgerichtet ihre Aufgaben erledigen.

Bernd Sagemann hatte bereits die Kopien von Werner Rösners Portraitphoto verteilt, als sie sich um den Tisch setzten. Glücklicherweise gab es Kaffee. Brünner hatte das Gefühl, dringend Schlaf nachholen zu müssen und hoffte, seinen Tiefpunkt durch Koffeinaufnahme überwinden zu können. In der vergangenen Nacht hatte er nicht allzu viel Erholung gefunden. Bis kurz vor Mitternacht hatte er Silke von seinem ehemaligen Lehrer erzählt. Dabei hatte er fast unbemerkt einiges an Wein getrunken. Als sie nebeneinander im Bett gelegen hatten, hatte er stundenlang nicht einschlafen können, und als er doch endlich weggenickt war, war er kurze Zeit später durch den Wecker aus dem Schlaf gerissen worden. Silke hatte Frühdienst gehabt.

„Wenn das so weitergeht, können wir die Aufnahme bald nur noch in verrußten Lokalen zeigen", sagte Büntemeyer und schob das Rösner-Photo zur Seite.

„Erzähl."

„Heute vormittag hat es den Muschi-Palast erwischt", berichtete der Kollege. „Der Laden liegt in der Straße An der Brake fast in Sichtweite zum Moulin Rouge. Die Vorgehensweise war vermutlich die gleiche wie beim letzten Brandanschlag. Sie haben eine Scheibe eingeschlagen und einen Brandsatz ins Innere geworfen."

„Gab es wieder Parolen an der Wand?"

Büntemeyer nickte. „An der Fassade neben dem Laden stand diesmal: ‚Nieder mit dem Patriarchat. Frauen bildet Banden!'"

„Wie originell", sagte Brünner.

„Habe ich auch gedacht. Der gleiche Spruch steht bei mir um die Ecke an der Friedhofsmauer."

„Aber da ist kein Brandsatz geflogen, nehme ich an."

„Zumindest hat sich niemand von den Bewohnern beschwert." Es gab Gelächter, dann fuhr Büntemeyer fort: „Weitere Spuren haben die Täter nicht hinterlassen. Diesmal haben wir noch nicht mal Zeugen. Die Feuerwehr wurde von einem Passanten alarmiert, der auf dem Weg zum Finanzamt dort vorbeigekommen war. Zu dem Zeitpunkt stand der Laden bereits in voller Ausdehnung in Flammen."

„Die Täter scheinen Übung zu haben und zu wissen, wie man Brandsätze baut", merkte Rainer Lange an.

„Das ist nicht so schwer. Die Anleitung dafür gibt es im Internet", sagte Lentz.

„Was gibt es eigentlich noch nicht im Internet?"

„Kaum noch etwas", erklärte die junge Polizistin. „Zumindest bei den kriminellen Dingen wird man da locker fündig."

„Schöne Aussichten“, stöhnte Brünner, dann berichtete er von seinem Besuch bei Rösners Witwe. Rainer Lange erzählte danach, was sie bei den Nachbarn in Erfahrung gebracht hatten. „Offenbar lebte das Paar ziemlich zurückgezogen. Man grüßte sich, wenn man sich auf der Straße begegnete. Eine Frau, die schräg gegenüber wohnt, hat vor Jahren mal die Blumen gegossen, als Rösners im Urlaub waren. Aber normalerweise ist dafür die Reinigungskraft zuständig, die einmal wöchentlich kommt.“

„Hast du mit ihr gesprochen?“

„Ja, die Frau stammt aus Nepal, ist etwa dreißig Jahre alt. Sie hat zwei Putzstellen in der Straße und spricht kaum deutsch. Das letzte Mal war sie am Donnerstag in der Wohnung. Sie hat keinen eigenen Schlüssel und arbeitet vier Stunden am Vormittag, immer unter Beaufsichtigung der Hausfrau. Am Sonntag war sie den ganzen Tag bei einem Basar in der katholischen Kirche und hat Frühlingsrollen verkauft. Wir haben das überprüft. Sogar der Pfarrer verbürgt sich dafür, daß die Frau durchgehend im Gemeindezentrum war.“

„Hat jemand von den Nachbarn etwas Verdächtiges bemerkt?“ hakte Brünner nach.

Lange schüttelte den Kopf. „Nee, keiner hat etwas gesehen. Die direkten Nachbarn haben auch keine Schreie gehört. Aber das ist kein Wunder. Die Wände in diesen alten Bürgerhäusern sind recht dick gebaut, so daß du nicht mitbekommst, was nebenan läuft.“

„Was ist mit den Zeitungsausträgern?“

„Ich habe alle drei Verlage angerufen, die am Sonntag Zeitungen austragen lassen. Zwei Namen habe ich bereits, aber das sind Schüler, die ich erst nachher erwische. Den dritten Namen bekomme ich in einer Stunde und kümmere mich dann darum.“

„Sieht so aus, als würden wir auf diesem Weg nicht weiterkommen“, seufzte Brünner, denn die Chance, daß halbverschlafene Schüler am Sonntagmorgen Auffälligkeiten entdeckten, die nichts mit hübschen Mädchen zu tun hatten, war nicht sonderlich groß.

„Wir konzentrieren uns jetzt verstärkt auf die Ermittlungen in den Nachtlokalen. Ich möchte, daß wir noch heute alle Etablissements, die auf der Zeitungsseite stehen, besuchen und fragen, ob Rösner mal da gewesen ist.“

„Fragt sich nur, ob die uns die Wahrheit erzählen“, wandte Büntemeyer ein.

„Warum nicht? Rösner ist schließlich tot“, entgegnete Brünner. „Tote Kunden muß man nicht mehr schützen.“ Er zog den Kugelschreiber aus der Tasche und teilte den Kollegen die verschiedenen Nachtlokale zu. Er selbst wollte noch einmal Rösners Witwe besuchen. Er brauchte die Namen von Angehörigen und Freunden.

Schon eine halbe Stunde später stand Brünner erneut vor der Haustür in der Feldstraße und klingelte. Auch diesmal öffnete die Nichte. Sie sah überrascht aus und schien nicht sonderlich erfreut über seinen Anblick zu sein. „Sie wünschen?“ fragte sie.

„Das Gespräch mit Ihrer Tante.“ Dabei fiel Brünner auf, daß er nicht mal den Namen der Nichte kannte. Sie selbst hatte sich nicht vorgestellt, und die Tante hatte sie am Morgen, wenn er sich recht erinnerte, kein einziges Mal mit dem Vornamen angesprochen.

Luise Rösner saß auch jetzt wieder im Sessel des Wohnzimmers. Es schien, als hätte sie sich seit dem Besuch am Vormittag nicht vom Fleck bewegt.

„Entschuldigen Sie die erneute Störung“, begann Brünner. „Aber ich würde mich gerne noch einmal im Arbeitszimmer Ihres Mannes umsehen.“

„Was hoffen Sie da zu finden?“

„Das kann ich Ihnen jetzt noch nicht sagen“, wich Brünner aus, obwohl er ganz gezielt in die Schreibtischschubladen sehen wollte. „Es gibt immer Dinge, die man beim ersten Mal übersieht, die aber wichtig für die weiteren Ermittlungen sein könnten.“

Luise Rösner nickte stumm und erhob sich. Als sie die Treppe hinunterstieg, war sie so unsicher auf den Beinen, daß Brünner einen Sturz befürchtete. Doch Schritt für Schritt kamen sie nach unten. Brünner löste das Polizeisiegel von der Tür, dann traten sie ins Arbeitszimmer von Werner Rösner. Alles war so, wie es die Tatortgruppe gestern verlassen hatte. Auf dem Sofa, auf Tisch, Stühlen und Schreibtischplatte, ja selbst auf dem Teppich lag eine dünne schmierige Rußschicht, als hätte es feinen Kohlenstaub von der Decke geregnet.

Luise Rösner entfuhr ein spitzer Schrei, als sie das sah. Sie schlug die Hände vor den Mund. „Sie haben alles verdreckt“, rief sie hysterisch. „Sehen Sie sich das an! Hier kann sich ja niemand mehr aufhalten. Wie soll unsere Putzfrau das jemals wieder wegbekommen?“

„Lassen Sie alles, wie es ist“, entgegnete Brünner beruhigend. „Die Versicherung wird das klären.“

„Die Versicherung? Na, das kann ja heiter werden. Soll das etwa ein halbes Jahr so bleiben?“

„Hören Sie, Frau Rösner.“ Der Kommissar legte Nachdruck in seine Stimme, weil er keine Lust hatte, sich stundenlang über Reinigungsfragen zu unterhalten. „Hier wurden wichtige Fingerspuren und anderes Beweismaterial gesucht, die unsere Ermittlungen unterstützen. Das geht nicht ohne den Einsatz von Chemikalien. Oder können Sie mir vielleicht verraten, wie wir sonst den Mörder Ihres Mannes finden sollen?“

Die Frau zuckte zurück und schwieg.

„Mir wäre es auch lieber, wenn wir schon Verdächtige hätten. Das können Sie mir glauben. Und wenn Sie uns Namen von Personen nennen, die möglicherweise gestern Ihren Mann besucht haben könnten, dann kommen wir ein ganzes Stück weiter.“ Dabei sah er sie auffordernd an, doch er erhielt keine Antwort.

Wie hatte Rösner sich nur solch eine spröde Frau ins Haus holen können? Brünner ging zum Schreibtisch und setzte sich auf den Stuhl. Auf der Tischplatte lagen noch immer die schriftlichen Aufzeichnungen des Oberstudienrates. Brünner blätterte in der Kladde und tat so, als sei er alleine im Zimmer. Offenbar handelte es sich bei dem vor ihm liegenden Werk um eine geplante Buchveröffentlichung. Da war die Rede von einem Mann, der Hinrich Schmelen hieß und Anfang des 19. Jahrhunderts in Afrika als Missionar tätig gewesen war.

„Hat Ihr Mann zuletzt an diesem Thema gearbeitet?“ fragte Brünner.

Luise Rösner nickte müde. „Ja, er wollte ein Buch über Schmelen verfassen.“ Sie deutete auf den Stapel Kopien. „Das Tagebuch, das Sie hier sehen, hat er vor kurzem im Staatsarchiv entdeckt. Er hoffte, daß es der entscheidende Durchbruch ist.“

„Durchbruch? Wozu?“

„Dazu, die letzten Lebensjahre von Schmelen zu beschreiben.“

Brünner merkte auf. „Könnte jemand Interesse daran gehabt haben, daß Ihr Mann diese Veröffentlichung nicht tätigen wird?“

Luise Rösner zuckte mit den Schultern. Ihre müden Gesichtszüge wurden mit einem Mal hart, sie zog die Augenbrauen hoch. „Sie meinen?“ begann sie, brach dann ab, um kurz darauf fortzufahren. „Wegen eines lange verstorbenen Missionars? Nein. Außerdem weiß doch niemand, daß Werner daran gearbeitet hat.“

„Doch, die Leute im Staatsarchiv.“

Sie machte eine wegwerfende Handbewegung. „Die haben gar nicht verstanden, wieso Werner diese Kopien unbedingt haben wollte.“

Brünner zweifelte, ob Rösners Frau die Situation richtig einschätzen konnte. Es schien ihm eher unwahrscheinlich, daß die Mitarbeiter im Staatsarchiv ihre eigenen Manuskripte nicht genau kannten. Unabhängig davon sahen die Papiere hier ordentlich sortiert aus. Offenbar hatte Rösners Mörder an dem Werk kein Interesse gezeigt. Aber welches Interesse hatte er überhaupt?

Der Kommissar legte die Kladde und die Kopien zur Seite und zog die dritte Schreibtischschublade von oben auf. Er mußte noch einmal die Sparbücher sehen und war gespannt auf Luise Rösners Reaktion.

„Adrian Messner“, murmelte Brünner, nachdem er das erste Sparbuch aufgeschlagen hatte.

„Das ist Werners Großneffe“, kam es über Luise Rösners schmale Lippen. „Adrian ist sechs Jahre alt. Werner wollte, daß der Junge das Geld bekommt, wenn er volljährig ist.“

„Eine schöne Idee. Dann wird der Führerschein nicht so teuer“, sagte Brünner. Er klappte das Buch zu und öffnete das andere, von dem er wußte, daß es für eine Barbara gedacht war. Unauffällig sah er zu Luise Rösner, doch die Frau wandte sich ab, nachdem sie kurz den Namen gelesen hatte.

„Kennen Sie diese Barbara?“

„Nein.“

„Wußten Sie, daß dieses Sparbuch existiert?“

„Nein.“

Brünner glaubte ihr nicht. Sie war nicht überrascht, dieses Buch zu sehen. „Wer könnte denn diese Barbara sein?“ insistierte er.

Luise Rösner hatte sich auf das Sofa gesetzt, obwohl es von einem dünnen Rußfilm überzogen war. Sie sah mit leerem Blick auf den Tisch und flüsterte: „Ich weiß nicht, wer diese Barbara ist.“

„Vor wenigen Tagen wurden 3.000 Euro eingezahlt. Das ist kein Pappenstiel.“

Luise Rösner schluckte trocken, schüttelte den Kopf und verbarg das Gesicht in den Händen.

„Nun hören Sie doch auf, sie so zu quälen“, brauste die Nichte auf, die die Befragung in der Tür stehend mitbekommen hatte. Sie stellte sich schützend vor ihre Tante und sah Brünner feindselig an.

„Ich quäle Ihre Tante nicht“, gab der Kommissar zurück. „Ich versuche nur, herauszufinden, was hier gestern geschehen ist. Und ihr Onkel hat offenbar regelmäßig Geld für ein Mädchen oder eine Frau auf dieses Sparbuch gezahlt. Meinen Sie nicht, daß man sich darum kümmern sollte? Oder haben *Sie* eine Idee, wer diese Barbara ist.“

„Ich kenne sie nicht“, gab die Nichte patzig zurück. „Es interessiert mich aber auch nicht.“

„Das ist Ihr gutes Recht“, sagte Brünner. „Es hilft uns aber nicht weiter.“

„Gehöre ich plötzlich zu den Verdächtigen?“ preßte Luise Rösner heraus. „Glauben Sie, ich hätte etwas mit dem Tod meines Mannes zu tun?“

Brünner schüttelte den Kopf. „Entschuldigen Sie bitte, wenn dieser falsche Eindruck entstanden ist, Frau Rösner. Mir geht es lediglich darum, herauszufinden, wer ein Interesse daran gehabt haben könnte, Ihren Mann zu töten. In diesem Zusammenhang wäre es günstig für mich zu erfahren, zu welchen Personen Ihr Mann Kontakte hatte. Das können ehemalige Kollegen sein, frühere Schüler, Nachbarn, Freunde, Verwandte – oder Frauen, die den Namen Barbara tragen. Andererseits kann ich zum jetzigen Zeitpunkt niemanden aus dem Kreis der Verdächtigen ausschließen. Auch Sie nicht. Es gibt keine fremden Spuren in dieser Wohnung. Sie und Ihr Mann waren die einzigen, die sich in den vergangenen Wochen im Arbeitszimmer aufgehalten haben, also ...“

„... verdächtigen Sie mich doch!“

„Wir ermitteln in alle Richtungen.“

„Ich war in der Kirche.“

„Und nach der Kirche waren Sie mit Ihrem Mann allein zu Hause.“

„Ich habe Essen gekocht.“

„Daran habe ich keine Zweifel. Es entlastet Sie aber auch nicht.“ Brünner zog den Reißverschluß seiner Jacke hoch, sah zu Rösners Witwe, um festzustellen, ob sie noch etwas sagen wollte. Die Frau zeigte keine Regung. „Hier haben Sie meine Telephonnummer“, sagte er, gab ihr seine Karte und durchquerte das Zimmer. „Ich freue mich über einen Anruf.“ Damit war er draußen und zog die Haustür hinter sich zu. Einen Moment überlegte er, ob er zu weit gegangen war. Er hatte nicht den Eindruck, daß Rösners Frau mit dem Mord in Zusammenhang stand. Aber sie zeigte sich auch nicht sonderlich kooperativ. Da war ein Schuß vor den Bug sicherlich manchmal gar nicht verkehrt.

9

Silke löffelte den Rest der Tomatensauce auf die oberste Schicht Nudeln, als Brünner in die kleine Küche der Altbauwohnung trat. „Na du?“ rief sie ihm gutgelaunt zu, hielt ihm die rechte Wange zum Kuß hin, während ihre Hände bereits nach dem Berg geriebenen Goudas griffen, der sich neben dem Herd auf einem Holzbrett türmte.

„Gibt’s Lasagne?“ fragte Brünner voller Vorfreude, denn er hatte einen Mordsappetit.

„Ja, aber erst in 45 Minuten.“

„Hoffentlich bin ich bis dahin nicht verhungert.“

„Du hättest ja anrufen können, damit ich weiß, wann du da bist.“

„Das hätte ich“, sagte er. „Es ist aber noch was dazwischen gekommen.“

Sie lachte. „Wann kommt bei dir mal nichts dazwischen?“

„Wenn alle Mörder der Stadt hinter Schloß und Riegel sitzen.“

„Ein frommer Wunsch“, gab sie zurück.

„Das Ziel unserer Arbeit.“ Brünner griff nach der auf dem Kühlschrank stehenden Mineralwasserflasche und goß sich ein Glas voll. „Das wäre doch ein guter Vorschlag für unseren Innensenator: Wir fangen auf der Stelle alle Kriminellen ein, und dann kann er uns Polizeibeamte entlassen. Was meinst du?“ Er schmunzelte. „Die Haushaltssperre wird aufgehoben, weil die Personalkosten wegfallen. Und das Innenressort ist bald saniert.“

„Zu kurz gedacht“, entgegnete Silke.

„Ach ja?“

Sie schob die Lasagneform in den heißen Ofen. „Wenn die Gefängnisse voll sind, braucht der Justizsenator mehr Personal.“

„Das ist vielleicht günstiger als Polizeibeamte.“

„Das mag sein. Aber dafür müssen sie mehr Beschäftigte einsetzen, um einfachste Dinge zu erledigen. Heute stand in der Zeitung, daß man allein drei Beamte benötigt, um im Gefängnis einen Dealer zu überwachen, der vor der Verhaftung ein Drogenpäckchen geschluckt haben könnte. In der Nacht muß alle zehn Minuten jemand nach ihm gucken und ihn wecken, sobald er einschläft. Außerdem müssen immer drei Leute da sein, die in die Zelle kommen, um zu kontrollieren, ob der Mann abgeführt hat. Wer sich anschließend um den Toiletteninhalt kümmert und die Drogen herausfischt, ist hingegen noch gar nicht genau geklärt."

„Welch appetitliches Thema." Brünner kannte diese leidigen Diskussionen innerhalb der Behörden zur Genüge. Immer wieder gab es Dienstvorschriften, die jedem normalen Menschenverstand widersprachen und die für unnötig viel Personalaufwand sorgten. Die Sache mit dem Drogendealer hatte allerdings noch einen anderen Hintergrund. Vor wenigen Wochen war ein Schwarzafrikaner gestorben, als man ihn mit Brechmitteln dazu zwingen wollte, die verschluckten Drogenpäckchen herauszuwürgen. Der Aufschrei der Medien hatte dafür gesorgt, daß der Innensenator auf erzwungene Brechmitteleinsätze vorerst verzichten wollte. Es mußte eine Toilette eingerichtet werden, in der vier Tage lang die Notdurft der mutmaßlichen Dealer kontrolliert wurde. In diesem Rahmen hatte man sich bisher noch nicht geeinigt, wer die Überwachung leiten sollte. Währenddessen, so schrieben die Zeitungen, lachten sich die Drogendealer eins ins Fäustchen. Sie blieben unkontrolliert, wenn sie sich weigerten, freiwillig ein Brechmittel zu nehmen.

Silke war mittlerweile damit beschäftigt, ein Dressing für den Salat zuzubereiten. Wundervoll. Er liebte ihre ausgefallenen Ideen, mit denen sie ganz neue Geschmackswelten schuf. Irgendwie fand Silke immer wieder eine Zutat, die für interessante Nuancen sorgte. Ein Teelöffel Senf, eine Messerspitze Curry. Letztens hatte sie Pesto mit Balsamico, Olivenöl und Oregano gemischt. Herrlich. Salate schmeckten ihm erst richtig, seitdem er Silke kannte.

Neugierig sah er ihr über die Schulter, während sie in einer Schüssel eine grüne Flüssigkeit zusammenmischte, deren Hauptbestandteil Gartenkräuter waren. Diese hatte sie immer gefroren vorrätig, denn an fast jede Speise mischte sie etwas Schnittlauch, Petersilie oder Basilikum.

„Meine Kräuterhexe“, flüsterte er zärtlich. Sie wandte ihm das Gesicht zu. Er sah die Lachfältchen in ihren Mundwinkeln, das Muttermal rechts neben ihrer Nase, die braunen Augen, die sein Vater als Rehaugen bezeichnet hatte, nachdem dieser Silke das erste Mal begegnet war. War das ein Lob? Die beiden verstanden sich jedenfalls prächtig.

„Ich hab dich lieb“, flüsterte er und knabberte an ihrem Ohrläppchen.

„Ich dich auch.“

„Zum Fressen gerne.“

„Nee, besser nicht. Nimm lieber was anderes. Der Salat ist gleich fertig.“

Wenig später saßen sie gemeinsam am Eßtisch. Lea war nur widerstrebend aus ihrem Zimmer gekommen, wo sie Stunden damit verbracht hatte, Zootiere zu zeichnen. Auf dem Fußboden lagen Papierblätter, auf die sie Seehunde, Eisbären, Pinguine, aber auch Schlangen, Eidechsen und Känguruhs gemalt hatte. Die Gehege waren durch Wege verbunden. Es gab einen Spielplatz, einen Streichelzoo mit Ziegen, Schafen und Meerschweinchen, ein Restaurant und ein großes Aquarium, in dem sogar ein Hai schwamm.

„Die sind normal gar nicht gefährlich“, erklärte Lea, während sie mit tomatenverschmiertem Mund die Lasagne aß. „Sie tun dem Menschen nur was, wenn sie Blut schmecken. Dann wissen sie, daß der Mensch verletzt ist und stürzen sich auf ihn.“

„Macht dein Hai das auch?“ erkundigte sich Silke.

„Nein, mein Hai ist dressiert. Der nimmt nur das Futter, das ich ihm ins Becken werfe.“

„Na, dann ist ja gut, und ich muß keine Angst haben.“

Lea lachte. „Du doch sowieso nicht, Mama. Ich paß auf dich auf. Und auf Martin auch.“

Als sie abgedeckt hatten, mußten die Erwachsenen den kompletten Tierpark besichtigen. Dann dauerte es noch eine Weile, bis Lea bettfertig war und das Licht ausgemacht werden durfte.

„Dieses Kind“, seufzte Silke, als sie zu zweit im Wohnraum saßen. „Nur weil sie wissen wollte, was in ihrem Tierlexikon steht, hat sie sich das Lesen beigebracht.“

„Freu dich doch.“ Brünner konnte sich noch gut erinnern, wie lange es bei Kevin gedauert hatte, bis er alle Buchstaben beherrschte.

„Ich freue mich ja auch. Aber ich weiß gar nicht, was Lea in der Schule machen soll, wenn die anderen erst Lesen lernen müssen. Da langweilt sie sich doch.“

„Ach was“, meinte Brünner. „Es gibt mittlerweile einige Kinder, die schon vor der Schule lesen können. Da werden sich die Lehrer was einfallen lassen.“

Silke streckte sich auf dem weichen Wollteppich aus und griff nach der Hand ihres Freundes. „Und bei dir? Seid ihr weitergekommen bei deinem toten Lehrer?“

„Er hat Gift geschluckt.“

„Selbstmord?“

„Nicht auszuschließen. Aber ich glaube es nicht. Wer sich umbringen will, mischt nicht E 605 und Arsenik zusammen, fertigt daraus eine Praline und verzehrt sie.“

„E 605?“ fragte Silke interessiert nach.

Brünner nickte. „Damit hat man früher Schädlinge bekämpft. Beim Versprühen sind gerade in Entwicklungsländern viele Landarbeiter zu Tode gekommen. Deshalb wurde es verboten. Arsenik war vor vielen Jahren auch bei uns als Gift sehr beliebt, weil es geschmacklos ist und sich gut in Flüssigkeiten löst.“

„Ich habe schon mal davon gehört“, sagte Silke. „Hat es nicht in Bremen eine Frau gegeben, die mit dem Zeug mehrere Menschen vergiftet hat?“

„Du meinst die Giftmörderin Gesche Gottfried?“

„Ja, ich glaube, sie hieß so.“

„Gut möglich.“ Brünner dachte nach. Er hatte früher einmal Berichte über die Mordserie gelesen, die Bremen vor fast zweihundert Jahren in Aufruhr versetzt hatte. Die Gesche war eine Frau gewesen, die ahnungslose Ehemänner und Nachbarn umgebracht hatte. Aber hatte sie dazu Arsenik benutzt?

„Gruselig“, murmelte Silke. „Wenn sich Rösner nicht selbst umgebracht hat, dann muß ihm jemand diese Pralinen gegeben haben.“

Brünner nickte. „Genau das ist unser Problem. Wir haben keine Hinweise auf einen Täter. Keine Fingerabdrücke. Keine Spuren von Gewalteinwirkung. Nur eine Zeitungsseite mit Annoncen von Bordellen und Nachtbars, die neben dem Toten lag. So, als ob er gerade überlegt hätte, welches davon er als nächstes besuchen wollte.“

„Na und? Kann das nicht sein?“

„Was weiß ich. Rösners haben diese Zeitung nicht abonniert. Also muß er die Seite von irgendwo herhaben.“

„Vielleicht hatte dein Oberstudienrat ein ausschweifendes Nachtleben. Ein Dr. Jekyll und Mr. Hyde, der sich nach Einbruch der Dämmerung in zwielichtigen Spelunken aufgehalten hat.“

„Wer weiß ... Aber das ist noch lange kein Grund, eines Sonntagmorgens vergiftete Pralinen zu essen, oder? Außerdem würde er es wohl kaum getan haben, wenn er plante, in Kürze ein Nachtlokal zu besuchen.“

„Ich kannte mal eine Frau, die wußte jahrelang nicht, daß ihr Mann ins Bordell ging“, sagte Silke. „Die beiden waren schon fast vierzig Jahre verheiratet. Er war mittlerweile Rentner, und mehrmals im Monat führte ihn sein Vormittagsspaziergang in die Helenenstraße. Danach ging er heim zum Mittagessen.“

„Und wie hat sie’s gemerkt?“

„Ein Nachbar, der gegenüber in der Kneipe saß, hat ihn dort reingehen sehen. Er hat es seiner Frau erzählt, und die hat es dann diskret weitergegeben.“

„Luise Rösner würde bei dieser Nachricht einen Schock fürs Leben erleiden“, sagte Brünner, und als er in Silkes fragendes Gesicht blickte, fuhr er fort. „Offenbar ist sie in einer strenggläubigen christlichen Gemeinschaft. Da dürften Nachtbarbesuche und Kontakte mit Huren keine Begeisterung auslösen.“

„Du meinst, sonst ist es für eine Frau okay, wenn der Mann öfter mal mit einer anderen Frau Sex hat?“ rief Silke empört.

„Natürlich.“ Brünner grinste. „Abwechslung macht das Leben spannender.“

„Es sei denn, man wird danach ausgewechselt.“

„Das wäre ärgerlich.“

„Aber wahrscheinlich.“

„Tja“, seufzte Brünner vernehmlich und schnitt eine Grimasse. „So weit hat uns die Emanzipation jetzt schon gebracht.“ Danach küßte er Silke auf die Nasenspitze und sah sie unschuldig an. „Du mußt nicht alles glauben, was Männer nach einem anstrengenden Arbeitstag sagen.“

Am nächsten Morgen hatte Brünner die Gewißheit, daß Rösner tatsächlich in der Bahnhofsvorstadt einschlägige Lokale besucht hatte. Interessanterweise erfuhr er davon jedoch nicht erst im Polizeipräsidium, sondern am Kiosk, an dem er täglich mit dem Fahrrad vorbeifuhr, um von Silkes Wohnung zu seiner eigenen zu gelangen. Am Zeitungsständer verkündete die BAZ in großen Lettern den zweiten Brandanschlag auf ein Bremer Nachtlokal und knüpfte eine Verbindung zum Tod von Werner Rösner. *Weitere Bar in Flammen. Giftmord an Stammgast* hieß es auf der Titelseite. Darunter stand die Zeile *Polizei befürchtet Rache von militanten Feministinnen.*

Woher hatten die das? Brünner stellte sein Fahrrad ab und kaufte ein Exemplar der Boulevardzeitung. Er hatte zwar wenig Lust, diesen Hetzjournalismus finanziell zu unterstützen, aber er war zu neugierig, als daß er warten konnte, bis er bei der Arbeit war. Der Text enthielt viele Vermutungen. Dem Journalisten war es gelungen, ein altes Photo von Rösner aufzuspüren, das ihn bei der Präsentation eines heimatkundlichen Werkes zeigte. Zudem hatte er offenbar davon erfahren, daß die Polizei in den Nachtclubs ermittelt hatte. Die Wirtin des Lokals Sexy Inn wurde mit den Worten zitiert: „Werner Rösner? Der war regelmäßig bei uns. Ein guter Kunde."

Na, das wird bei seiner Frau Freudenstürme auslösen, dachte Brünner, während er nachdenklich nach Hause fuhr. Ihn wurmte es, daß die BAZ Erkenntnisse zehntausendfach in der Stadt verbreitete, die er als Mordermittler noch gar nicht erfahren hatte. Entweder hatte ein Kollege der Zeitung einen Tip gegeben, oder der Boulevardreporter war zufällig vor Ort gewesen, als man sich in einem der Nachtclubs nach Rösner erkundigt hatte. Offenbar gab es jedenfalls eine Verbindungslinie zwischen dem Oberstudienrat und dem Bremer Rotlichtmilieu. Ein Faden, der zumindest die Möglichkeit bot, sich daran entlangzuhangeln und in eine Richtung weiterzuermitteln. Wie paßten allerdings militante Feministinnen in dieses Bild? Selbst, wenn Rösner regelmäßig Nachtbars besucht hatte, war das kein Grund, ihn umzubringen. Hunderte Bremer Männer – oder waren es sogar viel mehr? – taten täglich das gleiche, ohne behelligt zu werden.

Es mußte noch anderes im Spiel sein, etwas, das den Rahmen sprengte. Eine verborgene Seite im Leben von Werner Rösner. Zum Beispiel Zuhälterei oder Drogengeschäfte. Aber beides paßte so gar nicht zu dem ehrwürdigen Oberstudienrat und Heimatforscher. Konflikte mit einer der Frauen? Schon eher möglich. Es wäre nicht das erste Mal, daß sich ein älterer Herr in eine jüngere Dame verliebte, die ein Geschäft betrieb, das Liebe in der Regel ausschloß, zumindest zu den Kunden. Das Wort Liebesdienerin gehörte zu den meistgehaßten Berufsbezeichnungen bei Huren, hatte es doch mit der Realität nichts gemein. „Sie werden schließlich auch nicht Gesetzesdiener genannt, nur weil sie Verbrecher fangen", hatte eine Prostituierte mal zu ihm gesagt, als er noch Polizeianwärter gewesen war.

Brünner steuerte nach der Ankunft im Polizeipräsidium zuerst die Pressestelle an. Er war einigermaßen mißlaunig, denn er liebte es nicht, aus der Zeitung Dinge zu erfahren, die intern ermittelt wurden. „Habt ihr das rausgelassen?" polterte er, kaum daß er im Büro von Sagemann und Schmidt stand. Die beiden waren auf die Frage gefaßt. Schließlich waren sie die ersten, die morgens den kompletten Überblick über die Medienveröffentlichungen hatten.

„Ruhig bleiben, Martin", antwortete Sagemann, der gerade dabei war, ein Fax abzusenden. „Wir haben nur wie abgesprochen eine Meldung rausgegeben, daß es einen ungeklärten Todesfall in der Feldstraße gegeben hat. Vergiftung. Und daß wir noch ermitteln. Die BAZ hat wie üblich sofort angerufen, aber wir haben nicht mehr rausgelassen, als abgesprochen war."

„Wieso kennen die eine Verbindung zwischen Rösner und den Nachtlokalen?"

„Die schnüffeln doch jede Blutspur ab, wenn sie noch frisch ist", mischte sich Anne Schmidt ein. „Vermutlich haben sie ihre Informanten in der Rotlichtszene. Da sie sowieso gerade mit dem Anschlag beschäftigt waren, haben sie wohl irgendwo aufgeschnappt, daß wir mit dem Rösner-Photo ermitteln."

„Oder sie haben den Polizeifunk abgehört", ergänzte Sagemann.

„Wird Zeit, daß das digitalisiert wird", knurrte Brünner. Seit Jahren wurde über die Einführung der neuen abhörsicheren Technik diskutiert, aber noch immer hatten die Innenminister der Länder keine Entscheidung getroffen, weil die Kosten extrem hoch waren. Mittlerweile war die Polizei technisch deutlich schlechter ausgerüstet, als die organisierte Kriminalität. Zumindest war davon auszugehen.

Er nahm sich die Kopien der Zeitungsartikel aus seinem Fach und bat Sagemann, für elf Uhr die Ermittlungsgruppe zusammenzurufen, damit sie ihre Erkenntnisse bündeln konnten.

Auf seinem Schreibtisch fand er mehrere Notizen vor. Unter anderem von Rainer Lange. Die Befragung der Zeitungsboten hatte nichts ergeben. Ein Mädchen war schon um neun Uhr durch die Feldstraße gekommen, ein Junge gegen zehn Uhr. Beide hatten nichts Auffälliges bemerkt. Der dritte Austräger, ein fünfzehnjähriger Junge, war erst gegen Nachmittag mit den Zeitungen losgelaufen. Eine Verfehlung, die ihm, so stand es auf dem Zettel, vermutlich seinen Job kosten würde.

Auf den anderen Zetteln waren die Ergebnisse der Befragung in den Nachtlokalen zusammengefaßt. In den meisten Lokalen hatte niemand eine Aussage zu Rösner machen können. Auch die Besitzer des Moulin Rouge und des Muschi-Palast hatten angegeben, Rösner nicht zu kennen. Lediglich im Sexy Inn waren die Kollegen fündig geworden. Die Wirtin hatte Rösner gekannt. „Kam mehrmals im Jahr“, hatte Lange ihre Aussage protokolliert. „Rief vorher an und erkundigte sich nach einer Angestellten namens Barbara. Wenn sie da war, kam er abends gegen zwanzig Uhr und ging gegen dreiundzwanzig Uhr wieder.“

Das war doch was! Brünner griff nach dem Telephon und wählte Langes Nummer. Der Kollege war nicht an seinem Platz. Bestimmt war er im Raucherraum. Brünner mied diesen Ort, seitdem er vor vier Jahren mit dem Rauchen aufgehört hatte. Es genügte, sich dort für weniger als eine Minute aufzuhalten, und schon stank die Kleidung den ganzen Tag nach Aschenbecher. Früher, als er selbst geraucht hatte, war ihm das nicht aufgefallen, daß ein Raucher alleine durch seine Anwesenheit in einem Raum von Nichtrauchern schlechtes Klima verbreitete. Raucher stanken aus dem Mund. Jede Hautpore sonderte den Dunst von inhaliertem Teer und Nikotin ab. Ekelhaft. Dennoch war er kein militanter Nichtraucher. Er bedauerte vielmehr die Kollegen, die sich dem Zwang unterwarfen, regelmäßig Gift zu inhalieren. Ein Professor auf der Hochschule für öffentliche Verwaltung hatte damals von Nikotinikern gesprochen. Der Ausdruck traf es genau. Aber damals hatte sich Brünner selbst heftig dagegen gewehrt. Das klang zu sehr nach Alkoholiker oder Junkie, irgendwie nach Krankheit, Elend, Sucht.

Lange hatte gerade seine Zigarette ausgedrückt, als Brünner durch die Tür schaute. „Das war die Erste an diesem Tag“, erklärte er. „Ich will das allmählich reduzieren. Eine morgens, eine mittags und abends beim Bier nicht mehr als drei."

„Viel Glück dabei", sagte Brünner und ließ sich seine Zweifel an dieser Methode nicht anmerken. Bei ihm selbst hatte es nur geholfen, daß er von einem Tag auf den anderen ganz aufgehört hatte.

„Hast du mit dieser Barbara schon gesprochen?" erkundigte er sich, als sie zu ihren Büros liefen. Einen Moment schien Lange zu überlegen, welche Barbara gemeint war, dann fiel es ihm ein. „Nee", sagte er grinsend, „die hatte keine Bereitschaft. Ist wohl erst übermorgen wieder dran."

„Ist sie Prostituierte?"

„Sieht so aus. Auf jeden Fall geht sie ebenso wie ein paar andere Damen im Sexy Inn gegen Geld mit den Herren auf ihr Zimmer. Was interessiert dich an ihr?"

„Rösner hat möglicherweise Geld für sie auf ein Sparbuch eingezahlt", erklärte Brünner. „Ein paar tausend Euro."

Lange pfiff durch die Zähne. „Das klingt ja fast nach Zuneigung zu der jungen Dame."

„Könnte man glauben. Vielleicht hat sich das aber auch mittlerweile ins Gegenteil verkehrt."

„Du meinst, diese Barbara könnte etwas mit Rösners Tod zu tun haben?" Lange sah Brünner überrascht an. „Mensch, daß ich da nicht drauf gekommen bin. Dann hätten wir ja gleich gestern handeln müssen."

„Die BAZ hat so schnell gehandelt."

Lange stöhnte auf. „Die haben diese Barbara und Rösner miteinander in Verbindung gebracht?"

Sein Kollege schüttelte den Kopf. „Nee, so weit sind sie nicht gegangen. Die BAZ vermutet eher, daß autonome Feministinnen sowohl die Nachtbars als auch deren Kunden im Visier haben."

„Vielleicht gibt es da wirklich Verbindungen ..."

„Ich glaube es zwar nicht, aber Yvonne ist ja an der Sache dran." Brünner drückte die Tür zu seinem Büro auf. „Hast du eine Telephonnummer vom Sexy Inn oder am besten sogar von dieser Barbara?"

„Na klar, die Chefin hat mir ihre Handynummer gegeben. Habe ich sie nicht auf die Notiz geschrieben?"

Brünner schüttelte den Kopf. Er griff nach dem Zettel auf seinem Schreibtisch und zeigte ihn Lange.

„Wird sofort erledigt“, rief der schuldbewußt und eilte in sein Büro.

10

Es nieselte, und die Temperaturen waren seit gestern ungewöhnlich stark gestiegen. Am Mittag hatte das Thermometer sieben Grad angezeigt, doch es war kaum hell geworden. Die Stadt lag wie unter einer Dunstglocke, die die Wahrnehmung dumpf werden ließ, jeden Gedanken an Sonne und Lachen erstickte. Irgendwie paßte die Witterung zu ihrer Stimmung. Die Tochter verstand es selbst kaum. Eigentlich hätte es ihr jetzt schon wesentlich besser gehen müssen. Alles war gut gelaufen, sie hatte keine Fehler gemacht. Doch seit der Beerdigung der Mutter am Montag war die Unruhe in ihr nur gewachsen, waren dunkle Wolken durch ihre Gedanken gezogen, die sie in tiefe Depressionen gerissen hatten.

Das Begräbnis hatte in einem würdigen Rahmen stattgefunden. Ihre Mutter war im Familiengrab auf dem Huchtinger Friedhof in kleinem Kreise beigesetzt worden. Wenige Nachbarn, die Frau vom Pflegedienst, die ihre Mutter vor einer Woche aufgefunden hatte, Max und sie hatten Abschied genommen. Am Rand des Grabes stehend und auf den dunklen Holzsarg blickend, hatte sie ihrer Mutter letzte haßerfüllte Gedanken nachgeschickt, während sich in ihren Augen Tränen gesammelt hatten. Sie hatte keinen Dank für das gespürt, was die Mutter ihr gegeben hatte. In ihrer Erinnerung fand sie ohnehin kaum Positives, das sie der Alten zuschreiben konnte. Auch bereute sie nicht, daß die Mutter durch ihre eigene Tat gestorben war. Wer hätte nicht die Hand, die einen seit Jahrzehnten würgte, zurückgestoßen und, um einem erneuten Würgen zu entgehen, den Verursacher ausgeschaltet? Es war ein Akt der Notwehr gewesen.

Max hatte sie am Grab und auf dem Heimweg gestützt, und sie hatte ihn gewähren lassen. Ein wichtiges Kapitel war abgeschlossen. Die Vergangenheit sollte Stück für Stück sterben, während sie das alte Leben Haut für Haut abstreifen konnte.

Zu Hause hatte sie sich in ihr Zimmer zurückgezogen. Sie hatte eine Kerze und Räucherstäbchen angezündet und auf dem Teppich liegend in sich hineingehorcht. Eine namenlose Traurigkeit hatte sie erfaßt. Vielleicht lag es daran, daß sie noch lange nicht am Ende des Weges angekommen war. *Erst, wenn du alle hinter dir gelassen hast, wirst du frei sein.* In diesem Moment hatte sie die Verwandtschaft zur Gesche erneut mit großer Intensität gespürt. Gesche war keine Teufelsbraut, wie viele behauptet hatten, kein dämonisches Höllenwesen. Sie wurde von der Bürgerschaft dazu gemacht. Sie war ein Mädchen aus Bremen, gutaussehend, das den Armen mildtätige Spenden gab, auch wenn sie selbst nicht viel hatte. Aus gesellschaftlichen Ambitionen wurde sie schon früh an einen Sattlermeister verheiratet. *Er betrachtete sie als sein Eigentum, mißhandelte sie immer wieder, warf sie auf den Boden, riß ihr die Kleider vom Körper und stieß ihr seinen Schwanz tief in den Unterleib. Doch niemand wollte davon hören. Keiner wollte ihr helfen.* Gesche hatte ihr Leben nach dieser Erniedrigung selbst in die Hand genommen, war weit vorangeschritten in ihrem Kampf um Freiheit und für ein Leben ohne die Fesseln der Gesellschaft, als man sie entdeckt und öffentlich hingerichtet hatte. Gesche hatte ihr Ziel nicht erreicht, aber sie hatte durch ihren Kampf für Aufmerksamkeit gesorgt. Und nun, lange nach ihrem Tod, hatte sie eine Gleichgesinnte gefunden, die ihre Aufgabe erfüllen und die Sache zu einem guten Ende bringen würde.

Mit diesem Gedanken war es ihr wieder besser gegangen, bis neue Zweifel von ihr Besitz ergriffen hatten. Wer gab ihr die Gewißheit, daß alle diejenigen, die sie aus ihrem Leben entfernen wollte, tatsächlich Ruhe gaben? Sie waren doch auch jetzt immer wieder in ihrem Kopf, kamen wie ungebetene Gäste und peinigten sie mit heißen Nadeln, die tief in ihre Seele stachen. Waren sie vielleicht unsterblich?

„Wir dürfen das nie wieder tun, hörst du. Nie wieder. Es war ein Fehler, für den ich mich entschuldigen muß.“ Dabei sieht er sie kaum an, sein Blick verliert sich hinter ihr. „Es würde meine Zukunft zerstören. Es geht nicht. Wir dürfen nie darüber sprechen. Verstehst du? Niemandem gegenüber ein Wort. Versprichst du mir das?“

Sie nickt schwach, ist noch zu sehr gefangen von dem eben Erlebten, das nicht so einfach ein Ende finden kann.

Er lächelt, als sei eine schwere Last von ihm abgefallen. Warum lächelt er? Weil er sie ausgenutzt hat und nun Sicherheit bekommt, daß sie schweigt. Immer wieder dieses Bild. Seine Mundwinkel hochgezogen. Sie kann seine Schneidezähne sehen. Die Fältchen unter seinen Augen, die buschigen Brauen.

Hör auf zu lachen!

„Unser kleines Geheimnis."

Halt den Mund!

„Etwas, was uns immer verbinden wird."

Wie recht er hatte. Laß mich endlich zufrieden!

Doch er hatte sie nicht losgelassen. Immer wieder war sein Gesicht vor ihr aufgetaucht. Sie hatte nach ihm getreten, aber dabei war nur die Türscheibe zu Bruch gegangen.

Max hatte versucht, sie zu beruhigen. Er hatte nichts verstanden, sondern geglaubt, daß es mit dem Tod ihrer Mutter zusammenhing. Dieser Idiot.

Erneut stand sie vor der Gartenpforte, zögerte kurz, bevor sie den Metallhebel mit dem schwarzen Knauf umlegte. Sie schob die Tür auf, trat hindurch und ließ sie offenstehen. *Es gibt keine Kontrolle mehr.* Sie hatte dennoch Angst. Ihre Mutter war nicht mehr da. Von ihr hatte sie nichts mehr zu befürchten. Aber es gab hier neugierige Nachbarn. Und wer wußte, ob nicht die Polizei durch einen blöden Zufall auf ihre Spur kam.

Schnell lief sie in ihrem dunkelblauen Mantel, der sie nicht nur wärmte, sondern ihrem Körper eine angenehme Unförmigkeit verlieh, den Vorgartenweg hinauf, verharrte vor der Haustür, beschloß dann aber, sie nicht zu öffnen. Statt dessen ging sie über den von Moos durchsetzten Rasen um das Haus herum, blickte durch das Fenster ins Wohnzimmer, in dem noch die Werbeprospekte auf dem Tisch lagen, und gelangte zum Kücheneingang. Von nun an wollte sie das Haus immer durch diese Tür betreten. Es war ihr Haus. Hier wollte sie ihren Frieden finden.

Als sie das Max gesagt hatte, war es zum Streit gekommen.

„Was willst du in dieser alten Hütte?" hatte er sie gefragt. „In diesem Haus draußen vor der Stadt. Von da kommst du ohne Auto nirgendwo hin."

„Ich fahre mit der Straßenbahn und laufe den Rest."

„Wir haben doch hier unser Zuhause."

Nein, es ist kein Zuhause, hatte sie da schon gedacht. Es war vielmehr eine Unterkunft, die sie mit ihm bezogen hatte. Ein Platz des Innehaltens auf dem Weg zu einer selbstgestalteten Zukunft. Diese lag hier. Auf diesem Flecken Land. In diesem Garten, in diesem Haus.

Die Tochter schloß die Tür auf und trat in die Küche. Ihr Blick wanderte über die altmodische Einrichtung. Es würde einiges zu renovieren geben, aber das war kein Problem. Da sie ohnehin selten kochte, benötigte sie auch keine neumodische Küche. Ein wenig Farbe, ein neuer Schrank. Auch der Tisch und die Stühle mußten raus. Sie nahm den Kalender mit dem Eichhörnchenbild von der Wand und warf ihn in den Mülleimer. Dann holte sie die Uhr mit den messingfarbenen Zeigern vom Schrank und stellte sie auf den Küchentisch. Sie tickte nicht mehr, war um zwanzig Minuten nach fünf stehengeblieben. War das nicht die Zeit gewesen, als ihre Mutter auf dem Stuhl zusammengesackt war? Sie versuchte sich zu entsinnen, ob die Uhr noch getickt hatte, als die Mutter leblos dalag, doch sie konnte nur noch das Bild ins Gedächtnis zurückrufen, nicht aber die Geräusche.

Es gab Dinge, die waren nicht mehr wichtig. Die Tochter hob die Uhr auf und ging mit ihr nach draußen. Das Schlagwerk knallte gegen das Holz, noch einmal ertönte ein Gong, als das Gehäuse auf dem Pflaster unter dem Vordach des Schuppens aufschlug. Die Glasscheibe vor dem Zifferblatt ging zu Bruch, die Scherben verteilten sich auf dem Boden.

Sie schob das Glas mit den Füßen zusammen und ließ es achtlos liegen. Dann kehrte sie zurück ins Haus, durchquerte die Küche und gelangte in den Wohnraum. *Alles muß raus. Nichts soll an meine Mutter erinnern. Hier werde ich zu Hause sein. Max wird das akzeptieren müssen. Nicht nur das. Er wird nicht hierher kommen dürfen. Ich will ihn nicht mehr in meiner Nähe. Niemanden.*

Mit jedem Möbelstück, das sie auf den Hof transportierte, ging es ihr besser. Als ob sie sich Teil für Teil von der Vergangenheit befreien würde. Vielleicht ist das der richtige Weg, ging es ihr durch den Kopf. *Du machst einen Frühjahrsputz im Dezember. Bis Weihnachten solltest du dein Haus bestellt haben. Laß diese Stadt leiden, laß diese Menschen leiden, für das, was sie dir und Gesche angetan haben. Danach wird Schluß sein. Schlagartig. Sie werden eine neue Geschichte über eine moderne Gesche schreiben, aber sie werden niemals erfahren, wer es gewesen ist, und daß Gesche in mir weiterlebt.*

Um das zu erreichen, mußte sie schnell handeln. So schnell, daß ihr niemand in die Quere kam. Solange die Menschen da draußen noch nicht wußten, was geschah, konnten sie keinen Verdacht schöpfen, nicht argwöhnisch werden, wenn sie Pralinen geschenkt bekamen oder weißes Pulver in ihrem Essen entdeckten. Heute morgen hatte zwar in der BAZ ein großer Artikel über Werner Rösner und seine Verbindung zu diesem Nachtclub gestanden. Aber sie hatten nicht erwähnt, welches Gift zum Tode geführt hatte. Sicherlich wußte die Polizei schon lange, daß sie Arsenik benutzt hatte. Offenbar gab es aber Gründe, das zu verschweigen.

Ob sie das auch beim nächsten Opfer machen würden?

Es drängte sie danach, diese Frage beantwortet zu haben. Auf ihrer Liste gab es weitere Namen. Kurz entschlossen verließ sie das Wohnzimmer, durchquerte die Küche und trat auf den Hof. Sie würde morgen wiederkommen. Jetzt hatte sie zu tun.

11

Brünner befuhr mit einem Dienstwagen den Fly over in Richtung Walle, einer Gegend, in der zur Zeit der großen Werften viele Arbeiterfamilien gewohnt hatten. Er ließ den Sendeturm rechts liegen, überquerte mehrere Kreuzungen auf der Heerstraße und bog dann in ein Viertel ein, das aus kleinen, schmucklosen Reihenhäusern bestand.

Barbara lebte in einem grau verputzten Haus ohne Vorgarten. Während die gesamte Fassade eher schäbig wirkte, sah es im Erdgeschoß hinter den Fenstern einladend aus. Auf der Fensterbank leuchtete ein Ständer mit elektrischen Kerzen, bunte weihnachtliche Aufkleber schmückten die Scheiben, und im Fenster ganz rechts stand ein aus Stroh gefertigtes Rentier.

Hier wohnt eine Frau, dachte Brünner, als er auf die Tür zuging. Soweit er das beurteilen konnte, fanden zwar viele Männer Weihnachtsschmuck ganz dekorativ, sie fühlten sich aber in den seltensten Fällen verantwortlich, das Fenster zu schmücken. Ihm ging es ja nicht anders.

Die Frau, die er besuchen wollte, hieß Barbara Grunau. Sie hatte ihr Handy den ganzen Morgen noch nicht angeschaltet, so daß er jetzt auf gut Glück bei ihr auftauchte. Auf sein Klingeln öffnete eine Frau, die er ohne seine Vorkenntnisse niemals ins Rotlichtmilieu eingeordnet hätte. Barbara Grunau war klein und zierlich, hatte schulterlange hellblonde Haare und freundlich blickende blaue Augen. In der Nase trug sie einen rot glitzernden Stein. Ihr Alter schätzte er auf Mitte zwanzig. Auf dem einen Arm trug sie einen Jungen, der vielleicht gut ein Jahr alt sein mochte und nur mit einer Windel und einem orangefarbenen Shirt bekleidet war.

„Ich hoffe, ich störe nicht“, entschuldigte sich Brünner bei diesem Anblick.

„Das hängt davon ab, was Sie wollen“, antwortete die Frau und sah ihn fragend an.

„Ich heiße Martin Brünner und bin Kriminalbeamter.“

„Aha, und Sie sind wegen Werner Rösner hier, stimmt’s?“

„So ist es“, sagte Brünner. „Darf ich Ihnen ein paar Fragen stellen?“

„Es wird sich wohl nicht vermeiden lassen“, antwortete sie, lächelte aber und hielt die Tür auf. „Vorher muß ich dem Kleinen etwas überziehen.“

Brünner folgte ihr durch einen schmalen Flur, der durch Jacken an der Wandgarderobe und einem darunterstehenden Kinderwagen noch enger geworden war. Barbara Grunau deutete auf ein Zimmer zur Rechten, während sie die Treppe ins Obergeschoß hochstieg. „Nehmen Sie dort Platz. Ich komme gleich.“

Schon der erste Blick zeigte Brünner, daß in diesen Räumen nicht nur ein Kleinkind wohnte. Vor der Heizung lagen Legosteine auf dem hellen Wollteppich, daneben standen ein Kinderkassettenrecorder und ein Spielkaufmannsladen mit Kasse und gefüllten Regalen. Offenbar lebte hier ein weiteres Kind im Alter von vier bis sechs Jahren. Die Kleinen hatten ein gemütliches Zuhause, zumindest vermittelte das der erste Eindruck. Viel Holz, helle Stoffe, funktionale Möbel. Dazu geschmackvolle Weihnachtsdekoration.

„Ich habe vergeblich versucht, Sie auf dem Handy zu erreichen“, sagte Brünner ohne Vorwurf in der Stimme, als Barbara in den Wohnraum trat.

„Ja, das tut mir leid. Wenn ich zu Hause bin, möchte ich nicht gestört werden.“ Sie lächelte und legte ihr Kind auf ein weiches Schaffell auf dem Boden. „Wenn Sie auf die Mailbox gesprochen hätten, dann hätte ich bestimmt zurückgerufen.“

„Dafür war es mir zu eilig.“

Sie nickte. „Darf ich Ihnen etwas zu Trinken anbieten?“

„Nein danke. Ich störe auch nur kurz.“ Brünner sah sich um. „Schön haben Sie es hier.“

„Ja, ich versuche, es uns so nett wie möglich zu machen.“

„Entschuldigen Sie die indiskrete Frage: Haben Sie einen Mann?“

„Dient die Frage Ihren Ermittlungen?“

„Nein, keineswegs“, sagte Brünner. „Ich war nur neugierig. Andererseits muß sich ja jemand um Ihre Kinder kümmern, wenn Sie arbeiten.“

„Ich habe nur ein Kind – und ein Tageskind zur Betreuung. Es ist heute nicht hier. Wenn ich arbeite, bringe ich Joshua zu meinen Eltern. Dort hat er es gut.“

„Wissen Ihre Eltern, wo Sie arbeiten?“

„Sie wissen, daß ich in einer Bar aushelfe.“ Sie griff nach einer Pakkung Zigaretten auf dem Tisch, zog eine heraus und wollte sie anzünden. Da fiel ihr ein, daß das Kind im Zimmer war. Schnell steckte sie die Zigarette zurück in die Schachtel.

Brünner spürte, daß sie nervös war. Möglicherweise wußte sie, was in der Zeitung stand. Bestimmt hatte die Chefin des Sexy Inn sie schon gestern abend angerufen. „Wie oft hatten Sie Kontakt zu Werner Rösner?“ fragte er weiter.

„Immer dann, wenn er in die Bar kam.“

„Und wie oft war das?“

Sie dachte einen Moment nach, schloß dabei die Augen. „Das war meistens einmal im Monat. Zeitweise auch öfter, manchmal blieb er aber auch länger weg.“

„Wenn er kam, dann wollte er immer mit Ihnen zusammen sein?“

„So war es wohl.“ Sie fuhr sich mit den Fingern durch die Haare, wich Brünners Blick aus.

„Wann haben Sie ihn das erste Mal getroffen?“

„Oh, das weiß ich nicht mehr.“

„Versuchen Sie sich zu erinnern.“

„Das muß jetzt mehr als drei Jahre her sein“, überlegte sie. „Ja, ich glaube, es war im Sommer 2001.“

„Er kam einfach so herein?“

„Ich weiß es nicht. Ich war hinten in meinem Zimmer, als er die Bar betrat. Er saß dann an einem Tisch in der Nähe der Theke. Zwei Kolleginnen kümmerten sich um ihn. Doch er schien kein großes Interesse zu haben. Da hat die Chefin mich zu ihm geschickt.“

„Als Geheimwaffe?“

„Das klingt gefährlich.“

„Aber auch anerkennend."

Sie nickte und lächelte, ohne daß es eingebildet wirkte. Jetzt entschied sie sich doch, eine Zigarette anzuzünden. „Ich hoffe, es stört Sie nicht."

„Mich nicht", erklärte Brünner. „Aber ihren Joshua ..."

„Es ist eine Ausnahme. Ich lüfte gleich." Sie inhalierte den Qualm tief, blies ihn wieder aus. „Was ist mit Werner, mit Herrn Rösner, geschehen?" fragte sie dann.

„Jemand hat ihn mit Arsenik vergiftet."

„Wie schrecklich."

Brünner nickte. „Ja, ein schmerzhafter Tod. Wann war er das letzte Mal bei Ihnen?"

„Vor etwa drei Wochen", kam ihre Antwort überraschend schnell.

„Haben Sie damals irgend etwas Außergewöhnliches bei ihm bemerkt?"

Sie schüttelte den Kopf.

„Gab es in der Bar Probleme oder Ärger, als er da war?"

Sie drückte die halb aufgerauchte Zigarette im Aschenbecher aus. „Nein, da war nichts", sagte sie, stand auf und öffnete das Fenster auf Kipp.

„Werner Rösner hat Geld auf ein Sparbuch gezahlt – für eine Barbara. Könnten das Sie gewesen sein?"

Sie sah ihn überrascht an. „Geld? Für mich?"

„Er hat Ihnen davon nichts erzählt?"

Sie zögerte kurz, dann gab sie sich einen Ruck. „Er hat mir nicht direkt etwas von Geld gesagt", begann sie. „Aber er hat mehrmals gemeint, daß er mir helfen müßte. Wissen Sie, er fand es nicht gut, daß ich in dieser Bar arbeitete. Als dann noch Joshua kam, meinte er, daß ich mit meinem Job aufhören sollte. Doch ich wollte davon nichts hören, und dann hat er meistens nichts mehr dazu gesagt."

„Wissen Sie eigentlich, wo er wohnte?"

„Nein. Wozu sollte ich? Das gehört nicht zu unserem Geschäft. Er war ein lieber älterer Herr, der etwas verwöhnt werden wollte. Keine besonderen Ansprüche, keine Schwierigkeiten, und gezahlt hat er immer gut."

„Er war verheiratet."

„Das soll vorkommen."

„Hat er irgendwann mal von seiner Frau gesprochen? Vielleicht, daß er Probleme mit ihr hatte."

„Nein, nie." Sie sah nachdenklich aus dem Fenster, zupfte ein paar welke Blätter von einem rot blühenden Weihnachtsstern ab und warf sie in den Aschenbecher. Dann sah sie Brünner an. „Doch, einmal hat er erzählt, daß seine Frau keinen Sex mehr wolle."

„Hat er gesagt, warum?"

„Sie hatte keine Lust mehr. Aber ist das nicht meistens der Grund, warum verheiratete Männer zu uns kommen?"

„Ich weiß nicht", sagte Brünner. „Vielleicht bin ich nicht alt genug, um diese Frage beantworten zu können."

„Mag sein."

„Kommen vorwiegend ältere Männer ins Sexy Inn?"

Sie sah ihn mit spöttischem Gesichtsausdruck an. „Glauben Sie nicht, daß Ihr Alter nicht vertreten ist. Viele Männer sehnen sich nach jüngeren Frauen. Und wenn sie diese nicht mehr auf dem normalen Wege bekommen, kaufen sie sich eben welche. Immer noch besser, als sich gewaltsam an Frauen zu vergreifen, oder?"

„Damit haben Sie wohl recht." Brünner klappte sein kleines Notizbuch zu. „Sie haben mir sehr geholfen." Er zog eine Karte mit seiner Telephonnummer hervor. „Sollte Ihnen noch etwas zu Werner Rösner einfallen, dann rufen Sie mich bitte an."

„Das ist tragisch", sagte sie. „So ein angenehmer Mann. Wenn er in meinem Alter gewesen wäre", sie lächelte, „und wenn er kein Kunde gewesen wäre, dann hätte ich mich glatt in ihn verlieben können."

„Verlieben gehört nicht zu Ihrem Beruf."

„Nein, streng verboten." Sie erhoben sich beide. „Mein Name wird hoffentlich nirgendwo genannt", sagte sie. „Es wissen nicht viele, wo ich arbeite."

„Wir werden nichts verraten", antwortete Brünner. „Aber seien Sie auf der Hut vor den Journalisten. Die haben gestern schon bei Ihrer Chefin gebohrt."

„Deshalb ist das Handy ausgeschaltet."

„Vielleicht besser so." Brünner reichte ihr die Hand. „Wie gesagt, wenn Ihnen noch etwas Wichtiges einfällt, melden Sie sich."

„Dienstlich oder privat", fragte sie mit einem schelmischen Grinsen, nachdem sie auf die Karte gesehen hatte. „Hier stehen beide Nummern."

„Wenn es mit der einen nicht klappt, können Sie ausnahmsweise die andere nehmen", antwortete er lächelnd. „Bei der privaten könnte es aber passieren, daß mein Sohn dran ist."

Als Brünner in den Wagen stieg, fragte er sich, was Barbara Grunau dazu brachte, im Nachtclub ältere Herren zu befriedigen. Spaß konnte das ja wohl kaum machen. Aber was wußte er schon über die persönliche Situation dieser Frau?

Brünner erwachte um 5.45 Uhr durch ein ungewohntes Geräusch, das sich zuerst in seinen Traum eingeschlichen hatte, dann aber nicht zu den dortigen Geschehnissen paßte. Sofort wurde er in die Realität geworfen und rätselte, nun wach, was der merkwürdige Ton sein könnte, der regelmäßig aus dem Wohnzimmer zu ihm herüber drang. Sein Handy! Offenbar hatte Kevin den Klingelton verändert.

Jetzt herrschte Stille, doch Brünner wußte, daß er sein mobiles Diensttelephon nicht ignorieren durfte. An normalen Tagen hatte er in Bereitschaft zu sein, auch wenn der Kopf dröhnte und die Nacht nicht allzulang gewesen war. Als er die Decke zurückschlug und durch das kalte Schlafzimmer stakste, ging ihm der vergangene Abend wieder durch den Kopf. Gut, daß er nicht so viel getrunken hatte. Dennoch hatten Cord Kramer und er lange in der Kneipe gesessen und sich unterhalten. Was die Liebe betraf, hatte sich bei dem Freund noch nichts verbessert. Offenbar war seine Angebetete Angela weiterhin der Meinung, daß sie solo oder zumindest ohne Cord ein schöneres Leben führte.

Auch im Wohnraum war es kalt. Ungewöhnlich kalt, denn das Heizungsventil stand auf Stufe drei, was etwa zwanzig Grad Raumtemperatur zur Folge haben sollte.

„Mistwinter", fluchte Brünner, während er zu seiner Jacke eilte, die er vor gut vier Stunden achtlos über den Sessel geworfen hatte. Der Geruch kalten Zigarettenrauches drängte ihm entgegen, als er die Jacke anhob und in der Tasche nach seinem Handy suchte. Zuerst fand er sein Diensttelephon. Das aber war ausgestellt – warum auch immer. Also konnte nur sein privates Handy geklingelt haben. Da war es. Auf dem Display leuchtete *Ein Anruf in Abwesenheit*, und die Nummer war unzweifelhaft vom KvD.

Wenn er um diese Uhrzeit angerufen wurde, war es etwas Ernstes. Deshalb rief Brünner sofort zurück. Kollege Lubow von der Nachtbereitschaft war dran: „Tut mir leid, daß ich dein Privathandy angerufen habe, Martin. Aber auf dem dienstlichen hatte ich nur die Mailbox."

„Muß wohl vergessen haben, es anzuschalten", murmelte Brünner, doch Lubow achtete gar nicht darauf: „Wir haben einen Notruf bekommen. Ein Angler hat am Werdersee eine Wasserleiche gefunden."

„Weiß man schon mehr?"

„Nicht viel. Es soll sich um einen alten Mann handeln. Vielleicht einer der Obdachlosen, die da übernachten."

„Am Werdersee?"

„Ja, die zelten da manchmal."

„Aber nur im Sommer." Brünner hatte die Gruppe schon mehrmals bei seinen Spaziergängen beobachtet. Der Zeltplatz lag in der Nähe einer Fußgängerbrücke. Es sah dort oft aus wie auf einer Müllkippe. Abends wurde ein Lagerfeuer angezündet, das weitere Penner aus der Umgebung anzog. Aber bis auf Gegröle und Hundegekläffe ging es dort in der Regel friedlich zu.

„Haben wir eine Vermißtenanzeige vorliegen?"

„Nichts, was passen würde."

„Ich fahre gleich hin. Alarmiere bitte die Tatortgruppe."

„Wird gemacht. Es ist schon eine Streife draußen. Der gerichtsmedizinische Dienst ist auf dem Weg."

Brünner nickte stumm, dann legte er auf. Bevor er losfuhr, brauchte er unbedingt einen starken Tee, um richtig wach zu werden. Außerdem mußte er nachsehen, wieso die Heizung nicht angesprungen war. Das Thermometer auf seinem Schreibtisch zeigte elf Grad an, entschieden zu wenig, um sich einigermaßen wohlzufühlen. In der Küche öffnete er die Tür der Therme. Das Bereitschaftslicht war erloschen, der Wasserstandsanzeiger stand unter Minimum.

Ich hätte das vor der Heizperiode prüfen müssen, dachte Brünner mit schlechtem Gewissen. Aber nicht nur das hätte er tun sollen, wie er sehr wohl wußte. Die letzte Inspektion des Gerätes hatte er vor drei Jahren in Auftrag gegeben, obwohl der Mietvertrag eine jährliche kostenpflichtige Kontrolle verlangte.

Mehrmals drückte Brünner den Bereitschaftsschalter, doch jedesmal erklang nur ein Geräusch, das dem eines Automotors ähnelte, dessen Batterie den Geist aufgegeben hatte.

Ich werde heute abend Wasser nachfüllen, nahm sich Brünner vor. Gleichzeitig ahnte er aber, daß damit die Therme noch nicht wieder einsatzfähig wurde. Vermutlich mußte er den Klempner anrufen und sich Vorhaltungen machen lassen, daß er mit der Inspektion so lange gewartet hatte, bis nichts mehr ging. Wahrscheinlich war die Reparatur zudem teurer als die dreimalige Wartung. Und wenn er ganz viel Pech hatte, ließ sich die Therme noch nicht mal auf die Schnelle wieder in Gang setzen. Mißgelaunt schloß Brünner die Klappe. Er würde von der Arbeit aus bei einem Klempner anrufen und am besten schon im Vorgespräch beichten, daß er es mit der regelmäßigen Wartung nicht so genau genommen hatte.

Nebel hing in den Straßen. Selbst hier in der Stadt mit den vielen Laternen konnte man kaum weiter als dreißig Meter sehen. Brünner schaltete den Scheibenwischer auf Intervall, weil sich immer wieder Tropfen auf der Windschutzscheibe bildeten. Die Stelle, an der die Wasserleiche gefunden worden war, ließ sich offenbar nicht direkt mit dem Wagen anfahren. Der Werdersee, an dessen Ufern im Sommer viele Angler ihr Glück versuchten, war auf der in Richtung Innenstadt gelegenen Seite nur über ein ausgedehntes Parzellengebiet zu erreichen, dessen Wege oft zu schmal für Autos waren. Brünner bog kurz vor der Weserbrücke auf die Werderstraße ab, fuhr am Planetarium und der Hochschule für Nautik vorbei, passierte den wuchtigen Backsteinbau des Wasserturmes, den die Bremer wegen ihres Aussehens auch die „umgedrehte Kommode" nannten, und rätselte, wo er seinen Wagen abstellen sollte. Von hier führten mehrere Wege zum Werdersee. Aber welchen davon sollte er laufen? Er rief bei Lubow an und erfuhr, daß er schon zu weit gefahren war. Also drehte er wieder um und nahm dann die erste Straße nach links, die in ein Wohngebiet führte.

Die Szenerie am Werderseeufer wirkte im Nebel gespenstisch. Nur schemenhaft waren die Fahrzeuge sichtbar, verschwommene Gestalten bewegten sich im Dunst. Unbeteiligte hätten vermuten können, daß hier Kriminelle am Werk waren, die im Schutz des frühen Morgens Drogen übergaben oder Frauenhandel organisierten. Glücklicherweise gab es im Augenblick keine unerwünschten Gäste, keine Spaziergänger mit Hund oder gar Boulevardreporter mit Kamera. Brünner bemerkte, daß der Gerichtsmediziner offenbar direkt über den Deich an die Fundstelle herangefahren war. Harald Behnke war im Dienst, ein drahtiger aber kleinwüchsiger Mann Ende Fünfzig mit rotblondem Schnauzbart und verschmitzt funkelnden Augen. Unwillkürlich mußte Brünner bei ihren Treffen immer an Asterix, den Gallier denken, Behnke fehlte allerdings der Helm. Er trug an diesem Morgen eine rotblau gestreifte Pudelmütze mit Bommel.

„Wir sind mal wieder deutlich zu spät", sagte er, nachdem sie sich begrüßt hatten.

„Kann man schon Genaueres sagen?"

„Zu diesem Zeitpunkt nichts Exaktes. Der Mann lag eine Weile im Wasser, bevor wir ihn rausgezogen haben. Mehrere Stunden. Das hat die Analmessung ergeben. Der Körper ist komplett ausgekühlt, teilweise hat die Totenstarre eingesetzt."

„Irgendwelche Besonderheiten?"

„Schlecht zu beurteilen", sagte Behnke. „Gewalteinwirkung ist auf den ersten Blick nicht festzustellen."

„Das heißt, er könnte auch ausgerutscht und ins Wasser gefallen sein?"

„Ja, gut möglich. Das müssen wir im Institut klären."

„Okay, nachher, wenn die Tatortgruppe mit dem Typ durch ist." Brünner ging zu der Leiche, die mit einem Tuch bedeckt am Ufer des Sees lag. Er zog den Stoff zur Seite und blickte in das aufgedunsene Gesicht eines alten Mannes. Es wirkte ungepflegt. Um den Mund sprossen Bartstoppeln, die deutlich älter als einen Tag zu sein schienen. Der Mann war sicherlich weit über siebzig Jahre alt. Er hatte graue Haare und buschige Augenbrauen. Der Kleidung nach zu urteilen, gehörte er aber nicht zu den Obdachlosen, die im Sommer am Ufer kampierten. Er trug Kunststoff-Anglerhosen, hohe Stiefel und einen dicken grünen Bundeswehrparka.

Brünner deckte das Tuch wieder über den Toten und richtete sich auf. Er spürte Gänsehaut an Armen und Beinen, die nichts mit der feuchten Kälte zu tun hatte. Wasserleichen hatten für ihn auch nach vielen Jahren der Ermittlungsarbeit etwas Unheimliches. Die Vorstellung, in eiskaltem Wasser zu ertrinken, gegen den Sog zu kämpfen, der einen unerbittlich nach unten zog, war so grausam, daß es ihn schaudern ließ. Es gab Nächte, da wachte er schweißgebadet auf, weil er genau das in seinen Träumen erlebt hatte: Der Sturz ins Wasser, dann ein massiger

Körper, der ihn mit Gewalt nach unten drückt. Er strampelt, kämpft, schnappt vergeblich nach Luft, er möchte schreien, doch es kommt nur ein Gurgeln aus seinem Mund. Er sinkt tiefer, Schwärze umschließt ihn, dann verliert er das Bewußtsein.

Brünner versuchte, diese Gedanken abzuschütteln. Er wandte sich dem Streifenwagen zu, in dem der Angler auf die Vernehmung wartete. Da sah er Rainer Lange über den Deich kommen. Der Kollege war noch unrasiert, was selten vorkam. Dafür war er bereits mit Stiefeln und wetterfester Kleidung ausgerüstet. Sie besprachen sich kurz. Brünner bat Lange, eine Truppe zusammenzustellen, die das Werderseeufer in Richtung Badestrand absuchte. Die Strömung war hier nur mäßig, so daß die Leiche nicht allzuweit getrieben sein konnte. Spuren am Ufer würden ihnen Aufschlüsse darüber geben, wie der Mann in das Wasser gelangt war.

Ein weiteres Auto fuhr vor. Sabine Bode und ein Kollege kamen den Abhang hinunter. Beide hatten gelbe Regenkleidung übergestreift. Sie ahnten vermutlich, daß der Aufenthalt am See nicht in einer halben Stunde erledigt sein würde.

Brünner spürte die kühle Feuchtigkeit durch seinen Mantel kriechen, außerdem war die Nässe in seine Schuhe gedrungen. Der Zeuge im Streifenwagen blickte ihm unsicher entgegen, als die Tür geöffnet wurde. Im Inneren des Autos war es wenigstens warm, die Scheiben waren beschlagen.

Der Kommissar sah sofort, daß er einen Osteuropäer vor sich hatte. Irgendwie erkennt man diese Menschen an ihrer Kleidung und ihrem Gesicht, dachte er. Zudem wußte er, daß viele Rußlanddeutsche am Werdersee versuchten, mit dem Fischfang ihr Einkommen etwas zu verbessern oder die Familie zu ernähren.

„Martin Brünner. Mordkommission“, begrüßte er den Mann auf der Rückbank, während er auf dem Beifahrersitz Platz nahm. „Sprechen Sie Deutsch?“

Der Mann nickte. „Ein klein wenig.“

„Wie heißen Sie?“

„Boris Jovicz.“

„Sie haben den Toten gefunden?“

Der Mann nickte erneut.

„Wann war das?“

Jovicz sah auf seine Uhr. „Um 5.20 Uhr."

„Was tun Sie hier um diese Zeit?"

„Angeln."

„Haben Sie einen Angelschein?"

Der Mann zuckte zusammen. Es war klar, daß er auf diese Frage gewartet hatte. Er schüttelte den Kopf.

„Na ja", sagte Brünner. „Da sollen sich andere drum kümmern." Er lächelte. „Was kann man denn hier zu dieser Jahreszeit überhaupt fangen?"

„Karpfen und Hechte."

„Und da macht es Sinn, schon so früh am See zu sitzen?"

Jovicz nickte, dachte einen Moment nach und fügte hinzu: „Es ist schön ruhig hier."

„Ja, bis einem still und leise eine Wasserleiche entgegengeschippert kommt." Brünner räusperte sich. „Erzählen Sie, was geschehen ist."

Jovicz schien ein wenig Vertrauen zu dem Kommissar gefaßt zu haben. Er berichtete in brüchigem Deutsch, wie er mit dem Fahrrad zum Werdersee gefahren war und am Ufer seinen Platz vorbereitet hatte. Doch bevor er die Angel überhaupt ins Wasser geworfen hatte, war ihm aufgefallen, daß ein großes Bündel im Uferbereich trieb. Mit einem Stock und seiner Taschenlampe hatte er zu ergründen versucht, was da vor ihm lag und dann in das Gesicht des Toten geblickt. „Ich wollte schnell weg, weil ich hier ja nicht angeln darf", sagte er. „Dann habe ich aber doch beschlossen, mit dem Handy die Polizei zu rufen."

„Das war sehr klug von Ihnen", sagte Brünner. „Ist Ihnen sonst etwas aufgefallen? Haben Sie hier Menschen beobachtet?"

Jovicz schüttelte den Kopf.

„Wann waren Sie das letzte Mal hier?"

„Gestern morgen."

„Sie sitzen immer an der gleichen Stelle?"

„Ja, das ist mein Stammplatz hier."

„Gibt es da Streit mit anderen Anglern?"

Jovicz sah Brünner verständnislos an, so daß der Kommissar konkretisierte. „Machen Ihnen andere Angler diesen Platz streitig?"

„Nein, da gibt es keine Probleme. Der See ist ja groß genug."

„Eine letzte Frage: Haben Sie den Toten schon mal gesehen?"

Der Rußlanddeutsche überlegte einen Moment. „Ja“, begann er dann zögernd. „Es kann sein. Ich glaube, er angelt immer am Nachmittag hier in der Nähe.“ Er deutete stadtauswärts. „Aber wir haben nie miteinander gesprochen.“

„Warum?“

Die Augen des Mannes verengten sich ein wenig. „Er hat wohl etwas gegen Ausländer.“

„Gab es da mal Schwierigkeiten?“ hakte Brünner nach. „Streit, Schlägereien?“

„Ich weiß von nichts“, antwortete Jovicz und hob abwehrend die Hände. „Ich glaube, er redet nur nicht mit uns. Er ist auch immer alleine da. Er gehört nicht zu uns.“

„Na schön.“ Brünner kletterte aus dem Auto. Er öffnete die hintere Tür und ließ den Angler aussteigen. „Wir melden uns vielleicht noch mal bei Ihnen. Vielen Dank für Ihre Hilfe.“

Der Mann sah ihn unsicher an, offensichtlich unschlüssig, ob er tatsächlich gehen durfte. „Und das mit dem Angeln ...?“

„Das ist mir egal.“ Brünner lächelte. „Für heute ist auf jeden Fall der Fischfang an dieser Stelle beendet.“

Etwa eine Stunde später traf Brünner in seinem Büro ein. Er war durchgefroren, und als er in sein gut beheiztes Zimmer trat, fiel ihm ein, daß sich die Temperatur in seiner Wohnung vermutlich dem Gefrierpunkt näherte. Einen Klempner anzurufen, hatte er aber jetzt keine Zeit. Sie mußten schnellstmöglich klären, wie sie ihre weitere Arbeit aufteilen wollten. Zwei Brandanschläge, ein vergifteter Oberstudienrat und eine Wasserleiche, das bedeutete, daß die Mordkommission am Rande des Leistbaren arbeitete. Zwar bestand das K 31 aus zwanzig Mitarbeitern für verschiedenste Aufgabengebiete, doch im Regelfall waren nie mehr als vierzehn gleichzeitig im Dienst. Wenn die Ermittlungen noch umfangreicher zu werden drohten, würden sie auf Dauer nicht mit dieser Personalstärke hinkommen. Es blieb nur zu hoffen, daß der Unbekannte am Werdersee den Freitod gewählt hatte, oder vielleicht im schlammigen Untergrund weggerutscht war. Ein Unfall. Dann konnten sie den Mann zu den Akten legen. Aber leider sah es nicht unbedingt danach aus.

Lange und die Kollegen hatten schnell, knapp dreihundert Meter vom Leichenfundort entfernt, den Platz gefunden, wo der Angler sein Lager aufgeschlagen hatte. Neben einem Hocker und einem großen aufgeklappten Regenschirm hatte ein Rucksack mit Wasserflasche und Proviant gestanden. Damit war die Wahrscheinlichkeit, daß es sich um einen Freitod handelte, enorm gesunken. Warum sollte sich ein Selbstmörder etwas zu Essen und zu Trinken mitnehmen? Das war völlig absurd und ließ zwei Schlüsse zu: Entweder war der Mann auf dem morastigen Uferbereich ausgerutscht, oder jemand hatte ihn ins Wasser gestoßen. In beiden Fällen hätte er aber die Möglichkeit gehabt, um Hilfe zu schreien oder sich schwimmend in Sicherheit zu bringen. Zumindest für eine kurze Zeit, denn das Wasser war nur wenige Grad warm. An der Böschung hatten sie keinen Hinweis darauf gefunden, daß der Mann versucht hatte, ans Ufer zu gelangen. Möglicherweise hatte ihn die Kraft schon sehr schnell verlassen. Andererseits hatte Sabine Bode angemerkt, daß einem Menschen bei einer Wassertemperatur von null Grad durchaus mehrere Minuten zur Rettung blieben, bevor die wichtigsten Körperfunktionen wegen der Kälte ausfielen.

Warum stürzt ein Angler in einen See? Aus Unachtsamkeit? Brünner saß an seinem Tisch und sah hinaus. Der Nebel hatte sich mittlerweile verzogen, der Blick auf den ehemaligen Kasernenhof war dennoch trostlos.

Der Mann, den sie gefunden hatten, schien regelmäßiger Angler gewesen zu sein. Das hatte nicht nur Boris Jovicz bestätigt, darauf deuteten auch die Schutzkleidung und die professionelle Ausrüstung hin. Lange war selbst Hobbyangler. Er hatte die Geräte untersucht und gemeint, daß sich nicht jeder Petrijünger ein solches Equipment leisten könnte. Doch wer geübt ist, rutscht nicht am Ufer aus. Und wenn es ihm dennoch passiert, dann weiß er, wie er wieder an Land kommt.

Brünner seufzte. Bisher wußten sie ja noch nicht mal, wann der Mann gestorben war. War es schon gestern abend gewesen oder erst gegen Mitternacht? War das Opfer lebendig gewesen, als es im Wasser gelandet war oder hatte irgend jemand eine Leiche in den See geworfen? Alles Fragen, die geklärt werden mußten. Die Spurensicherung war noch draußen, um festzustellen, ob es verdächtige Schuhabdrücke oder dergleichen gab.

In der Küche brühte Brünner sich einen Tee auf und zog ein belegtes Brötchen aus dem Automaten. Offenbar war es noch von gestern. Der Goudakäse war an den Rändern trocken, das Brötchen dagegen war labberig weich. Was half es? Er hatte Hunger.

Zurück im Büro suchte er die Nummer des Heizungsbetriebes aus dem Telephonbuch, der die letzte Wartung in seiner Wohnung vorgenommen hatte. Am anderen Ende der Leitung empfing ihn eine gereizt klingende Frauenstimme, die ihm wenig Hoffnung machte, daß heute noch jemand nach seiner Heizung sehen würde: „Sie sind bereits der fünfte Anrufer, dessen Therme ausgefallen ist."

„Aber es muß doch irgendwo einen Notdienst geben."

„Wir haben einen Notdienst", kam die Antwort. „Aber da gehen die Leute vor, die bei uns einen Wartungsvertrag abgeschlossen haben."

Brünner erkundigte sich, was ein Wartungsvertrag kosten würde, sagte dann aber angesichts des ihm astronomisch hoch erscheinenden Preises, daß er es sich noch mal überlegen würde. Anschließend versuchte er bei zwei weiteren Betrieben sein Glück. Vergeblich. Alle verfügbaren Klempner waren im Einsatz. Als ob in ganz Bremen gleichzeitig die Heizungsanlagen ausgefallen waren.

Als Brünner erneut in die Teeküche kam, füllte der Lieferant gerade den Lebensmittelautomaten mit neuer Ware auf. Der Kommissar orderte zwei frische Brötchen, bevor sie ins Fach gelangten und nahm diese mit ins Büro. Wenn das so weitergeht, überlegte er, sollte ich dem Bäcker einen Auftrag erteilen, daß er jeden Morgen drei belegte Brötchen auf meinem Schreibtisch deponiert. Vielleicht bekomme ich sie im Abo ja günstiger. Er war noch nicht mit dem Essen fertig, als sein Telephon klingelte. „Unsere Leiche dürfte einen Namen bekommen haben", sagte Büntemeyer. „Hermann Suhling aus dem Buntentorviertel. 75 Jahre alt. Seine Frau hat sich soeben bei uns gemeldet."

„Wieso erst jetzt?"

„Die Gute scheint ein wenig verwirrt zu sein. Möglicherweise hatte sie vorher noch gar nicht bemerkt, daß ihr Mann nicht heimgekommen war. Die Vermißtenbeschreibung klingt ziemlich ähnlich. Außerdem wollte Hermann Suhling gestern nachmittag zum Angeln an den Werdersee."

„Dann dürfte er es tatsächlich sein."

„Ja, ich habe gleich einen Streifenwagen hingeschickt, damit die Frau unsere Wasserleiche in der Gerichtsmedizin identifizieren kann. Danach kommen sie hierher.“

Knapp zwei Stunden später klopfte Lars Petersen, ein junger Beamter, der erst seit wenigen Wochen bei der Kripo war, an die Tür und kündigte Renate Suhling an. Als Brünner ihr die Hand schüttelte, wußte er sofort, daß sie vor wenigen Minuten ihren Mann hatte identifizieren müssen. Ihre Gesichtshaut war aschfahl, ihre Blicke irrten unsicher im Raum umher. Ihre Hände zitterten und waren kalt.

„Es tut mir leid für Sie“, sagte er und bot ihr einen Platz vor seinem Schreibtisch an.

Sie nickte fast unmerklich, setzte sich und klammerte sich an eine braune abgewetzte Stofftasche auf ihrem Schoß. Den Blick hob sie kaum.

Brünner sah die Frau prüfend an. Sie schien älter zu sein, als ihr Mann. Aber vielleicht wirkte das auch nur so, weil Renate Suhling sehr klein gewachsen war und wegen eines Buckels nicht gerade sitzen konnte. Ihre Haare waren schlohweiß und hinten zu einem Dutt zusammengefügt. Das Gesicht zeigte tiefe Falten, unter den hellblauen Augen hingen Tränensäcke. Am auffälligsten aber waren die Hände. Die Fingernägel waren schlecht geschnitten oder abgebrochen und schienen an manchen Fingern aus mehreren Schichten zu bestehen. Es sah aus, als habe sich schon seit Jahren ein Pilz darunter breitgemacht, der niemals behandelt wurde. Brünner nahm sich vor, gleich nach dem Gespräch seine Finger zu desinfizieren. Er selbst achtete sehr auf gepflegte Fingernägel, betrachtete sie als Visitenkarte eines Menschen. Und hier vor ihm, das war deutlich zu sehen, saß ein Mensch, der nur noch schwer alleine fur sich sorgen konnte.

„Wir werden alles daran setzen zu klären, warum Ihr Mann gestorben ist“, begann Brünner und versuchte dann behutsam, mehr über das Leben von Renate und Hermann Suhling zu erfahren. Das Gespräch verlief schleppend, weil die alte Dame ihn oft akustisch nicht verstand und Schwierigkeiten zu haben schien, einen klaren Gedanken zu fassen. Als Brünner Petersen bat, die Frau nach Hause zu bringen und dafür zu sorgen, daß sich ein Mitarbeiter des sozialpsychiatrischen Dienstes um die alte Dame kümmerte, war er zu der Einsicht gekommen, daß das

Ehepaar Suhling einen recht ereignislosen Lebensabend verlebt hatte. Verheiratet waren die beiden seit 48 Jahren. Sie hatten zwei Töchter, von denen eine in Hessen und die andere in München lebte. Hermann Suhling hatte in jungen Jahren den Obst- und Gemüseladen seines Vaters übernommen und ihn geführt, bis er 65 Jahre alt geworden war. Renate Suhling war Hausfrau gewesen und hatte nur ab und zu im Geschäft ausgeholfen. Nachdem Suhling den Laden vor zehn Jahren für immer geschlossen hatte, weil es keinen Nachfolger gab, waren die beiden ins Buntentorviertel in eine günstige Zweizimmerwohnung gezogen. Schon seit seiner Jugendzeit hatte Hermann Suhling geangelt. Im Ruhestand war er fast täglich am Werdersee gewesen und hatte stundenlang am Ufer gehockt.

„Er hat ständig etwas mit nach Hause gebracht. Hechte und Barsche. Er hat sie schon am See ausgenommen, und ich habe sie gebraten", hatte die alte Frau erzählt. Weil er oft bis spät in der Nacht am See gesessen habe, sei sie gestern wie üblich alleine ins Bett gegangen. Am Morgen habe sie gemerkt, daß er noch nicht da war, und als er auch nach dem Frühstück nicht aufgetaucht war, habe sie erst die Tochter in München und dann die Polizei angerufen.

„Hatte ihr Mann Ärger mit anderen Leuten?" hatte Brünner gefragt.

Renate Suhling hatte ihn verständnislos angesehen.

„Gab es jemanden, mit dem er sich nicht verstand? Vielleicht bei den Anglern?"

Sie wiegte den Kopf hin und her wie ein Tier, das lange in der Gefangenschaft lebte. Hospitalismus, dachte Brünner.

„Woher soll ich das wissen?" fragte sie verbittert. „Ich war nie dort. Der See war sein Reich."

„Und sonst? Hatten Sie Probleme mit Nachbarn, oder gab es Streit mit den Kindern?"

„Was wollen Sie von meinen Kindern?" stammelte sie ängstlich und verstummte.

„Gar nichts, Frau Suhling. Es gab also keine Probleme?"

Sie schüttelte den Kopf.

„Aber vielleicht haben Sie bei Ihrem Mann Veränderungen festgestellt. War er nervös, brauste er schnell auf, hatte er Angst?"

Abermals schüttelte sie den Kopf.

Später saß Brünner nachdenklich an seinem Tisch. Er hatte nicht erwartet, daß die alte Frau ihm wertvolle Hinweise geben konnte. Offenbar war Hermann Suhling bei bester Gesundheit gewesen. Er nahm keine Medikamente, hatte nie einen Herzinfarkt oder einen Schlaganfall erlitten. Ihnen blieb eigentlich nur die Hoffnung, daß die gerichtsmedizinische Untersuchung den Tod erklärte oder die Befragung am Werdersee Auffälligkeiten zu Tage förderte.

Am Morgen des 3. Dezember 2004 – es war ein Freitag – gab es zwei Vorfälle, die Brünners Planungen über den Haufen warfen. Das erste Ereignis war, daß sich bereits um sieben Uhr telephonisch ein Heizungsinstallateur für neun Uhr ankündigte. Brünner rief im Präsidium an und teilte mit, daß er heute später kommen würde. Dann verbrachte er die Wartezeit damit, die Zeitung zu studieren und in der Küche aufzuräumen. Der Kurier hatte die Werdersee-Leiche zum Aufmacher des Lokalteils gemacht. Ein Photo zeigte die Stelle, an der Hermann Suhling ins Wasser gestürzt war. Im Hintergrund sah man Taucher, die den Uferbereich absuchten. Vergeblich, wie mittlerweile bekannt war, denn bis auf den üblichen Müll von sommerlichen Grillveranstaltungen hatten sie nichts gefunden. Der Bericht war seriös verfaßt und gab im Großen und Ganzen den derzeitigen Ermittlungsstand wieder. Wichtig war, daß die Redaktion den Zeugenaufruf veröffentlicht hatte. Vielleicht, so die Hoffnung der Kriminalpolizei, hatte jemand am Abend eine Auseinandersetzung am Ufer des Sees beobachtet.

Der Klempner war bereits um 8.50 Uhr da. Er sah den alten Serviceaufkleber in der Tür der Therme, nickte vielsagend und machte sich ans Werk. Zwanzig Minuten später wußte Brünner, daß der Wärmetauscher defekt und der Siphon völlig verstopft war. Zumindest das Letztere hatte mit mangelnder Wartung zu tun und wurde dazu fuhren, daß der Vermieter eine finanzielle Beteiligung an der Reparatur einforderte.

Auf dem Weg ins Präsidium sinnierte Brünner darüber nach, wie eine Reparatur, deren Materialwert bei überschlägig etwa dreihundert Euro lag, am Ende siebenhundert Euro kosten konnte. Inklusive Wartung, wie der Klempner nach der ersten Bestandsaufnahme geschätzt hatte. Es stimmt etwas nicht in Deutschland, wenn die Löhne so hoch sind, daß kaum jemand einen Handwerker bezahlen kann, dachte Brünner. Jeder wartet immer länger mit Reparaturen, weil es so teuer ist. Die Wirtschaft und das Handwerk klagen, daß niemand mehr investiert. Aber wie soll man investieren, wenn nichts da ist?

Der zweite Vorfall, der Brünners Pläne durcheinanderbrachte, war der Anruf von Thomas Alberts aus der Gerichtsmedizin. „Ich habe gehört, daß die Werderseeleiche in deinen Aufgabenbereich gesunken ist", begann er das Gespräch. „Wobei ich ziemlich sicher sagen kann, daß der Mann sich nicht freiwillig ins Wasser begeben haben dürfte."

„Erzähl", sagte Brünner ungeduldig.

„Hermann Suhling hat noch kurze Zeit gelebt, als er in den See fiel. Er hat Wasser in der Lunge, und vermutlich hat er vergeblich versucht, ans Ufer zu kommen. Allerdings wird sein Leiden kurz gewesen sein, weil ihn aufgrund heftiger Krämpfe schnell die Kräfte verlassen haben dürften." Alberts machte eine Pause. „Interessant ist in diesem Zusammenhang auch, daß Hermann Suhling kurz vor seinem Tod Alkohol zu sich genommen hat."

Brünner horchte auf. Er zog sich schnell einen Block heran. „Alkoholvergiftung?" fragte er und hoffte gleichzeitig, daß er gleich ein Problem weniger am Hals hatte.

„Nein, nicht ursächlich."

„Mach es doch nicht so spannend."

„Na gut", Alberts lachte. „Arsenikvergiftung. Offenbar hat der Mann kurz vor seinem Tod ein alkoholisches Getränk zu sich genommen, in dem Arsenik war und vermutlich auch Parathion. Wir konnten die Gifte sowohl in seinem Rachenraum als auch im Magen nachweisen."

Arsenik und Parathion! Diese Aussage löste bei Brünner ein mittelschweres Beben aus. Gab es zwischen Hermann Suhling und Werner Rösner einen Zusammenhang?

„Die Kombination von Arsenik, Parathion und hochprozentigem Alkohol ist äußerst ungewöhnlich", fuhr Alberts fort. „Auch früher war es nicht üblich, Arsenik in Flüssigkeit zu lösen. Wobei festzustellen ist, daß es sich vorzüglich in Alkohol löst. Herauszufinden, warum der gute Mann solch einen Drink zu sich genommen hat, ist jetzt deine Aufgabe."

Brünner nickte. Einen Moment lang war er kaum in der Lage, einen logischen Gedanken zu fassen. Er fühlte sich überfordert. Warum muß gerade mir so etwas widerfahren, dachte er, besann sich dann aber auf die Routinefragen. Er erfuhr, daß der Gerichtsmediziner keine Spuren von Gewalteinwirkung gefunden hatte. Ein Hämatom am Oberschenkel war vermutlich schon älteren Datums, am Ellenbogen hatte Alberts eine kleine Schürfwunde entdeckt, die aber nicht von einem Kampf zeugte. Der Todeszeitpunkt lag mit großer Wahrscheinlichkeit zwischen achtzehn und neunzehn Uhr am Mittwochabend. Hermann Suhling war offenbar regelmäßiger Trinker und starker Raucher gewesen, was Leber und Lunge deutlich zeigten. Ansonsten gab es keine Auffälligkeiten.

Wir haben einen Giftmörder in der Stadt, dachte Brünner. Alles sieht danach aus, daß er gezielt Menschen, vielleicht gezielt Männer, mit Arsenik und E 605 umbringt. Und es würde mich nicht wundern, wenn es sich bei dem Mörder um eine Frau handelt.

Gesche Gottfried kam ihm in den Sinn. Was, wenn eine neue Gesche in der Hansestadt ihr Unwesen trieb? Irgendeine Verrückte, die ihre Opfer auf die gleiche bestialische Weise vergiftete wie ihre Vorgängerin.

Sie mußten schnell handeln. Es war höchste Zeit, daß die Ermittlungsgruppe zusammenkam. Es gab viel zu überdenken und zu diskutieren. Plötzlich erschienen der Mord an Rösner und die Brandanschläge auf Nachtlokale in einem ganz anderen Licht.

Als sie im Sitzungsraum versammelt waren, faßte Brünner die bisher gewonnenen Erkenntnisse zusammen und ließ auch seine Gedanken daran, daß sie es hier mit einer Nachahmerin der Gesche Gottfried zu tun haben könnten, nicht aus.

„Wie lange ist die eigentlich schon tot?“ fragte Büntemeyer.

„Fast zweihundert Jahre“, meinte Yvonne Lentz.

„War sie nicht die letzte Frau, die in Bremen hingerichtet wurde?“

„Ja, deshalb gibt es den Spuckstein am Dom.“

Es brach eine Diskussion aus, was die Gesche damals überhaupt getan hatte, aber bis auf die Tatsache, daß sie Verwandte und Bekannte mit Arsenik umgebracht hatte, wußten sie eigentlich nicht viel über die Frau. Brünner beschloß, sich so schnell wie möglich ein Bild davon zu machen. Er wollte gleich nach der Sitzung seinen Vater anrufen, der sich, seitdem er Pensionär war, intensiv mit Bremer Heimatgeschichte befaßte.

„Wie bekommt man überhaupt Arsenik und E 605? Das kann doch keiner normal im Laden kaufen“, fragte Lentz.

„Vielleicht kriegst du es in Apotheken.“

„Ja, aber auch nur, wenn das in ein so genanntes Giftbuch eingetragen wird", erklärte Büntemeyer. „Da kommt keiner so leicht ran und schon gar nicht unerkannt."

„Es sei denn, er stiehlt das Gift. Oder er ist Apotheker", warf Lange ein.

Brünner nickte. „Das wäre möglich. Die Stoffe könnten auch aus einem Labor, zum Beispiel in der Universität, gestohlen worden sein. Wir müssen herausbekommen, ob irgendwo Arsenik oder E 605 entwendet wurde. Gleichzeitig müssen wir wissen, wo das Zeug hergestellt wird und wer so was bestellen darf. Daß Renate Suhling ihrem Mann solch einen Giftcocktail gemischt hat, können wir ausschließen. Die alte Dame macht nicht den Eindruck, daß sie dazu in der Lage wäre. Aber vielleicht hatte Luise Rösner Zugang zu solchen Stoffen."

Sie beratschlagten weiter, wer noch an hochgefährliche Gifte gelangen konnte, drehten sich dabei aber im Kreise. Dann stellte Brünner die Frage, die ihn und die anderen in den nächsten Stunden am meisten beschäftigen würde. „Haben wir es hier mit einem Serientäter zu tun, der möglicherweise schon in den kommenden Tagen erneut zuschlägt, oder gibt es nur diese zwei gezielten Morde?"

Es herrschte Schweigen. Allen war klar, daß sie über den Täter bislang gar nichts wußten. Er tauchte aus dem Verborgenen auf, verabreichte seinem Opfer Gift und verließ, ohne auch nur Fingerabdrücke zu hinterlassen, den Tatort. Ein Phantom, das nach einem unsichtbaren Plan handelte und sicher sein konnte, in einer Stadt wie Bremen mit über einer halben Million Einwohnern unerkannt zu bleiben, wenn es keine Fehler machte.

„Wir müssen herausfinden, warum beide Männer sterben sollten", sagte Brünner. „Es muß eine Verbindung geben, die wir jetzt noch nicht sehen. So etwas wie einen Fahrplan. Dann werden wir möglicherweise erkennen, wo die Spur des Mörders hinführt."

Kurz bevor sie auseinandergingen, kam Anne Schmidt aus der Pressestelle ins Zimmer. Sie berichtete, daß mehrere Zeitungen nachgefragt und drei Fernsehteams Interviewwünsche angemeldet hatten.

„Fragt sich nur, was wir denen berichten sollen", überlegte Brünner laut und schaute zu Staatsanwalt Oliver Kutzop. „Können wir die Giftsache rauslassen?"

„Wir warten damit noch", antwortete der. „Morgen ist früh genug."

„Na schön, dann erzählen wir das gleiche wie gestern und daß wir weiter ermitteln."

„Wann?" fragte Schmidt.

„Nach dem Mittagessen, nein, später. Um sechzehn Uhr", sagte Brünner. „Ich brauche noch ein wenig Zeit zur Vorbereitung." In jedem Fall wollte er vorher mit seinem Vater telephoniert haben und gemeinsam mit Lange Renate Suhling einen Besuch abstatten. Sie mußten einen roten Faden finden, der die beiden Toten verband. Und er wollte mehr über diese Gesche wissen, die Frau, die im 19. Jahrhundert eine ganze Stadt in Aufruhr versetzt hatte.

Das Lokal, in dem er sich mit seinem Vater traf, war nach Brünners Geschmack für ein einfaches Mittagessen, das zudem nicht lange dauern durfte, etwas zu edel. Es war ein Syrer am Hillmannplatz. Sein Vater hatte ihn vorgeschlagen, weil er lange schon nicht mehr dort gewesen war. Bevor sie sich an einen der Tische setzen konnten, wurden sie zu gepolsterten Schemeln in einer Nische in Nähe des Eingangs gebeten. Sie bekamen einen Tee serviert. Das Gebräu roch und schmeckte nach Zimt und gab Brünner das Gefühl, in ein Märchen aus Tausend und einer Nacht versetzt worden zu sein. Zumindest riecht es wie Weihnachten vor dreißig Jahren, dachte er und wünschte sich einen Moment lang zurück in die Zeit, in der er sich nicht mit zwei Morden hatte befassen müssen und die Welt ein Stück besser gewesen war. War sie es wirklich? Wohl kaum. Schlaglichtartig kamen ihm der Vietnamkrieg, Terroristenterror, Berufsverbote und ausufernde Straßenschlachten bei einer Rekrutenvereidigung in den Sinn. Alles Geschehnisse, die er als Kind oder Jugendlicher nur aus der Entfernung wahrgenommen hatte, die aber nicht gerade auf paradiesische Zustände in der Vergangenheit hindeuteten.

„Viel zu tun?" Sein Vater sah ihn prüfend an. Brünner nickte und fuhr sich mit der Hand über das Gesicht. Am Kinn war er schlecht rasiert, dabei hatte er heute morgen genügend Zeit für die Toilette gehabt. „Im Augenblick kommt es ziemlich dick", sagte er. „Du hast es wahrscheinlich in der Zeitung gelesen."

„Selbstverständlich. Doch da steht vermutlich nur ein Teil von dem drin, was dich beschäftigt."

„Ja, und die Sache ist komplizierter, als zuerst gedacht." Brünner wollte gerade auf die Gesche zu sprechen kommen, als ein Ober zu ihnen trat, um sie zu einem liebevoll dekorierten Tisch am Fenster zu führen. Auf der Platte waren rote Linsen zu einem kunstvollen wellenförmigen Muster zusammengeschoben worden. Daneben standen jeweils zwei Gläser, die Speisekarten wurden mit einer Verbeugung gereicht.

„Ich wüßte gerne einiges zu Gesche Gottfried", begann Brünner, als sich die Bedienung abwandte. Sein Vater sah ihn erstaunt an. Offenbar überlegte er kurz, einen Scherz zu machen, wie: Mit solch lange zurückliegenden Morden beschäftigt ihr euch noch?, aber er hielt sich zurück und fragte: „Was genau?"

„Na ja, was für eine Frau sie war. Wie viele Menschen sie umgebracht hat. Warum sie das tat. Und ob irgendein System hinter ihren Morden steckte."

„Das ist einiges." Der Vater faltete die Hände und dachte einen Moment nach. Brünner kannte diesen Moment des Sammelns. Er bewunderte seinen Vater dafür, daß er ungeheures Wissen abspeichern und sehr schnell abrufen konnte. Leider hatte er von diesem Talent nur wenig geerbt.

„Gesche Gottfried wurde am 6. März 1785 zusammen mit ihrem Zwillingsbruder Johann in Bremen geboren", begann Rolf Brünner mit einer Datensicherheit, als würde er aus einem Lexikon vorlesen. „Der Vater war Schneidermeister, die Mutter Wollnäherin. Die Familie lebte in ärmlichen Verhältnissen in einem kleinen Haus am Jakobi-Kirchhof." Er unterbrach seinen Vortrag, nickte dem Ober zu, der den Wein in einer kleinen Karaffe brachte und stilvoll wenige Schlucke ins Glas einfüllte. „Später sind sie in die Pelzerstraße gezogen, also in beste Citylage, wenn man das vom heutigen Standpunkt betrachten würde. Dort wohnte damals das Bürgertum. Vater Gottfried konnte sich das neue Domizil vermutlich gerade so leisten. Gesche ist erst dadurch in wohlhabendere Kreise gekommen, daß sie Johann Gerhard Miltenberg heiratete, einen Sattlermeister, der in der Pelzerstraße ein großes Wohnhaus mit Werkstatt besaß. Ihr Mann war auch der erste, den Gesche mit Arsenik vergiftete. Das war, wenn ich mich recht erinnere, etwa sieben Jahre nach der Hochzeit."

„Ein schöner Dank für den gesellschaftlichen Aufstieg."

„Ja, aber Rücksicht hat Gesche vermutlich nie genommen, wenn man den Aufzeichnungen Glauben schenken darf."

„Woher hat sie denn das Arsenik bekommen?" fragte Brünner.

„Offenbar von ihrer Mutter. Damals konnte man das Zeug noch problemlos erhalten. Es wurde in geringen Dosen als Stärkungsmittel eingesetzt und natürlich zur Schädlingsbekämpfung. Mit dem Gift tötete sie in kurzer Zeit ihren Vater, die Mutter und ihre drei Kinder, in dem sie Arsenik auf Butterkuchen strich oder in Limonade auflöste. Später folgten ihr Bruder und dann wohl noch ihr zweiter Ehemann. Schließlich ging Gesche das Gift aus. Jahrelang verzichtete sie darauf, Menschen zu töten. Bis sie offenbar aus einem Zeitungsartikel von sogenannter Mäusebutter erfuhr, einer Mixtur aus Schmalz und Arsenik, die man in jedem Gemischtwarenladen kaufen konnte. Kurz darauf starb Gesches Verlobter."

Brünner mochte es kaum glauben. „Da muß doch mal jemand Verdacht geschöpft haben, wenn ihr alle Männer wegsterben."

Sein Vater nickte. „So war es wohl auch. Schnell war man der Meinung, daß die Gesche nur Unheil über die Menschen bringt, die in ihrer Nähe leben. Es gab Leute, die vermuteten, daß sie Gift benutzte, aber keiner hat es überprüft. Offenbar hat Gesche auch sehr vielen Menschen nicht tödliche Dosen verabreicht. Sie schien regelrecht in einen Wahn verfallen zu sein, schmierte Mäusebutter auf Zwieback, gab sie in Salate und Suppen oder bestrich Schinken damit. Erst 1828 zeigte ein Hausmitbewohner, dem Gesche Gift gegeben hatte, seinem Arzt eine merkwürdige Substanz auf einem Streifen Speck. Der entdeckte, daß es Arsenik war, woraufhin Gesche verhaftet wurde."

Auch beim Essen erzählte der Vater weiter über das, was er über die sonderliche Frau wußte, die 1831 auf dem Domshof hingerichtet worden war. Brünner versuchte, möglichst alles zu behalten, die Auskunft, die er sich am meisten erhofft hatte, bekam er jedoch nicht: Ein Motiv für die vielen Vergiftungen. Offenbar hatte Gesche wahllos vor sich hingemordet. Niemand war vor ihr sicher gewesen, weder Verwandte noch gute Freunde oder Angestellte.

Wie ein Schicksalsengel, dachte Brünner, als er zurück ins Präsidium fuhr. Ein Todesbote, der unerkannt und frei agieren kann. Dabei war ihm trotz des leckeren Essens sehr unbehaglich im Magen zu Mute. Ihn störte die Parallele. Auch der Täter oder die Täterin, nach der sie suchten, verbarg sich im Schutz der Menge. Wie sollte man eine solche Person finden? Das ging nur, wenn sie einen Fehler machte oder durch ungewöhnliche Lebensführung auffiel. Eine Verrückte, die ihren Mitmenschen durch absonderliches Verhalten verdächtig vorkam. Dafür, einen solchen Menschen ausfindig zu machen, könnten sie die Medien brauchen. Denn wie anders sollten sie hier in der Stadt eine Spur finden? Andererseits war klar, daß ihnen eine Flutwelle von Hinweisen drohte auf Menschen, die ihren Mitbürgern nicht ganz geheuer waren, und sei es nur, weil sie sich unkonventionell kleideten oder nicht jeden zweiten Tag das Unkraut im Vorgarten zupften.

Wo war der rote Faden? Auch, nachdem er mit Rainer Lange den Besuch bei Renate Suhling absolviert hatte, hielten sie ihn nicht in der Hand. Das Gespräch mit der alten Dame war außerordentlich schwierig gewesen. Sie schien zeitweise unter Orientierungslosigkeit zu leiden. Zudem wies sie große Erinnerungslücken auf, was die jüngere Vergangenheit betraf.

„Immerhin gibt es eine Gemeinsamkeit zwischen den beiden Toten", sagte Lange, als sie wieder auf dem Heimweg waren. „Suhling hat jahrelang seinen Gemüseladen in Bremen-Grolland betrieben, und Rösner hat dort bis 1972 an der Schule unterrichtet."

Brünner nickte. „Sie könnten sich begegnet sein."

„Ja, und sie könnten beide ihren späteren Mörder kennen."

„In solch einem kleinen Ortsteil wäre das nicht unwahrscheinlich. Aber das ergibt noch keinen Grund, warum sie sterben mußten."

„Nein", sagte Lange. „Ich stelle ja auch nur fest, daß es die erste Gemeinsamkeit ist, die wir bei den Opfern entdeckt haben, neben ihrem Geschlecht und der Tatsache, daß sie verheiratet und nicht mehr ganz jung waren."

„Wissen wir, warum Rösner 1972 die Schule gewechselt hat?" fragte Brünner.

„Ja, er hat sich woanders um eine höher dotierte Stelle beworben. Sagt zumindest seine Frau."

„Keine besonderen Vorkommnisse an der alten Schule?"

Lange sah ihn erstaunt an. „Meinst du, daß da irgendwas gewesen ist?"

„Könnte ja sein. Disziplinarmaßnahmen, Streit, Versetzungen oder so. Ach, was weiß ich ..." Brünner fiel es schwer, sich vorzustellen, daß bei seinem ehemaligen Lehrer Absonderliches geschehen sein sollte, aber es ging hier nicht um seine privaten Ansichten.

„Hm, ich kümmere mich darum", sagte Lange. Sie befuhren die Schwachhauser Heerstraße und hatten es nun nicht mehr weit bis zum Polizeipräsidium. „Es wird ja wohl nicht so schwer sein, an seine Personalakte zu kommen. Fragt sich nur, wo die gehortet werden, wenn die Leute schon lange aus dem Dienst ausgeschieden sind."

Der Konferenzsaal war heute ungewöhnlich gut gefüllt. Als Brünner den Flur hinunterlief, begegneten ihm diverse Tontechniker und Helfer, die mit Scheinwerfern in der Hand das gleiche Ziel wie er hatten. Offenbar waren diesmal nicht nur die regionalen Medien anwesend. Auch alle größeren Privatsender hatten Kamerateams geschickt.

Wie ein Heuschreckenschwarm, der von Feld zu Feld zieht, dachte Brünner. Immer dort sein, wo es was zu Fressen gibt. Wenn alles abgegrast ist oder woanders ein größeres Fressen wartet, fliegen sie wieder ab, oft genug Zerstörung hinter sich lassend.

Das Geschäft mit den Medien war nicht nur schwierig, sondern auch zweischneidig. Einerseits brauchte die Polizei die Unterstützung der Massenmedien, um Druck zu erzeugen und neue Spuren aufzudecken. Andererseits waren insbesondere die Boulevardjournalisten oft lästig, weil sie nur das verkaufen konnten, was schillernd oder blutbeschmiert war. Zur Not wurde dafür noch etwas nachgeholfen, dachte man sich weitere Sachverhalte oder schlimmere Verletzungen aus, damit die Geschichte wenigstens für einen Aufmacher oder Exklusivbericht reichte.

Bernd Sagemann hatte die Meute im Griff. Der Pressereferent eröffnete die Konferenz und bat Brünner um eine kurze Darstellung des Sachverhalts. Anschließend kamen die erwarteten Fragen nach einem Zusammenhang zwischen den beiden Todesfällen. Brünner arbeitete auch diese routiniert ab, ohne auf die Arsenikfunde in Suhlings Körper einzugehen, bis ein junger Mann mit kurzgeschorenen, rötlichblonden Haaren die Hand hob. „Stimmt es, daß beide Männer vergiftet wurden?"

„Das kann ich nicht bestätigen", antwortete Brünner kurz angebunden und musterte den Journalisten, den er noch nie vorher gesehen hatte. Er trug ein auffällig kariertes Sakko und eine gepunktete Fliege, sein Gesicht war mit Sommersprossen übersät. „Bei Werner Rösner hat die

Gerichtsmedizin eine Arsenikverbindung sowie Parathion in Magen und Rachenraum nachgewiesen. Das haben wir Ihnen bereits mitgeteilt."

„Und woran ist Hermann Suhling gestorben?" hakte der junge Mann nach.

Brünner sah zu Kutzop, doch der zeigte keine Regung. Sie würden bei ihrem ursprünglichen Fahrplan bleiben. „Es sieht alles nach einem Tod durch Ertrinken aus. Ob Suhling durch Fremdverschulden oder durch einen Unfall ins eiskalte Wasser gefallen ist, wissen wir noch nicht mit letzter Sicherheit. Ich muß Sie da um Geduld bitten."

„Kein Gift?"

„Kein Kommentar."

„Aber es wird auch nicht ausgeschlossen."

„Herr Hirrling", mischte sich nun Bernd Sagemann ein. „Ich denke, daß die Aussage zum jetzigen Zeitpunkt genügen sollte."

Der Mann wandte sich lächelnd ab, wobei er den linken Mundwinkel seltsam hochzog, und notierte sich etwas in seinen Block.

Der Typ weiß Bescheid. Von irgendwem hat er etwas gesteckt bekommen, dachte Brünner. Es gab immer undichte Stellen bei der Polizei oder der Gerichtsmedizin, so daß findige Journalisten von finanzstarken Blättern Wege fanden, an Informationen zu gelangen.

Als Brünner den Konferenzraum verließ, erkundigte er sich bei Sagemann nach Hirrling. Die Antwort überraschte ihn nicht. Der Mann war extra aus Hamburg herbeordert worden und arbeitete für die BAZ. „Das ist einer der Bluthunde, die überall eingesetzt werden. Sondereinsatzkommando des Boulevards", erklärte Sagemann. „Das letzte Mal hatten wir ihn beim Torso-Mord hier. Aber da haben sie ihn schnell wieder abgezogen, weil eine Schießerei auf St. Pauli dazwischenkam."

„Dann hoffen wir doch, daß möglichst fix woanders etwas Schlimmes geschieht", versuchte es Brünner mit Galgenhumor. Er betrat sein Büro und hörte bereits Telephonklingeln. Am anderen Ende meldete sich Norbert Hirrling. „Tut mir leid, daß ich Sie noch einmal belästigen muß", sagte er, und Brünner sah in Gedanken, wie er dabei den Mundwinkel hochzog.

„Woher haben Sie meine Nummer?"

„Das tut jetzt nichts zur Sache."

„Oh doch", Brünner spürte, daß er sauer wurde. „Ich möchte nicht ständig bei der Arbeit von Journalisten angerufen werden. Dafür haben wir unsere Pressestelle und Konferenzen, bei denen Sie alles fragen können."

„Wo Sie aber nicht alles beantworten." Der Journalist ließ sich nicht beeindrucken. „Ich werde einen Teufel tun, inmitten der Kollegen Fragen zu Dingen zu stellen, die nur ich weiß."

„Aha." Brünner versuchte, seiner Stimme einen spöttischen Ton zu verleihen. „Sie sind also als Auswärtiger besser informiert als die heimischen Kollegen?"

„Ich tue mein Bestes", kam die Antwort. „Was sagen Sie überhaupt dazu, daß heute mehrere Menschen in Bremen mit Vergiftungserscheinungen ins Krankenhaus eingeliefert wurden?"

„Davon weiß ich nichts."

„Ah so. Mal wieder in Unkenntnis. Nun gut, dann würde ich Ihnen empfehlen, daß Sie sich kundig machen. Wer weiß, ob da nicht Arsenik im Spiel ist – wie bei Rösner und Suhling."

Brünner hörte, wie die Verbindung abgebrochen wurde. Im ersten Moment wollte er losstürmen, um Hirrling am Verlassen des Polizeipräsidiums zu hindern. Doch der Mann saß mit Sicherheit schon irgendwo in seinem Auto und hatte mit dem Handy telephoniert. Er wußte, daß sie bei Suhling Arsenik gefunden hatten. Woher? Und was hatte er gesagt? Weitere Vergiftungen? In Bremen? Ebenfalls Arsenik? Schlagartig mußte er wieder an die Gesche denken. Gleichzeitig hatte er das Gefühl, daß der Boden unter ihm zu wanken begann.

Das war der Moment, vor dem er sich seit der Trennung von Bettina gefürchtet hatte. Der Ernstfall am Freitagnachmittag. Der Augenblick, in dem die Ermittlungen eine unerwartete Wende nahmen, sich verselbständigten und schnelles Handeln erforderlich machten. Die Situation, in der er sich unmöglich um seinen achtjährigen Sohn kümmern konnte, in der er eventuell das ganze Wochenende unterwegs sein würde, um Kriminelle zu jagen. Er mußte Bettina darüber informieren. Schnellstmöglich. Sie würde es vielleicht verstehen, daß so etwas mal passieren konnte. Aber Kevin würde maßlos enttäuscht sein, nachdem sie schon vergangenen Sonntag nicht gemeinsam in den Tierpark gefahren waren.

Durfte er Silke bitten, daß sie sich noch einmal um den Jungen kümmerte? Ihm gefiel der Gedanke nicht. Sie war nicht seine Mutter. Ja, die beiden verstanden sich gut. Aber war es nicht ein Skandal, daß er sich nicht mal zwei Tage in der Woche intensiv um seinen Sohn kümmern konnte?

Noch ist es nicht soweit, redete Brünner sich ein. Das war nur der Anruf eines Boulevardjournalisten, der zu Übertreibungen neigt. Das Vertrackte an dieser Form des Journalismus war jedoch, daß meist ein Körnchen Wahrheit an der Sache dran war. Wie oft hatten Politiker vehement dementiert, was in den Revolverblättern der Nation stand, und plötzlich – wenige Tage später – mußten sie den Hut nehmen, weil sich der Skandal ausgeweitet hatte. Eine Vergiftungswelle in der Stadt? Möglicherweise Todesfälle? Nein, davon war nicht auszugehen. Vielleicht war ein neues Virus unterwegs, etwas Aggressives, das die Leute umwarf. Kein Wunder, bei diesen Temperaturwechseln im November. Der Sommer war schon mäßig gewesen. Also hatte kaum einer den Krankheitserregern etwas entgegenzusetzen. Alles im grünen Bereich, oder? Oder? Was, wenn nicht? Wenn es etwas mit Arsenik zu tun hatte, dann würde die Stadt brennen!

Er fragte bei Sagemann nach, ob der was von Vergiftungen gehört hatte. Der Kollege war ebenso ahnungslos, versprach aber, sich zu informieren und zurückzurufen. Brünner bat ihn, dieses auf dem Handy zu tun, denn er mußte Kevin abholen und mit Silke reden. Wenn er tatsächlich heute wieder auszurücken hatte, dann wollte er das seinem Sohn wenigstens persönlich sagen. Außerdem würden sie noch die Zeit haben, gemeinsam etwas zu essen. Kevin liebte den Italiener um die Ekke.

Bettina war nicht zu Hause, als Brünner vor der Tür stand. Ihr Freund Robert öffnete. Sie schüttelten sich die Hand, und Robert lächelte. „Hallo Martin. Alles im Lot?“

Brünner nickte automatisch, doch Robert sah ihn forschend an. „Entschuldige, daß ich das sage, Martin, aber ... du siehst nicht gut aus.“

Was ging das Robert an? Brünner spürte, wie sich seine Glieder versteiften. So ein Blödsinn! Ihm ging es gut! Nur ein bißchen Streß, aber das würde sich wieder legen. „Alles halb so wild“, sagte er leichthin und freute sich, daß Kevin kam. Auf der Fahrt zum Italiener erzählte sein Sohn, daß er in Rechnen eine eins geschrieben hatte.

„Woher weißt du das?“ fragte Brünner. „Ich denke, ihr bekommt keine Noten.“

„Haben wir auch nicht. Aber Frau Rothe hat gesagt, daß meine Arbeit sehr gut war."

Bis sie beim Italiener waren, kam Brünner kaum zu Wort, denn Kevin hatte viel zu erzählen. Es machte Spaß, dem Kleinen zuzuhören. Und es tat gut, zu spüren, daß zwischen seinem Sohn und ihm auch nach fünf Tagen Trennung gleich Vertraulichkeit herrschte.

Als sie bestellt hatten, klingelte Brünners Handy. Sein Herz schlug schneller. Hoffentlich lief alles gut, hoffentlich gab es ein gemeinsames Wochenende mit Kevin, Silke und Lea.

Sagemann berichtete, daß tatsächlich mehrere Personen ins Krankenhaus Mitte eingeliefert worden waren. „Es besteht der Verdacht auf Lebensmittelvergiftung. Aber die Ärzte können noch nichts Genaues sagen."

„Weißt du, um welche Restaurants es sich handelt?" fragte Brünner nach.

„Ein Lokal im Ostertorviertel und eins am Herdentorsteinweg. Es ist aber kein Zusammenhang zwischen den beiden Vorfällen anzunehmen. Außerdem geht es den Patienten wohl schon wieder besser. Sie klagen über Übelkeit und Erbrechen, keine Lebensgefahr."

„Halte mich auf dem Laufenden", sagte Brünner.

„Wird schwer. Ich mach mich jetzt auch auf den Heimweg", antwortete Sagemann. „Morgen ist Anne da. Ich lege ihr einen Zettel hin."

Brünner schaltete das Handy aus. Er hatte keine Lust, beim Essen gestört zu werden. Wer etwas von ihm wollte, konnte auf die Mailbox sprechen. Er würde sie später abhören. Für die ganz dringenden Fälle hatte er sein Privathandy angeschaltet. Nachdem Kevin auch noch ein Eis in seinen proppevollen Magen gestopft hatte, traten sie den Rückweg an. Fast zeitgleich mit Silke und Lea trafen sie vor Brünners Haus ein.

Silke musterte ihn aufmerksam. „Du siehst mitgenommen aus."

„Danke für das Kompliment", sagte er und lächelte gequält.

Sie liefen nach oben. Als Brünner die Wohnungstür öffnete, fiel ihm ein, daß im Inneren Kühlschranktemperaturen auf sie warteten. Der Klempner hatte das nötige Ersatzteil noch nicht bekommen und wollte es erst am Montag einbauen. „Mist!" entfuhr es ihm, und er trat vor Wut gegen die Wand. „Warum muß heute alles schieflaufen!"

Silke sah ihn erschrocken an.

„Eiskalt ist es bei mir da drinnen“, fluchte Brünner. „Die blöde Therme ist noch nicht fertig.“

Sie lachte, und eigentlich ärgerte ihn das. Es kam ihm vor, als würde sie ihn auslachen. Aber so war es nicht gemeint, wie er sich schnell eingestehen mußte.

„Dann ziehen wir eben um“, sagte Silke und schob die Kinder, die nicht so recht wußten, wie ihnen geschah, vor sich her nach unten. Mit dem Auto waren sie kurz darauf in der anderen Wohnung, und als sie in die beheizten Räume traten, verrauchte Brünners schlechte Laune allmählich. Sie konnten sich sogar erstaunlich schnell auf ein Spiel einigen, das sie gemeinsam vor dem Schlafengehen spielen wollten und machten es sich mit Chips und Getränken am Tisch gemütlich. Carcassone hieß das Brettspiel, bei dem auch Lea gute Chancen hatte, zu gewinnen. Es ging darum, Straßen, Klöster und Städte zu bauen und dabei Punkte zu sammeln. Bei der Endabrechnung war Brünner mit deutlichem Abstand Letzter. Er hatte es nicht geschafft, sich auf das Spiel zu konzentrieren und am Ende den richtigen Zeitpunkt verpaßt, strategisch wichtige Landschaften zu besetzen. Kevin freute sich diebisch, daß er endlich mal siegreich gewesen war. Und da Lea den zweiten Platz belegt hatte, weil Silke ihr mehrmals gute Chancen eröffnet hatte, waren die Kinder zufrieden mit dem Abend.

„Papa, du warst heute aber wirklich schlecht“, stellte Kevin beim Zähneputzen fest.

Brünner mußte über diese brutale Ehrlichkeit lachen. „Ja, heute war ich kein guter Straßenbauer.“

„Hauptsache, du hast bei deiner Arbeit viele Spuren gefunden.“

„Worauf du dich verlassen kannst“, sagte Brünner und strich Kevin über das Haar. Er würde einen Teufel tun, seinen Sohn spüren zu lassen, daß sich ihre Ermittlungen in einer Sackgasse befanden.

12

Ein Moped mit defektem Schalldämpfer knatterte auf der Straße vorbei. Brünner, der schon vorher im Halbschlaf vor sich hingedöst hatte, war nun endgültig wach und öffnete die Augen. Ein Sonnenstrahl lugte durch den engen Spalt zwischen den Vorhanghälften hindurch und fiel auf das untere Bettende, Staub wirbelte in dem Lichtstreif umher.

Wie gut, endlich mal ausschlafen zu dürfen. Brünner sah auf den Wecker. Es war 9.30 Uhr. Auf dem Rücken liegend, lauschte er auf Geräusche aus dem Kinderzimmer. Er hörte Stimmen. Lea und Kevin schienen sich zu unterhalten.

Von Silke war neben ihm nichts zu sehen. Sie hatte wie üblich die Decke weit über den Kopf gezogen und rührte sich nicht. Er blieb noch einen Moment im Bett liegen und schlüpfte schließlich in seine Kleidung. Im Kinderzimmer erkundigte er sich nach den Frühstückswünschen von Lea und Kevin, dann schlenderte er zum Bäcker.

Die Sonne schien. Rauhreif glitzerte auf Zäunen, Autos und Büschen. Ein älterer Nachbar, der sich nur langsam mit Krücken vorwärts bewegen konnte, grüßte mit einem Kopfnicken. Brünner grüßte zurück. In dieser Straße schien die Welt noch in Ordnung zu sein. Die Nachbarn kannten sich und sprachen miteinander, wenn sie sich trafen. Welch ein Gegensatz zu seiner Straße. Bei ihm im Haus wechselten die Namen an den Klingelschildern manchmal schneller, als die Jahreszahlen auf dem Kalender.

Brünner trat in den Verkaufsraum der Bäckerei. Die Titelzeile der BAZ stach ihm sofort ins Auge. *Giftalarm in Gaststätten* prangte es auf der ersten Seite des Boulevardblattes, und jeder, der in der Schlange auf dem Weg zum Tresen nach vorne rückte, betrachtete die riesige Photomontage. Sie zeigte einen Ober mit einer Portion Spaghetti. Kleine Totenköpfe schwammen inmitten der blutroten Tomatensoße. *Arsenalarm in Bremen,* hieß es im Vorspann. *Als erstes Opfer traf es Studienrat Werner R., der am Sonntag in seiner Wohnung durch Arsenik vergiftet wurde. Am Mittwoch starb Hermann S. am Ufer des Werdersees. Wieder Arsen. Seit gestern klagen Lokalbesucher in Bremen über Magenverstimmung, Erbrechen und Kopfschmerzen. Sie wurden ins Krankenhaus eingeliefert. Die Symptome deuten auf Arsen hin. Hat ein Unbekannter die Speisen vergiftet? Treibt ein Wahnsinniger sein Unwesen in unserer Stadt? Wer ist gefährdet? Wie kann man sich schützen? Mehr auf Seite 3.*

Was für ein Unsinn! Brünner ballte die Faust. Waren diese Schmierfinken des Boulevards jetzt völlig übergeschnappt? Sie konstruierten eine Beweiskette, die brüchig und gefährlich war und spielten mit der Panik der Menschen, nur um die Auflage in die Höhe zu treiben! Hoffentlich erkannten die meisten Leser die Story als das, was sie war: Eine Flunkergeschichte mit großem Unterhaltungswert, aber ohne jede Grundlage.

Dennoch überlegte Brünner, ob er erneut ein Exemplar kaufen sollte, um zu wissen, was der Polizei in den kommenden Tagen blühen würde. *Studiere deinen Feind, sonst läufst du in seine Falle.*

Er verlangte neun Brötchen und zog kurz vor dem Bezahlen noch eine BAZ vom schon recht niedrigen Stapel. Natürlich wollte er wissen, was auf Seite 3 stand. Auch dann, wenn, wie zu vermuten war, im letzten Satz des Artikels erklärt wurde, daß es sich bei den *Vergiftungen* lediglich um eine harmlose Magen- und Darmgrippe handeln könnte, wie sie im Spätherbst und Winter immer wieder auftrat. Diese Lektüre wollte er sich für den Frühstückstisch aufsparen, um die Zeitung danach zusammenzufalten, sie im Altpapier zu entsorgen und den Tag mit den Kindern zu planen.

Sein Vormittag entwickelte sich jedoch völlig anders. Bereits bei der Rückkehr kam ihm Silke im Wohnungsflur im Bademantel und mit seinem Handy entgegen. Ihr Blick ließ nichts Gutes ahnen. Am anderen Ende war Sebastian Büntemeyer. Seine Stimme klang so aufgeregt, als ob er einem Riesenskandal auf der Spur wäre. „Du glaubst gar nicht, was hier los ist, Martin“, rief er atemlos. „Halb Bremen hat heute morgen schon bei uns, in der Notrufzentrale und im Krankenhaus angerufen. Überall haben sich gestern abend und in der Nacht Menschen erbrochen. Alle vermuten, daß sie vergiftet wurden, obwohl nur wenige von ihnen in einem Restaurant gegessen hatten. So wie es aussieht, ist halb Bremen kurz vor dem Ableben.“

„Diese verfluchten Journalisten. Das haben wir jetzt von der Panikmache“, stöhnte Brünner. Er brachte schnell, das Handy am Ohr, die Brötchen in die Küche, wo Silke, Lea und Kevin auf ihn warteten. Leise sagte er: „Fangt schon an“, dann wandte er sich ab, durchquerte Flur und Wohnzimmer und trat auf den kleinen Balkon. „Gibt es Reaktionen aus dem Krankenhaus? Haben wir von dort Entwarnung?“ fragte er hoffnungsvoll und sah hinunter in den Hof, wo zwei Jungs sich auf einem Rasenstück einen Ball zuspielten.

„Die einzige Reaktion ist, daß die da hinten schwer genervt sind. Überall das gleiche. In den Krankenhäusern Mitte, Links der Weser und im Roten Kreuz. Die Leute rufen nicht nur an, sie kommen auch in die Notaufnahme, glauben, daß ihr letztes Stündchen geschlagen hat", antwortete Büntemeyer.

„Was ist mit Laborergebnissen?" hakte Brünner nach. „Die müssen schon lange da sein. Was ist mit den Leuten aus den zwei Lokalen? Was hat die Spurensicherung ergeben?"

„Bisher habe ich da niemanden erreicht. Du weißt doch selbst, daß die kaum Personal haben. Erst recht nicht am Wochenende. Außerdem waren das für uns bisher ganz normale Lebensmittelvergiftungen. Kein Arsenik-Verdacht."

„Dann sollten wir den Verdacht schnell ausräumen."

„Ich gehe gleich mal rüber zu den Kollegen. Vielleicht sind die ja gerade im Labor", erklärte Büntemeyer. „Für mich ist es ein Vergnügen, den Telephonapparat eine Weile vor sich hinbimmeln zu lassen."

„Okay, sieh zu, daß du was herausbekommst. Wir müssen unbedingt wissen, ob an der Giftsache was dran ist", drängte Brünner. „Ich fahre direkt ins Krankenhaus und versuche dort, einen Arzt zu erwischen."

„Was aber soll ich den Leuten sagen, die hier anrufen?"

„Daß sie sich mit einer Wärmflasche ins Bett legen sollen."

„Würde ich jetzt auch gerne machen", stöhnte Büntemeyer.

Im Krankenhaus Mitte herrschte offenbar Ausnahmezustand. Als Brünner durch eine der Türen des Eingangsportals trat, sah er, daß sich vor der Notaufnahme eine Schlange gebildet hatte. Viele der Patienten waren ältere Menschen. Personen, denen die Lebenserfahrung eigentlich hätte sagen müssen, daß nicht jede Magenverstimmung etwas mit Gift zu tun haben mußte. Und daß man nicht jeder Zeitungsmeldung vorbehaltlos glauben durfte. Schon gar nicht, wenn sie in einem Boulevardblatt stand. Aber schützte das Alter wirklich noch vor Torheit? Wie viele Senioren ließen sich auf Werbefahrten wertlosen Plunder andrehen? Wie viele gutgläubige alte Menschen waren in den vergangenen Jahren auf den sogenannten Enkeltrick hereingefallen, bei dem sich eine Person am Telephon als Enkel oder Urenkel ausgab und Geld geliehen haben wollte?

Brünner lief an der Tür der Notaufnahme vorbei, sah durch die Fensterfront in das Zimmer, in dem drangvolle Enge herrschte und ging zu einem Schalter mit der Aufschrift *Auskunft*, an dem ein älterer Mann hinter einer Glasscheibe saß. Der Kommissar zeigte seinen Dienstausweis, um längeres Nachfragen zu vermeiden und bat darum, den Chefarzt sprechen zu dürfen. Der ältere Herr griff zum Telephon, und wenig später saß Brünner zwei Etagen höher einem schlanken, gutgebauten Mann von knapp fünfzig Jahren gegenüber, der sich ihm als Dr. Klaus Krokat vorgestellt hatte. Krokat sah genauso aus, wie Chefärzte in Fernsehserien auszusehen pflegten. Er trug einen weißen Kittel, an dessen Brusttasche ein Pieper befestigt war. Sein kurzgeschnittenes Haar war braun, zeigte aber an den Schläfen erste Anzeichen des Ergrauens. Selbst zu dieser sonnenarmen Jahreszeit war Krokats Gesichtshaut leicht gebräunt, er blickte Brünner mit klaren blauen Augen interessiert an. „Sie wollen mehr über die Lebensmittelvergiftungen erfahren, nehme ich an?"

„Ja, genau", Brünner hatte sein kleines Notizbuch aufgeklappt. „Ich wüßte gerne, ob es sich überhaupt um Lebensmittelvergiftungen handelt. Ob es sich also nur um verdorbene Ware dreht oder ob tatsächlich Gift mit im Spiel ist."

Krokat nickte und lächelte. „Die Lebensmittel, die von den bei uns eingelieferten Patienten, es sind übrigens 27, konsumiert wurden, waren nicht verdorben. Das steht unzweifelhaft fest. Sie enthielten Stoffe, die gewöhnlich nicht in Lebensmitteln zu finden sind. Giftige Substanzen."

„Welche Substanzen?"

„Es wird Sie wohl nicht sonderlich überraschen, wenn ich Ihnen sage, daß es sich um Arsenik handelt. Zudem haben wir Spuren von Parathion im Urin nachgewiesen." Krokat schlug eine Mappe auf und blätterte die Seiten um. „Arsentrioxid wird sowohl oral als auch inhalativ oder über die Haut sehr gut aufgenommen. Die Verbindungen verteilen sich im Körper relativ schnell, werden in Leber und Niere gespeichert. Ein Teil wird in Haut, Horn und Haaren eingelagert. Reste scheidet der Körper später über Haut, Schweiß, Kot oder Urin aus. Dort läßt sich der Stoff schon fünf Stunden nach der Aufnahme durch eine Atomabsorptionsspektroskopie nachweisen."

Brünner hatte nur einen kleinen Teil dieses Vortrags auf Anhieb verstanden, aber er war es gewohnt, daß Ärzte ein wenig mit ihrem Wissen protzten. Er drehte seinen Bleistift zwischen Daumen und Mittelfinger. „Entschuldigen Sie meine Unwissenheit. Aber hätte es nach dem Genuß der Lebensmittel auch zu Todesfällen kommen können?"

Der Arzt lächelte nachsichtig. „Das halte ich für nicht ausgeschlossen. Arsenik wirkt bereits in einer Dosis von 0,06 bis 0,3 Gramm tödlich. Offenbar befand sich das Gift jedoch in einer Suppe, so daß es sich gut verteilt hatte. Ab welcher Dosis ein Cocktail aus Parathion und Arsenik tödlich wirkt, entzieht sich meiner Kenntnis."

Brünner klappte sein Notizbuch zu. „Wenn das Zeug in einer Suppe war, dann könnte es also sein, daß noch viel mehr Menschen vergiftet wurden."

„Sehr gut möglich", sagte der Arzt. „Aber da die Übelkeit bei diesen Giften sehr schnell eintritt, ist davon auszugehen, daß kaum jemand nach dem Genuß der Suppe einfach so nach Hause gegangen ist. Wir dürften somit alle Vergiftungsfälle behandelt haben."

„Und was ist mit den Personen, die noch unten warten?"

„Ich fürchte, daß wir sie untersuchen müssen, auch wenn wir von unseren Kapazitäten dazu kaum in der Lage sind."

„Das hieße aber, daß das Gift an vielen verschiedenen Stellen, also in mehreren Lokalen, eingesetzt worden ist."

„Das würde es wohl heißen", sagte Krokat. „Ich hoffe aber ganz stark, daß das nicht der Fall ist und die meisten Leute nur eine gewöhnliche Magenverstimmung haben."

Als Brünner mit dem Wagen ins Präsidium fuhr, ließ er sich das Gespräch mit Dr. Krokat noch einmal durch den Kopf gehen. Der Chefarzt hatte einiges gesagt, was ihm wichtig erschien. Die schlimmste Nachricht war natürlich, daß tatsächlich Arsenik in den Speisen gewesen war. Aber das führte zu einer weiteren Frage: Wie konnte dieser BAZ-Journalist davon erfahren haben? Es gab doch vorher keinerlei Hinweise auf die Giftgabe und selbst, daß Suhling durch Gift gestorben war, hatten sie noch nicht öffentlich bekanntgegeben.

Nutzte der Mörder möglicherweise einen Kontakt zur Zeitung, um Angst und Schrecken zu verbreiten? Und wenn ja, wie tat er das? Per Telephon, Computer?

Brünner wußte, daß er schlechte Karten hatte, wenn er mit Gewalt erfahren wollte, woher die Journalisten ihre Informationen bekamen. Trotz mehrmaliger Anläufe war es keiner Regierung gelungen, eine rechtliche Grundlage dafür zu schaffen, daß Redaktionen in begründeten Fällen abgehört werden konnten. Grundsätzlich war das ja auch richtig, denn es mußte einen Informantenschutz geben. Wie sonst sollten Skandale ans Licht der Öffentlichkeit gebracht werden, wenn man im Gespräch mit einem Redakteur nicht in Sicherheit war? Aber wenn es hier um eine Straftat ging? Nicht nur um eine, sondern um mehrere Tötungsdelikte, darum, daß die Stadt in Panik zu fallen drohte?

Brünner beschloß, mit Roman Bayer zu sprechen. Bayer war Redaktionsleiter der BAZ in Bremen, und er hatte sich bisher immer an die Absprache gehalten, daß Informationen, die zur Ergreifung eines Straftäters führen konnten, an die Polizei weitergegeben wurden. Es war so etwas wie eine goldene Regel: Medien durften der Polizei nicht im Wege stehen, und schon gar nicht durften sie sich zum Sprachrohr von Gangstern machen. Roman Beyer war zwar ein knallharter Boulevardjournalist, aber er würde zumindest bestätigen, ob es einen Kontakt zu der Person gab, die in Bremen Menschen mit Arsenik vergiftete.

Noch einmal kehrte Brünner in Gedanken zu dem Gespräch mit Dr. Krokat zurück. Es hatte einen Satz gegeben, der besonders wichtig war, aber die Aussage wollte ihm nicht mehr einfallen. Nachdem er seinen Wagen auf dem Parkplatz des Polizeipräsidiums abgestellt hatte, zog er das Notizbuch hervor. Hier hatte er alles Wichtige eingetragen. Über die Aufnahme von Arsenik durch den Körper, über die Ergebnisse der Laboranalyse. Aber das war es nicht. Und dann fiel es ihm wieder ein. Krokat hatte davon gesprochen, daß das Gift sehr schnell Übelkeit ausgelöst haben dürfte. Die Wahrscheinlichkeit war also gegeben, daß einige der vergifteten Menschen kurz vorher den Giftmischer gesehen hatten. Zumindest dann, wenn er den Stoff erst am Büfett ins Essen gerührt hatte. Es konnte auch sein, daß der Übeltäter in die Küche des Restaurants eingedrungen oder dort tätig war. Aber in zwei Restaurants gleichzeitig?

Als Brünner die Treppe zu seinem Büro hochhastete, wußte er, daß sie heute unbedingt die große Besetzung brauchten. Sie mußten zahlreiche Zeugen vernehmen, das Personal der Restaurants überprüfen, mit der BAZ sprechen. Zudem war eine Pressekonferenz erforderlich, und es galt abzuwägen, wie groß die Gefahr war, daß der Täter auch heute irgendwo in Bremen Speisen vergiftete. Die Alarmierung aller verfügbaren Kollegen übernahm Büntemeyer. Brünner wählte Silkes Nummer, um ihr mitzuteilen, daß er den ganzen Tag und vermutlich bis in die

Nacht hinein arbeiten mußte. Sie war sofort am Apparat. Ihre Stimme klang gereizt.

„Ich hätte es mir denken können“, stöhnte sie. „Dann werde ich wohl den Termin beim Friseur absagen müssen.“

„Es tut mir leid ...“, versuchte er es mit einer Entschuldigung.

„Das nützt mir jetzt auch nichts“, kam es postwendend zurück. „Ich hatte so gehofft, daß ich diese kurze Zeit wenigstens für mich bekomme. Aber jetzt werde ich mir wohl was anderes ausdenken müssen. Die Kinder sind schon ganz unruhig. Die müssen nach draußen, sonst stellen sie die Bude auf den Kopf.“

„Vielleicht schaffe ich es ja, nachher für eine Stunde hier herauszukommen“, kämpfte Brünner gegen das schlechte Gewissen an, daß er nun auch noch seinen Sohn bei seiner Freundin ließ. Aber damit kam er bei Silke gar nicht an. Sie wußte genau, daß er, selbst wenn er für kurze Zeit nach Hause kommen konnte, mit den Gedanken bei den Ermittlungen sein würde. „Sieh lieber zu, daß du das schnell zu Ende bringst, damit wir endlich wieder ein gemeinsames Wochenende verleben können“, fuhr sie ihm in seine Pläne. „Für Kevin wäre das auch eine tolle Sache, seinen Vater einen ganzen Tag lang zu erleben.“

Das hätte sie nicht sagen sollen. Brünner spürte, wie es in ihm zu brodeln begann. Sie hatte sein schlechtes Gewissen wie eine prall gefüllte Eiterblase angepiekst. „Was kann ich denn dafür?“ erregte er sich laut. „Was soll ich machen, wenn hier in Bremen Verrückte herumlaufen, die nichts Besseres zu tun haben, als Mitmenschen zu vergiften!“ Er wußte, daß weder er noch Silke etwas dafür konnten. Und Kevin auch nicht. Aber er war nun in Fahrt und wurde ungerecht. „Wenn du meinen Sohn nicht bei dir haben willst, dann hole ich ihn eben raus. Dann bringe ich ihn zu seiner Mutter. Da kann er eine heile Familie erleben. Mit einem Vater, der am Wochenende da ist. Und mit einer Mutter, die für ihre Kinder sorgt.“

„Martin, was regst du dich jetzt auf“, drang Silkes Stimme in sein Ohr, aber er hatte keine Lust, sich Vorhaltungen machen zu lassen, besonders weil sie beide, Silke und er, seit Wochen kaum noch wie ein Paar zusammenlebten. Wo war da Zärtlichkeit? Wenn sie mal gemeinsame Zeit hatten, ging es darum, sich um die Kinder zu kümmern. Wann waren sie zusammen im Kino gewesen, bei Freunden, zum Essen? Ewig her war das. Und das lag nicht daran, daß er immer wieder Dienst gehabt hatte. Der Grund war vielmehr, daß sie keinen Babysitter für Lea gefunden hatten, daß Silke am Abend oft viel zu schlapp gewesen war, um noch was zu unternehmen. Sicher, sie hatte einen anstrengenden Tag. Aber den hatte er auch. Und deshalb wollte er keine Vorwürfe hören, daß er ein schlechter Vater war. Er war so, wie er war, und jetzt mußte er einen mutmaßlichen Mörder jagen. Auch am Wochenende. Basta.

Als Brünner den Hörer auf die Gabel knallte, wußte er, daß er ungerecht gewesen war. Aber er hatte ein Recht auf seine Wut und er hatte ein Recht, sie herauszulassen. Einen Moment überlegt er, ob er Kevin holen sollte, um ihn zu seiner Mutter zu bringen. Aber das würde wertvolle Zeit kosten. Kevin würde es ohnehin nicht verstehen. Und Silke war sicherlich so klug, den Jungen nicht fühlen zu lassen, daß sie mit seinem Vater gestritten hatte. Auf Silke konnte er sich verlassen. Genau. Warum aber brauste er dann so schnell auf?

Ruf bei ihr an, dachte Brünner. Entschuldige dich. Aber er brachte es nicht über sich, jetzt zu Kreuze zu kriechen.

„Scheiße", murmelte er und beschloß, sich einen Tee zu holen. Und ein Brötchen. Schließlich hatte er noch gar nicht gefrühstückt. Doch er kam nicht dazu. Das Telephon klingelte. Einen Moment befürchtete er, daß es Silke sein könnte. Aber sie rief ihn in der Regel auf dem Handy an. Es war Yvonne Lentz, die sich aus dem Streifenwagen meldete. „Martin, ich glaube, wir haben sie", begann sie das Gespräch ohne Begrüßung.

„Wen?" fragte er, und für einen kurzen Augenblick durchzuckte ihn die Hoffnung, daß es sich um die Giftmischerin handeln könnte.

„Zwei Frauen", berichtete Lentz. „Zwei Kollegen haben die beiden festgenommen. Sie wollten offenbar einen Brandsatz in ein Nachtlokal werfen. Ich bin gerade auf dem Weg dorthin und melde mich, wenn es etwas Neues gibt."

„Bringt die beiden unbedingt mit aufs Präsidium", forderte Brünner mit Nachdruck. „Ich möchte sie sehen und bei der Vernehmung dabei sein."

„Wird gemacht."

Endlich ein Mosaikstein, dachte Brünner, der vielleicht nicht nur zu den Brandanschlägen, sondern auch zu den Mordfällen paßte. Vielleicht sogar zu den Giftmischereien. Doch die Wahrscheinlichkeit war nicht sehr groß, mußte er sich eingestehen, als er mit dem Becher und dem Teebeutel in der Hand die Treppe hinaufstieg.

In einer halben Stunde wollten sie sich im Sitzungsraum versammeln. Bis dahin mußte er mit Roman Bayer von der BAZ gesprochen haben und skizzieren, wie sie in den kommenden Stunden weiter ermitteln sollten. Dreißig Minuten. Das war verdammt knapp. Aber sie mußten schnell handeln, denn die Zeit lief womöglich gegen sie.

Es wurde eine deutlich kürzere Besprechung, als Brünner angenommen hatte. Das lag nicht an mangelndem Gesprächsbedarf, sondern daran, daß sich im Laufe des Nachmittags die Ereignisse in der Stadt überschlugen. Gegen dreizehn Uhr hatten sich alle kurzfristig verfügbaren Kräfte im Sitzungsraum der Mordkommission versammelt. Auch Kripochef Henning Meyer war gekommen, neben ihm saß Staatsanwalt Oliver Kutzop mit dem Leiter der Staatsanwaltschaft Georg Bitzner. Sogar Polizeipräsident Norbert Kruse war informiert worden, und es hieß, daß er im Laufe des Nachmittags von einer Tagung in Wiesbaden kommend eintreffen würde. Für siebzehn Uhr war eine Pressekonferenz anberaumt worden, bei der es darum gehen sollte, deutlich zu machen, daß die Bremer Kriminalpolizei mit größtmöglichem Einsatz an der Aufklärung der aktuellen Straftaten arbeitete und daß Panik fehl am Platze sei. Immerhin standen die Chancen gut, einen Fahndungserfolg präsentieren zu können, was die Brandanschläge auf Nachtbars betraf.

Es war vereinbart worden, daß Brunner die Sitzung leitete. Bevor er die Ereignisse der vergangenen Stunden zusammenfaßte, sah er noch einmal in die Runde. Vierzehn Männer und Frauen hatten sie zusammengetrommelt. Yvonne Lentz und zwei Kollegen waren noch draußen, so daß sie insgesamt auf siebzehn Einsatzkräfte kamen. Zu wenig? Das würde die weitere Entwicklung zeigen. Nötigenfalls mußten sie das Mobile-Einsatzkommando miteinbeziehen. Das war zwar nicht üblich, aber es ging jetzt darum, möglichst schnell mit allen Menschen zu sprechen, die in den beiden Lokalen vergiftet worden waren oder die sich zur Tatzeit in den Gaststätten befunden hatten. Insbesondere mußte geklärt werden, ob auffällige Personen beobachtet worden waren, die die Tatorte kurz vor dem Auftreten der Vergiftungssymptome verlassen hatten. „Alles ist wichtig. Der Täter kann sich bisher völlig frei bewegen. Wir haben keine Anhaltspunkte, ob es sich um einen Mann oder eine Frau handelt. Wir wissen auch nicht, wie sich die Person in Bremen fortbewegt, können aber vermuten, daß sie zur Zeit mehr auf die Innenstadt fixiert ist."

Brünner stand auf und stellte sich vor einen Plan, der das Bremer Stadtgebiet abbildete. „An dieser Stelle", er zeigte auf die Feldstraße im Fesenfeld, „befindet sich das Wohnhaus von Werner Rösner. Nur wenige hundert Meter entfernt, am Dobben, liegt das italienische Restaurant, in dem gestern um 13.39 Uhr die ersten Vergiftungsfälle gemeldet wurden." Sein Finger fuhr über den Rembertiring in Richtung Hauptbahnhof und verharrte am Herdentorsteinweg. „Das chinesische Lokal, aus dem die Vergiftungen um 13.54 Uhr gemeldet wurden, liegt hier." Ein viertes Fähnchen steckte Brünner an das Ufer des Werdersees. Auf der Karte lag die Fundstelle von Hermann Suhlings Leiche ein wenig abseits. „Aber von einem gedachten Mittelpunkt, der hier im Ostertor liegt, ist es keine große Entfernung." Brünner zog einen Strich zwischen den Tatorten und machte ein Kreuz direkt am Ostertorsteinweg. Mit Erstaunen bemerkte er, daß die markierte Stelle exakt mit der früheren Ostertorwache übereinstimmte, in der die Gesche Gottfried drei Jahre bis zu ihrer Verhaftung gefangengehalten und verhört worden war. War das Zufall?

„Wir müssen die Lauf- beziehungsweise die Fahrwege unseres Phantoms überprüfen. Dazu müssen wir die Abfahrtzeiten der Straßenbahnen und Busse kennen und wissen, wie lange man zu Fuß oder per Fahrrad zu den einzelnen Punkten unterwegs ist. Mit ein wenig Glück können wir den Täter und seinen Aufenthaltsort eingrenzen."

„Vorausgesetzt, der Täter wohnt in der Stadt und agiert von seiner Wohnung aus", sagte Büntemeyer.

„Wenn nicht, dann haben wir ein Problem", gab Brünner zu. „Natürlich kann der Täter von außerhalb kommen. Wir wissen nicht, ob er nach einem Plan handelt oder ob er sich die Lokale wahllos aussucht. Möglicherweise stehen auf seiner Liste weitere Personen, die er vergiften will. Ein Motiv läßt sich zur Zeit nicht erkennen. Wir wissen nur, daß es zwei ältere Männer getroffen hat, die beide verheiratet waren und sich möglicherweise Anfang der siebziger Jahre mehr oder weniger zufällig im Stadtteil Grolland begegnet sein könnten."

„Was ist mit den Personen, die die Brandanschläge verübt haben sollen? Vielleicht bringen die uns weiter."

„Die sind auf dem Weg hierher. Ein Haftbefehl ist beantragt", erklärte Kutzop.

„Ja, aber bis wir die beiden Frauen vernommen haben, können wir unsere Ermittlungen nicht verzögern. Alles muß parallel laufen. Zudem sollten wir vorerst davon ausgehen, daß die Brandanschläge nichts mit den Giftanschlägen zu tun haben", sagte Brünner und setzte sich wieder an seinen Platz. Er wollte seine Analyse weiterführen, als Christina Lubow vom Lagezentrum in den Raum hastete. „Tut mir leid, daß ich stören muß", rief sie, und ihre Stimme überschlug sich. „Wir haben offenbar einen neuen Vergiftungsfall. Bei IKEA in Brinkum-Nord klagen im Restaurant mehrere Gäste über Übelkeit und Erbrechen. Die Meldung ist gerade reingekommen."

Der Supergau, schoß es Brünner durch den Kopf. Die Situation eskaliert. Wir haben es nicht im Griff. Der Täter spielt mit uns, läßt uns zappeln wie Marionetten.

Alle redeten durcheinander. Das Chaos war perfekt.

Brünner verließ mit Lubow den Raum, rannte über den Flur. Er kämpfte das Gefühl der Ohnmacht in sich nieder. Jetzt war Zeit zu kämpfen. Sie wurden herausgefordert, und sie würden siegen. Er spürte, wie das Adrenalin durch seinen Körper schoß, seine Gedanken waren klar strukturiert. „Der gastronomische Betrieb muß sofort gestoppt werden, das Restaurant wird gesperrt", ordnete er an, als sie im Lagezentrum waren. Einen Moment erwog er sogar, das gesamte Einrichtungshaus abzuriegeln und alle Kunden zu kontrollieren. Aber eine derartige Maßnahme überstieg bei weitem ihre Möglichkeiten. An einem Adventsonnabend wie diesem herrschte dort Hochbetrieb. Es gab zudem ein weiteres Problem. Brinkum-Nord gehörte zwar für die meisten Bremer wie selbstverständlich zur Hansestadt, in der Realität lag es aber bereits in einem anderen Bundesland, nämlich Niedersachsen. Das bedeutete, daß die Kollegen der Polizeiinspektion Diepholz und des Kommissariats in Weyhe für den Bereich zuständig waren. Eine enge Abstimmung war hier erforderlich, damit sich niemand übergangen fühlte.

In aller Eile klärte Brünner, welche Kollegen nach Brinkum-Nord fahren sollten, um die niedersächsische Polizei zu unterstützen. Gleichzeitig war es erforderlich, alle Lokale im Bremer Süden zu informieren, daß Büfettbereiche im Auge behalten werden mußten. Verdächtige Personen sollten unbedingt gemeldet werden.

Rainer Lange übernahm die Koordinierung der Zeugenbefragung in den Bremer Gaststätten. Es war klar, daß sie unbedingt das Mobile-Einsatzkommando brauchten, um die Arbeit bewältigen zu können. Mindestens fünfzig Leute würden sie benötigen.

Brünner eilte in sein Büro, um zu telephonieren. Im Weyher Kommissariat war zwar ein Diensthabender zu erreichen, aber er konnte nur darauf verweisen, daß mehrere Kollegen im ersten Auswertungsangriff bereits vor Ort waren, um den Bereich für die Rettungskräfte abzusperren und Spuren zu sichern. Die weiteren Ermittlungen sollten, wie seit der letzten Polizeistrukturreform klar festgelegt war, aus Diepholz koordiniert werden. Die dortige Inspektion war allerdings über siebzig Kilometer von Brinkum-Nord entfernt, so daß die Kollegen noch nicht mal am Einsatzort waren. „Bitte ersparen Sie mir dazu einen Kommentar", sagte der Weyher Diensthabende und gab Brünner die Durchwahl des Zentralen Kriminaldienstes in Diepholz.

„Diese Idioten", kommentierte Brünner im Stillen, während er die Nummer nach Diepholz wählte. Welcher Wahnsinn ritt einen Innenminister, die Tatortgruppen an Inspektionen zu konzentrieren, die eine Stunde Fahrzeit von möglichen Brennpunkten entfernt lagen? Das war förmlich eine Einladung für alle Ganoven, sich dort zu betätigen, wo die Ermittlungsspezialisten nicht so schnell hinkommen konnten. Und wie oft war es wichtig, in kürzester Zeit mit Fachkräften am Tatort zu sein, um eine gezielte Fahndung auszulösen?

Am Ende der Leitung meldete sich Kriminalhauptkommissar Lutz Morchel. Als er Brünner hörte, wechselte seine Stimmlage von der eines gestreßten Beamten zu der eines Freundes. Sie beide hatten vor gut einem Jahr ein Seminar mit einem österreichischen Kriminalpsychologen besucht, in dem es um neue Erkenntnisse zum Profiling gegangen war. Am Abend hatten sie sich in lockerer Runde mehr um das Aufspüren guter Weine gekümmert, als um Seelenabgründe von Mördern. Dabei waren sie einigen schmackhaften Tropfen auf die Spur gekommen und hatten sich miteinander angefreundet.

„Martin, was treibt dich in die Niederungen der Polizeiinspektion Diepholz? Willst du mich endlich hier besuchen kommen?" erkundigte sich Lutz Morchel.

„Ein anderes Mal gerne", erklärte Brünner. „Aber heute geht es um die Vergiftungen in Brinkum-Nord."

„Wenn es sich denn um Vergiftungen handelt", schwächte Morchel ab. „Bisher haben wir nur ein paar Kunden, die über Übelkeit klagen. Unsere Leute sind schon draußen."

„Bis heute morgen habe ich auch so gedacht", sagte Brünner und weihte den Kollegen in die Erkenntnisse der Bremer Mordkommission ein. Morchel notierte die wesentlichen Details. Nach diesen Beschreibungen schien er ebenfalls beunruhigt und versprach, sich sofort persönlich um den Einsatz zu kümmern. Da die Spezialisten aus Diepholz aber gerade erst vor Ort eingetroffen waren, vereinbarten die beiden, den Kontakt zu halten und ihre Öffentlichkeitsarbeit aufeinander abzustimmen. Sie legten nicht ohne die gegenseitige Versicherung auf, sich bald frei von dienstlichen Verpflichtungen zu einer Weinprobe treffen zu wollen.

Es war 14.15 Uhr. In knapp drei Stunden würden sie die Pressekonferenz eröffnen. Brünner ahnte, daß bereits Fernsehteams und schreibende Journalisten auf dem Weg nach Brinkum-Nord waren. Vermutlich waren, aufgeschreckt von der Titelzeile der BAZ, andere Reporter in der Innenstadt unterwegs und interviewten Passanten, ob sie jetzt Angst vor vergiftetem Essen in Restaurants hätten. Brünner spürte ein flaues Gefühl im Magen. Das lag in erster Linie daran, daß er heute noch nichts Vernünftiges zu essen bekommen hatte. Aber auch der Streit mit Silke lag ihm quer und dann natürlich die Tatsache, daß sie noch nichts in der Hand hatten, was ihnen bei der Suche nach dem Gifttäter weiterhalf.

Ich muß alles von vorne aufrollen, dachte Brünner, als er die Treppe zum Brötchenautomaten hochlief. Eins war klar: Niemand tötete und vergiftete Menschen ohne Grund. Es gab immer ein Motiv, und sei es nur, daß jemand geistig verwirrt war und Freude am Töten empfand. Aber Menschen mit geistiger Verwirrung waren auffällig. In der Regel waren sie der Polizei oder dem sozialpsychiatrischen Dienst bekannt und standen unter Beobachtung oder ärztlicher Kontrolle. Die Kollegen hatten alle Dateien überprüft, waren in ihren Nachforschungen sogar weit über die Bremer Landesgrenzen hinausgegangen, doch es gab keine Übereinstimmungen zwischen registrierten Personen und den aktuellen Mordfällen. Hatten sie wirklich sorgfältig genug gearbeitet? Jede noch so kleine Besonderheit wahrgenommen? Manchmal waren es die scheinbar belanglosen Details, die mit einem Mal große Wichtigkeit bekamen. Doch auch hier lauerte die Sackgasse. Sie hatten ja nicht mal eine DNA-Probe, die ihnen den Abgleich erleichterte, es gab keine Tatwerkzeuge oder Fingerabdrücke. In der Konsequenz hieß das: Sie hatten gar nichts in der Hand, und wenn der Täter noch nie polizeilich in Erscheinung getreten war, dann konnten sie in ihren Rechnern lange forschen.

Bei der Rückkehr in sein Büro überlegte Brünner, ob sich Gesche damals über jeden neuen Toten gefreut hatte. Immer wieder blieben seine Gedanken an der Bremer Giftmischerin hängen. War es möglich, daß der Mörder nach einem geheimen Plan handelte und seine Motivation aus dem Wirken einer Frau zog, die vor fast 175 Jahren enthauptet worden war? Brünner erinnerte sich an die Worte seines Vaters. Eine Zeitlang hatte Gesche wahllos Menschen mit nichttödlichen Dosen vergiftet, ganz so, wie es an diesem Wochenende geschah. Aber war diese Parallele nicht zu sehr an den Haaren herbeigezogen? Auf der anderen Seite: Wenn jemand versuchte, die Greueltaten der Gesche zu kopieren, dann gab es möglicherweise weitere Übereinstimmungen zwischen historischem Vorbild und dem aktuellen Täter.

Wir suchen nach einer Frau, schrieb Brünner auf seine Schreibtischunterlage und zog je eine Linie zu dem Namen Werner Rösner und eine zu Hermann Suhling. Dann wählte er sich ins Internet ein, um sich die Lebensgeschichte der Gesche in Erinnerung zu rufen. Offenbar schien sie eine attraktive Frau gewesen zu sein, denn es gab diverse Männer, die sie als Liebhaber hatte gewinnen können. Gründe, warum Gesche ihre Mitmenschen vergiftet hatte, fanden sich auch im Internet nicht. Er las eine Aussage, die sie am 17. März 1828 gemacht hatte: „Späterhin bekam ich immer einen Drang, Gift zu geben. Es war, als wenn eine Stimme mir sagte, ich müsse es thun. Ich hatte gewissermaßen Wohlgefallen daran. Ich schlief ruhig, und alle diese unrechten Handlungen drückten mich nicht." Es gab Autoren, die die notorische Geldnot der Frau für ihre Taten anführten, ein Nervenarzt hatte bereits im Jahr 1913 diagnostiziert, daß die Gesche ihre sexuellen Wünsche durchsetzen wollte und deshalb ihre Partner tötete. Aber nichts davon war bewiesen.

Brünner verließ das Internet. Er schrieb *Probleme mit Männern*, *Geldnot* und *Trieb* auf die Schreibtischunterlage. Dann trat er ans Fenster und sah in den wolkenverhangenen Himmel. Für heute abend hatten die Meteorologen Schnee angesagt. Aber vermutlich würde es nicht reichen, um morgen mit den Kindern Schlitten zu fahren. Wenn er überhaupt Zeit hatte, sich um die Kinder zu kümmern.

Er machte ein paar Kniebeugen, reckte die Arme und setzte sich wieder auf den Stuhl. Zurückgelehnt und die Hände hinter dem Kopf gefaltet, versuchte er, sich noch einmal auf alle Vorgänge seit dem Zeitpunkt zu konzentrieren, als er zur Leiche von Werner Rösner gerufen worden war. Er trat erneut durch die Tür in das Arbeitszimmer des Oberstudienrates, durchsuchte den Schreibtisch. Er rief sich die Gespräche mit Luise Rösner ins Gedächtnis, forschte in den Worten von Barbara Grunau nach Auffälligkeiten. Ihm blieben nur wenige Minuten, bis das Telephon klingelte. Yvonne Lentz war dran. Sie berichtete knapp, daß die beiden Frauen die Brandanschläge auf die Nachtlokale gestanden hatten. „Beide gehören der autonomen Szene an. Wenn ich dir alles erzählen würde, was sie über patriarchalische Herrschaftsverhältnisse, Ausbeutung von Frauen und frauenfeindliche, heterosexistische Machtstrukturen rausgelassen haben, dann würden dir die Ohren klingeln."

„Danke", sagte Brünner. „Mir reichen deine kurzen Ausführungen."

Lentz lachte. „Du kannst gerne runterkommen, Martin, aber ich bin fest davon überzeugt, daß die beiden mit den Giftmorden nichts zu tun haben. Die wissen, wie man Brandsätze bastelt und Flugblätter schreibt, aber nicht, wo sie Arsenik herbekommen sollen."

„Bedauerlich", antwortete Brünner. „Sonst hätten wir einen freien Sonntag gehabt." Er sah auf die Uhr. Es war 14.55 Uhr. Die Zeit rannte. Er mußte nachdenken. Doch es fiel ihm schwer. Er konnte sich nicht erinnern, wann er zuletzt so wenig Gelegenheit zur Analyse und für Zusammenfassungen gehabt hatte. Er stellte das Telephon in die Zentrale um, dann skizzierte er die Erkenntnisse, die sie auf der Pressekonferenz präsentieren würden. Es war nicht viel. Aber er wollte den Journalisten die Lage genau schildern und mit offenen Karten spielen. Als Gegenleistung erwartete er, daß die Medien auf Panikmache verzichteten.

Nachdem er drei DIN-A4-Bögen mit Stichpunkten vollgeschrieben hatte, rief er in der Chefredaktion der BAZ an. Vorhin hatte er dort niemanden erreicht. Roman Beyer hatte ein freies Wochenende, aber der stellvertretende Chefredakteur schien über alles bestens Bescheid zu wissen. Und er schien ebenfalls ein vernünftiger Mensch zu sein. Nach dem Gespräch war Brünner sich sicher, daß die BAZ keinen Kontakt zu dem Gifttäter hatte. Die Sache mit vergifteten Lebensmitteln hatte die

Zeitung offenbar durch einen Gast erfahren, der in einem der Restaurants gesessen und alles beobachtet hatte. Und die Erkenntnis, daß Suhling mit Arsenik vergiftet worden war, verdankte die BAZ-Redaktion aller Wahrscheinlichkeit nach einer undichten Stelle innerhalb des Polizeipräsidiums.

Die nächste Stunde verbrachte Brünner mit diversen Telephonaten, um auf den neuesten Stand zu kommen. Polizeipräsident Norbert Kruse würde es nicht bis zur Pressekonferenz nach Bremen schaffen. Sein Flieger konnte wegen starken Schneetreibens nicht abheben. Die Zeugenbefragungen in den Lokalen und in den Krankenhäusern zog sich noch hin, aber offenbar gab es keine Beobachtungen, die sie weiterbrachten.

Lutz Morchel meldete sich aus Diepholz. 21 Personen waren vorsorglich zur Beobachtung in Bremer Krankenhäuser gebracht worden. Sie klagten über Übelkeit und Kopfschmerzen. Die Zeugenbefragungen hatten wenig Verwertbares ergeben, weil es im Restaurant zum Tatzeitpunkt sehr voll gewesen war. Eine ältere Frau behauptete, bemerkt zu haben, daß ein südländisch aussehender Mann auffällig lange an der Salattheke gestanden habe. Aber bisher hatte sich daraus kein konkreter Verdacht ergeben. „Immerhin können wir mit großer Sicherheit sagen, daß alle, die über Unwohlsein klagten, Salatdressing gegessen hatten“, so Morchel. „Joghurtkräuter oder Vinaigrette. Und wir wissen, daß die Karaffen gegen 12.45 Uhr neu aufgefüllt worden sind. Das hat uns der Küchenchef versichert, der das Büfett regelmäßig kontrolliert. Wir haben alles konfisziert, sowohl die Vorräte in der Küche als auch den Inhalt der Salattheke. Aber wenn du mich fragst, ist es wohl eher so gewesen, daß jemand direkt an den Karaffen herummanipuliert hat.“

„Bis wann bekommen wir genaue Ergebnisse?“

„Ich hoffe, daß wir bis morgen Bescheid wissen, aber du weißt ja, am Wochenende ist das ziemlich schwierig.“

Brünner nickte, obwohl Morchel das nicht sehen konnte. Er bat darum, sofort informiert zu werden, wenn es etwas Neues gab. Dann holte er sich einen letzten Tee, bevor er vor die Journalistenmeute treten mußte.

Die Pressekonferenz fand im großen Versammlungsraum des Polizeipräsidiums statt. Daß die Lage ernst war, zeigte sich schon daran, daß Kripochef Henning Meyer und der persönliche Referent des Innensenators, Mike Bauer, anwesend waren. In einem Vorgespräch hatte Brünner den beiden den Ermittlungsstand bereits geschildert. Für große Begeisterung konnte er natürlich nicht sorgen, denn dazu hätten sie immerhin eine heiße Spur vorweisen müssen.

„Wir brauchen Erfolge“, betonte Bauer und nestelte nervös an seiner Krawatte. „Sie können davon ausgehen, daß wir mit dem Verlauf der Ermittlungen zum jetzigen Zeitpunkt nicht zufrieden sind. Da muß endlich was passieren“, sagte er und versuchte, Nachdruck in seine Stimme zu legen. „Der Innensenator möchte ab jetzt regelmäßige Berichte erhalten. Wir dürfen nicht schon wieder so ein schlechtes Medienecho bekommen, wie nach der Sache mit dem Drogendealer.“

Brünner hörte die Angst davor, daß der Innensenator sonst seinen Hut nehmen mußte, sehr wohl heraus. Das würde vermutlich auch das Karriereende des persönlichen Referenten bedeuten. Sowohl der Referent als auch der Senator waren dem Kommissar ziemlich schnuppe, obwohl der sein oberster Dienstherr war. Die Herren Politiker hatten in der Regel keine Ahnung, was bei der Polizei passierte. Sie kamen, wenn es etwas Positives zu vermelden gab. Neue Dienstfahrzeuge, neue Uniformen, neue Revierleiter. Ansonsten glänzten sie durch Abwesenheit oder verfügten Haushaltssperren, ohne zu erläutern, was das konkret bedeutete.

„Ich übernehme die kurze Begrüßung. Den Rest machen Sie“, sagte Kruse, als sie in den Versammlungssaal traten. Der war bereits gut gefüllt, Fernsehteams hatten ihre Kameras aufgebaut, zudem waren deutlich mehr schreibende Journalisten da als bei der gestrigen Pressekonferenz zum Leichenfund im Werdersee. Sie stiegen auf das Podium an der Stirnseite des Saales. Norbert Kruse begrüßte die Anwesenden, betonte, daß die Polizei sich des Ernstes der Lage sehr bewußt sei, und daß man deshalb gleich die Öffentlichkeit informieren möchte. Dann gab er dem leitenden Ermittler das Wort.

Brünner spürte, daß er zu schwitzen begann. Vor so vielen Menschen sprechen, das gefiel ihm überhaupt nicht. Schon deshalb, weil er kaum etwas in der Hand hatte. Das war wie bei einem schlecht vorbereiteten Referat in der Schule. Es fehlte der rote Faden. Sie hatten einen Anfang und ein vorläufiges Ende, aber den Verlauf der Handlung, die beteiligten Personen kannten sie nur teilweise. Die Hauptperson fehlte.

Was half es? Er mußte da durch. Offensiv. Er begann seine Ausführungen mit den beiden Brandanschlägen und der Nachricht, daß zwei Frauen vor wenigen Stunden festgenommen worden seien. „Sie sind geständig", sagte er. „Es handelt sich um Einzeltäterinnen. Sie kommen aus dem links-autonomen Spektrum und wollten, wie sie sagten, ein Zeichen gegen Ausbeutung von Frauen, Menschenhandel und Männergewalt setzen. Es wurde Haftbefehl gegen sie erlassen."

Dann wechselte er zu dem Thema, das allen auf den Nägeln brannte. Er gab einen gründlichen Überblick über die Morde an Werner Rösner und Helmut Suhling, erläuterte, daß beide mit einem Gemisch aus Arsenik und Parathion vergiftet worden seien, daß man aber noch keinen Hinweis auf den Täter habe. Auch bei den Vergiftungen in den beiden Restaurants und im Einkaufszentrum in Brinkum-Nord spielte er mit offenen Karten, stellte den Stand der Ermittlungen dar, machte deutlich, daß sie noch keine heiße Spur hatten. „Wir arbeiten zur Zeit an einem detaillierten Täterprofil, aber wie Sie sich denken können, ist es viel zu früh, damit an die Öffentlichkeit zu gehen. Bis jetzt konnten wir noch keine Fingerabdrücke oder verwertbares genetisches Material sicherstellen. Der Täter oder die Täterin geht sehr professionell vor und verbirgt sich geschickt in der Menge."

Danach prasselten Fragen auf Brünner ein. Wie zu erwarten war, drehten sie sich um die Gefahr für die Allgemeinheit. Ob man in diesen Tagen überhaupt in Restaurants essen gehen dürfe? Wie konzentriert die Stoffe gewesen seien, die in die Lebensmittel gebracht worden waren? Ob Menschen in Lebensgefahr schwebten? Wie die Polizei weiteren Taten vorbeugen wolle.

Brünner versuchte, die Dramatik der Situation herunterzuspielen. Er erläuterte, daß die Polizei alle Lokale gezielt informiere und die Gefahr, sich in einem Restaurant zu vergiften, sehr klein sei. „Bisher hatten wir es zudem mit Giftmengen zu tun, die zwar für Übelkeit sorgen, aber zu keinen längerfristigen gesundheitlichen Schäden führen."

Gegen Ende der Pressekonferenz hatte Brünner das Gefühl, daß sie sich allmählich im Kreise drehten. Es gab nichts Neues mehr zu berichten, einige Journalisten waren bereits gegangen. Es war an der Zeit, das Treffen zu beenden, als Norbert Hirrling von der BAZ seinen Finger hob. Auch jetzt lächelte er wieder mit diesem hochgezogenen Mundwinkel. Seine Frage kam knallhart. „Herr Brünner. Rechnen Sie in den nächsten Tagen mit weiteren Toten?"

Im gleichen Moment spürte Brünner die Wut in sich hochsteigen. Er würde diesem Bluthund nicht antworten. Weil es völlig belanglos war, was er antwortete. Hirrling würde sowieso schreiben, was er wollte. Auch wenn er den Anschein erweckte, als würde ihn jede neue Leiche aufs Tiefste schockieren, wartete er auf nichts sehnlicher, als auf einen weiteren Gifttoten, den er auf die Titelseite seiner Zeitung zerren konnte. Im Raum breitete sich Stille aus. Und diese Stille, das begriff Brünner, war weitaus tödlicher als jede Antwort. Diese Stille signalisierte, daß sie in der Tat mit einer Serie von Toten rechneten und daß sie sich ohnmächtig fühlten.

„Wenn man der tendenziellen Berichterstattung Ihrer Zeitung folgt", begann Brünner deshalb mit einem Gegenangriff, „dann ist zu erwarten, daß wir in Bremen noch eine Reihe von ungeklärten Todesfällen haben werden. Aber ich kann Ihnen versichern, daß wir alles tun, um genau das zu verhindern."

„Das wage ich nicht zu bezweifeln", antwortete Hirrling mit butterweicher Stimme. „Die Frage ist nur, was Sie aktuell tun können."

„Wir ermitteln mit Hochdruck. Und wir haben zur Zeit keinen Hinweis darauf, daß weitere tödliche Giftanschläge geplant sind", sagte Brünner. „Offenbar will der Täter mit den Lebensmittelvergiftungen erreichen, daß die Bürger Angst bekommen. Es ist aber aller Voraussicht nach nicht damit zu rechnen, daß er wahllos Menschen umbringen wird."

„Dann sucht er sich seine Opfer gezielt aus?"

„Das können wir nicht ausschließen", sagte Brünner mit Nachdruck. „Das zu verhindern, ist unsere Aufgabe, und daran werden wir gemessen. Vielen Dank für Ihr Kommen. Wir werden Sie auf dem Laufenden halten und wünschen ein ruhiges Restwochenende."

Gelächter ertönte, dann redeten alle durcheinander. Brünner stand auf, nahm seine Notizen und bedeutete Anne Schmidt, daß er für Fernsehinterviews nicht zur Verfügung stand, und verließ den Raum.

Es war 18.55 Uhr, als der Kommissar in seinen Wagen stieg. Er fühlte sich ausgebrannt und angegriffen. Dieser Hirrling hatte den wunden Punkt getroffen. Natürlich mußten sie befürchten, daß es weitere Tote gab. Aber wie sollten sie das verhindern?

Mit dem Handy rief er bei Silke an. Sie war zu Hause. Er entschuldigte sich für sein Verhalten von vorhin, doch sie wollte davon nichts wissen. „Ist schon in Ordnung. Wir haben hier viel Spaß gehabt."

Spontan schlug er vor, daß sie gemeinsam an die Schlachte zum mittelalterlichen Winterzauber fahren könnten. „Ich spendiere was zu essen, und wir genießen mit den Kindern den Abend."

Silke war einverstanden. „Wenn du dich mit mir und der ungepflegten Frisur in der Öffentlichkeit zeigen magst."

Er lachte. „Du kannst dir ja eine Mütze aufsetzen." Dann schaltete er das Handy aus und gab Gas.

In den Nachrichten gehörten die Festnahme der beiden tatverdächtigen Frauen und der Giftanschlag in Brinkum-Nord zu den Hauptthemen. Glücklicherweise sendeten sie noch keine O-Töne von der Pressekonferenz, so daß er seine Stimme nicht hören mußte. Zudem hielten sich die Redakteure bei Radio Bremen sehr zurück und versuchten, jede Panikmache zu vermeiden. Immerhin ein kleiner Erfolg, dachte Brünner. Als er über die Weserbrücke in die Neustadt fuhr, vermeldete der Nachrichtensprecher, daß Werder in Freiburg 6:0 gewonnen hatte. Brünner schlug vor Freude auf das Lenkrad. Vielleicht wurde es doch noch ein brauchbarer Abend.

13

Um 20.34 Uhr fuhr die Tochter zu der Stelle, wo die Schwachhauser Heerstraße in einem engen Bogen nach links schwenkte und in die Horner Heerstraße überging. Sie kam so, wie sie auch ihn erwartete: Mit der Straßenbahn der Linie 4.

Es war wieder kälter geworden, und als sie ihren Posten bezog, begann es sogar zu schneien. Sie beschloß, sich an den Stamm einer dikken Eiche am Straßenrand zu lehnen, damit sie nicht so naß wurde. Von hier konnte sie die Haltestelle gut überblicken, stand jedoch abseits der beleuchteten Fahrbahn. Es würde noch dauern, bis der Mann kam, auf den sie wartete. Etwa eine halbe Stunde, vielleicht auch länger. An den vier Samstagen vor Weihnachten hatten die Geschäfte in der Innenstadt bis zwanzig Uhr geöffnet. Er würde als letzter seine Abteilung verlassen, so wie er es früher auch getan hatte. Damals waren sie sogar noch deutlich länger geblieben und hatten die Einsamkeit genossen.

Sie war vollkommen ruhig. Es war gut gewesen, daß sie vorhin zwei Tabletten genommen hatte. Im Augenblick konnte sie darauf nicht verzichten. Dafür war zu viel passiert, war die Bedrohung zu sehr gewachsen. Die Gefahr lauerte überall. Diese Stadt hatte ihr Augenmerk auf sie gelegt, wollte sie verschlingen, köpfen, wie sie es mit der Gesche getan hatte. Selbst zu Hause war sie nicht mehr sicher. Sie hatte gespürt, daß Max unruhig wurde. Er hatte sie mehrmals prüfend angesehen, dann aber doch nichts gesagt. Das Schöne war, daß sie sich wehren konnte. Aus dem Dunkel heraus. Sie hatte die Chance genutzt. Gestern. Heute. Es war kinderleicht gewesen. In mehreren Cafés hatte sie die Zuckerstreuer präpariert, in Restaurants hatte sie am Büfett Pulver in das Salatdressing oder in die Suppe gerührt, selbst in einem großen Möbelhaus am Rande der Stadt hatte sie sich an der Salatbar zu schaffen gemacht. Wie ahnungslos die Menschen waren!

Sie würde es allen heimzahlen. Es würde erst enden, wenn sie es wollte. Vorher hatte sie allerdings noch zu tun. *Verdorbenes Fleisch beseitigen.* Der Mann, der bald hier mit der Straßenbahn ankommen würde, verdiente es nicht, am Leben zu sein. Doch bevor er starb, sollte er sie erkennen. So wie Rösner und Suhling sie erkannt hatten. Und er sollte spüren, daß er einen Fehler begangen hatte. Damals.

Der Schnee wurde stärker. Die Flocken wirbelten durch das Scheinwerferlicht der vorbeifahrenden Autos. Der Verkehr war schon abgeebbt, die meisten Menschen waren bereits zu Hause, hatten die Heizung hochgedreht und den Fernseher eingeschaltet.

Natürlich gab es viel zu tun. Aber er hatte es immer wieder eingerichtet, daß sie nach Feierabend noch zu ihr gehen konnten. Selten trafen sie sich in Lokalen. Er hatte Angst, daß sie gesehen wurden. Bei ihr angekommen, war es oft der gleiche Ablauf gewesen. Sie waren kaum durch die Tür ihrer kleinen Wohnung am Rande des Bürgerparks getreten, als er ihr schon an die Bluse gegangen war, ihre kleinen festen Brüste berühren wollte, sich seine Hand unter ihren Rock oder in den Hosenbund schob. Aber auch bei ihr hatte sich während der Stunden in der Abteilung, Stunden, in denen sie sich immer wieder sahen und durch heimliche Gesten und Blicke zeigten, daß sie einander begehrten, die Spannung aufgebaut, so daß sie ihm förmlich entgegenflog. Sie war die richtige Frau für ihn. Sie wußte es. Er wußte es. Doch zu Hause hatte er eine andere Frau und zwei Kinder.

Eine Straßenbahn näherte sich. Die Türen im hinteren Wagen öffneten sich. Zwei junge Frauen und ein älterer Mann traten heraus. Während der Mann sich in die andere Richtung entfernte, liefen die Frauen auf sie zu. Beide waren modisch gekleidet und attraktiv. So wie es viele Männer gerne mögen, so wie sie selbst vor vielen Jahren durch die Stadt gelaufen war.

Sie machte das Unverfänglichste, tat, als würde sie hier auf jemanden warten. Die Frauen würden sich nicht an sie erinnern, waren zu sehr ins Gespräch vertieft und gaben Acht, daß sie mit ihren hochhackigen Schuhen nicht ausrutschten.

Jetzt waren sie um die Ecke, auch auf der Straße war kein Verkehr. Sie trat von einem Fuß auf den anderen, um sich ein wenig warmzuhalten. Zwanzig Minuten vergingen, bis die nächste Straßenbahn kam. Sie hielt mit quietschenden Bremsen. Die Tür beim Fahrer ging auf, ein Mann stieg aus. Sofort wußte sie, daß er es war. Dieser gebeugte Gang, als ob er eine schwere Last zu tragen hatte. Dabei war es nur eine Haltungsschwäche, die er damals schon gezeigt hatte und die ihm im Alter einen Buckel eingetragen hätte. Wenn er alt geworden wäre. Doch sein Tod stand unmittelbar bevor. Es gab für ihn kein Entrinnen.

Er überquerte die Straße, kam näher. Gleichzeitig zog sie sich zurück, suchte den Schutz der Büsche und eilte ihm dann voraus. Noch durfte er sie nicht bemerken. Dafür hatte sie eine andere Stelle vorgesehen.

Der Wind trieb Lars Walter die Schneeflocken ins Gesicht. Er spürte die Kälte auf seiner Haut. Ein Gefühl, das er zutiefst verabscheute. Du bist dünnhäutig geworden, dachte er. Du kannst den Frost nicht mehr ab. Aber das ist nicht alles. Auch dem Streß des Vorweihnachtsgeschäfts bist du nicht mehr gewachsen. Heute war der bisher schlimmste Tag gewesen, und er hatte bereits am Morgen gewußt, daß es so kommen würde. Vor wenigen Tagen war bei vielen Menschen das Weihnachtsgeld ausgezahlt worden, so daß sie sich jetzt ihre Wünsche erfüllen konnten. Schon um zehn Uhr in der Frühe hatten sich in allen Abteilungen des Kaufhauses lange Schlangen vor der Kasse gebildet. Besonders schlimm war es in der Computer- und Hi-Fi-Abteilung gewesen und bei ihm im Spielwarenbereich. Erschwerend war hinzugekommen, daß der

Kurier in der heutigen Samstagsausgabe eine redaktionelle Spielesonderseite gebracht hatte. Das an sich war kein Problem, denn Werbung war gut für den Umsatz. Aber das am besten bewertete Spiel war in einem kleinen Verlag erschienen, dessen Produkte sie nur mit langer Lieferfrist bestellen konnten. Natürlich hatten sie das Spiel nicht auf Lager und mußten zahlreichen Kunden, die mit dem Zeitungsausschnitt in der Hand gekommen waren, eine Absage erteilen. Diese Idioten vom Kurier! Warum kam von denen keiner auf die Idee, mindestens eine Woche vorher Bescheid zu sagen, welche Spiele getestet wurden. Aber nein, die Herren Redakteure waren sich dafür offenbar zu fein.

Er beschleunigte seine Schritte, wollte schnell nach Hause. In seinem Appartement war es immerhin warm. Wie er die kommenden Stunden verbringen wollte, wußte er allerdings noch nicht. Vermutlich würde er vor dem Fernseher das Finale von „Wetten daß ...?“ gucken. Danach „Aktuelles Sportstudio“. Alternativ zum Fernsehen konnte er heute abend auch zu Hans-Jürgen gehen, der seinen 55. Geburtstag feierte und ihn eingeladen hatte. Erfahrungsgemäß saßen dort aber fast nur Leute aus dem öffentlichen Dienst, Ortsamt, Kfz-Zulassungsstelle und Amt für soziale Dienste. Nein, kein Bedarf. Dann doch lieber Fernseher.

Gleich war er zu Hause. Er bog in den kleinen Weg ein, der direkt zu seinem Wohnblock führte, schlug den Mantelkragen hoch, weil ihm die Schneeflocken noch heftiger ins Gesicht peitschten. Nur aus den Augenwinkeln sah er, daß eine Person neben den Mülltonnen auf dem Pflaster hockte. Er stutzte, ging wenige Schritte weiter, um seine Wahrnehmung zu überprüfen. Ja, dort hockte tatsächlich eine Frau. Sie schien gestürzt zu sein.

„Hallo“, sagte er mit besorgter Stimme. „Kann ich Ihnen helfen?“

Sie antwortete nicht, krümmte sich auf dem Boden. Er trat näher heran. Ihm rasten Gedanken durch den Kopf über Frauen, die ihre Schwangerschaft verheimlicht hatten und auf der Straße ihr Kind gebaren. Und vor wenigen Tagen war im Bürgerpark eine Frau mit epileptischem Anfall vom Fahrrad gefallen, in einen Bach gestürzt und ertrunken.

Walter beugte sich hinunter und vernahm ein Stöhnen. „Ist Ihnen nicht wohl?“

Die Frau nickte.

Er hockte nun neben ihr und sah ihr ins Gesicht. Sofort durchzuckte ihn die Erinnerung. Das konnte doch nicht sein! Über zwanzig Jahre danach. Hier direkt vor seiner Wohnung. Aber sie war es! Ganz sicher.

„Gabi?" fragte er leise.

Da blickte sie ihn überrascht an.

„Was ist los?"

Erneut hörte er nur ein Stöhnen. Die Gedanken wirbelten durch seinen Kopf. Er konnte sie nicht einfach hier liegenlassen! Das, was vor Jahren passiert war, war lange vorbei. Mehrmals schon hatte er in der Vergangenheit daran gedacht, daß er damals zu überhastet reagiert hatte. Er hatte seine Liebe verleugnet. Kurz entschlossen zog er sich seinen Mantel aus und legte ihn um die Frau, deren Körper er früher besser gekannt hatte als den seiner Ehefrau Sybille. „Du kommst erstmal mit zu mir", sagte er mit fester Stimme. „Was ist nur passiert? Bist du verletzt?"

Er sah, daß sich ihre Lippen öffneten, doch kein Ton kam hervor. Vielleicht stand sie unter Schock. Irgend etwas Schlimmes schien geschehen zu sein. Mit aller Kraft zog er sie hoch und stützte sie. Soweit war es kein Problem, und als er sie behutsam zum Eingang des Wohnblocks führte, ging sie schlurfend mit. An der Tür angekommen, war es gar nicht so leicht, den Schlüssel aus seinem Mantel hervorzukramen. Schließlich hatte er aber das Schloß geöffnet und führte die Verletzte in seine Wohnung in der ersten Etage. Er brachte sie ins Wohnzimmer, legte sie aufs Sofa, deckte sie mit einer Wolldecke zu, drehte die Heizung hoch und ging in den Flur, um sich seine verdreckten Schuhe abzustreifen. Dabei jagten Gedanken wild durch seinen Kopf. Wie kam es, daß Gabi hier auftauchte? Er hatte geglaubt, daß sie längst in einer anderen Stadt lebte. Vielleicht gar in einem anderen Land. Südfrankreich. Davon hatte sie immer geschwärmt. Und nun, Jahre nachdem er sich von Sybille getrennt hatte, Jahre, in denen er öfter sehnsüchtig an Gabi gedacht hatte, lag sie plötzlich vor seiner Haustür. Hilflos. Schutz suchend. War das ein Zeichen, ein Wink des Schicksals? In jedem Fall würde er sie heute gut behandeln. Wer wußte, vielleicht ließ sich das Rad der Zeit zurückdrehen, und sie konnten einen neuen Anfang wagen.

Als er in den Wohnraum zurückkehrte, hatte sie sich nicht gerührt. Er näherte sich ihr und sah sie prüfend an. In ihren Augen loderte noch immer das Feuer, das er von früher kannte. Allerdings sehr schwach. „Brauchst du einen Arzt?“ fragte er und strich ihr über die kalte Stirn.

Sie schüttelte den Kopf.

„Hast du Schmerzen?“

Sie stammelte: „Das ist gleich vorbei.“

„Soll ich uns etwas Heißes zu trinken machen? Oder möchtest du einen Schnaps?“ erkundigte er sich und ließ dabei wie zufällig seine Hand auf ihrer Hand liegen, die noch in den Handschuhen steckte.

Sie lächelte. „Ja, bitte.“

„Was denn? Schnaps oder Tee, oder beides?“

Sie nickte, was er so interpretierte, daß sie mit seinem letzten Vorschlag einverstanden war.

Ein wenig Alkohol würde gut tun. Er trank ohnehin gerne einige Schnäpse, wenn er alleine zu Hause war, und bei Gabi würde der Alkohol vielleicht ein wenig die Zunge lösen. Mit der Flasche Korn und zwei Gläsern in der Hand kam er zurück, schenkte ein. Doch bevor er ihr das Glas reichen konnte, flüsterte sie: „Bitte auch einen Tee.“

„Natürlich. Ich setze den Kessel auf.“ Er eilte in die Küche, summte dabei ein Lied, das aus der Zeit stammte, als sie beide Anfang der achtziger Jahre ein Paar gewesen waren. „Verdammt lang her“. Irgendeine Kölner Gruppe mit merkwürdigem Namen. Er entschied sich für Pfefferminzteebeutel, blieb solange in der Küche, bis das Wasser kochte. Vor dem Fenster sah er den Schnee nun in dicken Flocken fallen. Schon hatte sich eine geschlossene Decke auf der Rasenfläche bei den Wäschestangen gebildet. Wie sollte Gabi nach Hause kommen? Er konnte ihr ein Taxi rufen. Vielleicht brauchte sie aber doch einen Arzt. Laß es auf dich zukommen, sagte er sich und lief mit den vollen Tassen in der Hand zurück in den Wohnraum. Überrascht stellte er fest, daß Gabi sich aufgerichtet hatte. „Na, geht es dir schon wieder besser?“ erkundigte er sich liebevoll.

Sie nickte und versuchte ein Lächeln.

„Dann wollen wir doch mal auf dieses unverhoffte Wiedersehen trinken“, sagte er, und seine Stimme klang ihm ein wenig zu laut und zu fröhlich. Er griff nach dem Schnapsglas, mußte vorsichtig sein, den Inhalt nicht auszuschütten. Offenbar hatte er es eben zu voll geschenkt. Aber was kümmerte es ihn! Er war schließlich zu Hause, brauchte sich über den Heimweg keinen Gedanken zu machen. Mit einem großen

Schluck stürzte er den Korn hinunter, spürte, wie er heiß die Kehle hinunter lief, schnappte ein wenig nach Luft. Irgendwie verspürte er einen seltsam ungewohnten Geschmack auf der Zunge. Es schmeckte bitter. Gleichzeitig schien in seinem Magen ein Feuer zu entflammen, dessen Spitzen durch die Speiseröhre nach oben loderten. Was war los? Er trank diesen Schnaps doch schon seit Jahren ohne Beschwerden. Oder war er heute einfach zu angespannt?

Er sah zu Gabi hinüber. Sie hatte nichts getrunken, hielt das Glas noch immer in der Hand. Wieso hatte sie die Handschuhe an, obwohl es hier so warm war? Irgendwie schien es ihm, als würde die Frau vor ihm plötzlich bei weitem nicht mehr so elend aussehen, wie noch vor wenigen Minuten. Ihm hingegen ging es immer schlechter. Es schnürte ihm den Hals zu, daß er kaum noch atmen konnte. In seinem Mund sammelte sich Speichel, so viel, daß er die Flüssigkeit kaum nach unten bekam. Er spuckte aus, doch schon wieder war sein Mund voll. Gleichzeitig begann sein Herz heftig zu pochen. Übelkeit stieg in ihm hoch.

„Spürst du es?“ hörte er Gabis Stimme wie aus weiter Entfernung.

Was soll diese Frage? Was für ein Spiel wird hier gespielt?

„Spürst du, wie es wirkt?“

Wie was wirkt? Er wollte antworten, doch er bekam keinen Laut heraus. Er brauchte unbedingt etwas zu Trinken. Wasser oder Tee, nur keinen Alkohol. Energisch versuchte er sich aus dem Sessel hochzuwuchten, aber seine Arme knickten weg. Noch einmal probierte er es, schaffte es erneut nicht. Wie in Zeitlupe sah er Gabis Augen, die ihn spöttisch anblickten. Was hatte sie ihm angetan? Wollte sie ihn vergiften? Diese Wahnsinnige! Hatte er nicht schon immer geahnt, daß sie verrückt war? Diese ständig wiederkehrenden depressiven Anfälle, die ihn schon damals verwirrt hatten. Plötzliche Aggressivität. Mehrmals hatte sie die Tür so heftig zugeschlagen, daß die Scheibe zerbrochen war. Ihre Angst, daß sie verfolgt, daß ihr Telephon abgehört wurde. Sie brauchte einen Arzt! Aber vorher benötigte er einen Arzt. Jemand mußte ihm helfen. Er mußte Hilfe herbei rufen! Noch einmal richtete er sich auf, doch sein Herz schlug so schnell, als sei er kilometerlange Treppen hinaufgeeilt. Resignierend sank er zurück. Die Frau vor ihm sprach mit harter Stimme weiter. Ihre Worte drangen in sein Bewußtsein, ohne daß er die Sätze verarbeiten konnte. In ihm breitete sich Lähmung aus.

„Diesmal kommst du nicht so einfach weg, mein lieber Lars. Diesmal entscheide ich, wer zuerst geht", sagte sie. Sie sah ihm tief in die Augen, registrierte das Flackern der Angst in seiner Iris. Gleichzeitig schob sich die Erinnerung an seinen damaligen Blick vor dieses Bild, der eiskalte, berechnende Ausdruck seiner Augen, als er ihr mit wenigen Sätzen deutlich machte, daß sie nun nicht mehr gebraucht wurde. *Wie sehr sich Menschenaugen verändern können! Welch Gegensatz auf wenigen Quadratmillimetern menschlicher Oberfläche. Alles spiegelte sich darin, und je tiefer man in sie drang, desto deutlicher wurden die dahinter verborgenen Welten.*

Sie sah, wie sich seine Lippen öffneten, er aber unfähig war, ein Wort zu formulieren. Dann ging ein Zucken durch seinen Körper. Lars Walter bäumte sich auf. Er würgte, seine Augen traten aus den Höhlen, seine Stirn glänzte schweißnaß. Dann erbrach er sich auf dem Teppich, eine schleimig-grüne Flüssigkeit, die den Raum mit säuerlichem Geruch erfüllte. Als er auf den Boden sank und zuckend vor sich hin wimmerte, erhob sie sich. Sie stellte das Glas mit dem Schnaps auf den Tisch. Einen Moment überlegte sie, ob sie noch warten sollte. Vielleicht erholte er sich, aber die bisherigen Erfahrungen hatten gezeigt, daß der Giftcocktail sehr schnell wirkte. Wenige Minuten noch und alles würde vorbei sein.

Sie verließ das Wohnzimmer, durchquerte den Flur und öffnete die Wohnungstür. Das Treppenhaus war dunkel, aus der oberen Etage hörte sie klassische Musik. Sie erkannte Beethovens „Eroica", ansonsten war es still. Vielleicht sollte ich mal wieder Klavier spielen, dachte sie. Auf jeden Fall werde ich es tun, wenn ich in die Freiheit eingezogen bin. Sie schaltete das Treppenhauslicht an, zog die Tür zu und lief hinunter. Als sie ins Freie trat, lag der von Koniferen gesäumte Weg weiß gepudert vor ihr. Ihr Atem schwebte in nebligen Schwaden davon. Ein tiefes Glücksgefühl durchströmte sie. Sie spürte, wie ihr die Tränen kamen. Doch sie riß sich zusammen. Noch war sie nicht fertig. Dann ging sie in Richtung Straßenbahnhaltestelle.

14

Als Brünner am Montagmorgen in seiner kalten Wohnung aufwachte, peinigten ihn erneut starke Kopfschmerzen. Das heftige Pochen hinter der Stirn hatte ihn bereits in der Nacht geweckt, doch da hatte er es noch mit zwei Schmerztabletten betäuben können. Nun aber – er sah auf die Uhr, es war 5.15 Uhr – war die Wirkung des Medikaments gewichen. Brünner wankte in die Küche, drückte zwei Tabletten aus der Folie und spülte sie mit Wasser hinunter. Dann lief er zurück zum Bett und kroch unter die warme Decke. Er lauschte auf das Ticken des Weckers, und sofort war es ihm wieder gegenwärtig: Wenn er jetzt aufstand, würde die unbarmherzige Jagd von Neuem beginnen. Die Jagd nach dem Phantom von Bremen, das die vergangenen 48 Stunden sein Handeln und Denken bestimmt hatte.

Mittlerweile war er davon überzeugt, daß das Wochenende zu den schlimmsten gehörte, die er als Kripobeamter je erlebt hatte. Zeitweise hatte er das Gefühl gehabt, als seien er und seine Kollegen in das Szenario eines Thrillers geraten, in dem sie ohnmächtig mitansehen mußten, wie immer mehr Bürger der Stadt in einen panikartigen Zustand verfielen. Schon am Sonntagvormittag hatten sie mit Sicherheit gewußt, daß das Salatdressing im Einrichtungshaus mit Arsenik präpariert worden war. Die Überraschung hielt sich in Grenzen. Gleichzeitig kamen immer mehr Meldungen herein, daß in weiteren Restaurants und Cafés Menschen über Übelkeit und Erbrechen klagten. Betroffen waren Gaststätten im Bremer Süden und in der Innenstadt. Das Schlimme daran war, daß sich trotz all ihrer Bemühungen kein System erkennen ließ, das ihnen bei der Fahndung nach dem Giftmischer weiterhalf. Offenbar suchte er wahllos nach Gelegenheiten, wo er das Arsenik unauffällig in Lebensmittel mischen konnte.

Die Rettungskräfte waren auch am Sonntag rund um die Uhr im Einsatz gewesen. Zeitweise hatte der Bremer Innensenator erwogen, Katastrophenalarm auszurufen, dann aber doch vorerst davon Abstand genommen, weil man noch größere Panikreaktionen befürchtete. Alle verfügbaren Sanitäter und Ärzte waren im Dauerdienst, in den Krankenhäusern spielten sich tumultartige Szenen ab. Hunderte Menschen waren eingeliefert worden oder selbst gekommen und hatten darauf bestanden, sofort untersucht zu werden. Mehrere Stunden war die Ambulanz geschlossen worden, da das Krankenhauspersonal nicht mehr Herr der Lage gewesen war. Gleichzeitig waren Menschen in die Kommissariate gestürmt, um Verwandte oder Bekannte anzuzeigen, die sie verdächtigten, Gift in ihr Essen gemischt zu haben.

„Der Feind sitzt im eigenen Haus“, kommentierte Rainer Lange bitter. „Es ist unglaublich, wieviel Mißgunst sich hinter den Häuserfassaden verbirgt und in solchen Situationen hervorbricht.“

Jedes Unwohlsein, jede Magenverstimmung, jeder Durchfall oder aber auch starke Kopfschmerzen, ja, sogar Ziehen in der Brust oder einfach Mattigkeit trieb die Menschen in die Panik, so daß eine eigens eingerichtete Hotline im Polizeipräsidium unter dem Ansturm der besorgten Bürger zusammenbrach.

Unterdessen hatte die BAZ am Sonntag eine Sonderseite veröffentlicht, auf der erläutert wurde, wie Arsenik aussah, wie es wirkte und welche Vorsichtsmaßnahmen man gegen Giftanschläge treffen konnte. Vermutlich gab es keinen Konditor in ganz Bremen mehr, der heute oder in den kommenden Tagen Gebäck verkaufte, das mit Puderzucker bestäubt war. In den gastronomischen Betrieben würde jedes Essen genauestens auf weißes Pulver kontrolliert werden, sobald es auf den Tisch kam. Auf dem Weihnachtsmarkt hatten gestern mehrere Stände den Ausschank von Glühwein gestoppt, nachdem ein Gerücht die Runde gemacht hatte, daß sich Arsenik in Alkohol besonders gut löste und ein Unbekannter das Gift in die Vorratskanister gebracht hatte.

In all dieser Panik hatten Brünner und seine Kollegen versucht, einen ruhigen Kopf zu bewahren. Brünner hatte den Sonntagvormittag mit der Familie verbracht. Sie hatten gemeinsam gespielt, dann zu Mittag gegessen. Danach hatte er Kevin zu Bettina gefahren. Er mußte dringend zur Arbeit, und für Kevin war es das Beste, einen ruhigen Tag zu verleben und am nächsten Morgen normal zur Schule zu gehen. Bettina und Robert waren nicht da gewesen, aber Doro und Paul. Er sagte ihnen, daß er nachher die Eltern anrufen würde. Als er Kevin noch einmal umarmt hatte, hatte er sich vorgenommen, spätestens zu Weihnachten viel Zeit für seinen Sohn zu haben. Bis dahin mußte der Giftmörder gefaßt sein.

Die Tablette wirkte schnell auf nüchternen Magen. Statt der Schmerzen spürte Brünner jetzt eine leichte Taubheit im Kopf. So, als seien seine Gedanken in Watte gepackt. Vielleicht war das gar nicht so schlecht, dachte er. Dann kann ich diesen Wahnsinn in der Stadt besser ertragen.

Er schlug die Bettdecke zur Seite und zog sich an. In der Wohnung war es kaum wärmer als neun Grad. Als er mit den Beinen in die Jeans fuhr, hatte er das Gefühl, in eine Eisröhre zu steigen. Glücklicherweise hatte sich für heute morgen um sieben Uhr der Klempner angekündigt, der das erforderliche Ersatzteil in die Therme einbauen wollte, einen Wärmetauscher oder so etwas ähnliches. Hauptsache, er tauschte Kälte gegen Hitze, damit heute abend angenehme Temperaturen in der Bude herrschten. Mittlerweile war es Brünner egal, was die Reparatur kosten würde. Es ließ sich ja doch nicht vermeiden, und die Kälte ließ alle Widerstandskräfte erfrieren.

Er schlug den Vorhang vor dem Fenster zur Seite und sah hinaus. Zum Schnee von Sonnabend war in der Nacht noch etwas hinzugekommen. Nicht viel, aber gerade so, daß der Boden bedeckt war. Brünner atmete tief durch. Wie jedes Jahr durchströmte ihn bei diesem Anblick die Erinnerung an Kindertage. Wie sie aus dem Wohnzimmerfenster seines Elternhauses auf die Terrasse gesehen hatten. Auf dem Dach des Vogelhauses, das an der Wand des Abstellraumes hing, türmte sich ein weißes Polster, der Garten lag verschneit da, und unter den Büschen fanden sich Spuren von Vögeln, die Schutz gesucht hatten. Der erste Schnee weckte bei ihm den Wunsch nach Ruhe und Besinnlichkeit. Im Sessel sitzen, ein gutes Buch lesen, Tee trinken und sich gegen die Welt da draußen abschotten.

Brünner wandte sich ab und ging in die Küche. Er zündete die Kerze auf dem Frühstückstisch an. Immerhin eine kleine Wärmequelle in der kalten Wohnung. Im Radio spielten sie das Finale von Beethovens siebter Symphonie. Er drehte die Lautstärke deutlich höher und ließ sich von der Dynamik der Komposition mitreißen, so daß er schließlich sogar recht gut gelaunt auf seinem Brot herumkaute.

Die Zeit, bis der Klempner kam, verbrachte Brünner mit lesen. Mittlerweile hatte auch der Kurier seine Zurückhaltung abgelegt, was die Giftanschläge betraf. Welch Wunder? Wenn die ganze Stadt verrückt spielte, durfte die Zeitung dem in nichts nachstehen. Glücklicherweise vermied das Blatt aber Schuldzuweisungen. Mit keinem Wort wurde der Polizei ein Vorwurf gemacht.

„Die müssen diesen Verrückten doch langsam mal finden“, ereiferte sich der Klempner, als er die Titelseite beim Eintreten in die Küche sah. „Ich habe schon zu meiner Sanne gesagt, daß da bestimmt jemand aus der Irrenanstalt ausgebrochen ist. Oder das sind irgendwelche arabischen Fanatiker, die hier Panik auslösen wollen."

Brünner ließ den Mann reden. Er mochte es nicht, wenn Handwerker einen zu vertraulichen Ton anschlugen, private Dinge erzählten, und er das Gefühl hatte, daß sie dabei ihre Arbeit vernachlässigten. Nachdem er dem Mann erklärt hatte, daß er nach erfolgter Reparatur nur die Wohnungstür ins Schloß fallenlassen sollte, machte er sich auf den Weg ins Präsidium.

Bei der ausführlichen Morgenbesprechung gab es keine neuen Erkenntnisse. Gegen halb zehn saß Brünner an seinem Schreibtisch. Er schob den Stapel mit Meldungen des Wochenendes achtlos zur Seite. Seine Stimmung war schlecht, weil sie nicht vorankamen. Der Täter hatte auch bei den neuen Giftanschlägen keine verwertbaren Spuren hinterlassen, niemand schien ihn beobachtet zu haben. Zudem war noch immer kein Motiv für die Taten erkennbar. Brünner griff nach dem Telephonhörer und bat Rainer Lange, in sein Büro zu kommen. Sie hatten vor ein paar Tagen vereinbart, daß der Kollege die Personalakte Rösners prüfen sollte.

„Gab es eine Beurteilung von der Schulleitung, bevor er wechselte?" fragte Brünner, als sie zusammensaßen.

Lange kramte in seinen Aufzeichnungen. „Man wollte mir die Stellungnahme nicht zuschicken, weil die Akte dem Datenschutz unterliegt", sagt er und legte ein paar Blätter zur Seite. „Aber die zuständige Sachbearbeiterin hat mir die wichtigen Passagen daraus vorgelesen. Da war nur von tadelloser Pflichterfüllung und außergewöhnlichem Einsatz die Rede. Nichts, was auf Differenzen oder Mißstände hindeutete." Er blätterte um. „Hier steht es. Der damalige Rektor empfahl sogar, Werner Rösner für höhere Aufgaben zu verwenden. Das tut man wohl nicht, wenn man ihn unbedingt loswerden will."

„Es sei denn, man möchte ihn in höchsten Tönen wegloben."

„Ja, aber dann hätte es doch vorher schon einen Hinweis auf Schwierigkeiten gegeben, zum Beispiel beim Schulaufsichtsamt, oder meinst du nicht?"

Brünner grinste. „Ich glaube, da können Schulwände dicker sein als Gefängnismauern. So leicht dringt da nichts raus. Ich denke, ich werde mir die Schule mal von innen ansehen."

Als er mit dem Auto in Richtung Grolland fuhr, kamen ihm zweimal Krankenwagen mit Blaulicht entgegen. Wieder neue Vergiftungsfälle? Er rief bei den Kollegen an, aber heute waren noch keine besonderen Vorkommnisse gemeldet worden. Brünner schaltete das Radio an. Er wählte ganz bewußt einen Klassiksender, um von hysterischen Kommentaren zu den Vorfällen in der Hansestadt verschont zu bleiben. „Wir müssen uns beeilen. Wir benötigen dringend Erfolge." Das hatte der Polizeipräsident heute morgen noch einmal in einer Ansprache an alle Mitarbeiter der Mordkommission betont. Die Stimmung in Bremen war aufgewühlt, es brodelte. Immer wieder war zu hören, daß die Polizei nicht mehr in der Lage sei, die Bürger zu schützen. Der Innensenator stand unter Beschuß, weil manche Reviere in der Nacht wegen Personalknappheit geschlossen werden mußten und sich die Einwohner nicht mehr sicher fühlten. Schon gab es Menschen, die erneut den Einsatz von Überwachungskameras an öffentlichen Plätzen forderten. Als ob das irgend etwas bringen würde. Man konnte schließlich nicht überall eine Kamera installieren. Erst recht nicht in Restaurants, wo die Leute ungestört essen und trinken wollten.

Hoffentlich finden wir nicht noch eine Leiche, dachte Brünner. Das würde die Emotionen weiter hochpeitschen. Und hysterische Reaktionen waren das Letzte, was sie jetzt brauchen konnten.

Das Handy klingelte. Cord Kramer meldete sich. „Halb dienstlich, halb privat", sagte er nach der Begrüßung. Brünner mußte lachen, denn privat telephonierte Cord um diese Uhrzeit grundsätzlich noch nicht.

„Da hat man mal ein Wochenende frei, und schon passieren in Stuhr große Dinge", beklagte sich der Freund. „Hier sprechen alle nur über den Giftanschlag. Logisch, daß wir auch an der Geschichte dran sind."

„Natürlich", antwortete Brünner knapp, denn ihm war klar, daß er gerade weniger mit einem Freund als mit einem Journalisten sprach.

„Gibt es was Neues?" kam dann auch gleich die Frage. „Habt ihr schon jemanden im Verdacht? Könnte es sogar eine Person aus Brinkum gewesen sein?"

„Cord, tut mir leid", antwortete Brünner. „Da mußt du eure Polizei vor Ort fragen. Die sind für Brinkum zuständig."

Kramer lachte. „Ich weiß, Martin. Aber ihr in Bremen leitet die Ermittlungen, und du kannst dir denken, daß die hier nicht viel rauslassen. Ich möchte nur wissen, ob ihr weitergekommen seid."

„Was Brinkum betrifft überhaupt nicht“, sagte Brünner kurz angebunden. „Es gibt nichts Neues. Und wenn es was Neues gibt, dann wirst du es nicht von mir erfahren.“ Er stockte einen Moment. „Wir müssen mit offenen Karten spielen, Cord. Nur, weil wir befreundet sind, darf ich dir nicht mehr sagen als den anderen. Also, laß uns lieber darüber sprechen, wie dein Wochenende war.“

„Da gibt es nicht viel zu erzählen. Es war trostlos wie alle meine Wochenenden in der vergangenen Zeit“, antwortete Cord mit düsterer Stimme und wechselte schnell das Thema. „Morgen abend spielt Werder in Valencia. Wenn sie gewinnen, sind sie im Achtelfinale der Champions-League. Wollen wir uns in der Kneipe treffen?“

„Mal sehen, wie sich die Dinge hier entwickeln“, antwortete Brünner. Im Augenblick war ihm nicht nach Fußballspannung zu Mute. Nicht, wenn zur gleichen Zeit ein Giftmischer durch die Stadt lief.

Die frühere Grund- und Hauptschule in Grolland war mittlerweile zu einer reinen Grundschule mit einem Integrationszweig für Behinderte umgewandelt worden. Sie lag an einer der Haupteinfallstraßen nach Bremen. Der rote Backsteinbau verbarg sich jedoch hinter Büschen und Bäumen, so daß er fast so idyllisch wirkte wie eine Dorfschule. Hier also war Werner Rösner in den sechziger Jahren täglich ein- und ausgegangen, hatte Arbeiten schreiben lassen und Noten verteilt. Als Brünner durch eine Glastür in die kleine Aula trat, schepperte an der Decke eine Klingel. 10.15 Uhr. Klassentüren wurden aufgestoßen, und im Nu hatten sich die beiden Flure, die von der Halle abgingen, mit Kindern gefüllt. Viele von ihnen hatten Frühstücksbrote und kleine Getränkepackungen mit Strohhalm in der Hand. Brünner dachte wehmütig zurück. Das hatte es bei ihm in der Grundschule damals auch gegeben. Wahlweise Milch, Kakao oder Orangensaft. Seine Mutter hatte immer verlangt, daß er Milch oder Kakao nehmen sollte. Weil es gesünder war und Milch stark machte.

Brünner besah sich einige Kinderzeichnungen, die an der Wand hingen, und klopfte schließlich an die Tür des Sekretariats. Eine Frau, deren Alter der Kommissar auf Mitte fünfzig schätzte, sah ihm freundlich entgegen. Aber bevor sie ihn nach seinem Anliegen fragen konnte, wurde die Tür hinter ihm aufgestoßen, und ein Mädchen kam mit verheultem Gesicht herein. Sie wurde von zwei Schülerinnen begleitet und hatte einen blutverschmierten Ellenbogen.

„Sie entschuldigen ...“, sagte die Sekretärin lächelnd, hörte sich von den aufgeregten Mädchen an, was vorgefallen war, und ging dann zum Erste-Hilfe-Schrank. Als sie mit einem Pflasterstreifen zurückkam, konnte Brünner seinen Wunsch vorbringen. Er zeigte seinen Ausweis und bat darum, den Schulleiter sprechen zu dürfen.

„Hoffentlich nichts Schlimmes“, murmelte die Sekretärin, dann deutete sie auf die Tür neben dem Erste-Hilfe-Schrank. „Herr Gerdes ist nebenan. Gehen Sie ruhig durch.“

Brünner klopfte, trat ein und sah einen Mann, der kaum älter war, als er selbst. Höchstens Mitte vierzig, schätzte er und fand das ungewöhnlich jung für einen Schulleiter. Gerdes war offenbar in eine Arbeit vertieft gewesen. Nun sah er überrascht hoch.

„Brünner. Mordkommission“, sagte der Kommissar und gab dem Schulleiter die Hand.

„Na, das ist aber ein ungewöhnlicher Besuch“, antwortete Gerdes. „Mit Morden haben wir in unserer Schule bisher noch nicht zu tun gehabt.“

Brünner lächelte. „Ich hoffe, daß das auch in Zukunft so bleibt. Aber dennoch können Sie mir vielleicht behilflich sein. Ein Lehrer, Werner Rösner, der vor über dreißig Jahren an dieser Schule unterrichtet hat, ist vor wenigen Tagen ermordet worden. Wir versuchen nun, uns einen Überblick über sein Leben zu verschaffen.“

„Vor dreißig Jahren?“ Der Schulleiter kratzte sich am Kinn. „Damals bin ich ja selbst noch zur Schule gegangen. Ich glaube nicht, daß wir hier Unterlagen haben, die so weit zurückreichen.“ Er öffnete die Tür und sprach mit der Sekretärin, die ihre Erste-Hilfe-Tätigkeit offenbar beendet hatte. Dann kam er zurück. „Nein, da haben wir nichts mehr. Höchstens ein paar alte Photos und Listen, wer damals im Kollegium war.“

„Na, das ist doch schon was“, sagte Brünner. „Da würde ich gerne mal reingucken.“

Wenig später blätterte er zusammen mit dem Schulleiter eine Chronik durch, die sogar in Leder gebunden war. Aus den sechziger Jahren gab es nur wenige Photos, und sie zeigten zumeist Klassen vor dem Schulgebäude oder zur Einschulung vor der Tafel. „Daß das gesamte Kollegium photographiert wurde, war damals offenbar nicht üblich“, stellte Gerdes fest. „Und so wie es aussieht, hat Rösner nie eine erste

Klasse unterrichtet. Vermutlich war er für die älteren Volksschüler zuständig."

Sie blätterten weiter und stießen auf Listen, in die jede Klasse mit ihrem Lehrer eingetragen war. In der Tat hatte Rösner die Schüler oft erst ab der fünften Klasse übernommen. Das wunderte Brünner nicht, denn der Oberstudienrat war nicht der Typ gewesen, der mit kleinen Kindern gut klarkam, mit ihnen spielte, sang oder eine Weihnachtsfeier organisierte. Die letzte Klasse, die Rösner unterrichtet hatte, war eine neunte Volksschulklasse gewesen. Im Jahr 1972, dann war er an das Alte Gymnasium gewechselt.

„Können Sie mir eine Kopie von den Namen aus dieser Klasse machen?" erkundigte sich Brünner.

„Kein Problem", antwortete Gerdes. „Das dürfte kaum unter den Datenschutz fallen. Frau Schneider wird sich darum kümmern." Er blätterte einige Seiten zurück und schien nach etwas zu suchen. Mit dem Finger fuhr er die Listen ab, bis er fast unten angelangt war. Dann rief er laut aus: „Habe ich es mir doch gedacht. Dieter Specht war damals auch schon im Kollegium."

„Dieter Specht?" fragte Brünner verständnislos.

„Ja, Specht hat hier bis vor fünf Jahren noch unterrichtet. Er wohnt in Grolland und kann Ihnen wohl am besten erzählen, wie es Anfang der siebziger Jahre an der Schule war. Wenn es damals Probleme gegeben hat, dann müßte er es wissen."

Mit der Kopie aus der Chronik und der Anschrift von Dieter Specht in der Hand verließ Brünner die Grundschule. Der pensionierte Lehrer wohnte nur einen Kilometer entfernt. Da mittlerweile die Sonne schien und der Rauhreif auf Büschen und Autos zauberhaft funkelte, beschloß Brünner, die Strecke zu Fuß zurückzulegen. Er bekam sowieso zu wenig Frischluft und Bewegung, und die Kälte störte ihn nicht. Also war das eine gute Gelegenheit, etwas für die Gesundheit zu tun.

Dieter Specht lebte in einer Reihenhaussiedlung, die dem Stil nach Mitte der sechziger Jahre gebaut worden war. Eingeschossige rote Backsteinhäuschen mit kleinem Vorgarten und einen Vorbau vor der Haustür. Als Brünner klingelte, öffnete ein hochgewachsener Mann mit sonnengebräunter Haut und weißem, wirr abstehendem Haar. Wie bei Einstein, dachte Brünner amüsiert und stellte sich vor. Im Gegensatz zu vielen anderen Menschen, die erstaunt reagierten, wenn der Kommissar seinen

Beruf nannte, schien Specht nicht überrascht. „Sie kommen wegen Werner Rösner, nehme ich an?“

Brünner nickte. „Sie haben mich erwartet?“

„Nein, das nicht. Aber mir fällt kein anderer Grund ein, warum die Mordkommission bei mir vor der Tür stehen sollte.“

Specht führte Brünner durch den Flur in das Wohnzimmer, durch dessen große Fensterscheibe ein Blick in den winterlichen Garten möglich war. In der Mitte der Rasenfläche befand sich ein schilfumstandener Teich, die Halme waren ordentlich geschnitten. Der Hausherr kehrte dem Fenster den Rücken und wandte sich zu Brünner. „Als ich davon las, daß Werner vergiftet wurde, war ich ziemlich geschockt. Wo soll das hinführen, wenn man nicht mal in seiner eigenen Wohnung sicher ist?“

„Kannten Sie Rösner genauer?“

Specht winkte ab. „Ob wir befreundet waren, möchten Sie wissen? Nein, das kann man nicht sagen. Vielleicht in der Zeit, als wir an der selben Schule unterrichtet haben. Da haben wir uns gut verstanden. Nun ja, wir waren fast gleichaltrig und gehörten zu den jungen Lehrern. Da hält man zusammen. Die meisten anderen Kollegen waren aus damaliger Sicht ja schon Greise, und einige hatten bereits in der Zeit des Nationalsozialismus als Lehrer gearbeitet. Sie waren nur wieder übernommen worden, weil es niemand anderen gab, der den Job machen konnte.“ Specht sah Brünner offen an. „Als Werner ans Alte Gymnasium wechselte, verloren wir uns aus den Augen. Das letzte Mal habe ich ihn, glaube ich, vor sieben Jahren gesehen. Kurz bevor ich pensioniert wurde.“

„Wissen Sie, warum er die Schule gewechselt hat?“

„Natürlich. Wir haben oft darüber gesprochen. Werner fühlte sich zu Höherem berufen. Er wollte nicht immer nur Haupt- und Volksschüler unterrichten. Sein Ziel waren Gymnasiasten, die Oberstufe bis zum Abitur.“ Specht lächelte. „Nun ja, das hat er dann ja auch geschafft.“

Offenbar fiel ihm erst jetzt auf, daß sie beide noch standen. Er hob fast beschwörend die Hand. „Bitte, verzeihen Sie mir, daß ich Ihnen keinen Platz angeboten habe. Das kommt, wenn man es nicht gewohnt ist, Gäste zu empfangen. Darf ich uns einen Tee zubereiten.“

Brünner nickte und bedankte sich. Ein Tee war jetzt genau das Richtige. Und ein Glas Wasser, denn er spürte, daß sein Kopf erneut zu schmerzen begann. Glücklicherweise hatte er die Tabletten eingepackt. Wenn das nicht besser wird, mußt du einen Arzt konsultieren, ermahnte er sich. Du kannst schließlich nicht ständig unter Medikamenteneinwirkung arbeiten.

„Wir verstanden uns gut, solange wir an derselben Schule tätig waren", erzählte Specht, nachdem er in der Küche Wasser aufgesetzt und Tee in ein Netz gefüllt hatte. „Vielleicht kennen Sie das? Kaum, daß man sich nicht mehr täglich begegnet, wird der andere Mensch uninteressant. Wir hatten keinen Gesprächsstoff mehr, die Probleme, mit denen wir uns herumschlugen, waren unterschiedlich, weil die Schulformen kaum etwas miteinander zu tun hatten. Und da wir keine gemeinsamen Hobbys pflegten, gab es auch keinen Grund, sich außerhalb des Dienstes zu treffen."

Brünner nickte verstehend. „Was war Rösner damals für ein Mensch?"

Specht dachte einen Moment nach. „Nun ja, so genau kann ich das gar nicht sagen", begann er. „Werner war eigentlich ein ganz normaler Mann. Er war weder besonders sportlich, noch besonders gutaussehend. Allerdings hatte er schon damals eine sehr gute Allgemeinbildung. Ich hatte das Gefühl, daß er alles, was ihm interessant erschien, aufsaugen konnte wie ein Schwamm. Spielend leicht rief er in geeigneten Momenten dieses gespeicherte Wissen wieder ab. Manchmal schien er mir deshalb ein wenig überheblich. So, als müsse er mit seinen Kenntnissen protzen. Und wenn er etwas nicht wußte oder von jemand anderen belehrt wurde, reagierte er oft spöttisch. Frei nach dem Motto: Man muß sich ja nicht alles Unwichtige merken."

Brünner versuchte, diese Angaben mit seinen eigenen Erfahrungen in Einklang zu bringen, während Specht in der Küche den Tee aufgoß. Daß Rösner ein sehr gebildeter Mann war, das war unzweifelhaft. Diese Überheblichkeit, von der Specht sprach, war ihm damals nicht aufgefallen. Möglicherweise, weil Schüler so etwas bei ihrem Lehrer ohnehin nicht so schnell bemerkten. Vielleicht aber auch, weil Rösner sich gewandelt hatte.

Specht kam zurück. Er stellte die Teekanne auf ein kleines Stövchen. Am Ausguß der Kanne hatte er einen Tropfenfänger angebracht, der Brünner an das Modell erinnerte, das seine Großtante früher benutzt hatte. Sie tranken den Tee aus zierlichen Porzellantassen mit chinesischen Drachenmotiven. Specht hatte sogar ein paar Kekse in eine Schale gelegt, doch jetzt am Vormittag hatte Brünner darauf noch keinen Appetit.

„Es mag vielleicht ein wenig merkwürdig klingen", lenkte der Kommissar das Gespräch in eine neue Richtung. „Aber mich würde interessieren, ob Sie etwas über Rösners damaliges Privatleben mitbekommen haben. Insbesondere, was Frauen betraf."

„Frauen?" Specht lachte. „Das wäre merkwürdig gewesen, wenn ich davon nichts mitbekommen hätte."

„Inwiefern?"

„Im Gegensatz zu mir hatte Werner keine Probleme, was mit Frauen anzufangen. Ich weiß auch nicht, woran es lag, denn er war optisch nicht gerade der Typ, auf den Frauen fliegen. Ich würde mal sagen, er sah durchschnittlich gut aus. Aber vielleicht lag es daran, daß er hervorragend tanzen konnte oder daß er zu Frauen ungemein charmant war. In jedem Fall hatte er an Verehrerinnen keine Not."

„Heißt das, er wechselte ständig?"

„Nein, das kann man nicht behaupten. Er konnte durchaus treu sein. Aber wenn dann doch mal eine Beziehung in die Brüche ging, blieb Werner nicht lange allein."

„Hat es in solchen Fällen Streit gegeben, oder gab es Frauen, die sich von ihm schlecht behandelt fühlten?"

Specht sah Brünner nachdenklich an. „Ich kann mir gar nicht vorstellen, daß das für die Aufklärung eines Mordes von Nutzen ist. Es wird doch nicht über dreißig Jahre später ein Mensch umgebracht, weil es Streit in der Liebe gegeben hat."

Brünner hatte das Gefühl, daß Specht ihn nicht ernst nahm. „Wir gehen zur Zeit jeder Spur nach. Da sind auch scheinbare Nichtigkeiten von Belang", sagte er mit Nachdruck. „Also, hat es damals Streit gegeben?"

„Nein", antwortete Specht eilig. „Werner hatte das Talent, sich von Frauen zu trennen, ohne daß sie ihm allzu böse waren." Er schenkte die Teetassen noch einmal voll, umschloß mit der Hand das heiße Porzellan. „Lediglich bei Annegret lief es nicht ganz so gut, wenn ich mich recht erinnere."

„Annegret?"

„Ja, eine junge Lehrerin, die bei uns tätig war. Sie hatte gerade ihr Referendariat beendet und sollte eine Schwangerschaftsvertretung übernehmen."

„Was passierte damals?"

„Genau kann ich Ihnen das natürlich nicht sagen. Ich war schließlich nicht dabei. Aber es war wohl so, daß die beiden sich schon kurz, nachdem Annegret an die Schule gekommen war, ineinander verliebt hatten. Wir haben davon nichts gemerkt, sie haben das gut geheimgehalten. Aber als der damalige Schulleiter eines Tages früh morgens bei Annegret anrief, weil sie kurzfristig als Vertretung einspringen mußte, flog das Verhältnis auf, weil sich Werner am anderen Ende meldete. Sie können sich vorstellen, daß das für Wirbel im Kollegium gesorgt hat. Damals war es ja noch nicht üblich, daß junge Männer einfach so bei den Frauen übernachteten."

„Und das hat dann Ärger gebracht?" fragte Brünner.

„Nein, es wurde erstmal hingenommen. Niemand hat darüber außerhalb der Schule gesprochen. Doch als die Beziehung in die Brüche ging, war es natürlich das Gesprächsthema Nummer eins."

„Hatte es Streit zwischen den beiden gegeben?"

„Es muß wohl so gewesen sein. Werner hat mit mir nie darüber gesprochen. Er hatte schon kurze Zeit später eine neue Freundin. Damals herrschte natürlich im Kollegium eine äußerst schlechte Stimmung. Im Lehrerzimmer wurde kaum noch offen miteinander geredet, und wenn Annegret und Werner gleichzeitig im Raum waren, gab es ein Klima, das selbst den Kaffee in den Tassen gefrieren ließ." Specht lehnte sich zurück. Er nahm einen kleinen Schluck Tee. Sein Blick glitt über die Regalwand, die bis zur Decke mit Büchern gefüllt war. Brünner wartete gespannt auf die Fortsetzung.

„Glücklicherweise war diese Phase nur von kurzer Dauer", setzte Specht wieder an. „Annegret bekam die Chance, an einer anderen Volksschule unbefristet arbeiten zu können. Damals waren Lehrer noch sehr begehrt. Zu uns kam ein junger Mann, glücklicherweise kann man sagen, denn der Bedarf an Beziehungskrisen an der Schule war bei allen vorerst gedeckt." Er trank einen weiteren Schluck. „Nach einem Mordmotiv hört sich das nicht gerade an, oder?"

Brünner nickte. „Auf der Suche nach dem Mörder müssen wir jeden Winkel ausleuchten", sagte er und schlug sein Notizbuch auf. „Würden Sie mir bitte den Nachnamen dieser Annegret nennen?"

„Selbstverständlich. Sie hieß Annegret Lindemann. Und so heißt sie auch heute noch, denn sie hat nicht geheiratet. Ich habe sie vor geraumer Zeit bei einer Aufführung im Schauspielhaus getroffen, und da hatten wir in der Pause die Gelegenheit zum Gespräch. Sie wohnt in Heiligenrode. Die genaue Anschrift kann ich Ihnen nicht nennen."

„Kein Problem. Das sollten wir wohl herausbekommen." Brünner erhob sich. „Vielen Dank für den Tee, und falls Ihnen noch etwas Wichtiges einfällt, können Sie mich gerne anrufen." Er gab Specht seine Visitenkarte.

„Ich werde mir Gedanken machen", antwortete der Lehrer. „Genug Zeit habe ich ja, seitdem ich nicht mehr unterrichte."

Als Brünner durch Grolland zu seinem Auto zurücklief, verspürte er Hunger. Er mußte dringend etwas essen. Am besten an einem Imbiß, doch so etwas schien es hier im Ort nicht zu geben. Das ist der Nachteil der dörflichen Idylle, dachte er. Absolut ungeeignet für einen hungrigen Junggesellen.

Wie sooft ging es ihm nicht unbedingt besser, nachdem er sich im Drive-in einer bekannten Schnellimbißkette versorgt hatte. Das Sparmenü hatte zwar verlockend gerochen, aber geschmacklich hatten Bulette und Brötchen eher an ein Stück Preßpappe erinnert. Lediglich die Soßen hatten etwas süßliches Aroma in die kulinarische Wüste geträufelt, was jedoch das schlechte Gefühl, wenig gehaltvolle Nahrung zu sich genommen zu haben, kaum verbesserte.

Der Stuhrer Ortsteil Heiligenrode war ein wahres Schmuckstück. Brünner fuhr über Kopfsteinpflaster an einer idyllischen Wassermühle vorbei und bog nach links ab, wo die alte Klosterkirche stand. Ein schönes Plätzchen, um einmal mit Silke und den Kindern herzukommen, dachte er. Aber besser erst im Frühling. Wenige Straßen weiter kam er zu Annegret Lindemanns Haus. Auch hier hatte Brünner den Eindruck, daß er zu einem verwunschenen Ort gelangt war. Es handelte sich offenbar um ein Häuslingshaus, dessen Südseite von Efeu zugerankt war. Unter einem Bogen hindurch, der im Sommer vermutlich von Rosen und Waldreben überwuchert wurde, gelangte er durch den Vorgarten zur

Eingangstür. Eine Klingel fehlte. Statt dessen gab es einen Klopfer aus Messing. Brünner ließ den Metallring gegen die Eisenplatte an der Tür fallen. Das Geräusch hallte durch das Haus. Doch nicht von dort kam eine Frau zum Eingang, sondern vom Weg, der in den Garten führte. Annegret Lindemann war eine kleine, zierlich wirkende Frau mit rotblonden Haaren. Vor 35 Jahren war sie vermutlich eine wahre Schönheit gewesen, denn auch jetzt war sie noch eine sehr attraktive Frau. Sie trug einen dicken, grob gestrickten grauen Wollpullover und Jeans. Ihre blaugrünen Augen waren hell und klar und sahen Brünner offen an.

Er stellte sich vor und gab ihr die Hand. „Haben Sie einen Moment Zeit für mich?"

Sie nickte. „Für die Polizei? Warum nicht? Da bin ich gespannt, warum Sie hergekommen sind."

Auf einen weiteren Tee verzichtete Brünner, obwohl er es gut eine Weile in dem geschmackvoll eingerichteten Wohnzimmer der ehemaligen Lehrerin ausgehalten hätte.

„Werner Rösner", sagte sie und schlug die Beine übereinander. „Das ist lange her. Ich habe gar nichts von seinem Tod erfahren. Vermutlich, weil ich keine der Bremer Zeitungen lese. Und Kontakt hatten wir auch nicht mehr, seitdem ich an der anderen Schule unterrichtet habe." Sie schilderte in wenigen Worten die Geschichte ihrer heftigen Liebesbeziehung und des abrupten Endes. „Ich glaube, Werner war damals nicht bindungsfähig", sagte sie. „Immer, wenn er das Gefühl hatte, daß eine Beziehung enger wurde und eine Frau mehr wollte, als nur ein paar schöne Liebesnächte, flüchtete er. Bei mir hieß es: ‚Du bist noch nicht die Richtige.' Sie können sich vorstellen, daß man mit solch einem Spruch jede Frau vertreibt. Den Gedanken, nur so lange gut genug zu sein, bis eine andere, Schönere, Klügere auftaucht, erträgt keine Frau."

„Haben Sie sich gestritten?"

„Sagen wir es lieber so: Wir haben zuerst heftig diskutiert und dann überhaupt nicht mehr miteinander gesprochen." Sie lachte. „Aber das ist längst vorbei. Und ich habe danach viele andere Männer kennengelernt, mit denen Werner Rösner es niemals hätte aufnehmen können."

Eine äußerst selbstbewußte Frau, dachte Brünner, als er über die Autobahn in Richtung Bremen zurückfuhr. Das Thema Männer hatte Annegret Lindemann für sich abgeschlossen. „Ich komme auch gut alleine klar", hatte sie gesagt und ihm gezeigt, daß der Schwerpunkt ihres

Lebens nun in der Kunst lag. Sie modellierte mit Ton und malte mit Acryl auf Leinwand. Das, was er gesehen hatte, hatte ihm gefallen. Ihre Bilder waren nicht gegenständlich, und sie leuchteten in warmen Farben. Auch er, der nichts von Kunst verstand, hatte begriffen, daß Lindemann ein Gespür für geschmackvolle Kompositionen besaß.

Immerhin habe ich eine sympathische Frau kennengelernt, dachte er, während er eine Lastwagenkolonne überholte, die die beiden rechten Fahrbahnen der Autobahn blockierte. Daß Lindemann nichts mit dem Tod von Werner Rösner zu tun hatte, war schnell erkennbar gewesen. Die kurze Liebschaft mit dem Lehrer hatte sie mit einem Lächeln abgeschlossen, das Erlebnis in eine Schublade abgelegt, wo es still ruhte. Leider hatte sie ihm aber auch nicht weiterhelfen können, was andere Frauen in Rösners Leben anbelangte. Sie hatte in der kurzen Zeit, in der sie mit ihm zusammen gewesen war, nichts Außergewöhnliches bemerkt, was der Erwähnung nach vielen Jahren wert war.

Es blieb die Frage, wo er nun in den Ermittlungen ansetzen sollte. Noch weiter zurück in Rösners Vergangenheit? Eigentlich schien ihm das nicht ratsam. Es hatte sich ja schon bei Annegret Lindemann gezeigt, daß Wut und Haß selten Jahrzehnte überdauerten. Also zurück in die Gegenwart, dachte er, ohne allerdings einen Ansatzpunkt zu haben, wo er jetzt weiter ermitteln konnte.

Der Telephonanruf erreichte ihn um 15.23 Uhr, als er den Autobahnzubringer Hemelingen in Richtung Innenstadt befuhr. Es war Rainer Lange. „Wir haben einen weiteren Toten", sagte er mit bedrückter Stimme. „Vermutlich vergiftet. Ein Mann. Nicht mehr der Jüngste. Er heißt Lars Walter."

Brünners gute Laune war augenblicklich verflogen. Genau das hatte er befürchtet. Daß es nicht vorbei sein würde. Daß dieser Wahnsinnige sich nicht zufrieden gab und seinen tödlichen Plan weiter verfolgte. „Verdammter Mist", fluchte er und schlug auf das Lenkrad. Irgend jemand wollte sie fertigmachen. Ja, er fühlte sich in diesem Augenblick ganz persönlich bedroht. Nicht durch Gift, aber dadurch, daß sein Privatleben zerstört wurde. Daß er an nichts anderes mehr denken konnte, als an die Frage, wo die nächste Leiche liegen würde. Du hast einen Scheißjob, zuckte es ihm durch die Gedanken. Wie schön wäre es, jeden Tag pünktlich um siebzehn Uhr die Arbeit zu verlassen und erst am nächsten Morgen mit dem Betreten des Büros wieder an den Job denken zu müssen! Andererseits, und das wußte Brünner zu genau, wünschte er sich schon nach zwei Stunden stupider Schreibtischarbeit den nächsten Fall herbei. Es mußte ja nicht unbedingt ein Mord sein.

Eine gute Viertelstunde später hatte der Kommissar sein Tief überwunden, stand in der kleinen Wohnung von Lars Walter und blickte auf den Leichnam hinab, der zusammengekrümmt auf einem Ledersessel lag. Das Gesicht des Mannes war schmerzverzerrt und ließ erahnen, welche Qualen er vor seinem Tod gelitten hatte. Auf dem Teppich klebte Erbrochenes.

„Der Arzt sagt, daß der Todeszeitpunkt deutlich länger als 24 Stunden her ist“, berichtete Lange. „Ob er vergiftet wurde, wissen wir erst, wenn sie ihn obduziert haben, aber rein gefühlsmäßig behaupte ich, daß wir kaum ein anderes Ergebnis erwarten dürfen.“

Brünner nickte. Es lag auf der Hand, daß sie ein weiteres Arsenikopfer hatten. Die gequälten Gesichtszüge ähnelten in frappierender Weise denen von Rösner und Suhling. Zudem war es bezeichnend, daß erneut ein älterer Mann tot vor ihnen lag. Augenscheinlich hatte der Täter es auf diesen Personenkreis abgesehen.

„Aus der Wohnung wurde nichts entwendet, soweit wir das auf die Schnelle feststellen konnten“, fuhr Lange fort. „Hier ist nichts durchwühlt, kein Schrank stand offen. In Walters Manteltasche im Flur stekken noch Bargeld und Papiere.“

„Wie bei Rösner.“

„Ja.“

„Offenbar gab es Tee.“ Brünner sah auf den Wohnzimmertisch. Dort standen zwei gefüllte Becher, eine Flasche Korn und zwei Schnapsgläser. Das eine war noch voll. Das andere war umgekippt, wenige Tropfen einer klaren Flüssigkeit waren ausgelaufen und dann getrocknet. Hier würden sie hoffentlich Fingerabdrücke abnehmen können.

„Die Kollegen sind unterwegs und fragen die Hausbewohner“, berichtete Lange. „Bisher hat niemand etwas bemerkt. Das letzte Mal wurde Lars Walter am Sonnabend um 8.10 Uhr hier im Haus gesehen, als er sich auf den Weg zur Arbeit machte. Er ist Leiter der Spielwarenabteilung bei Oetker & Sohn in der Innenstadt.“

„Dann hätte er doch heute zur Arbeit gehen müssen“, stellte Brünner fest.

„Genau. Dort haben sie ihn heute morgen vermißt. Sie haben hier angerufen und niemanden erreicht. Vor zwei Stunden haben sie einen Auslieferungsfahrer vorbeigeschickt, der an der Tür geklingelt hat. Als niemand öffnete, haben sie die Polizei alarmiert."

„Ganz schön fix."

„Ja, das habe ich auch gedacht. Aber offenbar hat Walter in den vergangenen vierzig Jahren nie unentschuldigt gefehlt. Deshalb haben sie so schnell reagiert."

„Hat Walter in dieser Wohnung alleine gelebt?" fragte Brünner.

Lange nickte. „Er ist seit über zwei Jahren geschieden. Seit dreieinhalb Jahren wohnt er hier. Die Ex-Frau lebt in Oberneuland. Es gibt zwei Kinder, beide erwachsen. Der Sohn wohnt in Karlsruhe, die Tochter auf Zypern."

„Sind sie schon benachrichtigt?"

„Bis jetzt noch nicht."

„Vielleicht sollten wir der Ex-Frau nachher einen Besuch abstatten."

„Ja, das könnte nicht schaden", meinte Lange. „Die Frauenbesuche häufen sich im Augenblick deutlich." Er grinste. „Leider nur dienstlich. Aber manchmal bringt einen das ja auch weiter. Das Gespräch mit Suhlings Witwe vorhin war nämlich nicht uninteressant. Sie war heute in guter Verfassung und konnte ziemlich klar denken. So habe ich mehr von ihr erfahren, als gewöhnlich. Offenbar hat Hermann Suhling gerne mal die Fünf gerade sein lassen. Es muß mehrere Damenbekanntschaften gegeben haben. Seine Frau hat das stillschweigend hingenommen, solange der Mann ihr nicht von der Fahne ging. Die Fassade sollte unversehrt wirken. Sie wollte kein Getuschel in der Nachbarschaft."

„Hast du Namen mitgebracht?"

Lange schüttelte den Kopf. „Nicht einen. Sie sagt, daß sie die Frauen alle nicht gekannt hat. Es waren aber wohl immer jüngere Damen."

„Na toll. Das bringt uns nur wenig weiter", stöhnte Brünner, besann sich dann aber. „Immerhin wissen wir jetzt, daß beide Opfer ein reges Interesse an Frauen hatten, die gerne etwas jünger sein durften. Wollen wir doch mal sehen, ob Lars Walter auch solche Vorlieben hatte. Vielleicht gibt es hier ja Hinweise."

Er ließ den Blick über die Regalwand streifen, die aus dunklem Holz gefertigt war und offenbar aus den siebziger Jahren stammte. In einem Fach standen wenige Bücher. Kriminalromane und ein zwölfbändiges

Lexikon. Daneben hatte Walter zwei metallene Skulpturen plaziert, die nackte Frauen darstellten und nicht eben den Eindruck von großer Kunst erweckten. Brünner ließ sich von einem der Spurenermittler Handschuhe geben und öffnete eine der Schranktüren. Hochprozentige alkoholische Getränke und Wein. In einer Schublade befanden sich Stifte und diverser Krimskrams. Hinter einer weiteren Schranktür entdeckte er drei Photoalben. Brünner zog eines heraus und blätterte die Seiten um. Das Album begann mit Babyphotos, es folgten Aufnahmen aus der Kinder- und Jugendzeit und schließlich Bilder, die einen jungen Mann mit Anzug und Krawatte zeigten. Unter einigen Aufnahmen war dünn mit Bleistift vermerkt, was auf den Bildern zu sehen war. *Erste Schritte im Bürgerpark, Einschulung, Tante Irmi und Onkel Bernd, Abtanzball im Park-Hotel, Zeltlager mit dem CVJM ...* Der zweite Band zeigte auffällig oft eine junge Frau. *Sibylle.* In Paris, an der Ostsee, in den Bergen. Später kamen Hochzeits- und dann Babyphotos dazu. Eine junge Familie, die glücklich in die Kamera lächelte. Auch das dritte Album enthielt Familienaufnahmen, die Kinder wurden älter. Die letzten Seiten waren leer.

Brünner stellte das Album zurück. Er würde später noch einmal hierher zurückkehren und die Räume durchsuchen. Jetzt sollten die Kollegen von der Spurensicherung ihre Arbeit verrichten. Das konnte Stunden dauern, weil die Leiche komplett abgeklebt werden mußte, um Hinweise auf den Mörder sicherzustellen. Der Photograph war bereits damit beschäftigt, Bilder vom Tatort und dem Toten zu machen, danach würde die Tatortgruppe mit ihren Rußpinseln kommen. Mit ersten Ergebnissen konnten sie frühestens in einigen Stunden rechnen.

Auf den Fluren im Polizeipräsidium waren bereits viele Lampen ausgeschaltet, als sich die zur Zeit verfügbaren Mitglieder der Mordkommission im kleinen Sitzungsraum versammelten. Die meisten Kollegen waren seit zwölf Stunden ununterbrochen im Dienst und sehnten sich nach dem anstrengenden Wochenende und diesem schweren Montag danach, endlich Feierabend machen zu dürfen. Viele von ihnen hatten Kinder. So wie Rainer Lange und Bernd Sagemann, deren Jungen bereits zur Schule gingen. Sebastian Büntemeyers Tochter war erst vor drei Monaten geboren worden, und seine Nächte waren dementsprechend kurz.

Was würde ich tun, wenn ich noch eine intakte Familie hätte, fragte sich Brünner, als er in die Runde sah. Wie oft würde ich es verpassen, am Bett sitzend Kevin eine gute Nacht zu wünschen, weil ich wieder einmal länger arbeiten muß? Wie oft könnte ich am Nachmittag meinem Sohn bei den Hausaufgaben helfen?

Sie alle, die sie hier versammelt waren, waren um ihren Job nicht zu beneiden, aber – und da war sich Brünner sicher – kaum einer von ihnen würde die Arbeit gegen eine andere Tätigkeit tauschen wollen. Dafür waren sie alle viel zu gerne Polizisten.

„Wir stehen gewaltig unter Druck“, sagte Brünner, nachdem sie sich Kaffee oder Tee eingeschenkt hatten. „Noch immer sind wir am Anfang unserer Ermittlungen, und das, wo es bereits drei Tote in dieser Stadt gibt. Ich habe so etwas in Bremen noch nicht erlebt.“

Das Telephon klingelte, Brünner nahm ab. Am anderen Ende war Sabine Bode von der Spurensicherung. Sie hatten neben Walters Schuhabdrücken noch weitere gefunden. Größe 38. Sohle mit starkem Profil. Zudem waren auf einem Sessel auffällig viele Fasern eines dunkelblauen Wollmantels entdeckt worden. „Wir haben sie mit dem Crimescope 400 untersucht. Die Fasern sind identisch mit denen, die wir bei Rösner auf dem Sessel gefunden haben. Wir prüfen jetzt, ob wir einen Hersteller des Mantels ermitteln können. Die verwertbaren Fingerabdrücke stammen ausschließlich von Walter. Am Glas und an dem Teebecher sind keine brauchbaren Spuren von anderen Personen.“

„Na, immerhin etwas“, sagte Brünner und gab die neuen Erkenntnisse an die Kollegen weiter.

„Schuhgröße 38 deutet auf eine Frau hin“, sagte Büntemeyer.

„Ja, oder auf einen Mann mit ungewöhnlich kleinen Füßen.“

„Nein, wir suchen nach einer Frau, da möchte ich mich festlegen“, gab sich Brünner sicher. „Eine Frau mit dunkelblauem Wollmantel, die alle drei Männer kannte. Die sie vermutlich haßte, weil alle Männer ihr etwas angetan hatten.“

„Warum aber vergiftet sie in Bremen wahllos unschuldige Menschen, Männer und Frauen?“ fragte Lange, wobei er das Wort und besonders betonte.

„Vielleicht weil sie Macht spüren möchte. Sie hat ein Mittel in der Hand, mit dem sie Angst und Schrecken verbreiten kann. Es wäre nicht das erste Mal, daß jemand diese Möglichkeit ausnutzt ...“

„... und dabei Fehler macht“, ergänzte Yvonne Lentz.

„Ja, darauf müssen wir hoffen", sagte Brünner. „Das entbindet uns aber nicht von der Aufgabe, hart zu arbeiten, um ihr auf die Schliche zu kommen. Morgen müssen wir erneut mit aller Kraft herausfinden, was unsere drei Männer mit der Täterin verbindet. Wir müssen die Schlinge enger ziehen, bevor ein weiteres Unglück geschieht."

Sie beendeten die Sitzung, nachdem sie die weiteren Schritte abgesprochen hatten. Alle waren erschöpft und froh, erstmal nach Hause gehen zu können. Büntemeyer blieb jedoch noch sitzen und schenkte sich ein Glas Mineralwasser ein. Auch er sah müde aus, aber offenbar lag ihm etwas auf dem Herzen, so daß er wartete, bis alle außer Brünner aus dem Zimmer waren. „Oliver Kutzop würde gerne mit dir sprechen", sagte er.

Brünner nickte. Er war bei dem ganzen Trubel nicht dazu gekommen, den Staatsanwalt anzurufen. Dabei war es höchste Zeit, mit ihm zu reden. „Ich melde mich morgen bei ihm", sagte er.

Büntemeyer leerte das Glas in einem Zug. Er drehte den Verschluß der Mineralwasserflasche auf, um sich nachzugießen. „Spricht eigentlich irgend etwas dagegen, daß wir es hier mit einer Wahnsinnigen zu tun haben?" fragte er. „Wer ist so verrückt und vergiftet Menschen in der Art, daß die Polizei gleich merkt, daß es sich um Giftmorde handelt? Und warum einen Mann nach dem anderen?"

„Sie hat einen Plan", antwortete Brünner und schob eine Vermutung hinterher. „Ich glaube, sie möchte uns etwas zeigen. Es würde ihr nicht gefallen, wenn sie die Männer vergiften würde und niemand davon etwas mitbekäme. Nein, sie plant eine Art Hinrichtung. Die Männer sollen für etwas büßen. Es soll auffallen, daß sie ermordet wurden. Vielleicht möchte die Täterin, daß wir uns mit ihnen beschäftigen und auf das stoßen, was sie getan haben."

Büntemeyer schüttelte den Kopf. „Aber die vielen Menschen in den Restaurants. Die können unmöglich alle für etwas büßen müssen. Sie haben doch gar nichts miteinander zu tun."

„Ja", sagte Brünner. „Da beginnt möglicherweise der Wahnsinn. Eine Besessenheit, wie sie damals auch Gesche Gottfried ergriffen hat. Vielleicht versteigt sich diese Frau in ihrem Haß gegen bestimmte Männer in einen Haß gegen alle Menschen, die um sie herum leben. Das macht sie so gefährlich."

Büntemeyer sah ihn forschend an. „Hast du eine Vermutung, wie alt unsere Täterin sein könnte?"

„Nein", sagte Brünner. Das war eine Frage, die er sich auch schon mehrmals gestellt hatte. In seiner Vorstellung konnte die Frau jeden Alters sein. Manchmal ertappte er sich dabei, daß er an eine junge Frau dachte. So alt wie diese Barbara aus dem Nachtlokal vielleicht. Vielleicht aber auch noch jünger.

„Wenn es eine junge Frau wäre, könnte es sein, daß sie sich für Mißhandlungen rächt", überlegte Büntemeyer. „Vielleicht haben alle diese Männer sie ausgenutzt, sexuell mißbraucht. Und jetzt hat sie die Chance, sich zu wehren, ihre Peiniger zu töten. Mir geht dieses Mädchen nicht aus dem Kopf, das vor wenigen Wochen in Hannover den Mann umgebracht hat, der sie jahrelang vergewaltigt hatte."

Brünner erinnerte sich gut an den Fall, der groß aufgemacht durch die Medien gegangen war. Eine siebzehnjährige hatte ihren Stiefvater getötet, indem sie ihn wie besinnungslos mit über dreißig Messerstichen traktiert hatte. Dem vorausgegangen waren über zehn Jahre, in denen sie dem Mann offenbar wehrlos ausgeliefert gewesen war. Die leibliche Mutter hatte möglicherweise sogar davon gewußt, daß ihr zweiter Mann sich an der eigenen Tochter verging, aber offenbar war es ihr egal gewesen. Oder sie hatte sich nicht gegen ihren Mann durchsetzen können, der als brutal und jähzornig beschrieben wurde. Das Entsetzen in den Medien war groß gewesen. Alle hatten sich gefragt, warum niemand dem Mädchen vorher hatte helfen können. Warum waren Verwandte, Nachbarn oder Lehrer nicht auf die Mißhandlungen aufmerksam geworden? Und eins war ihm ganz besonders in Erinnerung geblieben. Nachdem die junge Frau ihren Stiefvater getötet hatte, hatte sie bei der Polizeinotrufnummer angerufen und nur gesagt: „Ich habe mich befreit. Sie können die Leiche abholen."

„Wenn wir es tatsächlich mit einer Frau zu tun haben, die mißbraucht wurde, dann ist es um so wichtiger, daß wir die Verbindung zwischen ihr und den Männern herausfinden", sagte Brünner. „Es gibt einen roten Faden, den wir vermutlich nur erkennen, wenn wir die Täterin aufspüren. Es muß mindestens drei Situationen geben, wo sich Täterin und spätere Opfer getroffen haben. Vielleicht vor wenigen Tagen, vielleicht vor Monaten oder Jahren."

„Ich wünschte, dieser Wahnsinn hätte bald ein Ende", seufzte Büntemeyer. „Wo soll das hinführen, wenn wir wochenlang einem Phantom nachjagen? Wo sind wir hingekommen, daß man nicht mehr ins Lokal gehen kann, ohne Gift im Essen befürchten zu müssen? Was treibt einen Menschen an, eine ganze Stadt in Aufruhr zu versetzen, Angst und Schrecken zu verbreiten?"

Diese Frage ging Brünner nicht aus dem Kopf, als er nach Hause fuhr. Ging es der Täterin wirklich darum, der Stadt das Fürchten zu lehren? Wollte sie endlich Macht spüren, weil sie bisher in ihrem Leben ohnmächtig gewesen war? Vielleicht sollten sie einen Psychologen hinzuziehen, der ihnen in dieser Frage weiterhalf.

In den Nachrichten war der Tod von Lars Walter eines der Hauptthemen. Auch dort hatte man gleich eine Verbindung zu den vorangegangenen Morden geknüpft, ohne daß bislang zweifelsfrei erwiesen war, daß Walter vergiftet wurde. Abermals verkündete die Stimme des Nachrichtensprechers, daß jegliche Spur vom Mörder fehlte. „Weitere Ermittlungsergebnisse wird die Polizei morgen im Rahmen einer Pressekonferenz bekanntgeben."

Es wird nicht viel sein, was wir sagen können, dachte Brünner niedergeschlagen. Nichts, was es wert wäre, darüber zwanzig oder mehr Zeilen zu verlieren. Es sei denn, wir flunkern den Medienvertretern alles mögliche vor, was wir schon erreicht haben. Daß wir kurz vor einem Ermittlungserfolg stehen, den Täter im Visier haben ... Flunkern? Ganz plötzlich nahm ein Plan in ihm Gestalt an. Er schien sehr verlockend und vielleicht, ja, vielleicht bot er eine Chance, den Täter zu Fehlern zu verleiten.

Brünner schaltete einen Gang höher. In wenigen Minuten war er zu Hause. Eine Kleinigkeit essen, etwas trinken, und dann wollte er einen detaillierten Schlachtplan entwerfen, auch wenn es schon spät war und sich seine Glieder schwer anfühlten. Sein Kopf war wieder hellwach, und das war im Augenblick das wichtigste.

Als er durch die Tür trat, bemerkt er sofort die wohlige Wärme einer beheizten Wohnung. Es war sogar ein wenig zu warm, denn der Klempner hatte alle Heizkörper hochgedreht. Brünner hängte die Jacke auf den Haken im Flur und regelte die Ventile herunter. Als er bei Silke anrufen wollte, um ihr zu sagen, daß er heute nicht mehr kommen würde, sah er, daß das Lämpchen seines Anrufbeantworters blinkte. Er drückte den

Startknopf. Es war Bettina, ihre Stimme klang gereizt, und die Nachricht war unmißverständlich: Es wäre schön, wenn er schnellstmöglich zurückrufen würde.

Brünner ahnte, daß der Anruf äußerst unangenehm werden könnte. Also meldete er sich zuerst bei Silke. Seine Freundin hatte schon gehört, daß es erneut einen Toten gegeben hatte, und mittlerweile wußte sie, daß die Chance, nach solchen Vorkommnissen einen ungestörten Abend mit ihrem Partner zu verbringen, sehr gering war. Immer wieder drehten sich dann die Gespräche um die Hintergründe, um Spuren- und Motivsuche. An Entspannung war dabei nicht zu denken.

„Dann sehen wir uns eben morgen“, sagte sie.

„Ja, das können wir machen“, antwortete Brünner, doch im gleichen Moment fiel ihm ein: „Tut mir leid. Morgen ist Fußball. Valencia gegen Werder.“

Er hörte, wie sie am anderen Ende aufseufzte. „Mittwoch sehen wir uns“, sagte Brünner. „Versprochen.“

„Wenn nicht wieder eine Leiche dazwischengerät.“

„Dann laß ich sie kurz liegen und komme trotzdem vorbei.“

Er legte den Hörer auf und suchte in der Küche nach etwas Eßbarem. Es war nicht mehr viel da. Nur ein trockner Brotknust, und im Kühlschrank fanden sich noch zwei Eier unbekannten Alters. Brünner erinnerte sich an einen Trick, mit dem man feststellen konnte, ob sie noch genießbar waren. Er füllte ein Glas mit Wasser und legte eins der Eier hinein. Es blieb auf dem Boden liegen. Wenn er sich recht erinnerte, war das gut. Stieg das Ei, so glaubte er mal gehört zu haben, war die Gasentwicklung im Inneren zu groß und das Ei schon schlecht. Oder war es anders herum? Brünner schlug das Ei auf und beugte sich über den Dotter. Nein, hier roch nichts verfault, also war alles in Ordnung.

Während die beiden Eier in der Pfanne brutzelten, räumte er die Küche notdürftig auf. Der Klempner hatte Dichtungsringe und den alten Temperaturtauscher auf dem Küchentisch liegengelassen, fein säuberlich verpackt in dem Karton des neuen Geräts. Außerdem war beim Befüllen der Therme einiges Wasser aus dem Schlauch gespritzt. Sogar auf dem Fußboden hatte sich eine Pfütze gebildet.

So eine Schlamperei, dachte Brünner. Wenn er schon mehrere hundert Euro für die Reparatur bezahlen mußte, dann erwartete er wenigstens eine saubere Küche nach Abschluß der Arbeiten. Allerdings: Die

Reinigung ging wieder in die Arbeitszeit ein, und das machte die Sache vermutlich noch teurer.

Er aß zwei Scheiben Brot mit Spiegelei und trank dazu ein Beck's. Dann wählte er Bettinas Telephonnummer. Schon als sie sich meldete, spürte er, wie die Anspannung in ihm stieg. Sie waren sich fremd geworden. Die Stimme, die er früher so gerne gehört hatte, klang ihm mittlerweile unangenehm in den Ohren. Warum, konnte er nicht genau sagen. Aber es war klar, daß sie zwei unterschiedliche Richtungen in ihrem Leben eingeschlagen hatten. Schon, als sie noch ein Paar gewesen waren, war das deutlich geworden. Nach der Trennung aber hatte sich die Geschwindigkeit noch gesteigert. Das war wohl auch der Grund, warum sie sich jetzt nichts mehr zu erzählen hatten, außer Floskeln und Absprachen, die das gemeinsame Kind betrafen.

„Ich war ziemlich sauer, als ich am Sonntag nach Hause gekommen bin", eröffnete Bettina das Gespräch ohne Begrüßung. „Kevin einfach hier abzuliefern, ohne vorher anzurufen, das fand ich nicht in Ordnung. Es kann ja sein, daß du Streß bei der Arbeit hast. Aber wir müssen wenigstens vorher darüber sprechen, ob es uns paßt, wenn Kevin früher hierher kommt."

Brünner befand sich gleich in der Defensive – so wie er es befürchtet hatte. „Ich habe versucht, euch zu erreichen, aber es hat niemand abgenommen", unternahm er einen Verteidigungsversuch und mahnte sich innerlich, nur ja ruhig zu bleiben, um einen Streit zu vermeiden.

„Robert und ich waren zu einer Ausstellungseröffnung. Du hättest mich über das Handy anrufen können", kam es postwendend zurück.

„Ja, das hätte ich tun können", gab Brünner zu. „Gestern war einfach kein guter Tag. Du hast es sicherlich in der Zeitung gelesen."

„Hm." Die Reaktion klang nicht so, als wäre Bettina jetzt deutlich milder gestimmt. „Du weißt, daß ich immer viel Verständnis für deine Arbeit gehabt habe, und mir ist klar, daß du keinen Job hast, der in festen Zeiten zu absolvieren ist", holte sie aus. „Aber wir haben – ob das nun glücklich ist oder nicht, ob wir uns das damals gut überlegt haben oder nicht – noch immer ein gemeinsames Kind. Kevin ist erst acht Jahre alt. Und obwohl er sehr selbständig wirkt, ist es wichtig, daß er klare Regeln hat. Er braucht einen Rahmen, in dem er sich bewegen und sicher fühlen kann. Er benötigt Struktur in seinem Leben, und da können wir nicht mal eben beschließen, daß er den einen Tag hier ist und am anderen ganz spontan woanders." Ihre Stimme wurde druckvoller. „Martin, ich möchte mehr Verläßlichkeit. Entweder ist Kevin das ganze Wochenende bei dir und kann auch darauf vertrauen, oder wir müssen uns was anderes überlegen."

„Nein", rief er dazwischen. „Bettina, nun bleib mal ganz ruhig ..."

„Ich bin ganz ruhig, Martin."

„Ja, entschuldige. Natürlich. Was sollen wir uns jetzt anderes überlegen? Es war eine Ausnahme. Verstehst du? Das kommt nicht wieder vor. Die vergangenen Jahre ist es doch auch gut gegangen." Er merkte, daß ihm eine Erklärung schwer fiel. Er haßte das. War das wirklich eine Diskussion wert? Hatten Bettina und er das auch schon so kontrovers gesehen, als sie noch ein Paar gewesen waren? „Ich wußte nicht, was ich machen sollte", begann Brünner einen neuen Anlauf. „Da hat sich alles überstürzt, weißt du. Und es ist doch besser, wenn Kevin dann bei euch, bei Doro und Paul ist, als daß er hier alleine sitzt."

„Alleine sitzen geht ja wohl gar nicht!"

„Ja, nein, logisch. Er sitzt ja auch nicht alleine hier. Himmeldonnerwetter. Das wollte ich gerade vermeiden. Aber ich mußte los, es ging nicht anders."

„Und deine Freundin?" kam es spitz zurück. Brünner schien es, als könnte Bettina die Gegenwart einer neuen Frau in seinem Leben noch immer nicht akzeptieren, obwohl sie es gewesen war, die ... Ach, was sollte er sich weiter damit beschäftigen? Er hatte keine Lust auf diese Nerverei. Er trank hastig einen Schluck Bier.

„Bettina, es hat keinen Sinn. Entschuldige, was gestern passiert ist. Das kommt so nicht wieder vor."

„Es geht nicht um entschuldigen", antwortete sie. „Ich möchte, daß wir Regeln haben, die verläßlich sind und an die sich Kevin halten kann."

„Ja, wir lassen die Regeln so, wie sie sind, und ich werde mich in Zukunft noch mehr daran halten", sagte Brünner mit resignierender Stimme.

Das schien Bettina zumindest erstmal zu akzeptieren, und während sie sich noch über Belanglosigkeiten unterhielten, weil sie beide kein geeignetes Ende für das Telephonat fanden, fragte er sich, ob er als achtjähriges Kind auch so viele Regeln zu befolgen gehabt hatte. Nein, bestimmt nicht. Natürlich wurden die Hände vor dem Essen gewaschen, sollten sie um achtzehn Uhr daheim sein, wurden nach dem Mittagessen die Schulaufgaben gemacht und betätigten sie nach dem Toilettengang die Spülung. Aber sonst? Schön war es doch, wenn spontan neue Entscheidungen getroffen wurden. Wenn plötzlich Jörg vor der Tür stand und Fußball spielen wollte, wenn sie am See andere Klassenkameraden trafen und eine Wasserschlacht veranstalteten, wenn der Opa unvermittelt auftauchte und sie zu einer Spritztour einlud. Die plötzlichen Wechsel, das neue Erlebnis, das waren die Erfahrungen gewesen, die sich nachhaltig ins Gedächtnis eingegraben hatten. Warum war Bettina so regelhaft geworden? Lag es an Robert? Bettina hatte früher doch auch gerne in den Tag hineingelebt. Hatte ihr Mann sic so gewandelt, daß vieles nun nach einem festen Fahrplan verlaufen mußte? Er wußte es nicht.

Schließlich verabschiedeten sie sich. Brünner atmete tief durch, als der Hörer auf der Gabel lag. Das Handy klingelte. Er sah auf das Display. Cord Kramer. Einen Moment zögerte er, dann nahm er das Gespräch entgegen.

„Hallo Martin“, rief der Freund. „Wollen wir ein Bier zusammen trinken?“

„Jetzt noch?“ Brünner sah auf die Uhr. Es war halb elf.

„Na klar. Die späten Biere schmecken am besten. Ich bin hier gleich um die Ecke, und da dachte ich, daß wir noch einen heben könnten.“

Eigentlich wäre es das Beste, jetzt ins Bett zu gehen, überlegte Brunner. Nein, Quatsch. Du wirst auch schon ein alter Mann. Früher bist du um diese Zeit erst mit den Freunden losgezogen!

„Okay, ich komme runter“, sagte er. „Aber kein Wort über Dienstliches.“

„Ich habe Feierabend“, antwortete Cord. „Meine Lokalseite befindet sich fast im Druck.“

15

Das Telephon klingelte schon wieder. Der Ton schmerzte in ihren Ohren, er bohrte sich in ihren Kopf, durchlöcherte ihre Gedanken. Die Tochter starrte auf das rote Kunststoffgehäuse mit den schwarzen Tasten. Ihr Herz klopfte schneller, die Angst drückte ihr die Kehle zu. Bestimmt waren *sie* es. *Sie* hatten die Spur aufgenommen und versuchten, sie von allen Seiten zu bedrängen. Doch sie kämpfte dagegen an. Sie würde ihnen keine Blöße zeigen. Dafür war sie zu stark.

Sie hörte Max' eilige Schritte, er stürmte durch die Tür. „Das Telephon klingelt", rief er überflüssigerweise und sah sie vorwurfsvoll an. Er riß den Hörer hoch, nannte seinen Namen. Niemand antwortete.

„Aufgelegt." In seiner Stimme schwang Verbitterung und Wut mit.

Sie wollen mich zermürben, dachte sie.

„Warum gehst du nicht ran?"

„Weil mir nicht danach ist", antwortete sie leise und rieb sich die Augen, als sei sie aus tiefem Schlaf aufgewacht.

„Gabriele. Was ist los?" Seine Stimme klang unsicher. Er war es nicht gewohnt, mit den Schwächen anderer zu leben, Mitgefühl zu zeigen. Er mochte es nicht, wenn es Probleme gab. Alles ließ sich irgendwie lösen, war seine Lebensdevise. Entweder durch gute Kontakte, durch Geld oder durch entschlossenes Handeln. Aber seelischen Nöten stand er ohnmächtig gegenüber. „Was belastet dich?" fragte er, und ihm war, als spiele er eine mittelmäßige Rolle in einer Seifenoper. „Ist es der Tod deiner Mutter, der dich beschäftigt? Glaub mir, sie ist in Frieden gestorben. Sie hatte eine würdevolle Beerdigung."

Sie schüttelte den Kopf.

„Oder ist es wegen unserer Differenzen wegen des alten Hauses?" Er faltete die Hände vor seinem Bauch, und ein Lächeln glitt über das runde Gesicht. „Daraus wollen wir kein Problem machen, oder? Ich kann verstehen, daß du an deinem Elternhaus hängst. Natürlich, dafür habe ich volles Verständnis. Ich habe darüber nachgedacht, und ich glaube, es ist eine schöne Idee von dir, das Haus ganz nach deinem Geschmack herzurichten. Du kannst da auch wohnen, sozusagen als Zweitwohnsitz. Aber ich möchte nicht, daß du nur dort lebst."

„Du wirst mir nicht vorschreiben, wo ich wohne! Ich bin nicht dein Besitz!" reagierte sie heftig.

Er hob beschwörend die Hände. Sie durfte sich auf keinen Fall aufregen. Nur das nicht. „Ich spreche hier nicht von Besitz", sagte er so freundlich, wie es ihm in dieser Situation möglich war. „Du kannst selbstverständlich tun, was gut für dich ist. Aber ich möchte, daß du bei mir lebst. Wir sind verheiratet. Was sollen die Nachbarn denken? Die Freunde, mein Bruder ..."

„Die sind mir egal.“

„Aber mir nicht. Das weißt du genau.“ Seine Stimme wechselte zu einer ungewohnten Härte, wie er sie früher nur angewendet hatte, wenn ihm während einer Vorlesung die Autorität zu entgleiten drohte. „Gabriele. Ich lasse dir alle Freiheiten. Das weißt du. Du kannst reisen, wohin du magst. Du kannst den Tag über tun, wozu du Lust hast. Wir haben genügend Geld für einen angenehmen Lebensabend, wir sind gesund. Aber ich dulde es nicht, daß meine Frau getrennt von mir in einem alten Siedlungshaus lebt, als ob es keinen Mann für sie gäbe. Das habe ich nicht verdient.“

Es war die größte Trumpfkarte, die er ausspielen konnte. Das wußte sie. Natürlich hatte er es nicht verdient, daß sie ihn alleine ließ. Max hatte ihr alles gegeben, was sie jetzt besaß. Ohne ihn hätte sie niemals das Leben führen können, das sie heute führte. Frei von wirtschaftlichen Zwängen, ohne Streß und Leistungsdruck. An seiner Seite waren viele Probleme unwichtig geworden. Sie mußte sich keine Gedanken mehr machen, welchen Beruf sie ausüben wollte, sie konnte in den Tag hineinleben. Max drängte sie zu nichts. Nicht einmal zu Sex.

Aber darum ging es nicht. Was kümmerten sie diese Äußerlichkeiten, die sie schon lange hinter sich gelassen hatte? Sie mußte gehen. Sie war Gesches Tochter, und das verlangte, daß sie sich von allem löste, was ihr bisheriges Leben geprägt hatte. Ich werde ihn verlassen, dachte sie, und dieser Wunsch war so übermächtig, daß nichts sie aufhalten wurde. Schon gar nicht dieser Mann, der da vor ihr stand. Kleingewachsen, mit Bäuchlein, Strickjacke, schütterem graubraunen Haarwuchs und der runden Brille, die sein breites Gesicht noch mehr betonte. Sie wich seinem Blick aus, mit dem er sie gleichzeitig anflehte, ihn nicht alleinzulassen, und aufforderte, ihre Pflichten als Ehefrau zu erfüllen. Einerseits schmerzte es sie, ihn ohne Antwort stehenzulassen, andererseits spürte sie unbändige Wut darüber, daß dieser Mann ihr Fesseln anzulegen versuchte. Sie nahm all ihre Kraft zusammen, um eine Eskalation zu vermeiden. „Ich bin nur etwas abgespannt und brauche meine Ruhe“, sagte sie, wandte sich ab und ließ Max wie einen kleinen Jungen zurück, dem sein sehnlichster Wunsch nach ein wenig Geborgenheit verwehrt wird: *Für so was habe ich jetzt keine Zeit!*

Kurz darauf saß sie in ihrem Zimmer. Sie hatte das Fenster mit einem Tuch abgedunkelt. Die Vorstellung, daß jeder in ihre Räume sehen konnte, war ihr unerträglich geworden. *Ich muß mich dagegen abschirmen. Nur so kann ich verborgen bleiben.*

Auf dem niedrigen Tisch neben ihrem Bett lag das Tarot. Ich brauche Antworten, dachte sie und zog die Karten aus ihrer Verpackung. Es war das Rider Tarot, eine Ausgabe, die sie wegen der Bilder mochte. Die Zeichnungen ließen viel Raum für Interpretationen. Das war gut so, denn jedem Menschen sagten die Karten etwas anderes: das, was in dem jeweiligen Augenblick des Lebens wichtig war, in dem das Tarot angerufen wurde. Sie mischte die Karten und legte sie verdeckt vor sich auf den Teppich. Dann schloß sie die Augen und fuhr mit den Handflächen über die Karten hinweg. Da! Dort, in dem Bereich, spürte sie deutliche Energieströme. Es waren fünf Karten, die ihre Sinne besonders ansprachen. Sie konzentrierte sich auf diese Karten und fuhr erneut mit der flachen Hand über deren Oberfläche. Zuerst spürte sie nichts, doch als es ihr gelang, alle negativen Gedanken beiseite zu schieben, wurde sie wieder empfänglich für die Ausstrahlung der Karten. Diese sollte es sein! Oder nicht? Mehrmals prüfte sie ihre Entscheidung, doch es war immer wieder dieselbe Karte, die ihre Hand anzog. Sie öffnete die Augen und drehte die Karte um. *Die Herrscherin.*

Fast mochte sie es nicht glauben, daß sie heute dieses besondere Bild empfangen durfte. Es gab kaum eine bessere Karte in dieser schwierigen Situation. Voller Freude betrachtete sie die Zeichnung, die eine auf einem thronartigen Sessel sitzende Königin mit goldenem Zepter zeigte. Die Frau trug ein langes, weißes Gewand, das über und über mit dem Zeichen für Weiblichkeit, dem Venus-Symbol, übersät war. Es war eine positive Karte, eine Karte der großen Arkana. Und sie zeigte ihr, daß das, was sie tat, richtig war. Sie tat es nicht nur für sich. Sie tat es für alle Frauen, die der Willkür von Männern ausgesetzt waren. Sie war die Herrscherin. Sie hatte das Geschehen in der Hand. Du darfst dich nicht einschüchtern lassen, sagte sie sich. *Sie* können dir nicht näher kommen. *Sie* kennen dich nicht, und *sie* werden dich nicht finden, weil du dich gut verbirgst.

So wie heute mittag, als sie sich ein letztes Mal von Werner Rösner verabschiedet hatte. Es war eine sehr große Trauergesellschaft auf dem Riensberger Friedhof zusammengekommen, und es fiel auf, daß Menschen jeden Alters dabei gewesen waren. Vermutlich hatten auch ehemalige Kollegen und Schüler den Weg zum Friedhof gefunden. An mehreren großformatigen Traueranzeigen in der Zeitung war deutlich geworden, daß Werner Rösner ein geachteter, vielleicht auch ein beliebter Lehrer gewesen war. *Seine Hand auf ihrer Schulter. Zeige- und Mittelfinger, die ihren Hals streicheln, die Ohrmuscheln hinauffahren, über die Wange wandern, ihre Lippen berühren.* Endlich waren diese Finger, die sie in ihren Träumen verfolgten, die sie manchmal am Tage – wenn sie Kartoffeln schälte oder ihr Gesicht im Spiegel betrachtete – auf ihrer Haut spürte, kalt.

Sie hatte sich hinter Büschen verborgen, die Trauergesellschaft von weitem beobachtet. Die Witwe war in Schwarz gekleidet gewesen, ein dunkler Schleier hatte ihr Gesicht verhüllt. Nur kurz, als sie eine Schaufel Erde auf den Sarg geworfen hatte, hatte sie den Schleier beiseite geschoben, in das Grab gesehen und sich dann abgewandt.

Einen Moment hatte die Tochter mit dem Gedanken gespielt, sich unter die Trauernden zu mischen. Es bestand kaum Gefahr, daß sie jemand erkannte, und es waren dort so viele Menschen, daß Fremde nicht auffielen. Doch dann hatte sie einen Mann bemerkt, der zumeist am Rande der Gesellschaft gestanden hatte. Er hatte einen langen Mantel getragen und war zwei Mal zur Seite getreten, um etwas abseits stehend zu telephonieren. Ein Polizist! Sie war sich sofort sicher gewesen. Natürlich. Die hatten jemanden in Zivil geschickt, der das Begräbnis überwachen sollte, der prüfen sollte, ob sich einer der Anwesenden auffällig benahm. Sie hatte sich sofort weiter zurückgezogen, war hinter einer Gruppe Rhododendren verschwunden, an den Grabreihen entlanggegangen, als suche sie nach einem bestimmten Namen auf den Steinplatten. Hatte dieser Mann sie bemerkt? Hatte er möglicherweise wegen ihr telephoniert? Völlig ausgeschlossen, oder? Dann wäre er doch auf sie zu gekommen, hätte sie angesprochen.

Erneut war ihr der Schweiß ausgebrochen, ihr Atem war schneller gegangen. Sie hatte weglaufen wollen, doch dann hatte sie sich auf eine Bank niedergezwungen, das kleine Pillendöschen hervorgezogen und sich zwei Tabletten in den Mund gesteckt. Aus einer kleinen Wasserflasche hatte sie ein paar Schlucke getrunken, die Pillen hinuntergespült und die Augen geschlossen. *Niemand wird dich finden.*

Es hatte eine Weile gedauert, bis die Wirkung eingesetzt hatte. Zwei Pillen waren eine gute Dosierung. Früher hatte eine genügt, doch in diesen aufreibenden Tagen reichte der Wirkstoff nicht mehr, ihre kleinen

Ängste zu besiegen. Die Schatten waren aus ihren Gedanken verschwunden wie Frühnebelschleier in der Sommersonne. Sie hatte lachen müssen. Jeder hatte heutzutage ein Handy. Und viele Menschen glaubten, auch bei einer Trauerfeier nicht darauf verzichten zu können. Dieser Mann hatte es nicht auf sie abgesehen.

Sie war wieder aufgestanden und vorsichtig in die Richtung von Werner Rösners Grab gegangen. Es hatte verlassen dagelegen, selbst die Friedhofsmitarbeiter hatten es vorgezogen, bei der Kälte vorerst in beheizte Räume zu verschwinden. Sie hatte sich umgesehen. Nein, sie wurde nicht beobachtet. Dennoch hatte sie es eilig gehabt. Nur einen Moment hatte sie vor dem Grab verweilt, auf den dunklen Holzsarg geblickt, auf den man einen der größeren Kränze gelegt hatte. *In Liebe und Dankbarkeit. Luise.*

Sie hatte sich das Bild gut eingeprägt. Ebenso wie vor ein paar Tagen den Anblick von Rösners schmerzverzerrtem Gesicht, als er auf dem Sofa gelegen hatte. Sie würde es rufen können, wenn er sie wieder bedrängte. Sie würde es ihm entgegen stellen. *Du bist tot. Ich bin frei.*

Danach war sie zu ihrem Haus gefahren. Es war jedesmal wie der Weg zurück in die Kindheit. Natürlich hatte sich hier viel verändert in den vergangenen vierzig Jahren, aber es gab Häuser, die noch so aussahen wie damals, als sie diese Straßen entlang zur Schule gelaufen war. *Warum gehst du dort hin zurück, wo sie dich gequält haben?* Das war eine Frage, die sie sich schon oft gestellt hatte. Hier zu sein, bedeutete auch immer, sich erinnern zu müssen. An die Zeit des Schweigens. An die Erniedrigungen, die sie erlebt hatte, an das Unvermögen der Eltern, ihre Tochter zu verstehen. Hier hatte sie um Hilfe gerufen, und niemand hatte geantwortet. Aber nur hier würde sie ihr Leben wieder ins Lot bringen können. Das war die andere Seite der Medaille. Es gab keine Flucht. Sie konnte den peinigenden Träumen nicht entkommen, wenn sie woanders hinzog und ein neues Leben zu leben begann. Sie konnte ihren Kopf nicht neu einrichten. Sie konnte nur behutsam versuchen, das, was sie quälte, zu entfernen. Und das ging nur hier, an dieser Stelle, an der sie mit der Vergangenheit konfrontiert wurde.

Das Haus hatte verlassen dagelegen. Vorgestern hatte sie im Flur einen Zettel gefunden, auf dem ein Mann Interesse signalisiert hatte, das Haus zu kaufen. Sie solle sich doch mit ihm in Verbindung setzen. Niemals! Hier würde sie ihre Heimat finden, wieder frei atmen lernen, sich entfalten können, wie die Blüte einer Amaryllis, feingliedrig, kraftvoll und in wahrer Schönheit.

Bevor sie das Haus betreten hatte, war sie an den Schuppen vorbei in den Garten gegangen, um zu überprüfen, ob alles unverändert war. Immer wieder durchzuckte sie die Angst, daß hier jemand nach Spuren suchte. Das hatte nichts mit rationalem Denken zu tun, das wußte sie, aber sie konnte sich nicht dagegen wehren. *Sie* suchten nach ihr. Überall in der Stadt. *Sie* durchforschten Lokale, schlichen durch die Straßen, waren wie Spinnen mit klebrigen Beinen, die alles, was verdächtig war, an sich zogen, um es ausquetschen zu können. Wer ist die Giftmörderin? Das Ungeheuer von Bremen! Gesches Lust am Töten! An jeder Ecke begegneten ihr die Schlagzeilen. In allen Nachrichten wurde über sie berichtet. In der Straßenbahn unterhielten sich die Menschen über die Morde, während sie scheinbar teilnahmslos aus dem Fenster sah.

Die Tochter war den matschigen Weg in den hinteren Teil des Gartens hinuntergelaufen. Ein Bewässerungsgraben schloß das Grundstück ab. Hier würde sie im kommenden Sommer unter dem Apfelbaum einen Platz herrichten, auf dem sie sitzen konnte. Es war schon jetzt ein idyllischer Fleck. Früher hatte an dieser Stelle eine kleine Holzwippe gestanden, später hatte die Mutter hier mit ihrem Liegestuhl gelegen und sich gesonnt.

Als sie zum Haus zurückgekehrt war, hatte sie den Nachbarn bemerkt. Ein alter Mann mit grauen Haaren, ausgebeulten Jeans und Holzfällerhemd. War er schon länger hier gewesen? Er hatte, auf einen Rechen gestützt, dagestanden und zu ihr herübergesehen. *Schnell weg!* Sie hatte sich abgewandt, war den Weg zurückgelaufen, hatte in ihrem Rükken ein rauhes Lachen gehört. *Seine schwieligen Finger auf ihrer Schulter, als er hinter ihr steht. „Ich weiß nicht, warum du nicht sprichst, aber ein so hübsches Mädchen sollte lachen und schöne Dinge erzählen." Sie spürt ihn näherrücken. Er umfaßt mit seinen starken Armen ihre Hüften, drückt seinen Schwanz an sie, stößt mehrmals zu, da geht die Ladenklingel, und er läßt von ihr ab. Zurück bleibt sein abgestandener Atem, eine Mischung aus kaltem Rauch und Zahnfäule.*

Mit zittrigen Fingern hatte sie die Haustür aufgeschlossen, doch auch in den Räumen hatte sie keine Ruhe gefunden. *Noch nicht. Es ist noch nicht vorbei.* Sie hatte sich gezwungen, nachzusehen, ob Post gekommen war, die Heizung ein wenig höher gestellt, damit die Temperatur nicht unter den Gefrierpunkt sank. Dann hatte sie durch die Fenster geprüft, ob der Nachbar ihr nicht auflauerte, wenn sie das Haus verließ. Nein, er war nicht zu sehen.

In dem Moment, als sie durch die Gartenpforte trat, kam ein Polizeiwagen langsam die Straße herauf. Zwei Beamte blickten ihr entgegen. *Sie haben dich!* zuckte es ihr durch den Kopf. Doch die Streife fuhr weiter und bog an der nächsten Querstraße nach rechts ab.

Den ganzen Tag über hatte sie das Gefühl, daß *sie* näher kamen. Als ob sich eine Schlinge um sie herum zusammenzog. Sie hatte versucht, sich einzureden, daß sie sich das alles nur einbildete. Aber bisher hatte sie immer auf ihre Empfindungen vertrauen können. Sie waren wie eine Antenne, die Strahlungen im nicht meßbaren Bereich wahrnehmen konnte, die sie warnte, lange bevor die Gefahr sichtbar war. Ziellos war sie den Nachmittag durch die Stadt gelaufen, hatte sich mit Fragen gequält. Hatte sie am Sonnabend bei Lars Walter einen Fehler gemacht? Wieder und wieder spulte sie die Geschehnisse des Abends in ihren Gedanken ab. Sie war gegangen, als er noch lebte. Sie hatte es nicht ausgehalten, länger in dieser Wohnung zu bleiben. *„Unsere gemeinsame Zeit ist zu Ende", sagt er mit harter Stimme. „Es geht nicht mehr so weiter. Ich muß an meine Zukunft denken. An Sibylle, die Kinder." – „Aber du liebst sie doch gar nicht!" – „Wir werden weiter zusammenleben. Das ist die Wahrheit" – „Und ich? Wo bleibe ich?" – „Ich wünsche dir alles Gute." Dann wendet er sich ab, geht weg, als hätten sie ein kurzes Dienstgespräch gehabt.*

Hatte er noch die Chance gehabt, den Namen seines Mörders, ihren Namen, auf einen Zettel zu schreiben? Oder hatte er vielleicht sogar überlebt? Warum nur war sie so unvernünftig gewesen und so früh gegangen? In den Nachrichten hatten sie bisher mit keinem Wort erwähnt, daß es einen weiteren Toten in der Stadt gab. Vielleicht gab es ihn gar nicht. Dann aber war es nur eine Frage der Zeit, bis *sie* vor ihrer Tür auftauchten. Max würde fassungslos dort stehen, die Polizeibeamten anstarren wie eine Fata Morgana. Er würde den Kopf schütteln, immer wieder beteuern, daß es ein Irrtum sein müsse. „Nein, es ist kein Irrtum, Max", hatte sie ihm in Gedanken geantwortet und momentelang befürchtet, daß Passanten neben ihr die Worte gehört hatten. *Es stimmt alles. Deine Frau ist eine Mörderin.*

Das, was ich tue, ist genau das Richtige, redete sie sich ein. *Sie werden mir das nicht nehmen können. Die Gerechtigkeit ist auf meiner Seite. Und deshalb darf mich niemand verurteilen. Sie dürfen mich nicht mal antasten. Ich bin Gesches Tochter! Mein Fluch liegt über dieser Stadt.*

Als ihr immer mehr Kinder mit roten Mützen und angeklebten Bärten begegneten, fiel ihr ein, daß heute Nikolaustag war. Einen Augenblick zuckte ein verwegener Gedanke durch ihren Kopf. *Was würde wohl passieren, wenn ich kleine präparierte Bonbons ausgebe? Diese Stadt würde aufheulen vor Schmerzen. Warum nicht? Eigentlich hatten die Menschen das verdient.*

Später war sie heimgekehrt, erschöpft vom langen Laufen, den vielen Menschen, die sie argwöhnisch angesehen hatten. Vor dem Haus hatten keine verdächtigen Personen gestanden. Sie hatte die Tür aufgeschlossen, hatte im Treppenhaus den jungen Mann aus dem Obergeschoß gegrüßt und war dann in die Wohnung getreten. Sie hatte im Wintergarten gesessen, die Katze gestreichelt und in den Garten gesehen, der bereits in tiefe Dunkelheit gefallen war. Dann hatte das Telephon geklingelt. Sie hatte gewußt, daß es gefährlich war, den Hörer abzunehmen. Sicherlich wurde die Leitung abgehört. *Sie wollen, daß ich zusammenbreche. Daß ich gestehe.*

Sie schob die Karten zu einem Stapel zusammen. Die Herrscherin gab ihr Mut, gab ihr Macht. Sie würde das hier durchstehen. Sie würde siegen und frei sein. Das Klopfen an ihrer Tür ließ sie aufschrecken. Sofort wich ihre Zuversicht. *Sie* kommen!

Aber es war nur Max, der durch die Tür rief: „Sie berichten gerade im Fernsehen, daß es einen weiteren Mord in Bremen gegeben hat. Ein Lars Walter. Sag mal, kanntest du nicht auch einen Mann, der so hieß?"

Der Abend war anstrengend. Sehr anstrengend. Immer wieder versuchte sie, Kontakt aufzunehmen. Doch sie erhielt keine Antwort, so flehentlich sie rief, so tief sie in ihr zweites Ich hineinstieg. Warum entzog sich ihr Gesche? Hatte sie etwas falsch gemacht? Oder wollte Gesche ihr durch das Schweigen hindurch einen Hinweis geben? Zeigen, daß sie noch nicht fertig war, daß sie ihre Aufgabe erst ganz erledigen mußte, bevor sie sich vereinigen konnten. Mit jeder Stunde, die sie kämpfte, spürte sie, wie ihre Kräfte schwanden. Ihr blieb nicht mehr viel Zeit, um zu handeln. Wenn sie es nicht rechtzeitig schaffte, war die Gefahr groß, daß ihr die Welt wieder entglitt. Daß sie erneut schweigen mußte.

Sie hörte, wie Max ins Bad ging. Die Toilettenspülung wurde betätigt, dann lief zweimal der Wasserhahn. Schließlich schloß er die Tür, näherte sich durch das Wohnzimmer, verharrte vor ihrem Raum, räusperte sich und wünschte ihr mit leiser und resignierter Stimme eine gute Nacht. Sie antwortete nicht, wartete, bis er vernehmlich seufzte und dann über den Flur zu seinem Schlafzimmer ging. Die Zeiger der Uhr standen auf kurz vor zwölf. Wie lange würde sie noch durchhalten? Bis in die Nacht hinein wach zu sein, war sie gewohnt, aber sie war des Kämpfens müde, wollte das alles nicht mehr, sehnte sich nach der vollkommenen Ruhe.

Sie raffte sich auf, wagte einen weiteren Versuch, stand kerzengerade im Raum, reckte die Hände gen Himmel. Dann kauerte sie sich nieder, legte die Finger auf den Boden, um den Kontakt zu Mutter Erde zu verstärken. Sie strich mit den Fingern alle Widerstände aus ihren Gliedern. Ja, nun war ihr Körper bereit zu empfangen. Sie spürte die positive Energie durch ihre Adern pulsieren, legte sich langausgestreckt auf den Teppich. Im Zimmer brannten 48 Kerzen. Für jedes ihrer Lebensjahre eine. Um sie herum hatte sie die 78 Karten des Tarot gelegt, die einen Schutzschild bildeten gegen diese Stadt und die Menschen, die sie bedrohten. Sie schloß die Augen, atmete tief ein, ließ die Bilder der Vergangenheit zu. Alle kehrten sie zurück, und sie waren so mächtig, als ob das, was sie sah und fühlte, erst vor wenigen Minuten geschehen war. *Seine behaarte Brust, die kräftigen Arme. Seine Hände gleiten über ihren Körper, hinterlassen glühende Spuren, streicheln sie an Stellen, die noch niemals ... – Die Ablehnung, die Kälte einer Mutter, die nicht verstehen will, sie schlägt und sie anschreit: Nun mach den Mund auf und sprich. So machst du doch alles nur noch schlimmer. – Sein schneller Atem, als er sie im Lager stellt, sich von hinten an sie preßt ... – Die kalten Augen, der harte Zug um seinen Mund: Ich brauch dich nicht mehr. Unsere gemeinsame Zeit ist vorbei.* Ihre Glieder zuckten, sie spürte, wie ihre Augenlider flackerten, das Herz raste. Diese Schweine! Sie zerstörten ihr Leben! Sie wand sich auf dem Boden und kämpfte. Jeder Erinnerung setzte sie ein neues Bild entgegen. Angsterfüllte Augen, schmerzverzerrte Münder, krampfende Leiber, Winseln, Stöhnen,

Schreien, und dann die Blicke, in denen das Wissen stand, daß es gleich vorbei war. *Ich habe gesiegt. Ich bin jetzt frei!*

Doch sie spürte nichts davon. Wo war das Schweben, das sie sich ersehnte? Wo war der lichte Horizont, auf den sie zugehen wollte? Da waren noch immer Fesseln, die sie hielten. Und mit einem Mal stand es ganz klar vor ihren Augen: Sie war den letzten Schritt noch nicht gegangen. Den Schritt, an den sie nicht denken mochte, weil sie befürchtete, daß er der schmerzvollste sein würde. *Er steht dir im Wege!*

Die folgenden Stunden verbrachte sie in Rastlosigkeit. Sie lief auf Socken durch die Wohnung, stand minutenlang vor seiner Zimmertür, drehte dann ab, saß in der Küche und trank ein Glas Wasser. Sie nahm noch einmal zwei Tabletten, weil sie die Spukgestalten der Nacht nicht mehr ertrug. Daraufhin beruhigte sie sich ein wenig, döste in ihrem Zimmer auf dem Sessel. Um fünf Uhr war sie wieder so wach, daß sie es in den engen Räumen nicht mehr aushielt. Sie zog sich ihren Mantel an, stülpte die Kapuze über den Kopf und verließ die Wohnung.

In den Straßen stand der Nebel so dicht, daß selbst die Laternen nur schemenhaft zu erkennen waren. Es störte sie nicht. Sie hätte den Weg auch in völliger Dunkelheit gefunden. Ihr Ziel war die Weser, Lebensader dieser Stadt und für sie einer der wenigen Ruhepole, an denen sie innehalten konnte. Max hatte es damals nicht verstanden, daß sie hierher ziehen wollte. Ihm war das Viertel zu laut, zu dreckig, ihn stießen die Junkies ab, er haßte den dichten Straßenverkehr, die grölenden Fußballfans auf dem Weg zum Stadion. Aber sie hatte sich gegen seinen Willen durchgesetzt, und bis zu dem Tage, als die Mutter gestorben war, war die Wahl dieses Wohnortes die beste gewesen, die sie sich hatte denken können. Jetzt mußte sie sich umbesinnen. Der Weg zur Freiheit führte woanders hin. Es schüttelte sie, wenn sie daran dachte, welchen Schritt sie jetzt noch gehen mußte. Aber am Ufer der Weser stehend, die träge vor ihr dahinfloß, riß sie sich zusammen. Es ging um ihr Leben. Sie durfte nicht stehenbleiben, denn dann würde sie nie ankommen. Sie lief bis zum Fähranleger, der im Sommer Passagiere zum Badestrand am Café Sand brachte. Dann kehrte sie um, ging einen der Wege zum Osterdeich hoch. Dort war der Verkehr deutlich stärker geworden. Stoßstange an Stoßstange standen die Fahrzeuge in Richtung Innenstadt. An der Ampel überquerte sie die Straße, und je näher sie ihrer Wohnung kam, desto fester wurde ihr Entschluß, jetzt alles zu Ende zu bringen.

16

Brünner lag schon lange wach und stand mehr als eine Stunde früher als gewöhnlich auf. Gestern abend hatte er zusammen mit Cord nur ein Bier getrunken und war dann auf Mineralwasser umgestiegen, was den Freund sehr überrascht hatte.

Jetzt zeigte sich, daß die Entscheidung gut gewesen war, denn Brünner hatte einen klaren Kopf. Seit fünf Uhr bewegte er den Fall Gesche, wie er ihn für sich nannte, in seinen Gedanken hin und her und überlegte, ob er die spontane Idee des vergangenen Abends in die Tat umsetzen sollte. In jedem Fall mußte er vorher mit Staatsanwalt Kutzop sprechen und darauf hoffen, daß die Medien mitspielten. Es durfte keine Abweichungen geben, denn es war klar, daß sie ein gewagtes Spiel spielten. Wenn sie gewannen, würde das jeder für folgerichtig halten. Wenn du verlierst, kannst du dich als Knöllchenverteiler in der Innenstadt bewerben, dachte er sarkastisch.

Er war einer der ersten im Präsidium, denn Kripochef Henning Meyer galt als Frühaufsteher. Die Sekretärin sah überrascht auf, als Brünner durch die Tür trat. „Sie sind ja ein früher Gast", rief sie gutgelaunt. „Haben Sie hier etwa übernachtet?"

„Soweit ist es glücklicherweise noch nicht", antwortete Brünner und überlegte, ob die Sekretärin möglicherweise auf sein Aussehen anspielte. Ja, er hatte in den vergangenen Tagen eindeutig zu wenig geschlafen, und zum Friseur mußte er auch dringend. Aber immerhin hatte er sich heute morgen rasiert, war frisch geduscht, und sein Sakko hatte weder Flecken noch fehlende Knöpfe.

„Er telephoniert gerade." Die Sekretärin wies auf einen Stuhl an der Wand, lächelte und fuhr mit gesenkter Stimme fort: „Mit Senatsrat Riemann. Die Herrschaften sind offenbar sehr nervös."

Kein Wunder, dachte Brünner. Eine vergleichbare Mordserie hatte es in Bremen schon lange nicht mehr gegeben, und in Zeiten, in denen der Senator eine Haushaltssperre verhängt hatte, machte es sich nicht gut, wenn die Polizei wenige Tage danach nicht in der Lage war, einen gemeingefährlichen Täter zur Strecke zu bringen. Wer es schlecht mit den verantwortlichen Politikern meinte, konstruierte daraus einen Zusammenhang, der nur schwer aufzulösen war.

„Jetzt ist er frei“, sagte die Sekretärin nach wenigen Minuten. Brünner klopfte an die Tür und betrat das Büro des Kripoleiters. Meyers Miene war ernst, als er hochsah. „Brünner“, sagte er. „Schön, daß Sie in dem Moment kommen, in dem ich an Sie denke.“

„Kriminalistisches Gespür“, antwortete Brünner und lächelte.

„Davon können wir nie genug haben“, sagte Meyer und hielt einen Zettel hoch, auf dem er einige Notizen gemacht hatte. „Ich hatte eben ein schwieriges und unangenehmes Gespräch mit der Innenbehörde. Die Herren dort sind ein wenig ungehalten über den Fortgang der Ermittlungen, wenn ich das vorsichtig ausdrücken darf. Kurz gesagt, Brünner: Wir brauchen dringend Erfolge, sonst steht unser Senator auf wackligen Beinen. Für zehn Uhr habe ich eine Pressekonferenz angesetzt, und da werden wir uns unangenehme Fragen anhören müssen, zumal, wenn ich es richtig sehe, auch im Mordfall Walter bisher kaum verwertbare Spuren gefunden wurden.“

„Das ist der Grund, warum ich hier bin“, sagte Brünner und sah Meyer offen an. Er kannte seinen Chef als verantwortungsbewußten Leiter der Kripo, der dennoch bereit war, ungewöhnliche Wege zu gehen, wenn sie versprachen, zum Ziel zu führen. Nur deshalb wagte er es, seinen Vorschlag zu unterbreiten. „Ich würde gerne heute eine heiße Spur zum Täter legen und ihn damit zu Fehlern verleiten.“

„Das müssen Sie genauer erklären“, sagte Meyer. „Gewöhnlich ist es schließlich unsere Aufgabe, Spuren zu verfolgen und nicht neue zu legen.“

Brünner nickte und erläuterte seinem Chef den Plan. Seine Überlegung ging davon aus, daß der Täter offenbar eine Liste von Personen hatte, die sterben sollten. „Wir wissen nicht, wie viele Personen auf dieser Liste stehen, und wir wissen nicht, warum diese Menschen sterben müssen. Aber wenn es uns gelingt, den Täter unter Druck zu setzen, wenn wir ihn glauben machen, daß wir ihm dicht auf den Fersen sind, dann wird er möglicherweise seinen Zeitplan umwerfen und unbedacht agieren. Er wird Fehler begehen, die uns den Zugriff erleichtern.“

„Es könnte aber auch sein, daß der Täter um so schneller mordet, damit er seinen Plan bald erfüllt hat“, entgegnete Meyer. „Wir nehmen uns gleichzeitig die Zeit für gründliche Ermittlungen.“

„Wir werden mit Hochdruck weiterarbeiten", erklärte Brünner. „Aber bis jetzt, so befürchte ich, sind wir dem Täter keinen Schritt nähergekommen."

Nachdem sie intensiv über Vor- und Nachteile des Planes beraten hatten, griff Meyer zum Telephon, um den Leiter der Staatsanwaltschaft zu informieren. Georg Bitzner reagierte zurückhaltend, wollte der Polizei aber keine Steine in den Weg legen. „Entscheidend ist, daß wir endlich Erfolg haben", sagte er. Offenbar waren auch bei ihm schon Anrufe aus der Innenbehörde eingegangen.

17

Max war gerade aufgestanden. Er kam ihr auf dem Flur entgegen, als sie die Wohnungstür aufschloß. Für ihn war es nichts Ungewöhnliches, daß sie bereits in der Frühe draußen gewesen war. Sie lächelte ihm zu, was er nach dem gestrigen Abend dankbar aufnahm. „Hast du ein wenig Ruhe finden können?" erkundigte er sich mit besorgter Stimme.

Sie nickte und legte die Zeitung auf den Küchentisch. Oben rechts stand die Meldung von einem weiteren Toten in Bremen. Aber noch mit Fragezeichen. „59jähriger ermordet in Wohnung gefunden. Wieder Gift?" lautete die Titelzeile. Im Text darunter war nichts davon zu lesen, daß der Tote einen Hinweis auf seinen Mörder gegeben hatte.

„Ich bereite dir das Frühstück zu", sagte sie, und während er sich im Badezimmer rasierte, kochte sie Tee. Sie holte das Tablettendosett aus dem Regal über der Spüle. Dann nahm sie ein Glas aus dem Küchenschrank. Als sie das Pulver in das Wasser rührte und dann noch einige Tropfen dazugab, zitterten ihre Hände. Es war ein großer Schluck vom Leben in den Tod. *Ich habe ihm einiges zu verdanken.* Momentelang war sie versucht, die Flüssigkeit wegzuschütten. *Es muß eine andere Lösung geben.* Doch es war klar, daß Max sie nicht ziehen lassen würde. *Es geht um dich. Um Gesche.* Sie stellte das Glas auf den Tisch neben seinen Teller.

Sie sprachen wenig. Wie üblich. Max genoß es, morgens intensiv die Zeitung zu lesen und wollte dabei nicht gestört werden. Er legte die Titelseite ausgebreitet auf den Tisch, griff dann nach seiner Tablette. Sie beobachtete aus den Augenwinkeln, wie er die Pille in den Mund steckte, das Glas Wasser nahm und die Tablette mit einem großen Schluck hinunterspülte. Er griff wieder zur Zeitung und begann zu lesen. Kurz darauf begann sie zu sprechen. „Es tut mir leid", sagte sie mit weicher Stimme. „Max, ich möchte dir danken für alles, was du für mich getan hast."

Er sah sie erstaunt über den Zeitungsrand an. „Warum?" fragte er. „Danken?" Da spürte er, daß ihm der Atem knapp wurde und ein Brennen in seinem Körper hochstieg.

Sie mußte schlucken. Sie hatte es getan. Aber war es wirklich das Richtige gewesen? Sie sah seine fragenden Augen, seinen offenstehenden Mund, seine hektischen Schluckbewegungen. Er begriff nichts. Wie sollte er auch? „Ich", versuchte sie mit fester Stimme zu sagen, „ich bin die Gesche von Bremen."

Er konnte schon nicht mehr sprechen. Max rang nach Luft, griff sich an den Hals. Sein Gesicht verfärbte sich, die weit aufgerissenen Augen traten hervor, als ob sie gleich aus den Höhlen fallen würden. Sein Körper bäumte sich auf, dann verlor Max schlagartig das Bewußtsein, sackte in sich zusammen, und sein Kopf prallte auf den Küchentisch. Dort blieb er neben der Teekanne liegen.

Sie stand auf, den Blick auf sein Gesicht gerichtet. Es zuckte um seinen Mund herum, Speichel lief ihm über die Lippen und bildete eine Lache auf der Tischplatte, die Augen sahen ins Leere. In diesem Moment wurde ihr mit aller Macht klar, was sie getan hatte. Sie hatte die letzte Verbindung zur Welt gekappt. *Schrei! Du mußt schreien!* Doch sie behielt sich unter Kontrolle, Tränen liefen ihr übers Gesicht, ihre Hände zitterten. Sie wandte sich hastig ab, rannte in den Flur. Im Wohnzimmer läutete das Telephon. Um diese Zeit? *Sie* kommen! *Sie* sind dir auf den Fersen! Sie riß den Mantel vom Haken, kehrte in die Küche zurück. Was mußte sie tun? Das Glas mitnehmen? Das Dosett wieder in den Schrank? Eine falsche Spur legen? Würde man sie verdächtigen? Natürlich! Aber sie hatte doch hiermit gar nichts mehr zu tun. Sie hatte ihr altes Leben zurückgelassen. *Ich bin jetzt frei!*

18

Um zehn Uhr trat Brünner erneut vor die Presse. Er schilderte den Journalisten, daß Lars Walter in der Nacht zum Sonntag ermordet wurde. Daß auch dieser Tod durch einen Giftcocktail aus Arsenik und E 605 herbeigeführt worden war. Er trug eine Reihe ausgewählter Einzelheiten vor und betonte, daß es sich um die größte Verbrechensserie handelte, mit denen er und seine Kollegen es je zu tun hatten. „Aber", er trank einen Schluck Wasser und lächelte, „wir können Ihnen die erfreuliche Nachricht machen, daß wir eine klare Spur verfolgen. Ich kann Ihnen selbstverständlich keine Details nennen, doch zur Stunde sind wir dabei, den Täter einzukreisen. Wir sind ihm auf den Fersen, und ich bin sicher, daß er bereits unseren heißen Atem verspürt." Aus den Augenwinkeln registrierte Brünner, wie Meyer zustimmend nickte.

Die Nachricht wurde mit einiger Überraschung aufgenommen. Nachdem am gestrigen Abend die Leiche von Lars Walter gefunden und alle Medien von der Polizei auf die Pressekonferenz vertröstet worden waren, hatte sich in den meisten Zeitungen Unmut breitgemacht. Es hatte kritische Kommentare gegeben. Die BAZ hatte sogar auf der Titelseite den Innensenator in seiner Nobelkarosse abgebildet und hämisch gefragt: „Kein Geld für die Mörderjagd, Herr Senator?"

Brünner gab nach dem offiziellen Teil zahlreiche Interviews, in denen er immer wieder deutlich machte, daß sie mittlerweile über ein differenziertes Täterprofil verfügten. Er bat aber bei weiteren Nachfragen um Verständnis dafür, aus ermittlungstaktischen Gründen noch nicht mehr sagen zu dürfen.

Ziemlich durchgeschwitzt kam er in seinem Büro an. Es war ihm nicht leichtgefallen, immer wieder die gleichen Unwahrheiten zu erzählen und dabei siegessicher zu lächeln. Aber welche andere Wahl blieb ihnen zu diesem Zeitpunkt? Nun mußte die Medienmaschinerie so anlaufen, wie sie es sich vorgestellt hatten. Aus jedem Radiolautsprecher sollte dem Täter stündlich weisgemacht werden, daß er kurz vor der Verhaftung stand. Jeder Bürger dieser Stadt sollte davon sprechen, daß man dem Mörder auf den Fersen war. Auf der Straße, in Bussen, am Arbeitsplatz, in Geschäften, Schwimmbädern, Bibliotheken, im Supermarkt. Und wenn der Mörder darauf noch nicht reagierte, mußten es die Fernsehnachrichten und am nächsten Tag die Zeitungen erreichen, daß sich die Schlinge um den Täter scheinbar immer fester zog. Entscheidend war nur, daß sie am Ende nicht ein loses Band in der Hand hielten.

Brünner nahm seinen frischgebrühten Tee mit in die Besprechung der Mordkommission. Es war ihm unangenehm, daß er die Kollegen nicht vorher hatte informieren können, aber dazu hatte die Zeit nicht mehr gereicht. „Ihr habt es vermutlich schon gehört, was wir auf der Pressekonferenz bekanntgegeben haben", erklärte er. „Wir haben die Richtung geändert." Dann erzählte er von seiner Absprache mit Kripoleitung und Staatsanwaltschaft und betonte, daß er hoffte, so einen Durchbruch erzielen zu können.

„Ich halte das für ein sehr gewagtes Spiel." Yvonne Lentz schüttelte den Kopf. „Martin, was haben wir denn in der Hand, daß wir uns plötzlich so weit aus dem Fenster lehnen können?"

„Nichts", sagte Brünner. „Das ist ja unser Problem. Wir müssen endlich was in die Hand bekommen. Der Täter agiert sehr geschickt. Wir tun und machen, aber wir finden keinen Halt. Was haben wir bisher erreicht? Nichts! Wir laufen immer hinterher."

„Das ist doch nichts Neues", wandte Büntemeyer ein. „Erinnere dich an diese Wasserleiche im vergangenen Februar. Da sind wir auch nicht weitergekommen ... Tagelang, und dann, durch einen Zufall ..."

„Ja, aber da stand nicht vorher die ganze Stadt Kopf. Da wurden nicht Menschen in Lokalen und Einkaufszentren vergiftet. Da hatten wir nicht überfüllte Krankenhäuser und jeden zweiten Tag eine neue Leiche herumliegen", sagte Brünner. „Leute, ich weiß ja, daß unser Vorgehen problematisch ist. Aber ich will vermeiden, daß es noch mehr Tote gibt. Wir müssen endlich diejenigen sein, die agieren. Da hat irgendein Verrückter in dieser Stadt den Plan zu töten, und wir müssen ihn daran hindern, diesen Plan weiter in aller Seelenruhe auszuführen. Wir kennen die Ziele des Täters nicht. Wir kennen seine Motivation nicht. Aber wir können versuchen, ihm Feuer unter dem Arsch zu machen."

„Was, wenn er beschließt, sich vorerst gar nicht mehr zu bewegen?" fragte Markus Stüwe. „Kann ja sein, daß er erstmal dichthält und sich zurückzieht. Und wenn Gras über die Sache gewachsen ist, legt er wieder los."

„So haben wir wenigstens Zeit gewonnen", sprang Lange Brünner zur Seite. „Immerhin gibt es dann keine neuen Leichen, und wir haben die Chance, dem Täter auf die Spur zu kommen. Ich persönlich glaube, daß er früher mal auf dem Großmarkt tätig gewesen ist."

Alle sahen ihn überrascht an.

Lange lächelte. „Ich habe mir die halbe Nacht zwischen den Obstständen um die Ohren geschlagen", sagte er. „Das Leben als Händler ist wahrlich kein Zuckerschlecken: extrem früh aufstehen und dann aus Bergen von Obst und Gemüse das auswählen, was sich gut verkaufen läßt. Na ja, ich habe mich ein wenig nach Hermann Suhling erkundigt, der da ja früher regelmäßig aufgetaucht sein muß. Ich hatte Glück. Ein paar von den Älteren kannten ihn noch, und einer von ihnen konnte sich daran erinnern, daß Suhling Mitte der siebziger Jahre eine Weile mit einer jungen Frau auf dem Markt aufgetaucht war. Sie soll hübsch gewesen sein, sehr schlank, dunkelblonde lange Haare, die aber meistens hochgesteckt waren. Fast noch ein Mädchen soll sie gewesen sein. An den Namen konnte sich der alte Markthändler nicht entsinnen. Er wußte auch nicht, in welcher Beziehung die Frau zu Suhling stand. Vermutlich war sie eine Angestellte, und eine Zeitlang ging das Gerücht, sie sei auch seine Geliebte. An eine Besonderheit konnte er sich aber ganz genau erinnern: Das Mädchen soll nie auch nur ein Wort gesprochen haben."

„War sie stumm?"

„Möglicherweise. Vielleicht hat sie aber auch nur nichts gesagt. Denn verstehen konnte sie wohl alles."

Einen Moment war es still im Raum. Es war, als hielten alle den Atem an. Diese Neuigkeit hatte möglicherweise eine ganz andere Qualität, als das, was sie bisher herausbekommen hatten. Auch Brünner spürte, daß sie vielleicht gerade einen Punkt erreicht hatten, den er sich sehnlich herbeigewünscht hatte. Suhling und eine unbekannte Frau, die nicht spricht. Sie waren dabei, einen neuen Vorhang aufzuziehen und neue Akteure kennenzulernen. Hoffentlich nicht abermals nur Statisten.

„Wir müssen herausbekommen, wer diese Frau ist", sagte Brünner. „Rainer, kümmere dich bitte sofort darum! Versuch Renate Suhling zu erreichen. Die muß wissen, wer das gewesen ist. Und wenn du da nicht weiterkommst, müssen wir nach alten Gehaltslisten gucken und forschen, wer in dem Laden gearbeitet hat. Diese Frau darf uns nicht durch die Lappen gehen."

Rainer Lange verließ den Raum. Yvonne Lentz ging mit, um ihn zu unterstützen. Aber auch bei den anderen war plötzlich neuer Elan zu spüren. Es war, als sei durch Langes Ermittlungsergebnisse ein Hebel umgelegt worden. Wir haben nicht nur die Richtung geändert, dachte Brünner. Wir sind auch ein Stück vorwärtsgegangen. Es wäre schön, wenn wir dem Täter nähergekommen sind.

19

Der Nebel stand noch immer in den Straßen, als Frauke Missine mit dem Fahrrad zur Arbeit aufbrach. Glücklicherweise war es Caroline heute morgen wieder besser gegangen, so daß sie sie um neun Uhr zum Kindergarten hatte bringen können. Gestern abend noch hatte Missine befürchtet, daß ihre vierjährige Tochter im Bett bleiben müsse. Eine schlimme Vorstellung, denn erst vor wenigen Wochen hatte Caroline mehrere Tage krank daheim gelegen, und sie hatte ihre Putzjobs absagen müssen. Woher sollte dann das Geld kommen? Bei diesen 400-Euro-Jobs fragte keiner, warum sie verhindert war. Andere Interessenten standen Schlange, die lieber heute als morgen gute Putzstellen übernehmen wollten.

Das Kopfsteinpflaster war rutschig. Dann und wann fehlte ein Stein, was das Fahren noch schwieriger machte. Sie bog kurz hinter dem Schauburg-Kino in die Grundstraße ein und nahm den kürzesten Weg durch diverse Einbahnstraßen, bis sie an ihrem Ziel angekommen war. Merkwürdig, dachte sie, als sie ihr Fahrrad vor dem Haus an die Laterne anschloß. Die Jalousie vor dem Fenster zur Straße war noch heruntergelassen. Das war nur der Fall, wenn es dem alten Herrn Koplin nicht gut ging.

Sie stieg die vier Stufen zur Eingangstür hoch und klingelte. Niemand öffnete. Sie klingelte erneut. Vielleicht war Frau Koplin – wie oft am Morgen – bereits unterwegs, und ihr Mann bemerkte das Klingeln nicht, weil er ein wenig schwerhörig war. Unschlüssig wartete Frauke Missine. Bisher war es noch nie vorgekommen, daß niemand geöffnet hatte. Sie suchte in ihrer Tasche nach dem Hausschlüssel, den sie für Notfälle besaß und für die wenigen Male, wo die Koplins gemeinsam verreist waren und sie nach den Blumen gesehen hatte.

Sie klingelte noch einmal, bevor sie den Schlüssel ins Schloß steckte. In diesem alten Bremer Haus wohnten mehrere Parteien. In zwei Briefkästen klemmten Zeitungen, der Schlitz der Koplins war leer. Also war auf jeden Fall einer daheim. Missine ging durch den Eingangsbereich, öffnete die Tür ins Treppenhaus und stand nach wenigen Schritten vor der Wohnungstür. Sie lauschte. Nichts zu hören. Schließlich öffnete sie und trat in den Flur. „Hallo!" rief sie. „Ist da jemand? Heute ist wieder Putztag. Ich bins, Frauke Missine. Herr Koplin, sind Sie da?" Stille. Missine zögerte. Das hier war nicht normal. Sollte sie umkehren und nachher von zu Hause aus anrufen, um zu prüfen, ob alles in Ordnung war? Aber sie würde in einigen Stunden nicht mehr putzen können, weil sich jemand um Caroline kümmern mußte. „Herr Koplin", rief sie erneut, sah durch die Tür ins Wohnzimmer. Nichts Auffälliges. Sie stieß die Tür zur Küche auf, sah Koplins Kopf auf dem Tisch und stieß einen spitzen Schrei aus. Sie wußte sofort, daß sie einen Toten vor sich hatte und daß sie auf keinen Fall irgend etwas berühren durfte. Mit zitternden Fingern wählte sie die Notrufnummer auf ihrem Handy. Eine Frauenstimme meldete sich, erkundigte sich nach der Adresse. „Bleiben Sie dort, fassen Sie nichts an. Wir sind gleich bei Ihnen."

Frauke Missine nickte und lehnte sich gegen die Flurwand. Niemals hätte sie gedacht, daß ihr so etwas widerfahren würde. Und dann bei den Koplins. Wo war überhaupt die Frau? Was, wenn sie auch tot in der Wohnung lag? Sie sah auf die Uhr. Es war 10.47 Uhr. Hoffentlich kam die Polizei schnell. Lange würde sie das nicht aushalten.

20

Die Ermittlungen in der Spielwarenabteilung von Oetker & Sohn gestalteten sich für Martin Brünner und Marcus Stüwe wenig ergiebig. Natürlich hatte sich die Nachricht, daß der Abteilungsleiter am gestrigen Nachmittag tot in seiner Wohnung aufgefunden worden war, wie ein Lauffeuer unter den Angestellten des Kaufhauses verbreitet. In den Reaktionen der meisten Kollegen hatte sich heute morgen aufrichtiges Entsetzen gespiegelt. Offenbar war Walter ein angenehmer Zeitgenosse gewesen, der es verstanden hatte, seine Mitarbeiter zu führen und zu motivieren. Niemand mochte auch nur einen negativen Satz über den Abteilungsleiter verlieren.

Brünners Diensthandy klingelte, als sie mit der Rolltreppe von der Verwaltungsebene in die Spielwarenabteilung in der zweiten Etage hinunterfuhren. Als er die Nummer des Polizeipräsidiums auf dem Display sah, hoffte er, daß es Lange war, der den Namen der unbekannten Gemüsehändlerin herausbekommen hatte. Es war jedoch Büntemeyer. Seine Stimme klang bedrückt. „Wir haben einen neuen Toten."

„Scheiße", fluchte Brünner so laut, daß sich mehrere Personen erschrocken nach ihm umdrehten. Ihm war, als hätte er einen mächtigen Schlag in den Magen bekommen. Das durfte nicht wahr sein! Sie hatten doch noch nicht mal richtig mit den Ermittlungen bei Lars Walter begonnen! Wie konnte diese Bestie da schon den nächsten Mord verüben?

Es fiel Brünner schwer, Büntemeyers Bericht zu lauschen, so aufgewühlt war er. „Neue Marschroute", sagte er zu Stüwe und steckte das Handy weg. „Könnte sein, daß wir ein weiteres Opfer haben. Nimm du dir hier noch einmal die engeren Kollegen von Walter vor. Konzentriere dich auf die Älteren und versuch herauszubekommen, ob es Liebesbeziehungen oder wenigstens Gerüchte darüber gegeben hat. Es macht nichts, wenn das schon ein paar Jahre her ist. Ich fahre jetzt ins Steintorviertel und guck mir die Sache da mal an."

„Und wie soll ich ins Präsidium zurückkommen?"

„Kauf dir eine Straßenbahnfahrkarte. Das ist billiger als Benzin und freut den Senator."

„Fragt sich nur, ob der nach der Haushaltssperre noch Bahntickets bezahlt", antwortete Stüwe, doch das bekam Brünner schon nicht mehr mit, weil er auf der Rolltreppe – mehrere Stufen auf einmal nehmend – nach unten eilte.

Im Autoradio hörte Brünner, daß die Polizei im Fall des Giftmörders eine heiße Spur verfolgte. Der Moderator sprach mit einem stadtbekannten Polizeireporter, dem Brünner vor gerade mal zwei Stunden ein Interview gegeben hatte. Wenn die wüßten, daß es vielleicht schon einen weiteren Toten gibt, dachte der Kommissar, als er seinen Wagen durch die Einbahnstraßen des Steintorviertels lenkte. Ihm war ein wenig mulmig zumute angesichts der Ankündigung von heute morgen. Sie hatten damit nicht nur versucht, die Täterin unter Druck zu setzen. Sie hatten auch sich selbst gehörig unter Erfolgszwang gebracht. Aber war es wahrscheinlich, daß die Täterin so schnell reagiert hatte – sofort nach den Nachrichten im Radio? Brünner mochte das nicht glauben. Selbst ein Profi brauchte Zeit zur Vorbereitung, mußte erst sein Opfer aufsuchen und auf eine günstige Gelegenheit zur Tat warten. Von daher war er recht zuversichtlich, daß der Mann, den er gleich sehen würde, eines natürlichen Todes gestorben war und sie in diesem Fall nicht lange ermitteln mußten.

Er hielt in einer kleinen Seitenstraße. Der Ort des Geschehens war leicht zu erkennen, denn vor der Tür eines repräsentativen Alt-Bremer-Hauses standen zwei Streifenwagen, der Rettungs- und der Notarztwagen. Wie üblich hatte dieses Aufgebot zahlreiche Nachbarn aus den Häusern gelockt. Sie standen trotz der kühl-feuchten Witterung an der Straße, sahen neugierig zum gegenüberliegenden Gebäude, in dem Polizei und Rettungskräfte verschwunden waren, und unterhielten sich.

Würde mich nicht wundern, wenn schon einer von ihnen bei der BAZ angerufen hätte, dachte Brünner, als er die Treppenstufen zum Eingang hochstieg. Bisher war glücklicherweise noch kein Reporter zu sehen. Er ging durch die Vorhalle, trat in die Wohnung und gelangte in die Küche, wo der Notarzt gerade seinen Koffer zuklappte.

„Nichts mehr zu machen", sagte er. „Dafür kommen wir mindestens zwei Stunden zu spät."

„Ein natürlicher Tod?" fragte Brünner.

Der Notarzt sah ihn an. „Dazu würde ich mich ungern abschließend äußern. Der Mann hat einen Kreislaufzusammenbruch mit darauffolgendem Herzstillstand erlitten. Er ist ja nicht mehr der Jüngste. Deshalb ist es gut möglich, daß es ihn aus heiterem Himmel vor dem Frühstück ereilt hat. Oberflächliche Gewalteinwirkungen kann ich nicht erkennen. Aber es ist sicherlich sinnvoll, die Kollegen von der Gerichtsmedizin einzuschalten."

„Könnte er vergiftet worden sein?"

Der Notarzt zuckte mit den Schultern. „Nicht ausgeschlossen. Das ist ja zur Zeit in Mode."

„Gut, dann verlassen jetzt alle den Raum", ordnete Brünner an. „Hier wird nichts mehr angerührt. Niemand darf unbefugt die Wohnung betreten." Er schloß die Küchentür, nahm vom Notarzt den Leichenschauschein in Empfang, auf dem „nicht natürlicher Tod" angekreuzt war und forderte telephonisch die Kollegen von der Tatortgruppe und der Gerichtsmedizin an. Als er das Handy wieder eingesteckt hatte, kam ein Polizist vom Streifendienst auf ihn zu. Es war ein jüngerer Mann, der noch nicht lange im Polizeidienst sein konnte. „Entschuldigen Sie, daß ich störe“, sagte er mit unterwürfigem Ton. „Aber wir haben die Frau, die den Toten gefunden hat, erstmal in den Wohnraum gebracht.“ Dabei zeigte er auf eine geschlossene Tür mit getönter Glasscheibe.

„Ich komme gleich.“ Brünner lächelte, um dem jungen Kollegen zu signalisieren, daß er sich richtig verhalten hatte. „Sorgen Sie bitte dafür, daß kein Fremder durch das Treppenhaus geht.“

Der Polizist nickte und entfernte sich. Brünner öffnete noch einmal die Küchentür und ließ das Bild des Toten auf sich wirken. Der Mann, dessen Kopf auf dem Tisch ruhte, schien um die siebzig Jahre alt zu sein. Wie Rösner und Suhling, ging es Brünner durch den Kopf. Es deutete nichts darauf hin, daß es hier einen Kampf gegeben hatte. Es gab auch keinen Hinweis darauf, daß eine weitere Person mit dem Mann in der Küche gewesen war. Wo aber war seine Frau? An der Klingel hatte Gabriele und Max Koplin gestanden.

Die Beantwortung dieser Frage schien jedoch nahe. Aus dem Treppenhaus hörte Brünner hysterisches Geschrei. Eine Frauenstimme, die kreischte: „Was ist hier los? Ich will da rein. Das ist meine Wohnung.“

Brünner schloß die Küchentür, eilte ins Treppenhaus und sah eine Frau, die mit einem der Streifenpolizisten rangelte. Sie versuchte, sich aus dem Griff des Uniformierten zu winden und schlug dabei wild um sich.

„Frau Koplin?“ fragte er in das Geschrei hinein.

Die Frau verharrte und sah ihn mit wildem Blick an. „Was machen Sie in meiner Wohnung. Was ist passiert? Wieso ist hier überall Polizei?“

„Lassen Sie die Dame hereinkommen“, wies Brünner den Polizisten an. Er ging auf Koplin zu, die, wie er mit einem Blick feststellte, eine äußerst attraktive Frau war, und reichte ihr die Hand. „Frau Koplin, kommen Sie bitte mit.“

Seine Freundlichkeit wirkte und stimmte die Frau milder. „Sagen Sie mir, was passiert ist. Warum schweigen hier alle?“ wimmerte sie. „Ist etwas mit meinem Mann?“

„Es tut mir leid", sagte Brünner, als sie endlich im Wohnungsflur waren und er nicht mehr befürchten mußte, daß jemand lauschen konnte. „Ich muß Ihnen mitteilen, daß Ihr Mann tot ist. Ihre Reinigungskraft hat ihn in der Küche gefunden. Der Notarzt konnte nichts mehr für ihn tun."

Der Schrei, den Gabriele Koplin ausstieß, war so furchtbar, daß Brünner zusammenzuckte. Gleichzeitig begann Koplin mit ihren Fäusten gegen ihren Kopf zu hämmern. Einer der Beamten sprang herbei und versuchte die Frau daran zu hindern, sich Verletzungen zuzufügen. Dabei bekam er ebenfalls einige Hiebe ab. „Wo ist er jetzt?" kreischte Koplin außer sich vor Schmerz. „Er ist nicht tot. Niemals. Max soll nicht sterben."

„Er ist in der Küche", sagte Brünner. „Aber ich darf Sie dort nicht hineinlassen, wir müssen zuerst die Spuren sichern."

„Ich will ihn aber sehen", schrie Koplin. „Er ist mein Mann. Ich habe ein Recht, ihn zu sehen."

Brünner wußte, daß es besser war, den Wünschen der nächsten Angehörigen zumindest ein Stück weit entgegenzukommen, wenn ihr Leid zu groß war. Da der Tote eher einen friedlichen Eindruck erweckte, gestattete er Gabriele Koplin, ihren Mann durch die Küchentür zu sehen. Das beruhigte sie etwas. Mit zitternden Lippen stand sie auf der Schwelle. „Warum nur?" stammelte sie, während die Tränen flossen. „Wer tut so etwas?"

„Frau Koplin. Wir wissen noch nicht, ob Ihr Mann eines natürlichen Todes gestorben ist oder ob es eine andere Ursache gibt. Wir werden das sicher herausfinden", sagte Brünner und zog die Tür wieder zu. Er nahm die Frau am Arm und führte sie ins Wohnzimmer. Sie folgte ihm jetzt willig und ließ sich dort in einen Sessel sinken.

„Es tut mir leid für Sie", flüsterte eine Frau, die auf einem Stuhl am Fenster saß.

Koplin sah hoch, nickte und begann wieder zu schluchzen.

„Sie sind die Reinigungsfrau, nehme ich an?" erkundigte sich Brünner.

„Ja."

„Dürfte ich Ihren Namen erfahren?"

„Frauke Missine."

„Wie lange arbeiten Sie bereits hier?"

Missine sah kurz zu Koplin, doch die reagierte nicht. „Im Januar sind es drei Jahre.“

„Wie oft kommen Sie her, um hier zu reinigen?“

„Einmal die Woche.“

„Gut, dann möchte ich Sie bitten, mir zu folgen, damit wir uns ungestört unterhalten können.“

„Sie darf bleiben“, schluchzte Gabriele Koplin. „Ich würde gerne hören, was passiert ist.“

Brünner sah sie ernst an. „Das werden Sie natürlich, Frau Koplin. Aber ich möchte erst einmal ganz allein mit Frau Missine sprechen.“

Koplin schien das zu akzeptieren und sah den beiden nach, als sie durch die Tür verschwanden. Frauke Missine machte einen sehr nervösen Eindruck. Immer wieder versuchte sie, Haarsträhnen aus der Stirn hinter ihre Ohren zu streichen, was aber nicht gelang, weil sie zu kurz waren. Ihre Bewegungen wirkten fahrig.

„Um wieviel Uhr sind Sie heute gekommen?“ fragte Brünner und zog sein Notizbuch hervor.

„Um 10.45 Uhr“, antwortete Missine mit kaum vernehmbarer Stimme. „Ich habe geklingelt, wie ich es immer tue. Als nach mehrmaligem Läuten keiner öffnete, habe ich aufgeschlossen. Den Schlüssel habe ich für Notfälle und die Urlaubszeit. Ich bin durch die Tür gegangen und habe gerufen. Es hat niemand geantwortet. Dann habe ich im Flur, im Wohnzimmer und schließlich in der Küche nachgesehen. Und da ...“

„... haben Sie Max Koplin gefunden.“

„Ja. Er lag dort. So, wie jetzt.“

„Sie haben nichts angefaßt?“

„Nein.“

„Sehr gut. Wir müssen dennoch Fingerabdrücke von Ihnen nehmen.“

„Wieso? Glauben Sie etwa, daß ich ...?“

„Wir glauben gar nichts“, sagte Brünner. „Aber wir müssen schließlich alle Fingerabdrücke, die wir finden, identifizieren können.“

Frauke Missine schwieg. Brünner berührte sie leicht am Arm und bat sie, mitzukommen. „Nur noch wenige Fragen“, erklärte er. „Dann dürfen Sie gehen – wenn Sie sich fit genug dafür fühlen.“

„Mir geht es gut“, antwortete Missine mit einem gequälten Lächeln. „Es sei denn, Sie verdächtigen mich.“

„Ich verdächtige zur Zeit niemanden. Herr Koplin ist möglicherweise eines natürlichen Todes gestorben. Dazu bedarf es keines Täters", sagte Brünner. „Sagen Sie, kam es häufiger vor, daß nur Herr Koplin zu Hause war, wenn Sie gereinigt haben?"

„Häufiger? Nun ja. Es kam immer mal wieder vor. Frau Koplin geht gerne morgens spazieren. Sie mag es nicht, wenn der Staubsauger brummt. Davon bekommt sie Migräne, sagt sie."

Brünner mußte schmunzeln. Auch er konnte gut auf die Benutzung des Staubsaugers verzichten. Nur leider gab es niemandem, der bei ihm vertretungsweise zu dem Gerät griff. Daß man von dem Geräusch Kopfschmerzen bekommen konnte, hatte er allerdings noch nie gehört.

„Haben Sie heute oder die letzten Male irgend etwas Ungewöhnliches hier bemerkt? Gab es zum Beispiel Streit zwischen den Koplins?"

Missine überlegte einen Moment. Dann schüttelte sie den Kopf. „Nein, es war alles wie immer."

„Gut." Brünner klappte sein Notizheft zu. „Dann können Sie gehen, sobald die Fingerabdrücke abgenommen sind. Ich möchte Sie bitten, niemandem etwas über den Vorfall zu berichten. Wie Sie vielleicht wissen, gab es in Bremen mehrere Vergiftungsfälle und deshalb viel Aufregung. Da es sich hier um einen natürlichen Todesfall handeln könnte, wäre es gut, wenn niemand darüber redet, bis Klarheit herrscht. Das ist sicher auch im Sinne von Frau Koplin."

Frauke Missine nickte. Brünner gab ihr seine Karte für den Fall, daß ihr noch etwas Wichtiges einfallen würde, und verabschiedete sich.

Der Zustand von Gabriele Koplin hatte sich in den vergangenen Minuten nicht gebessert. Die Frau saß zusammengesunken auf ihrem Sessel und hob kaum den Kopf, als der Kommissar eintrat. Er schob seinen Sessel so, daß er ihr genau gegenübersaß. „Wenn Sie es wünschen, Frau Koplin, benachrichtigen wir gerne einen Geistlichen oder andere Personen, die Ihnen behilflich sein können", sagte Brünner, und als Koplin den Kopf schüttelte, fuhr er fort. „Ich möchte Sie jetzt nicht unnötig belasten, aber es wäre schön, wenn Sie mir ein paar Fragen beantworten würden."

„Wenn es sein muß", kam ihre Stimme fast tonlos.

„Ja, das muß es wohl", sagte Brünner und schlug erneut sein Notizheft auf. „Ich wüßte gerne, ob Ihr Mann gesundheitliche Probleme hatte. Ist er schon vorher mal zusammengebrochen?"

Sie schüttelte den Kopf. „Max geht es gut, bis auf seinen hohen Blutdruck. Aber dagegen nimmt er Tabletten.“

„Hatte er in den vergangenen Tagen Beschwerden, war er vielleicht gereizt oder unruhig?“

Koplin schüttelte abermals den Kopf. „Mein Mann regt sich nicht so schnell auf. Er hat gearbeitet. Wie immer.“

„Ist Ihr Mann noch berufstätig gewesen?“

Jetzt sah sie das erste Mal auf und musterte ihn geringschätzig. „Mein Mann ist 72, müssen Sie wissen. Er war früher Dozent an der Hochschule. Aber er publiziert weiter.“

„Ah so, ich verstehe“, sagte Brünner und wechselte das Thema. „Wann haben Sie heute morgen das Haus verlassen?“

Koplin blickte ihn aus unruhigen Augen an. „Ist das jetzt ein Verhör?“ fragte sie, und ihre Stimmlage ging ein wenig hoch.

„Das hier ist der Versuch, herauszufinden, ob Ihr Mann eines natürlichen Todes gestorben ist“, sagte Brünner, der befürchtete, daß Koplin erneut hysterisch reagieren könnte. „Mich interessiert nur, wann Sie das Haus verlassen haben, damit wir die ungefähre Todeszeit ermitteln können.“

„Um sieben Uhr bin ich gegangen. An die Weser, wenn Sie es unbedingt wissen wollen.“

„War Ihr Mann da schon wach?“

„Ich glaube nicht. Er schläft in seinem eigenen Zimmer.“

„Sie haben ihn also nicht gesehen?“

„Das sagte ich doch.“

„Wann stand er gewöhnlich auf?“

„Gegen halb acht.“

„Und was tat er dann?“

„Dann“, Koplins Stimme brach erneut. Sie tupfte sich mit einem Taschentuch die Tränen aus den Augen. „Dann“, ihre Lippen zitterten, „frühstückt er und liest die Zeitung. Doch heute muß wohl ...“ Jetzt gab es kein Halten mehr. Die Frau vor Brünner steigerte sich plötzlich in einen hysterischen Anfall hinein. Sie schrie, schlug sich erneut mit den Fäusten gegen den Kopf, sprang dann auf, rannte im Zimmer umher, lief in den Wintergarten, wo sie begann, einer Birkenfeige die Blätter einzeln abzureißen.

„Rufen Sie einen Arzt“, bat Brünner den Beamten, der durch die Tür hereingestürmt war. „Wir können die Frau in dem Zustand nicht alleine lassen.“ Er blieb sitzen und sah Koplin dabei zu, wie sie die Pflanze vor sich zerlegte. Als sie damit fertig war, nahm sie ihren Rundlauf durch das Zimmer wieder auf. Sie sah schlimm aus. Die Gesichtszüge waren verzerrt, als würde hinter ihrer Stirn ein erbitterter Kampf ausgefochten, die Haare hingen ihr strähnig ins Gesicht.

Der Kommissar wußte, daß es das Klügste war, einfach abzuwarten. So schnell, das war klar, würde er hier keine vernünftige Aussage mehr bekommen. Das hatte aber schließlich Zeit. Bislang gab es nur eine Leiche und kein Giftopfer.

21

Brünner beschloß, ins Präsidium zurückzufahren. Die Kommission mußte sich erneut zusammensetzen, um ihre Ermittlungsergebnisse abzugleichen. Es galt, alles noch einmal durchzudiskutieren, damit sie keine Fehler machten, wichtige Details nicht unbeachtet ließen. Mit Gabriele Koplin zu reden, war auch in der Folgezeit nicht mehr möglich gewesen. Nach ihrem hysterischen Anfall und dem Rundlauf durchs Zimmer war sie in sich zusammengesunken und hatte sich nicht mehr geregt, bis der Arzt gekommen war. Der hatte ihre eine Beruhigungsspritze gegeben und angeboten, einen Krankenwagen zu bestellen. Doch Koplin hatte sich geweigert, auch nur daran zu denken. „Ich brauche keine Klinik. Ich will meinen Mann zurück“, hatte sie geschluchzt.

Nachdem Brünner ihr alles Gute gewünscht und ihr seine Karte dagelassen hatte, war er gegangen. Hier gab es für ihn erstmal nichts mehr zu tun. Ein wichtiger Grundsatz der Ermittlungsarbeit war es, den Spezialisten den Vortritt zu geben. Seine Aufgabe lag darin, die Augen offenzuhalten und die Hände in den Taschen zu lassen. Später würden sie die Ergebnisse gemeinsam analysieren.

Noch immer beobachteten einige Nachbarn das Geschehen von ihren Hauseingängen aus oder durch die Fenster. Wie konnte das angehen? Die meisten von ihnen waren noch lange keine alten Menschen, die nicht mehr arbeiten mußten. Waren das alles Sozialhilfeempfänger, Arbeitslose, Frührentner, Hausfrauen oder Menschen, die Schichtdienst hatten? Hier in dieser gutsituierten Gegend? Wenn kaum noch jemand arbeitet, kann es mit unserem Land nicht wieder aufwärts gehen, dachte Brünner. Doch schon wenige Sekunden später wünschte er sich, daß eine bestimmte Person gerade nicht bei der Arbeit wäre. Ein Mann kam auf ihn zugehastet, den Schreibblock in der Hand und eine Kamera über der Schulter.

„Herr Brünner", rief Norbert Hirrling von der BAZ. „Freut mich, daß ich Sie treffe."

„Geht mir leider nicht so", knurrte der Kommissar.

„Stimmt es, daß hier ein weiteres Giftopfer entdeckt wurde?"

„Nein, das stimmt nicht."

„Ich habe gehört, daß es sich bei dem Toten um einen älteren Mann handelt. Können Sie das bestätigen?"

„Ich kann weder etwas bestätigen noch dementieren", sagte Brünner und steuerte auf sein Auto zu. Hirrling folgte ihm. „Max Koplin, so ist doch sein Name?" Brünner winkte ab. „Er soll Professor an der Universität gewesen sein. Chemie, so hört man. Wäre da nicht eine Verbindung zu Arsenik denkbar?"

Brünner blieb abrupt stehen. Ihm kam schlagartig die Galle hoch. „Jetzt reicht es mir aber mit diesen hirnlosen Fragen, Herr Hirrling", polterte er. „Es wäre schön, wenn Sie uns unseren Job in Ruhe erledigen lassen würden."

„Mein Job ist es aber, Verfehlungen der Polizei zu entdecken und bekanntzumachen."

Brünner schnaubte vor Wut. „Von welchen Verfehlungen sprechen Sie?"

„Davon, daß Sie hier in Bremen zu langsam arbeiten. Daß Sie schlecht informieren, daß Sie den Spuren nicht nachgehen. Unsere Leser haben ein Recht auf objektive Berichterstattung."

„Dann sollten Sie schleunigst eine andere Zeitung produzieren", rief Brünner. „Kümmern Sie sich um die wesentlichen Dinge und lungern Sie nicht vor irgendwelchen Häusern herum. Und wenn Sie Fragen haben, wenden Sie sich an die Pressestelle. Ist das klar?" Er öffnete die Wagentür und stieg ein. Gerade, als er die Tür schließen wollte, hatte Hirrling den Auslöser seiner Kamera betätigt. „Wenn Sie das Bild von mir veröffentlichen", knurrte Brünner, „dann bekommen Sie Probleme."

„Ich freu mich drauf", grinste Hirrling durch das Fenster. „Auch Sie dürften schon mal was von Pressefreiheit gehört haben. Einen schönen Tag noch." Damit wandte sich der Reporter ab und ließ den vor Wut kochenden Kommissar zurück.

Daß dieses Lumpenpack ihn immer wieder zur Weißglut treiben konnte! Brünner schaltete die Gänge hoch und raste durch die Einbahnstraßen in Richtung Polizeipräsidium. Nur nicht aufregen! Die meisten Journalisten waren anders. Man konnte mit ihnen Absprachen treffen, beide Seiten hielten sich an Regeln. Nur Schmarotzer wie Hirrling gehörten nicht dazu. Was hatte Sagemann gesagt? Bluthunde. Wenn sie einmal die Spur aufgenommen hatten, ließen sie nicht mehr los, bis das Opfer gestellt war.

Die Wut ebbte allmählich ab, dafür meldete sich bei Brünner der Hunger. Seit dem Frühstück hatte er nichts mehr gegessen. Es war also höchste Zeit, mal wieder was zwischen die Zähne zu bekommen. Er fuhr rechts rann und holte sich in einem türkischen Imbiß einen Döner. In der Nähe des Ladens stand eine Bank. Der Kommissar setzte sich, streckte die Beine weit von sich und ließ die Gedanken schweifen.

Der Nebel hatte sich verzogen, und nun guckte sogar für Momente die Sonne hinter den Wolken hervor. Brünner spürte eine tiefe Sehnsucht nach Wärme, nach südlichen Landschaften, Wiesen mit rotblühendem Mohn, Getreidehalmen im Wind. Statt dessen mußten sie hier in Deutschland noch zwei Wochen durchhalten, bis der längste Tag des Jahres vorüber war. Und was kam danach? Feuchte, kalte Januar- und Februartage, ein regnerischer Frühling, bis es dann – vielleicht – ab Mai endlich ein wenig schöner in Norddeutschland wurde.

Vielleicht sollte ich sofort in ein Reisebüro gehen und nachfragen, ob es Last-Minute-Flüge gibt, dachte Brünner. Die beiden Kinder und Silke einpacken und ab in den Süden. Aber so lange er hier nicht Klarheit geschaffen und die unheimliche Mordserie ein Ende gefunden hatte, war an Urlaub nicht zu denken.

Die nächsten Minuten konzentrierte sich Brünner darauf zu essen, ohne daß ihm die Döner-Sauce auf Hose, Schuhe oder Jacke tropfte. Schließlich warf er die Alufolie und den durchweichten Rest des Fladenbrotes in einen Mülleimer, wischte sich die Hände ab und vereinbarte telephonisch mit Büntemeyer, daß sie sich in einer halben Stunde zur Besprechung treffen sollten. Auch Staatsanwalt Kutzop sagte zu.

Auf dem Display seines privaten Handys sah Brünner, daß Silke mehrmals versucht hatte, ihn zu erreichen. Offenbar war der Klingelton zu leise eingestellt, so daß er ihn nicht gehört hatte. Es war schön, ihre Stimme zu hören. Einen Moment überlegte er, ob er nicht heute abend lieber zu ihr fahren sollte. Doch die Chance, auf Großbildleinwand live zu erleben, wie Werder in Valencia um den Einzug ins Achtelfinale kämpfte, war einfach zu verlockend.

„Ist das Gespräch gestern mit Anne gut gelaufen?“ erkundigte sie sich.

„Gut gelaufen?“ Er dehnte seine Worte. „Jein, das heißt, ja, im Prinzip schon. Es muß nun mal klappen, daß ich nur für Kevin da bin, wenn er bei mir ist. Die Sache am Sonntag ist einfach nicht okay gewesen ... Hauptsache, wir haben diesen verfluchten Giftfall bald geklärt.“

Es tat gut, kurz mit ihr darüber zu sprechen und sich auszumalen, wieviel Zeit für sie gemeinsam bleiben würde, wenn er endlich seine Überstunden abfeiern könnte. „Ein paar Tage wegzufahren wäre nicht schlecht“, überlegte er. „Irgendwohin, wo es keine Kriminalität gibt.“

„Du kannst ja mal bei der NASA fragen, ob sie noch einen Flug für vier Personen frei haben“, lachte Silke. „Mir würde es schon reichen, einfach eine Pause einzulegen. Irgendwo an der Nordseeküste oder auf einer südlichen Insel.“

Nach dem Gespräch stieg Brünner wieder ins Auto, fuhr direkt zum Präsidium und eilte ins Sitzungszimmer. Die Stimmung war angespannt. Alle wußten, daß es einen neuen rätselhaften Todesfall gegeben hatte. Das Gefühl, daß sie vielleicht schon wieder chancenlos hatten zusehen müssen, wie ein älterer Mann vergiftet wurde, lähmte den Tatendrang. Genau das durfte aber nicht passieren. Sie mußten vielmehr ihre Wut nutzen und noch härter an dem Fall arbeiten.

Brünner faßte die Geschehnisse zusammen, dann besprachen sie, was die Ermittlungen am Vormittag ergeben hatten. Lange hatte nutzlose Stunden bei Suhlings Frau verbracht. „Es gibt offenbar keine Unterlagen mehr über das Personal des Ladens“, sagte er resigniert. „Die beiden haben alles weggeworfen, als sie in eine kleinere Wohnung umgezogen sind. Suhlings Witwe weiß nur noch, daß öfter mal ‚junge Dinger‘ geholfen haben, wie sie sich ausdrückte. Aber an Namen kann oder will sie sich nicht erinnern.“

„Es muß doch irgendwo verzeichnet sein, wer bei Suhling gearbeitet hat“, hakte Lubow nach. „Die haben beim Finanzamt und beim Rentenversicherer sonst auch alles gespeichert."

„Daran habe ich bereits gedacht", sagte Lange. „Ich habe noch kurz vor der Sitzung dort angerufen. Die zuständige Sachbearbeiterin war nicht am Platz. Aber sie haben versprochen, sich so schnell wie möglich zu melden."

„Na klasse. Hauptsache, das dauert da nicht so lange wie meine Einkommenssteuererklärung", sagte Büntemeyer. „Dafür haben sie nämlich zwei Monate gebraucht."

„Bei Oetker & Sohn war nicht viel Neues zu holen", berichtete Stüwe. „In den vergangenen Jahren gab es zwar die eine oder andere Liebesaffäre im Hause. Ein Paar hat sogar mittlerweile geheiratet. Aber über Lars Walter ist nichts in dieser Richtung bekannt. Ohnehin war sein Privatleben im Dienst tabu. Darüber hat er nicht geredet, es war auch nie jemand bei ihm zu Hause. Was die Zeit vor 1990 betrifft, konnte mir keiner weiterhelfen. Die haben in dem Laden gewaltig Personal abgebaut. Mit Vorruhestand und so. Von den älteren Kollegen in der Spielwarenabteilung ist keiner mehr da."

„Dann müssen wir die Adressen der Mitarbeiter erfahren, die vor 1990 dort tätig waren." Brünner machte sich einen Vermerk auf seinem Block. „Am besten rufst du da sofort an, Markus. Ich will die Namen noch heute haben, damit wir spätestens morgen mit den Befragungen starten können."

„Es könnte sein, daß wir eine weitere Zeugin haben, die am Sonnabend im Einrichtungshaus in Brinkum war", erzählte Christina Lubow. „Die Kollegen von der PI in Diepholz haben vorhin angerufen. Sie schicken uns die Aussage rüber."

Brünner stöhnte. „Wieso kommen die denn erst jetzt mit den letzten Zeugenaussagen?"

„Offenbar war die Frau hochschwanger und mußte in die Klinik, weil die Wehen eingesetzt hatten."

„Okay, das laß ich als Entschuldigung gelten." Alle in der Runde lachten. Immerhin haben wir unsere gute Laune noch nicht verloren, dachte Brünner.

Die folgende Stunde beratschlagten sie, wie sie weiter vorgehen wollten. Es war klar, daß sie mit verstärkter Truppe im Einsatz blieben. Auf der anderen Seite war es wichtig, daß einige Kollegen eine Pause einlegten. Brünner verteilte die Aufgaben. Er selbst wollte noch einmal mit der Spurensicherung und den Gerichtsmedizinern sprechen. Vielleicht gab es schon erste Erkenntnisse, was die Todesursache von Max Koplin betraf. Noch immer hoffte er, daß diesmal kein Gift im Spiel war. Dann konnten sie wenigstens einen Fall zu den Akten legen. Und mit ein wenig Glück würde ihre Täterin schon bald einen Fehler machen. Immerhin wurde ihr bereits seit Stunden aus allen Kanälen um die Ohren geblasen, daß die Polizei eine heiße Spur hatte. Was aber, ging es ihm durch den Kopf, was, wenn die Mörderin sich so abgeschottet hat, daß sie gar keine Medien zur Kenntnis nimmt?

Es war bereits Mittag vorbei, doch noch immer waren in der Küche Männer und Frauen in Schutzanzügen beschäftigt. *Sie* sollten gehen! Aber was konnte sie dafür tun? Es gab keine andere Möglichkeit, als zu warten, bis diese Eindringlinge aus ihrem Leben verschwanden. Und dann? Was würden *sie* für Erkenntnisse mitnehmen? Welche Konsequenzen hatte ihr Besuch? Natürlich würden *sie* herausbekommen, daß Max vergiftet worden war. Aber war das nicht mittlerweile völlig unwichtig? *Sie* konnten ihr ohnehin nichts anhaben! Sie war unangreifbar geworden. Niemand würde herausbekommen, daß sie es gewesen war. Aber warum hatten *sie* ihr dann Fingerabdrücke abgenommen?

„Zur Sicherheit", hatte die Frau gesagt, die ausgesprochen gut aussah mit ihren kurzgeschnittenen, braunen Haaren, den großen, grünen Augen und den wunderschön langen Wimpern. „Wir müssen wissen, welche Abdrücke von Ihnen und Ihrem Mann stammen, um fremde Spuren zu ermitteln."

Es war kalt in der Wohnung. Die Tür zum Treppenhaus stand offen. Ständig kam jemand herein oder ging hinaus. Sie zog sich in ihr Zimmer zurück und schloß die Tür ab. Doch sie fand keine Ruhe, weil von draußen neue Geräusche und Stimmen zu ihr drangen. Sie legte sich auf den Boden und wartete auf ein Zeichen von Gesche. Vergeblich. Die Verbindung zu ihr war abgebrochen. *Warum laßt ihr mich nicht alleine? Warum wollt ihr wissen, woran Max gestorben ist? Wem nutzt diese Erkenntnis?* Max hätte verstanden, daß er sein Leben für sie opfern mußte. Er war nur noch nicht ganz so weit, seine Einwilligung für die große Aufgabe zu geben, und sie hatte die Zeit nicht gehabt, länger zu warten.

War Max wirklich fort? Tief in ihr spürte sie weiter seine Nähe. Das war ein gutes Gefühl. Vielleicht war er nur für kurze Zeit gegangen. Eigentlich brauchte sie ihn doch. Seine manchmal unbeholfenen Versuche, ihr alles recht zu machen, sein wiederholtes Räuspern, wenn er im Wohnzimmer saß und in einem Buch las, ja, wie oft hatte sie sich gefreut, den Schlüssel im Schloß zu hören, wenn er von seinen Spaziergängen in der Stadt zurückkam? Sie hatten nie viel miteinander geredet, aber er gab ihrem Leben Halt. Er mußte da sein, um Anfeindungen von außen abzuwehren, für Ordnung im Alltag zu sorgen. Natürlich war er noch da, und sie spürte ein warmes Gefühl durch ihren Körper strömen.

Es klopfte an der Tür. Es war einer der Männer von der Spurensicherung.

„Wir sind hier fertig, Frau Koplin."

Sie öffnete einen Spalt und sah hindurch. „Und jetzt?"

„Nun werden wir alles im Labor untersuchen. Ich nehme an, daß Kommissar Brünner Sie informieren wird, wenn wir Ergebnisse haben."

Sie nickte, kam vorsichtig aus dem Zimmer heraus und folgte dem Mann. Er deutete auf die Küche. „Hier sieht es jetzt ein wenig unordentlich aus", sagte er. „Es tut mir leid, aber wenn wir Spuren finden wollen, müssen wir alles genau untersuchen. Den entstandenen Schaden übernimmt in der Regel die Versicherung."

Sie sah nur kurz in die Küche. Auf Tisch und Boden lag eine dünne Rußschicht, vieles war umgestellt worden. Aber es interessierte sie nicht. Sie wollte nur ihre Ruhe, und außerdem würde sie hier nicht mehr lange bleiben. Als alle im Treppenhaus waren und zum Ausgang gingen, schloß sie schnell ihre Wohnungstür und atmete tief durch. Es war geschafft.

22

Die Anzeichen waren deutlich. Spätestens morgen würde ihn eine Erkältung heimsuchen. Brünner spürte, wie sie sich langsam anschlich. Immer wieder mußte er niesen, sich die Nase putzen, und er hatte das Gefühl, daß sein Kopf von Mal zu Mal schwerer wurde. Am besten wäre es, wenn er heute früh ins Bett ginge, um ausschlafen zu können. Aber daran war nicht zu denken. Schon wegen der laufenden Ermittlungen nicht. Und natürlich wegen Werder und dem Spiel des Jahres in Valencia.

Er schob seine Aufzeichnungen zur Seite. Er sollte eine Pause machen. Ihm war, als stocherte er mit einem langen Ast in einem riesigen Morast herum, um auf ein kleines Zehn-Cent-Stück zu stoßen, das ihnen die Auflösung ihres Falles versprach.

Spontan beschloß Brünner, seinen Arbeitsplatz zu verlassen und einen Spaziergang am Werdersee zu unternehmen, solange es noch hell war. Vielleicht würde er dort, wo Hermann Suhling ins Wasser gestoßen worden war, eine Spur entdecken. Oder irgendein Angler tauchte auf, der Neues zu berichten hatte. Das ist zwar alles sehr unwahrscheinlich, dachte Brünner, aber immerhin bekomme ich dort ein wenig Frischluft und Bewegung.

Er meldete sich bei den Kollegen ab, fuhr mit dem Wagen durch die Stadt und parkte vor einem Supermarkt. So konnte er vor der Heimfahrt einkaufen, was er die nächsten Tag brauchte. Was das war, fiel ihm allerdings im Augenblick nicht ein. Nur, daß das Toilettenpapier dem Ende zu ging. Und Obst hatte er schon lange nicht mehr in der dafür vorgesehenen Schüssel gehabt.

Du brauchst Urlaub, mindestens eine Woche, dachte er, als er auf der Fußgängerbrücke den Werdersee überquerte. Ständig mußte er gähnen, um mehr Sauerstoff in seine Lungen zu bekommen. Seine Glieder fühlten sich schwer an. Der Nieselregen wurde stärker und wirbelte im Schein der Laternen. Glücklicherweise hatte Brünner eine regendichte Jacke angezogen. Er bog am anderen Ufer nach links ab und wählte einen Pfad, der am See entlangführte. Auch jetzt hockten im Gebüsch Angler. Sie hatten sich mit Stangen und Planen einen Unterschlupf gebaut, saßen rauchend auf ihren Schemeln und starrten auf die Wasseroberfläche.

Er war noch ein ganzes Stück von der Stelle entfernt, wo sie Suhling gefunden hatten. Es kam ihm vor, als sei das schon einige Wochen her, aber als er nachrechnete, wurde ihm klar, daß der Fund der Leiche erst fünf Tage zurücklag. Drei Tote in nicht mal einer Woche. Hoffentlich gehörte Max Koplin nicht in die Reihe der Vergifteten. Das hieße, daß die kommenden Tage unerträglich werden würden.

Brünner schreckte auf. Im Uferbereich bewegte sich etwas. Enten? Er trat näher an die Stelle heran, dann sah er aufgrund der Dämmerung nur schemenhaft eine Ratte, die durch das Gras flüchtete und dann im Wasser verschwand. Ihm lief ein Schauer über den Rücken. Er mochte diese Tiere nicht. Sie waren ihm nicht geheuer. In der Zeitung hatte er gelesen, daß in dieser Stadt weit mehr Ratten als Menschen lebten. Irgendwann, dachte er, in nicht allzu ferner Zukunft übernehmen sie hier die Herrschaft. Spätestens dann, wenn sich die Menschheit durch Umweltverschmutzung, radioaktive Unfälle oder die Klimakatastrophe selbst ausgelöscht hat.

Das Klingeln des Handys holte ihn aus seinen depressiven Gedanken. Büntemeyer war dran. „Ich habe eben die Nachricht aus der Gerichtsmedizin bekommen. Max Koplin ist vergiftet worden, und drei Mal darfst du raten, womit."

„Arsenik", murmelte Brünner und hielt sein Gesicht dem Nieselregen entgegen. Er spürte, wie sich Tropfen bildeten, die ihm über die Stirn, die Nase und an den Wangen herunterliefen. „Kann mir mal einer sagen, warum bei uns im Augenblick alles schiefläuft?"

„Ich nicht", antwortete Büntemeyer ebenfalls mit niedergeschlagener Stimme. „Wir können nur hoffen, daß bei der Spurensicherung irgendwas herauskommt, das uns bei der Tätersuche weiterhilft. Das wissen wir aber erst morgen."

„Und die Ärzte haben sonst nichts festgestellt? Keine Gewalteinwirkung, keine Besonderheiten?"

„Nein. Koplin hat das Gift in einer sehr hohen Dosis zu sich genommen. Vermutlich mit Wasser. Gleichzeitig hat er wohl einen ACE-Hemmer geschluckt. Die Ärzte tippen auf Captoril, 25 Milligramm."

„ACE-Hemmer?" fragte Brünner unsicher.

„Ja, offenbar ein sehr wirksames Mittel bei Bluthochdruck, sagen die Ärzte. Es könnte also sein, daß er die Tablette runterspülen wollte und in dem Wasser das Gift war."

„Fragt sich nur, wer es ihm da hineingetan hat."

„Vielleicht seine Frau ..."

„Dann wird sie es mir vermutlich nicht verraten. Ich fahre trotzdem sofort hin."

Brünner hatte bereits den Rückweg angetreten. Mittlerweile nützte ihm auch die regendichte Jacke nichts mehr, denn die Tropfen liefen daran herunter und durchnäßten seine Hose. Es war blanker Hohn, daß der Regen nachließ, als der Kommissar bei seinem Wagen ankam. Er stieg mit steifen Beinen ein und drehte die Heizung hoch. Während der Fahrt fluchte er laut. Wenn ihm diese wahnsinnige Mörderin auch noch den Fußballabend verdarb, dann würde er keine Gnade zeigen, sobald er sie erwischte.

Wenig später war er im Steintor. Er parkte an der gleichen Stelle wie am Morgen, ging über die Straße und klingelte bei Koplin. Nach kurzem Warten läutete er erneut, doch auch jetzt tat sich drinnen nichts. Brünner überlegte, was er tun sollte. Er könnte morgen wiederkommen. Er könnte Büntemeyer bitten, bei Koplin anzurufen, um ihr zu sagen, daß er vor der Tür stand. Er konnte auch selbst in einer Telephonzelle nach der Nummer suchen und Koplin dann per Handy anrufen. Kurz entschlossen drückte er auf eine der anderen Klingeln. Es knackte im Lautsprecher der Gegensprechanlage. Eine Frauenstimme erklang.

„Kriminalpolizei", sagte Brünner. „Ich möchte zu Frau Koplin, doch da macht niemand auf."

„Moment, ich komme." Eine junge Frau trat wenig später durch die Zwischentür zum Treppenhaus und öffnete die Haustür. Der Kommissar zeigte seinen Ausweis, worauf die Frau sich wieder nach oben zurückzog. Brünner drückte die Klingel neben der Wohnungstür. Er hörte es im Flur läuten, doch auch jetzt rührte sich nichts. Erst, als Brünner fest mit der Faust gegen die Tür schlug, näherten sich Schritte. Gabriele Koplin öffnete. Sie sah äußerst mitgenommen aus. Die Farbe war aus ihrem Gesicht gewichen. Das Haar hing strähnig herunter. Mit müden Augen sah sie ihn gequält an.

„Entschuldigen Sie, daß ich Sie heute erneut besuche", sagte Brünner. „Darf ich eintreten?"

Sie bewegte sich nicht. Erst, als er einen Schritt auf sie zu trat, kam Leben in ihren Körper. Sie wich zur Seite, gab den Weg in den Flur frei. „Was wollen Sie?" schrillte ihre Stimme hinter ihm.

Brünner wandte sich um. „Frau Koplin. Es tut mir leid, Ihnen sagen zu müssen, daß Ihr Mann offenbar vergiftet worden ist. Wir vermuten, daß sein Tod mit anderen Vergiftungen in Zusammenhang steht, die sich in den vergangenen Tagen ereignet haben."

Die Frau sah ihn entgeistert an. Mit der rechten Hand versuchte sie sich eine Haarsträhne aus dem Gesicht zu wischen, die Finger zitterten. „Max?" flüsterte sie. „Sie müssen sich täuschen. Max lebt noch. Er ist nur gerade nicht hier. Kommen Sie später wieder. Dann können Sie mit ihm sprechen."

Brünner blieb gelassen. Die Frau vor ihm schien schwer verwirrt zu sein. Er überlegte, ob er einen Arzt rufen sollte, doch er entschied sich, sie am Arm zu nehmen und in den Wohnraum zu führen. „Frau Koplin, wissen Sie noch, daß ich heute vormittag bereits hier war?"

„Ja, natürlich", sagte sie mit dünner Stimme und sank in den Sessel.

„Ich war nicht alleine da", fuhr Brünner fort. „Da waren noch andere Personen in der Küche."

Sie stand bereits wieder, lief durch den Raum, als sei sie auf der Flucht. „Die sollen weggehen", schrie sie. „Die haben hier nichts zu suchen."

„Sie sind alle weg, seit Stunden schon", sagte Brünner mit fester Stimme. „Sie waren da, um zu klären, ob Ihr Mann eines natürlichen Todes gestorben ist, oder ob ..."

„Ja, ja", rief sie. „Das weiß ich doch alles! Warum erzählen Sie mir das?" Und als sie wieder im Sessel Platz nahm, fragte sie: „Was kann ich denn nun für Sie tun?"

Brünner schluckte. Ihm war der Wandel, den diese Frau durchmachte, nicht geheuer. Konnte er es wagen, sie etwas zu fragen? Oder würde sie gleich wieder wirres Zeug reden?

„Darf ich Ihnen etwas zu Trinken anbieten?" fragte Koplin in seine Gedanken hinein.

Er schüttelte den Kopf. „Frau Koplin. Wo waren Sie heute morgen, als Ihr Mann am Frühstückstisch saß?"

„An der Weser. Aber das habe ich Ihnen bereits vorhin gesagt."

„Haben Sie bei Ihrem Mann in den vergangenen Tagen etwas bemerkt, das ungewöhnlich war, war er vielleicht nervös oder ängstlich?"

Sie schüttelte den Kopf. „Nein, es war alles wie immer. Er hat viel gearbeitet. Für seine neueste Veröffentlichung."

„Könnte es sein, daß Ihr Mann Widersacher hat? Hat er sich mit irgend jemandem gestritten. Vielleicht über seine wissenschaftliche Arbeit?"

Sie lächelte. „Glauben Sie, daß jemand deswegen einen alten Mann umbringen würde?"

Brünner lächelte zurück. „Die Gründe, jemanden umzubringen, sind leider so vielfältig wie die Menschen selbst. Also noch einmal: Gab es Personen, mit denen Ihr Mann Ärger hatte?"

Sie zuckte mit den Schultern. „Ich glaube nicht."

Aus jahrelanger Erfahrung wußte Brünner, daß kleinste Regungen Hinweise darauf geben konnten, ob der Gesprächspartner die Wahrheit sagte oder nicht. Koplin war sehr aufgeregt. Das merkte man ihr an. Ihre Bewegungen waren fahrig, ihre Hände durchschnitten beim Reden hektisch die Luft. Immer wieder strich sie sich das Haar hinter die Ohren, dann umklammerte sie einen auf dem Tisch stehenden Kerzenhalter, als ob der ihr Sicherheit geben konnte.

„Frau Koplin. Sie wissen, daß bei dem Tod eines Menschen auch immer der Verdacht auf die nächsten Angehörigen fällt", sagte Brünner und sah sie dabei fest an.

Sie reagierte mit einem leeren Blick. „Ist das so?" kam ihre Stimme fast tonlos. „Dann verhaften Sie mich doch."

„Bisher haben wir keinen Grund dazu", antwortete er. „Haben Sie Verwandte in der Stadt?"

„Nein."

„Haben Sie woanders Angehörige?"

„Es gibt einen Bruder, aber der wohnt in der Nähe von Bochum."

„Dann entschuldigen Sie bitte die indiskrete Frage: Hatte Ihr Mann möglicherweise Kontakt zu jüngeren Frauen?"

Im Zimmer herrschte absolute Stille. Koplin hatte den Kerzenhalter losgelassen. Er schwankte mehrmals hin und her, bevor er wieder sicher stand. Koplin sah Brünner erschrocken an. Im gleichen Moment wurde ihm klar, daß er keine vernünftige Antwort mehr bekommen würde. „Max", zischte sie mit seltsam verzerrtem Gesichtsausdruck. „Max ist mein Mann." Sie sprang auf und begann unvermittelt zu kreischen. „Mein Mann. Mein Mann. Niemand wird ihn mir nehmen. Hören Sie! Er ist tot, aber in mir lebt er weiter. Max ist hier!" Sie schlug sich heftig auf die Brust. „Und hier!" Sie hämmerte mit den Fäusten gegen ihre Stirn. Sie wirbelte wie ein Derwisch durchs Zimmer, ihre Füße trommelten auf das Parkett, dann sank sie schwer atmend zu Boden.

Brünner eilte zu ihr und stützte sie auf dem Weg zum Sessel. „Brauchen Sie einen Arzt? Kann ich Ihnen helfen?"

Sie schüttelte den Kopf. „Lassen Sie mich in Frieden. Ich möchte jetzt mit Max alleine sein. Verstehen Sie das? Er ist mein Mann. Wir müssen miteinander reden."

Brünner nickte, war sich aber unsicher, ob er diese Frau alleine lassen konnte.

„Gehen Sie!" sagte sie mit Nachdruck. „Ich werde heute nichts mehr sagen." Zum Beweis preßte sie die Lippen zusammen.

Brünner spürte die Erschöpfung in sich. Nichts war ihm lieber, als die Wohnung dieser verrückten Frau zu verlassen. „Ich melde mich morgen bei Ihnen", sagte er und hob die Hand. Es reichte. Er wollte nicht mehr. Er wandte sich ab, ging durch den Flur, zog die Tür hinter sich zu und trat durch die Haustür auf die Straße. Es hatte wieder zu nieseln begonnen.

Hinter seiner Stirn pochte es heftig, als er die Treppe zu seiner Wohnung hochstieg. Brünner versuchte sich einzureden, daß es an der nahenden Erkältung lag, aber er ahnte, daß das nur die halbe Wahrheit war. In ihm bohrte die Befürchtung, daß er sich in den vergangenen Wochen verausgabt hatte. Da war einfach kein Gleichgewicht mehr. Er hatte kaum Sport getrieben, viele Nächte zu wenig geschlafen. Wann hatte er das letzte Mal in seinem Sessel gesessen und ein Buch gelesen, wann hatte er ein leckeres Essen gekocht? Dazu kam das Wissen, daß er sich viel zu wenig um Kevin gekümmert hatte, daß seine Beziehung zu Silke zur Zeit weitgehend aus kurzen Telephonaten und Treffen bestand, in denen sie sich gegenseitig ihr Leid darüber klagten, wie unbefriedigend es bei der Arbeit lief.

Du mußt dringend verschnaufen, sagte er sich, als er schnurstracks in die Küche ging, um das Tablettenpäckchen aus der Schublade zu ziehen. Wenn du so weitermachst, bist du bald das fünfte Opfer und das ganz ohne Gift. Aber, verdammt, das war ja das Problem! Er würde keine Ruhe finden, bevor sie diese Wahnsinnige gefaßt hatten, die tötete, wo und wann sie wollte.

Er schluckte gleich zwei Tabletten, setzte sich in seinen Sessel und wartete, daß die Wirkung eintrat. Mit 38 Jahren darfst du noch nicht so fertig sein, ging es ihm durch den Kopf. Er hatte Freunde, die wanderten durchs Himalaja-Gebirge oder schipperten zwei Monate lang auf Traumschiffen durch die Karibik. Andere hatten drei Kinder, absolvierten ihren Beruf, kümmerten sich am Feierabend um die Kleinen und zogen am Wochenende los, um Drachen steigen zu lassen. Und du! Du rennst durch die Straßen, hechelst hinter Verbrechern her, und wenn du Feierabend hast, denkst du auch an nichts anderes, als die Frage, wie du eine Verrückte hinter Schloß und Riegel bringen kannst.

Mit der Wirkung der Tabletten kam der Entschluß, heute nichts mehr zu unternehmen, was mit seinem Dienst zu tun hatte. Er wollte nicht weiter in der Sackgasse gegen die Wand laufen. Und die Chance, einen anderen Weg zu finden, war in seinem Zustand so gering, daß er das gut auf morgen vertagen konnte. Brünner schaltete sein Diensthandy aus. Wichtige Nachrichten würden auf der Mailbox landen, und da er ohnehin keine Bereitschaft hatte, mußten heute abend im Ernstfall andere ausrücken. Er sah auf die Uhr. Es war 17.30 Uhr. In gut drei Stunden würde das Fußballspiel beginnen. Spätestens um zwanzig Uhr mußte er in der Kneipe sein, um einen Platz zu erwischen. Kurz entschlossen verließ Brünner die Wohnung. Dcr Nicsclrcgcn war dickem Nebel gewichen. Er lief durch die Straßen, steuerte einen Blumenladen an, kaufte dort einen bunten Strauß, der sündhaft teuer war, und fuhr schließlich mit dem Fahrrad zu Silke. Die Überraschung gelang. Seine Freundin war zu Hause und freute sich sichtlich, daß er vor ihrer Tür stand. Er aß zusammen mit Lea und Silke Abendbrot, und als er um kurz vor acht die Wohnung verlassen mußte, fiel es ihm schwer, sich zu lösen. Morgen werde ich bei ihr übernachten, nahm er sich vor. Daß er deutlich früher bei ihr sein würde und daß es ihm bis dahin deutlich schlechter ergehen würde, als jemals zuvor in seinem Leben, konnte er nicht ahnen.

23

Die Tochter versuchte, ganz ruhig zu werden, zu sich zu finden, tief in das eigene Ich hinabzusteigen. Die Schatten tanzten an der Wand, an der Decke, über ihr Gesicht. Um sie herum brannten wieder 48 Kerzen. Sie schloß die Augen und konzentrierte ihre Kräfte. Sie mußte endlich Kontakt bekommen. Gesche durfte ihr nicht entgleiten. Sie brauchte sie doch, um den weiteren Weg zu planen. Sie würden sich ihren Körper teilen und das Leben gemeinsam genießen.

Die Tochter kreierte Bilder aus Sonnenschein, einem dicht bewachsenen Garten mit Bäumen, Obststräuchern. Insekten summten durch das hohe Gras, darüber der weite blaue Himmel. Zeit spielte keine Rolle, allein ihr Körper bestimmte den Rhythmus des Tages und der Nacht. Allein ihre Gedanken und Träume, ihre Wünsche und Ideen setzten Fixpunkte im Ablauf der Stunden, Tage, Jahre ...

Aber alle Anstrengungen waren vergebens. Sie kam nicht voran, drang nicht in die Tiefe, dahin, wo Gesche auf sie wartete – bestimmt war sie dort. Maßlose Enttäuschung erfüllte sie. Ihre Hände krallten sich in den Teppich, ihr Herz schlug schneller, denn die Bilder der Vergangenheit versuchten, erneut von ihr Besitz zu ergreifen.

Verzweifelt brach sie ihren Versuch ab, richtete sich auf, suchte nach Orientierung. Wo waren ihre Tabletten? In der Küche hatte sie keine mehr gefunden. Sie hatte alle Schränke durchsucht, Schubladen aufgezogen. Offenbar hatten die Leute von der Polizei die Pillen mitgenommen. *Sie* wollten ihr schaden! *Sie* wollten sie vernichten! *Sie* ließen ihr keine Ruhe.

Und dann dieser Mann, der vorhin noch einmal gekommen war. Einer dieser jungen Polizisten, die glaubten, daß sie alles von einem verlangen konnten. Sie mochte diese Männer nicht, die keinen Selbstzweifel kannten, schamlos ihre Stiefel in fremde Leben setzten, dort alles zertraten, und erst wieder gingen, wenn sie genug gesehen und gehört hatten. Doch sie hatte ihn durchschaut. Sofort hatte sie ihn entlarvt. Sie hatte ihm etwas vorgespielt. Er war ihr nicht wirklich näher getreten.

Aber hatte er sie vielleicht schon aus der Ferne erkannt? Sicher nicht! Denn obwohl Gesche sie zur Zeit nicht stützte, trug sie bereits ihren Schutzmantel. Sie hatten es vereinbart. Es gab keine Kraft, die ihn durchdringen konnte. Warum aber bohrte die letzte Frage des Kommissars weiter in ihr? *Hatte ihr Mann Kontakt zu jüngeren Frauen?* Welche Fährte verfolgte er? Wühlte er in der Vergangenheit der vergifteten Männer? War er auf dem Weg, sie zu entdecken?

Dann kam ihr der entscheidende Gedanke. Immer deutlicher spürte sie, warum sich ihr Gesche noch entzog: Sie wartete. Auf den letzten, den entscheidenden Schritt, der sie in die Freiheit entließ. Die Tochter faßte sich an die Stirn, rieb sich mit kreisenden Bewegungen die Schläfen. Warum war sie nur so blauäugig gewesen und hatte es nicht früher bemerkt? Sie mußte handeln!

Entschlossen richtete sie sich auf und trat aus ihrem magischen Kreis heraus. Das letzte Urteil war gesprochen. Sie wollte es vollstrecken und den Silberstreif der Freiheit am Horizont noch heute nacht sehen. Sie ging ins Bad, griff nach der Haarschere. Vor dem Spiegel stehend, schnitt sie ein Büschel nach dem anderen ab und stopfte es in den Abfalleimer. So war es gut. In ein langes, ärmelloses Gewand gehüllt, lief sie in den Keller, um die nötigen Zutaten zu holen. Sie mußte gut vorbereitet sein, denn womöglich hatte sie nur diese eine Chance. Ich werde sie nutzen, dachte sie, als sie in der Küche hantierte. Die Visitenkarte und das Telephon hatte sie sich schon bereitgelegt.

24

Die Kneipe war unglaublich voll und schon vor Beginn des Spieles völlig verqualmt. Glücklicherweise war Cord frühzeitig da gewesen und hatte die reservierten Plätze wie ein Löwe verteidigt.

„Und?" fragte er, als sie ihr erstes Bier vor sich stehen hatten.

„Was und?" gab Brünner zurück.

„Habt ihr ihn bald?"

„Kein Kommentar. Ich bin nicht im Dienst und möchte jetzt Fußball sehen."

Cord nickte und stieß mit Brünner an. „Auf ein gutes Spiel."

„Auf das Achtelfinale!"

Das, was ihnen per Großbildleinwand aus Valencia geboten wurde, war jedoch alles andere als ein Fußballeckerbissen. Bei strömendem Regen kam kaum ein vernünftiger Spielzug zustande, die erste Halbzeit agierte Werder nervös und produzierte Fehlpässe am laufenden Band. Das einzig Positive am Spiel war, daß auch Valencia nichts auf die Reihe bekam und es somit nach 45 Minuten 0:0 stand. Brünner bestellte sich ein zweites Bier. Es konnte schließlich nur besser werden. Dann ging es Schlag auf Schlag. Valencia wechselte die komplette Sturmreihe aus, machte Druck, und in der 66. Minute knallte ein Schuß gegen die Werder-Torlatte. Sie hatten den Schock kaum verdaut, als Brünners Privathandy klingelte. Wer war so verrückt und rief zu dieser Zeit an? Brünner nestelte das Telephon aus der Jackentasche, sah auf das Display. Die Nummer kannte er nicht, aber vielleicht war es ja irgend etwas Wichtiges.

„Bin gleich wieder da", raunte er Cord zu und drängelte sich an den dichtstehenden Stuhlreihen entlang. „Kleinen Moment noch. Kann im Augenblick nichts verstehen", rief er ins Handy, dann war er draußen vor dem Lokal.

„Hier ist Gabriele Koplin“, hörte er eine Stimme, die weit entfernt klang. „Entschuldigen Sie, daß ich Ihre Privatnummer anrufe. Auf der Dienstnummer ist nur der Anrufbeantworter.“

„Nicht weiter schlimm“, sagte Brünner und verfluchte, daß er das Handy angelassen hatte. „Geht es Ihnen besser?“

„Mir? Ich ... ja“, kam es stockend. „Es ist nur so, daß ... Sie fragten vorhin nach jungen Frauen bei Max. Ich habe nicht darauf geantwortet, ich war zu schockiert. Aber da gibt es tatsächlich etwas. Ich habe eben seinen Schreibtisch durchsucht, und da ... Ich denke, Sie sollten das sehen.“

„Kein Problem“, antwortete Brünner. „Ich komme gerne morgen bei Ihnen vorbei, wenn Sie möchten.“

„Ja“, sagte Koplin, doch ihre Stimme klang unentschlossen. „Vielleicht wäre es besser, wenn Sie sofort ...“

Brünner rollte mit den Augen. Ihm schwante nichts Gutes. „Hören Sie“, versuchte er es erneut. „So dringend wird es wohl nicht sein. Ich habe gerade ein Bier getrunken und würde ungern noch fahren. Wissen Sie, ich habe Feierabend ... Oder Sie rufen im Präsidium an, daß ein Kollege kommt, wenn es so wichtig ist.“

„Nein, kein Kollege.“ Koplins Stimme schien wieder umzukippen. „Eher vernichte ich, was ich gefunden habe!“

Brünner stöhnte auf. Aus der Kneipe hörte er Jubel und Klatschen. War endlich das erlösende Tor gefallen? „Tun Sie das nicht. Sie wollen doch, daß wir den Mörder Ihres Mannes finden.“

„Das macht ihn auch nicht mehr lebendig“, kreischte Koplin hysterisch. „Wenn Sie nicht kommen wollen, dann gut, dann brauchen Sie aber auch morgen nicht mehr hier aufzutauchen.“

„Hören Sie“, rief Brünner hastig. „Ich bin gleich bei Ihnen. Rühren Sie sich nicht vom Fleck. Es dauert nur wenige Minuten.“

„Warum muß ich immer die Arschkarte ziehen?“ fluchte er vor sich hin, als er sich durch die Stuhlreihen zurückzwängte. Auf der Leinwand stand Valencia – Bremen 0:0. Er hatte nichts verpaßt, aber es war klar, daß er den Rest des Spiels nicht miterleben würde. Wütend riß er seine Jacke von der Lehne. Cord Kramer sah ihn verwundert an. „Frag nicht“, fauchte Brünner. „Bezahlst du für mich? Ich muß los.“ Ohne eine Antwort abzuwarten, kämpfte er sich zum Ausgang zurück und mußte dabei einige spitze Bemerkungen über sich ergehen lassen. Dann war er draußen, lief zu seinem Fahrrad, um schnell nach Hause zu radeln. Während er sich abstrampelte und spürte, wie er zu schwitzen begann, fragte sich Brünner, ob er sich gerade richtig verhielt. Wieso sollte er mitten in der Nacht zu einer Frau fahren, die kaum alle Sinne beieinander hatte? Was würde ihn dort erwarten? Vielleicht hatte sie Photos entdeckt, auf denen ihr Max mit jungen Damen zu sehen war. Und schon morgen würden sie feststellen, daß es Studentinnen in der Mensa bei einer dieser zahlreichen Uniparties waren.

Als er vor seinem Haus ankam, war er fest entschlossen, bei Koplin anzurufen und ihr abzusagen. Er hastete nach oben, wählte die Nummer, doch es nahm niemand ab. „Scheiße!“ fluchte er. Die Frau würde es tatsächlich fertigbringen und das, was sie gefunden hatte, vernichten. Ihm blieb keine andere Wahl. Er mußte ins Steintorviertel fahren.

Die Straßen waren leer. Kein Wunder. Vermutlich saß halb Bremen vor dem Fernseher, um das entscheidende Spiel mitzuverfolgen. Nur er nicht! Nein, er mußte sich um verwirrte Frauen kümmern! War es überhaupt in Ordnung, daß er jetzt allein dort hinfuhr? Normal war, daß sie nachts mit zwei Leuten unterwegs waren. Wegen der Sicherheit. Er wischte den Gedanken zur Seite. Wenn er jetzt einen Kollegen anforderte, würde das alles noch viel länger dauern. So konnte er hoffen, wenigstens die Zusammenfassung des Spiels in der Kneipe mitzuerleben.

Du bleibst nicht länger als zehn Minuten bei ihr, nahm er sich vor, als er zum dritten Mal an diesem Tag vor der Haustür stand und klingelte. Der Summer ertönte. Endlich reagierte hier mal jemand schnell! Er trat ein. Auch die zweite Tür ließ sich automatisch öffnen. Die Wohnungstür war einen Spalt offen. Er stieß sie auf und stand im dunklen Flur. „Frau Koplin?“ Es kam keine Antwort. Er wiederholte seinen Ruf. Da wurde die Wohnzimmertür geöffnet. Brünner mußte schlucken. Der Raum war von Kerzen erleuchtet, und die Frau, die dort stand, erkannte er erst auf den zweiten Blick als Gabriele Koplin. Sie hatte sich die Haare abgeschoren. Ihr Gesicht wirkte deutlich schmaler. Ihre Augen waren dunkel geschminkt. Zudem trug sie ein langes, braunes Gewand aus grobem Stoff. „Treten Sie ein“, sagte sie mit sanfter Stimme und zog die Tür auf.

Brünner ließ sich nichts von seiner Beunruhigung anmerken. Gleichzeitig versuchte er, die Situation zu analysieren. Offenbar war die Frau vor ihm noch immer – zumindest zum Teil – in ihrem Wahn gefangen.

Vermutlich würde ihm kaum etwas anderes übrigbleiben, als die Kollegen in der Einsatzzentrale zu benachrichtigen, weil Koplin nicht zurechnungsfähig war. Hier war professionelle Hilfe gefordert. Hier galt es, auch die Nachbarn im Haus zu schützen. Auf der anderen Seite durfte natürlich jeder Kerzen anzünden, sich dic Haare abschneiden und lange Gewänder tragen. Insbesondere dann, wenn er trauerte.

Sie traten in den Wohnraum, in dem sich die Hitze gestaut hatte. Es roch süßlich nach Räucherstäbchen. Aus Lautsprecherboxen drang leise Musik. Flöte und Gitarre, dazu Meeresrauschen.

„Ich verabschiede mich von Max“, sagte Koplin und bedeutete ihm, sich auf einem Stuhl niederzulassen, der frei im Raum stand.

„Ich würde gerne erfahren, was Sie gefunden haben“, sagte Brünner mit fester Stimme. „Dann bin ich gleich wieder weg, und Sie können sich ganz in Ruhe von Ihrem Mann verabschieden.“

Sie lachte ein kindliches Lachen. „Ja, natürlich“, sagte sie. „Darf ich Ihnen etwas zu Trinken anbieten?“

Brünner wehrte ab. „Frau Koplin. Bitte, verstehen Sie, daß ich nur kurz bei Ihnen bleibe. Es schien dringend zu sein, deshalb mache ich hier eine Ausnahme.“

„Ich weiß es zu schätzen, daß Sie mitten in der Nacht kommen“, sagte Koplin. „Aber das, was ich Ihnen zeigen möchte, braucht seine Zeit. Es ist nicht so einfach zu verstehen, müssen Sie wissen. Es gab da offenbar mehrere Frauen in seinem Leben. Ich wußte nichts von ihnen. Aber jetzt ...“ Ein Schluchzen drang aus ihrer Kehle.

Brünner stöhnte innerlich. Es war schon jetzt klar, daß er auch die Zusammenfassung des Werder-Spiels nicht erleben würde. Für ihn blieb nur die morgendliche Nachberichterstattung in der Tageszeitung und im Radio. Also ließ er es zu, daß Koplin sich und ihm ein Glas Wasser aus einer Flasche einschenkte. Vermutlich mußte er sich jetzt eine lange Geschichte von Enttäuschungen und Entbehrungen anhören. Und dann die Leier einer Ehefrau, die nie etwas davon geahnt hatte, daß ihr eigener Gatte ... wo sie ihm doch immer alles gegeben hatte ... ihm alles recht gemacht hatte ... oh, du undankbare Welt ...

„Ich gehe in Max’ Arbeitszimmer und hole, was ich entdeckt habe“, sagte Koplin entschuldigend und verschwand im Flur.

Brünner sah sich noch einmal im Raum um. Hinten in der Ecke, direkt vor dem Fernseher, der auf einem kleinen Tisch stand, lagen Spielkarten auf dem Boden. Sie waren als Kreuz gelegt und zeigten bunte Bilder. Ein Buch lag aufgeschlagen daneben. Die schweren Vorhänge vor den Fenstern waren zugezogen. Auf einem weiteren Tisch stand eine mit Sand gefüllte Schale. Darin steckten mehrere Räucherstäbchen, die allesamt qualmten. Welch merkwürdiges Leben führte diese Frau hier? Die Szenerie wirkte, als würde Koplin in außerirdischen Sphären schweben und den Geist ihres Mannes beschwören.

Brünner schwitzte. Die Hitze in diesem Raum war kaum auszuhalten. Die Luft war trocken und verbraucht, als ob hier ebenfalls fünfzig Menschen ein Champions-League-Spiel gesehen, geraucht und geschwitzt hatten. Er griff nach einem der Gläser. Als er es an die Lippen setzen wollte, zuckte das Mißtrauen in ihm auf. Was, wenn hier drin ...? Er sah in die klare Flüssigkeit, konnte nichts Auffälliges darin entdekken. Koplin hatte das Wasser zudem aus einer Flasche eingeschenkt.

Im gleichen Moment umschlossen zwei Hände das Glas von hinten und zwängten es ihm an die Lippen. „Trinken!“ befahl Gabriele Koplin. „Nur zu, trink aus und verschwinde aus meinem Leben!“

Brünner preßte reflexartig die Lippen zusammen, doch das Glas wurde immer fester in seine Mundwinkel gezwängt. Ein Rinnsal floß in seinen Gaumen. Er konnte es nicht aufhalten. Er durfte nicht schlucken! Gleichzeitig versuchte er, mit der freien Hand Koplins Arme wegzudrücken. Es gelang nicht. Er schlug mit voller Kraft auf die Hand ein. Sie schrie vor Schmerz auf, aber gleich darauf schlug sie ihm das Glas ins Gesicht. Es klirrte, es schnitt in seine Haut! Der Schmerz fuhr ihm durch die Glieder. Flüssigkeit war in seinem Mund. Er mußte atmen. Unbedingt! Er öffnete den Mund, spürte, wie Wasser durch seine Kehle ran, es war der Schluckreflex. Gleichzeitig konnte er sich mit seinen Füßen von irgend etwas abstoßen. Er nahm alle Kräfte zusammen. Der Stuhl schlug nach hinten. Koplins Griff lockerte sich. Sie kreischte, doch er konnte ihre Worte nicht verstehen. Mehrmals schlug etwas auf seinen Kopf, der Speichel rann ihm aus dem Mund. Er sackte zusammen, spürte das kühle Parkett an seinen Wangen, vor seinen Augen färbte es sich rot.

Um ihn herum war es still. Kein Kreischen, wie eben noch. Keine hastige Betriebsamkeit, keine Tritte mit spitzen Schuhen gegen seinen Körper. Brünner versuchte, die Augen zu öffnen, konnte aber lediglich verschwommene Lichter erkennen. Auf seiner Zunge schmeckte er den metallischen Geschmack geronnenen Blutes. In seinem Hals brannte es, als habe er eine Flasche Wodka in einem Zug heruntergestürzt. Ein übler Geruch stieg in seine Nase – von seinem Erbrochenen.

Nur langsam kehrte die Erinnerung zurück. Der verzweifelte Kampf gegen das gefüllte Glas an seinem Mund. Die wütenden Schreie von Gabriele Koplin, dann der Sturz hintenüber mit dem Stuhl. Er lebte. Das war jetzt das Wichtigste, auch wenn es in seinem Schädel dröhnte und in seinem Magen heftig rumorte.

War Koplin weg? Brünner lauschte. Es war still in der Wohnung. Das konnte ein Trick sein, aber er hatte keine andere Wahl, als zu hoffen, daß sie verschwunden war. Noch immer brannten hier im Raum einige Kerzen. Andere waren bereits erloschen, so daß er davon ausgehen mußte, daß nach dem kurzen Kampf eine Weile der Bewußtlosigkeit vergangen war. Brünner richtete sich mühsam auf. Irgend etwas tropfte von seiner rechten Wange auf den Boden. Doch es war kein Blut, sondern Erbrochenes. Bei diesem Anblick und besonders dem Geruch kam es ihm gleich wieder sauer aus dem Magen hoch. Brünner griff hastig nach einem der Sofakissen und fuhr sich damit über das Gesicht. Der bräunlich-grüne Schleim blieb haften. Gott sei Dank. Er wollte das Kissen zur Seite schleudern, doch er hatte kaum Kraft. Es flog in Richtung Fernseher und fiel dann auf die Spielkarten. Ich muß unbedingt telephonieren, schoß es ihm durch den Sinn. Fahrig suchte er in seiner Jackentasche nach dem Handy. Es war weg! Ob ihm das Gerät beim Sturz aus der Tasche gefallen war? Er suchte den Boden ab. Nichts. Bestimmt hatte Koplin es mitgenommen, damit er keine Hilfe rufen konnte. Aber gab es hier nicht einen Festnetzanschluß?

Er rappelte sich mühsam auf und durchquerte mit wackeligen Schritten den Raum. Ja, er hatte sich richtig erinnert. Auf dem kleinen Tischchen neben dem Sofa stand ein Telephon. Er hob den Hörer ab. Die Leitung war tot. Dann sah er, daß die Schnur durchtrennt war.

„Miststück“, fluchte Brünner, ließ sich auf das Sofa gleiten und verschnaufte. Er mußte irgendwie zu den Nachbarn kommen. Sobald er genügend Kräfte gesammelt hatte. Nur, wie sollte das gelingen? Seine Gliedmaßen waren bleischwer. Die wenigen Schritte hatten ihm bereits den Schweiß auf die Stirn getrieben, und sein Magen fühlte sich an, als sei er komplett umgestülpt worden. Das Diensthandy, natürlich! Das hatte er doch in die Innentasche seiner Jacke gesteckt, und Koplin hatte bestimmt nicht damit gerechnet, daß er mit zwei Telephonen unterwegs war. Er suchte erneut seine Jacke ab, forschte in den Innentaschen. Ja, da war es! Mit zittrigen Fingern schaltete er es an. Wie war noch seine PIN? Keine Ahnung. In seinem Kopf war nur ein Dröhnen wie beim Start eines Düsenjägers. Brünner drückte auf die Notruftaste. Das funktionierte immer. Hoffentlich.

Nach endlos langem Klingeln meldete sich eine Stimme. Es schien die Polizei zu sein.

„Kommissar Brünner hier", flüsterte er mit belegter Stimme. „Von der Mordkommission, hören Sie! Ich brauche unbedingt Lange und Büntemeyer hierher. Und einen Arzt ..." Dann brach es unvermittelt aus ihm heraus, sein Körper bäumte sich auf, in seiner Brust riß seine Lunge auseinander, während sich der Schmerz wie eine Zange um seinen Hals legte und zudrückte.

Polizeimeister Peter Reinken in der Notrufzentrale reagierte schnell. Er hatte viel Erfahrung mit Notrufen in der Nacht und konnte gut beurteilen, ob es sich um einen Streich von Betrunkenen handelte oder um einen Ernstfall. Zudem war ihm der Name Brünner ein Begriff. Als am anderen Ende auch nach mehrmaliger Aufforderung niemand mehr antwortete und nur noch Stöhnen zu hören war, rief Reinken seine Kollegin Sabine Breuer an, um schnellstmöglich den Standort des Handys lokalisieren zu lassen, dessen Nummer er auf dem Display hatte. Gleich danach meldete er sich bei der Dauereinsatzbereitschaft der Kripo und schilderte den Notruf.

Etwa zwanzig Minuten später rasten zwei Streifenwagen und ein Notarztwagen durch die Nacht ins Steintorviertel. Um 1.33 Uhr hielten sie vor dem Haus, aus dem am Mittag des vorangegangenen Tages eine Leiche abtransportiert worden war. Mit gezogenen Waffen stürmten die Einsatzkräfte die Wohnung, stellten schnell fest, daß dort keine Gefahr drohte, und entdeckten Kommissar Brünner, der im Wohnraum zusammengebrochen war.

Brünner wurde durch Schreie geweckt, dann krachte es. Schritte kamen näher, wieder wurde etwas gerufen, jemand schüttelte seinen Körper. Der Kommissar tauchte wie aus Nebel in die Wirklichkeit zurück. Es dauerte eine Weile, bevor er wieder bei vollem Bewußtsein war. Ein Mann hockte vor ihm, leuchtete mit einer kleinen Lampe in seine Augen. „Guten Morgen. Es ist Zeit zum Aufstehen", sagte er lächelnd. „Wie ich sehe, haben Sie sich ja schon gut erbrochen."

Brünner war nicht zu Scherzen aufgelegt. Er wollte schlucken, um reden zu können, aber da war kein Speichel in seinem Mund. Jemand reichte ihm einen Becher mit Wasser. Vorsicht! Nicht wieder Gift! Doch er hatte unbändigen Durst, so daß er mit großen Schlucken trank.

„Ich gebe Ihnen jetzt eine Spritze", hörte er wieder die Stimme, da spürte er bereits den Stich in seinem Arm. „Reine Vorsichtsmaßnahme", sagte der Arzt und schob seine Tasche zur Seite. „Am besten setzen wir Sie erstmal in einen Sessel. Mir scheint, Sie haben nur eine sehr geringe Dosis des Giftes geschluckt und nach dem, was ich hier sehe, dürften Sie alles ausgespuckt haben. Wenn wir aber sichergehen wollen, müssen wir eine Magenspülung durchführen."

„Nein, mir geht es wieder einigermaßen", krächzte Brünner, der schon mal gesehen hatte, wie so etwas ablief. Dem Patienten war ohne Betäubung ein Schlauch durch den Mund in den Magen eingeführt worden. Eine Vorstellung, die ihm höchst zuwider war.

„Sicherheitshalber würde ich Sie gerne in die Klinik bringen", fuhr der Arzt fort. „Wer weiß, was noch nachkommt? Außerdem sollten Sie sich ein wenig erholen."

Brünner schüttelte heftig den Kopf. „Glauben Sie mir. Es geht schon wieder", sagte er mit Nachdruck. „Und erholen kann ich mich auch zu Hause!"

„Hm." Der Arzt sah ihn nachdenklich an.

„Mensch Martin, was ist denn hier passiert?" Rainer Lange stand schwer atmend in der Tür. „Ich dachte, du wolltest heute einen ruhigen Fußballabend verbringen. Statt dessen liegst du in wildfremden Wohnungen herum."

Brünner versuchte zu lächeln, obwohl es ihm noch ziemlich dreckig ging. Dabei spannte sein Mundwinkel, und die Verletzung schmerzte. „Die Gesche", preßte er heraus. „Koplin ist es. Wir müssen nach ihr fahnden. Sie hat das Gift."

„Die Frau von dem Toten von gestern mittag?" fragte Lange ungläubig.

Brünner nickte. Dann erzählte er kurz, was in den vergangenen Stunden passiert war. Anschließend informierte Lange sofort die Einsatzzentrale und bat sie, die Fahndung nach Gabriele Koplin rauszugeben. Zu Brünner meinte er: „Eigentlich kann sie nicht weit kommen. Wo soll sie mitten in der Nacht in Bremen hingehen?"

„Keine Ahnung", sagte Brünner. Er fühlte sich schon deutlich besser. Die Spritze zeigte ihre Wirkung. „Wir sollten sie aber schnell finden, bevor es weitere Tote gibt."

„Du meinst, sie wird nicht aufhören?"

„Die Frau ist verrückt", sagte Brünner. „Du hättest sie vorhin erleben sollen. Sie hat nichts mehr zu verlieren, nachdem ich weiß, daß sie die Giftmörderin ist. Selbst, wenn sie es nicht mehr auf andere abgesehen hat, könnte sie sich selbst umbringen." Obwohl er nicht gerade von freundlichen Gefühlen für die Frau erfüllt war, mußten sie unbedingt weitere Tote verhindern. Außerdem möchte ich mit ihr sprechen, um zu verstehen, was sie in diesen Wahnsinn treibt, dachte Brünner. Warum tut eine Frau so etwas, bringt ihren eigenen Ehemann um?

Als er aufstehen wollte, um die Wohnung genauer zu untersuchen, merkte er schnell, daß seine Kräfte dafür noch nicht reichten. Heute nicht mehr.

„Noch steht der RTW vor der Tür", sagte der Arzt mit vorwurfsvoller Miene und packte seine letzten Sachen ein.

Brünner winkte ab. „Danke für das Angebot. Vielleicht ein anderes Mal."

„Ich kann dich nach Hause bringen", bot Lange an. Brünner lächelte. Diese Hilfe war ihm deutlich lieber, als die Aussicht auf eine Nacht im Krankenhaus. Ja, es war sicherlich das Beste, wenn er eine Pause einlegte. Vielleicht hatten die Kollegen Gabriele Koplin geschnappt, bevor er aufgewacht war. Er richtete sich auf. „Ich frag bei Silke nach, ob ich bei ihr übernachten kann. Sie hat morgen frei."

„Heute", sagte Lange. „Martin, es ist schon viertel nach zwei."

„Egal, ich husche ja nur bei ihr ins Bett." Brünner griff nach dem Handy, und plötzlich wußte er auch wieder die PIN, die er einzugeben hatte. Er wollte gerade Silkes Nummer wählen, da meldete das Telephon eine gespeicherte Nachricht. Sie mußte gestern abend eingegangen sein. Aber von wem? Brünner hörte die Mailbox ab.

Dieter Specht, der ehemalige Lehrer der Grundschule in Grolland, meldete sich. „Guten Tag, Herr Brünner. Da ich Sie nicht direkt erreichen kann, spreche ich Ihnen diese Nachricht auf Ihren Anrufbeantworter. Möglicherweise ist es nicht wichtig, was mir eingefallen ist. Aber es gab früher einen Vorfall an unserer Schule, den ich bisher nicht mit Werner Rösner in Verbindung gebracht hatte. Ein Mädchen hatte bei einem Aufenthalt im Schullandheim etwas so Schlimmes erlebt, daß es sich danach weigerte zu sprechen. Rösner und ein Kollege haben diese Fahrt geleitet. Es ließ sich nie feststellen, was geschehen war. Die Kollegen hatten nichts bemerkt, was die Verhaltensänderung bewirkt haben könnte. Nun ja, es mag alles nichts miteinander zu tun haben, aber Rösner war danach nicht mehr lange Lehrer bei uns. Das Mädchen wurde von der Schule genommen, weil sie nicht mehr sprach. Ihr Name lautete, wenn ich mich recht erinnere, Gabriele Bohlen."

Brünner ließ die Worte nachwirken. Irgendwo in seinem Kopf war etwas hängengeblieben. Es war der Widerhaken, den er gerne deutlich früher gespürt hätte. Der Name Bohlen war ihm bereits begegnet. Aber wo? Natürlich, im Gespräch mit Silke.

„Was ist los, Martin?" erkundigte sich Lange.

„Ich glaube, ich weiß, wo wir Gabriele Koplin finden werden", sagte Brünner. Er wählte hastig die Nummer der Einsatzzentrale. Innerhalb weniger Sekunden hatte er die exakte Adresse der verstorbenen Ilse Bohlen, und weitere Sekunden später rasten sie mit Blaulicht in Richtung Grolland.

25

Sie werden mich nicht finden. Niemals. Ich bin für sie unsichtbar, denn ich stehe unter dem Schutz von Gesche. Sie wird dafür sorgen, daß mich niemand angreift.

Die Tochter öffnete die Pforte und hastete schwer atmend den Weg zur Hintertür hinauf. Wie gut, daß es diese Zuflucht gab. Sie war am Ende ihrer Kräfte. Sie mußte dringend verschnaufen und überlegen. Warum war es ihr nicht gelungen, den letzten Schritt zu gehen? Sie hatte diesen Polizeibeamten in ihrer Gewalt gehabt, hätte nur noch zustechen müssen. Mit dem Bratenmesser aus der Küche. Oder sie hätte ihm etwas

Schweres auf den Schädel werfen, ihn zertrümmern können. Die Getränkekiste vielleicht. Doch all das war ihr nicht eingefallen, als sie vor ihm gestanden hatte. Warum nicht? Warum hatte sie ihn nur mit Tritten traktiert und war dann aus dem Haus geflüchtet? Hoffentlich war er trotzdem tot. Immerhin hatte er einiges von dem Gift getrunken, und als sie gegangen war, hatte er leblos dagelegen.

Sie zog die Haustür hinter sich zu. In ihr kämpfte es. Sollte sie noch einmal zurückkehren, ihm den letzten Schlag versetzen? Nein, das war zu gefährlich. Sie brauchte jetzt Ruhe, denn ihr Körper war am Rande des Zusammenbruchs. Sie mußte ihre weiteren Schritte planen. Gezielt. Und in dem Bewußtsein, daß die Stadt diese Strafe verdient hatte. „Gesche, wo bist du?“ schrie sie, während sie durch die Küche eilte, in den Wohnraum, ins Schlafzimmer ihrer Mutter. Ihr war kalt. Das Kleid wärmte kaum, den Mantel hatte sie vergessen. Ihr Körper zitterte. „Gesche!“

Plötzlich sah sie flackerndes Blaulicht auf der Fassade des gegenüberliegenden Hauses. Sie umschloß mit den Fingern die kleine Flasche in der Tasche ihres Kleides. Niemals würden sie ihr Leid antun. Es würde ihnen nicht gelingen. „Gesche“, zischte sie, während sie zur Hintertür eilte. „*Sie* kommen, so wie *sie* damals dich geholt haben.“ Als sie über den Hof lief, hörte sie an der Straße Türen zuschlagen. Sie trat den Keil unter der Schuppentür los, schlüpfte hinein und zog die Tür wieder zu. Das Holz schloß nicht ganz, aber das war jetzt nicht so wichtig. Im hinteren Bereich des Raumes, in dem kleinen Verschlag hinter dem letzten Regal, war es dunkel. Dort würde sie niemand entdecken. Zusammengekauert hockte sie auf den Obstkisten, wartete und lauschte. Sie hörte Stimmen auf dem Hof. Es mußten mehrere Männer sein. *Sie* riefen Kommandos, dann krachte es. Offenbar brachen *sie* die Hintertür auf. Sollten *sie* doch das ganze Haus durchsuchen! *Ihr werdet die Gesche, ihr werdet mich nicht finden!* Sie vernahm schwere Schritte auf dem Pflaster. Sie verklangen in Richtung Garten. Die Tochter drehte den Verschluß der Flasche auf, legte den Deckel auf das Regalbrett. Sie sah kurz nach oben. Dort hatte sie alles gefunden, was sie zum Leben brauchte und für andere zum Sterben genügte. Dort oben hatte sie ihre Freiheit entdeckt. Die Tür vor ihr schlug auf. Sie wurde geblendet. „Hier ist die Polizei“, schrie ein Mann. Er hielt eine Pistole in der Hand. „Kommen Sie heraus! Sie sind verhaftet.“

„Niemals!“ kreischte die Tochter. Sie hob die Flasche an die Lippen. *Trinken! Trinken!* Doch ihre Hand wurde zur Seite geschlagen. Die Flasche fiel zu Boden. Die Tochter schrie auf. Für einen Moment sah sie Gesches abgeschlagenen Kopf durch den Staub rollen.

26

Als Martin Brünner am 8. Dezember um sechs Uhr durch die Neustadt nach Hause fuhr, wußte er, daß er die nächsten Stunden nicht würde schlafen können. Am besten war es, daß er kurz in seine Wohnung ging, dort duschte und sich etwas Frisches zum Anziehen aus dem Schrank holte. Dann würde es nach sieben Uhr sein, so daß er Silke anrufen konnte. Er sehnte sich nach einem gemeinsamen Frühstück mit frischen Brötchen und Darjeeling-Tee. Lea würde auch da sein. Schade, daß er Kevin nicht einladen konnte.

Im Radio hörte er, daß Werder am Abend nach zwei Toren in der 83. und 90. Minute gesiegt hatte. Irgendwie war das so weit weg von ihm, daß er es nur am Rande zur Kenntnis nahm. In der Bäckerei, in der er vor wenigen Tagen die BAZ mit der Schlagzeile *Giftalarm in Gaststätten* gekauft hatte, lag diesmal eine Ausgabe mit dem Titel *Jetzt reicht´s!* Darunter stand: *Noch ein Giftmord, und die Polizei sieht tatenlos zu.*

Genau das werde ich tun, dachte Brünner. Ich werde mir dieses Geschmiere nicht mehr durchlesen, und dann mußte er schmunzeln. Die Menschen würden die BAZ lesen und gleichzeitig im Radio hören, daß die Giftmörderin gefaßt war. Die Polizei hatte reagiert und hatte gewonnen. Schlimmeres konnte einem Journalisten eigentlich nicht widerfahren.

Epilog

Gabriele Koplin war in den folgenden Tagen kaum vernehmbar. Man brachte sie in eine geschlossene Station der Psychiatrie, wo sie mit Medikamenten behandelt werden mußte. Brünner besuchte sie mehrmals in ihrem kleinen Zimmer, in dem nur ein Bett und ein Tisch mit zwei Stühlen stand. Koplin sah ihn an und sprach kein Wort. Sie hörte reglos zu, als Brünner ihr berichtete, daß man nun auch im Körper der Mutter Arsenik nachgewiesen hatte. Sie nickte nur, als Brünner sie fragte, ob damit die letzte Leiche gefunden war.

Das erste Wort von ihr hörte er Tage später. Offenbar hatte sich Koplins Zustand stabilisiert, sie schrie nur noch selten und schien zumindest unter dem Einfluß von Beruhigungsmitteln in der Nacht durchschlafen zu können. Brünner sprach über die Geschehnisse in einer warmen Sommernacht Anfang Juli im Jahr 1971, als die Klasse 9b im nahegelegenen Wald des Schullandheims Gerdshütte zu einer Wanderung in der Dunkelheit aufgebrochen war.

„Ich nehme an, daß Werner Rösner damals mehr für Sie bedeutete, als nur der Klassenlehrer zu sein?“ fragte Brünner behutsam und suchte den Blickkontakt zu Koplin.

„Er ist ein Schwein“, sagte sie verächtlich und sah zu Boden.

„Was hat er getan?“

Sie preßte die Lippen aufeinander, doch in ihr brodelte es. Sie lief im Zimmer auf und ab, starrte eine Weile durchs Fenster in den grauen Winterhimmel. Ihre Stimme klang verbittert, als sie zu reden begann. „Ich habe ihn geliebt. Nicht, wie man sonst einen Klassenlehrer liebt. Es war nicht nur eine Schwärmerei. Er war alles für mich. Er sah gut aus, er hatte diese angenehme, tiefe Stimme, er war einfühlsam, und ich glaubte, daß er mich herausführen könnte aus diesem beengten, spießigen Leben in Grolland. Mit Eltern, die mir alles verbieten wollten, was Spaß machte. Ich durfte mich kaum mit Freunden treffen. Ständig mußte ich auf dem Hof mithelfen. Ich bekam kein Taschengeld, die Haare schnitt mein Vater, wie er es für richtig hielt. Ich hatte keinen Plattenspieler und trug altmodische Kleider. Werner war bei mir in meinen Gedanken und stützte mich. Morgens nach dem Aufwachen hatte ich nur ihn im Sinn und wußte, daß ich den Tag schaffen würde. In meinen Träumen nahm er mich an die Hand und führte mich in die Freiheit. Und auch im tatsächlichen Leben berührte er mich immer wieder wie zufällig: im Unterricht, wenn wir nebeneinander den Gang der Schule entlangliefen, in der Sportstunde."

„Bis zu der Nacht im Schullandheim."

Sie nickte. „Es war schwül. Der Wald duftete nach Fichtennadeln und frischem Harz. Wir sind hinter den anderen zurückgeblieben. Sie merkten nicht, daß wir ihnen nicht mehr folgten. Wir kamen auf eine Lichtung. Da ist es passiert." Sie stockte, und es fiel ihr schwer, fortzufahren: „Zuerst war er sehr zärtlich. Ich hatte so etwas nie wieder erlebt. Doch dann wollte er mehr. Er hat mich aufgespießt, mich rücksichtslos verletzt."

Koplin erzählte, daß all ihre Träume in diesem Moment zu einem riesigen Feuerball geschmolzen waren. Sie war an ihrem Ziel angekommen. Werner hatte sie genommen. Er würde sie nicht mehr loslassen – und gleichzeitig hatte er sie mißbraucht, ihr weh getan, nur an sich gedacht. Die Zurückweisung war brutal gewesen. Schon in dem Moment, in dem er seinen Reißverschluß hochgezogen hatte, war er ein anderer Mensch gewesen. Ein Fremder, der ihr plötzlich drohte, wenn sie ihr kleines Geheimnis ausplaudern würde. Zuerst hatte sie es nicht wahrhaben wollen, daß er sie fallenließ, daß er ihre Hand wegschlug. Sie hatte geschwiegen und seine Eiseskälte erduldet. Sie hatte gehofft, daß er sich noch besinnen würde, aber dann hatte sie begriffen, daß er sie nur ausgenutzt hatte. So hatte sie sich in ihre eigene kleine Welt verkrochen und sich gegen alles abgeschottet, was von draußen kam. Immer wieder war ihr Werner Rösner in den Träumen begegnet. Er hatte sie gequält, sie angefleht, niemals darüber zu reden, was in der Nacht im Wald geschehen war. Weil sie nicht mehr sprach, hatten die Eltern sie von der Schule genommen. Die Mutter hatte ihr Vorwürfe gemacht und gemeint, daß sie verstockt sei. Sie hatte ihre Tochter angeschrien, daß sie endlich wieder sprechen sollte. „Du wirst zum Gespött der Leute. Was sollen wir mit dir machen?" Der ortsansässige Obsthändler schließlich hatte sich erbarmt und das Mädchen unter seine Obhut genommen.

Stück für Stück hangelte sich Brünner mit Gabriele Koplin weiter. Als sie berichtete, wie Hermann Suhling seine Machtposition ausgenutzt hatte, wurde ihm beinahe schlecht. Er roch förmlich den abgestandenen Atem des Obsthändlers, spürte die Brutalität, die der Mann angewandt hatte, um die junge Frau immer wieder unsittlich zu berühren. Und es war ihm unverständlich, warum niemand im Umfeld des Mädchens bemerkte oder bemerken wollte, was hier geschah. Daß Suhlings Frau hinnahm, was sie nicht nur ahnte, sondern sogar mehrmals mit eigenen Augen gesehen hatte.

Koplin faßte allmählich Vertrauen zu Brünner. Sie spürte, daß dieser Mann kein sexuelles Interesse an ihr hatte, daß er nicht darauf aus war, Frauen auszunutzen, wie so viele Männer, die die Welt bevölkerten. Sie fragte ihn nicht, aber sie war sich sicher, daß der Kommissar nie eine Frau geschlagen hatte und es auch nie tun würde.

Nach zwei Jahren hatte Koplin ihr Leben wieder in die eigene Hand genommen. Sie hatte den Laden von einem Tag auf den anderen verlassen. Es war ein Sommermorgen gewesen, als sie aus dem Lager hinter dem Geschäft herausgetreten war. Zwischen Obstkisten stehend, hatte sie die wärmende Sonne auf dem Gesicht gespürt. In der Nähe hatte ein Kind geweint, und in ihr hatte ebenfalls etwas zu weinen begonnen. Sie sehnte sich nach einem Leben. Als sie durch die Straßen weg vom Obstgeschäft gelaufen war, hatte sie das Sprechen geübt. Sie hatte ein Lied angestimmt, das sie früher in der Schule gesungen hatten.

„Das war einer der schönsten Tage in meinem Leben“, sagte sie und sah aus dem Fenster hinaus, das von außen vergittert war.

Koplin hatte noch einmal die Schule besucht. Sie hatte einen Abschluß gemacht und war in die kaufmännische Lehre beim Warenhaus Oetker & Sohn gegangen. Dort hatte sie Lars Walter kennengelernt, einen gutaussehenden Mann, der jedoch fast zehn Jahre älter war als sie. Er war verheiratet, hatte zwei Kinder und sich schließlich – nach einem geheimen Liebesverhältnis über fast drei Jahre – für die Karriere und gegen ein Leben mit der jungen Kollegin entschieden.

„Es war nicht die Sache an sich, daß er sich trennen wollte“, sagte Koplin. „Ich hatte gehofft, daß wir ein gemeinsames Leben führen können und er seine Frau verläßt. Er hat mir das auch immer wieder versprochen. Gleichzeitig ahnte ich, daß er sich gegen mich entscheiden würde. Doch die Art, wie er es getan hat, das hat mich schockiert, im Personalraum des Kaufhauses, eiskalt.“ Er hatte gesagt, sie seien von nun an nur noch Kollegen, würden rein dienstlich verkehren. Sie hatte sich daraufhin krankschreiben lassen.

„Ich konnte diesem Mann nicht mehr begegnen. Es zerriß mir das Herz. Und schließlich haßte ich ihn.“

Brünner kannte das. Nicht aus persönlicher Erfahrung, aber in seiner bisherigen Zeit als Kommissar hatte er immer wieder erlebt, wie große Zuneigung in das genaue Gegenteil umgeschlagen war. Frauen, die ihrem ehemaligen Partner Aids an den Hals wünschten. Männer, die sich voller Lust vorstellten, daß die Frau, die sie verlassen hatte, von anderen Männern vergewaltigt wurde. Die Palette war unfaßbar groß. In diesen Grenzsituationen des Lebens bewegte sich der Mensch offenbar an der Scheide zum Animalischen, handelte nur noch triebhaft, wenn nicht sogar darüber hinaus. Denn solche Qualen, die sich ehemalige Verliebte an den Hals wünschten, waren im Tierreich undenkbar. Der Partner verwandelte sich in eine Bestie, die kein schönes Leben mehr führen durfte, die zerfleischt und gedemütigt werden mußte.

Wie viele Morde hatte er erlebt, wo der Mann die Trennung nicht hatte überwinden können und seiner Frau mit der Pistole, dem Messer oder dem Auto aufgelauert hatte. Bei Koplin war es ähnlich gewesen. Sie hatte ihre Wut, ihre Ohnmacht angestaut, in sich hineingefressen. Hinter der Fassade hatte es gebrodelt. Und auch, als sie in die Heirat mit Max Koplin eingewilligt hatte, war das nicht besser geworden. Geliebt hatte sie ihn nie.

„Ich hoffte, an seiner Seite endlich Ruhe zu finden“, gestand sie an einem der letzten Tage des Verhörs. „Er forderte nichts von mir, dabei“, so fügte sie nach kurzem Nachdenken hinzu, „wäre das vielleicht sogar besser gewesen. Ein Mann, der meine bedingungslose Liebe will, der mir zeigt, daß ich als Frau wertvoll bin, und zwar bis zum Ende des Lebens. Der hätte mir helfen können, die anderen Männer zu überwinden.“

Statt dessen hatte es sie in esoterische Vorstellungen gezogen. Sie hatte sich in das Leben der Gesche Gottfried vertieft. Und irgendwie hatte diese rätselhafte Person der Bremer Stadtgeschichte eine besondere Faszination auf sie ausgeübt. Sie war all die Stellen abgelaufen, die noch heute an die Gesche erinnerten. Den Spuckstein vor dem Dom, das Gefängnishaus am Wall. Dort, wo die Gesche damals geboren wurde und viele Jahre gelebt hatte, standen nun Kaufhäuser. Sie hatte das als eine gezielte Zerstörung des Andenkens an die Gesche empfunden. Die Menschen dieser Stadt wollten jeden Gedanken an Gesche, diese wunderbare Frau, die für ein besseres Leben gekämpft hat, eliminieren.

In ihrer Einsamkeit hatte sie die Kraft der Bremer Giftmörderin in sich gespürt. Gleichzeitig waren die Männer, die sie in ihrem Leben betrogen hatten, immer stärker geworden, hatten sie verfolgt, sie gequält, bis zu jenem Novembertag, als sie im Schuppen ihrer Mutter wie durch einen Wink des Schicksals das Gift entdeckt hatte.

All das erfuhr Brünner nur bruchstückweise. Immer wieder verließ Koplin die Kraft zu erzählen. Dann beteuerte sie, daß die Gesche noch immer in ihr lebte. Daß sie eins seien. „Sie hat in mir eine neue Existenz gefunden. Glauben Sie mir. Ich höre sie doch."

Das waren die Augenblicke, in denen ihm klar war, daß sie es mit einer schwer gestörten Frau zu tun gehabt hatten. Sie handelte nicht nach normalen Maßstäben. Ihre letzten Wochen waren ein einziger Rachefeldzug gewesen. Gegen alle Bremer, denen sie die Schuld gab, die Gesche ermordet zu haben, gegen die Männer, die ihr Leid zugefügt hatten.

Brünner hatte nichts mehr zu fragen. Er hatte erfahren, was er wissen wollte. Er verabschiedete sich von ihr und verließ das Zimmer.

Zwei Tage später, es war der 22. Dezember 2004, ein diesig-grauer Mittwoch, betraten er und Silke zusammen mit Lea und Kevin die Abflughalle des Bremer Airports. Sie hatten eine Woche Urlaub auf Lanzarote gebucht. Weihnachten fand diesmal unter Palmen statt, und sogar Bettina hatte dem spontanen Plan zugestimmt, weil sie der Meinung war, daß Vater und Sohn mehr Zeit füreinander brauchten.

Sie checkten ein und liefen mit den Bordpässen zur Paßkontrolle, da klingelte Brünners Handy. Silke rollte mit den Augen. „Warum hast du das Teil dabei?"

„Ich habe vergessen, es aus dem Mantel zu nehmen."

„Wer's glaubt, wird selig", murmelte Silke.

Es war Büntemeyer, der anrief.

„Ich habe Urlaub", sagte Brünner.

„Ich weiß, Martin. Aber ich denke, du solltest es trotzdem wissen: Es wird keinen Prozeß gegen Koplin geben."

Brünner verstand nicht sofort, doch Büntemeyer redete schon weiter. „Sie hat in der vergangenen Nacht Selbstmord begangen. Heute früh hat man sie tot gefunden."

Brünner blieb stehen. Um ihn herum das geschäftige Treiben des Flughafens, neben ihm Lea und Kevin, die schnell weiter wollten. „Wie kann das angehen?“

„Sie hat ein Bettlaken in Streifen gerissen und sich damit erhängt.“

„Dann hat sie wenigstens ihre Ruhe gefunden. Vielleicht ist es besser so.“ Brünner bedankte sich für die Information, wünschte einen ruhigen Dienst und schöne Weihnachten und schaltete das Handy aus.

Wenig später stiegen sie ins Flugzeug. Kevin saß am Fenster, und als sie mit vollem Schub in den Morgenhimmel stiegen und für kurze Zeit die Bremer Innenstadt, die Neustadt und schließlich Brinkum-Nord mit dem großen Möbelhaus unter sich sahen, nahmen sich Vater und Sohn an die Hand.

„Alles in Ordnung, Kevin?“ fragte Brünner.

„Alles in Ordnung, Papa.“